Días de Nevada

Bernardo Atxaga

Días de Nevada

Traducción de Asun Garikano
y Bernardo Atxaga

Título original: *Nevadako egunak*
© 2013, Bernardo Atxaga
© De la traducción: 2014, Asun Garikano y Bernardo Atxaga
© De esta edición:
2014, Santillana Ediciones Generales, S. L.
Avenida de los Artesanos, 6. 28760 Tres Cantos, Madrid
Teléfono 91 744 90 60
Telefax 91 744 92 24
www.alfaguara.com

ISBN: 978-84-1598-7
Depósito legal: M-4854-2014
Impreso en España - Printed in Spain

© Diseño:
Proyecto de Enric Satué

© Imagen de cubierta:
Nevada Wier

A Asun Garikano
A Elisabet y Jone Irazu

SILENCIO

Siempre hay silencio en Reno, incluso de día. Los casinos son edificios estancos, cubiertos por dentro con moqueta, y ningún sonido cunde más allá de las salas donde se alinean las máquinas tragaperras y las mesas de juego. Tampoco se hace notar el tráfico de la calle más transitada, Virginia Street, o el de las autovías que cruzan la ciudad, la 80 y la 395, como si también ellas estuvieran enmoquetadas, o como si los coches, los camiones, circularan en secreto.

Cuando anochece, el silencio, lo que subjetivamente se siente como tal, se hace aún más profundo. El tintineo de una campanilla pondría en guardia a los policías de vigilancia urbana. Si cn una casa estallara un petardo, saldrían hacia allí a toda velocidad, con las luces de alarma del coche encendidas.

El silencio fue lo primero que sentimos el día de nuestra llegada a Reno, el 18 de agosto de 2007, después de que se marchara el taxi del aeropuerto y nos dejara solos frente a la que iba a ser nuestra casa, en el número 145 de College Drive. No había nadie en la calle. Los contenedores de basura parecían de piedra.

Deshicimos las maletas y salimos a la terraza de la parte trasera de la casa. En la oscuridad solo se percibían algunas formas: rocas, hierbas altas que semejaban juncos, varios cactus. El jardín era bastante grande. Ascendía por una ladera y lo flanqueaban árboles y arbustos.

Ángela pulsó un botón rojo situado junto a la puerta trasera, y la luz de los dos focos del muro iluminó el jardín en un campo de treinta o cuarenta metros. En lo alto de la ladera había una casa grande; en la zona de la derecha, la más poblada de árboles, una cabaña.

Izaskun y Sara corrieron hacia la derecha.

—¡Aquí hay algo! —exclamó Izaskun, agarrando a su hermana del brazo.

Distinguí, cerca de la cabaña, dos puntos, dos agujeritos amarillos, dos ojos brillantes. No se movían, no parpadeaban. Su fijeza no era humana.

Había leído antes del viaje una guía de Nevada en la que, entre los riesgos a tener en cuenta, se citaban, casi en primer lugar, inmediatamente después del sol, las serpientes de cascabel. Pero, según las fotografías y las demás referencias, vivían en el desierto y nunca salían de allí. Pensé que los ojitos amarillos no serían los de un reptil, sino los de un gato. Pero no podía estar seguro.

Había una pala junto a la puerta de la cabaña. La cogí y di un paso adelante. Esperaba algún ruido, algún movimiento. Pero no hubo nada. Solo silencio, el mismo silencio que habíamos encontrado al bajar del taxi.

Mi vista se fue acostumbrando a la oscuridad. Distinguí una cabecita. Más atrás, una cola a rayas.

—Es un mapache —dijo Ángela detrás de mí.

Izaskun y Sara querían quedarse junto a él. Pero, contra la opinión de Ángela, no se lo permití. La guía de Nevada no incluía a los mapaches entre los peligros que acechaban al visitante, pero hablaba de que algunos podían tener la rabia.

LA CASA DE COLLEGE DRIVE

Podía haber sido una mansión como las de los barrios ricos de las ciudades estadounidenses, pues tenía escalinata y porche, y una delicada armonía entre sus diferentes partes, tejado, ventanas, muros; pero la escalinata era ruin, y en el porche no habrían cabido dos sillas mecedoras. En el interior, el espacio habitable no llegaba a los cuarenta metros cuadrados. La casa era una mansión, pero en miniatura.

Tenía dos habitaciones, una de ellas normal, de una sola cama, y la otra diminuta, en la que justo cabían dos jergones de ochenta centímetros de ancho. El baño era estrecho. El pasillo, más estrecho aún. La cocina, un rectángulo, estaba dividida en dos mitades. La primera de ellas la ocupaban el frigorífico, la fregadera y cuatro fuegos eléctricos; la segunda —un espacio que recibía la luz de la ventana que daba al jardín—, una mesa cuadrada y cuatro sillas. A falta de sala, el sofá y el aparato de televisión habían sido colocados en la entrada.

La casa estaba llena de periódicos viejos, folletos publicitarios y cartas sin abrir, y nuestro primer trabajo, después de vaciar las maletas, fue hacer un escrutinio para tirar al contenedor lo que carecía de interés. Salvamos únicamente unos cuantos ejemplares del *Reno Gazette-Journal* y una carta del Bank of America que llevaba el sello de *documents* y estaba dirigida a un tal Robert H. Earle.

SEGUNDA NOCHE EN RENO

Me levanté a las dos de la madrugada a beber agua y allí estaba Sara en la entrada, de pie en el sofá. Vista de espaldas, con su pequeño camisón, parecía una muñeca. Miraba hacia el ojo de cristal esmerilado de la puerta.

Al otro lado del ojo, los edificios de los casinos perdían su contorno y se convertían en manchas. El color dominante era el rojo.

Llamé a Sara en voz baja. No me oyó. La cogí en brazos y la llevé a la cama.

21 DE AGOSTO DE 2007. NOCHE

Salimos a dar nuestro primer paseo nocturno y caminamos cien metros por College Drive hasta llegar a la parte alta de Virginia Street. Desde allí se divisaba toda la ciudad: una trama de luces blancas y acristaladas de la que sobresalían los casinos iluminados de rojo, verde o fucsia. A lo lejos, las luces se iban espaciando y parecían, al final, salpicaduras. Más allá, la oscuridad plena, el desierto.

Según el taxista que nos había traído del aeropuerto, Reno tenía una población de 225.000 habitantes, a los que había que añadir los de la ciudad contigua, Sparks, otros 100.000; pero, en muchos aspectos, en cuanto al número de habitaciones de hotel, por ejemplo, o en cuanto al número diario de vuelos, estaba a la altura de las ciudades de un millón de habitantes. De noche, viendo las luces, la apreciación parecía razonable.

Bajamos por Virginia Street hasta la zona en la que, por debajo del nivel de las casas, cruza la autovía 80, y vimos allí, junto a un *drugstore* de la cadena Walgreens, a unos mendigos acurrucados. Al otro lado de la calle, en el aparcamiento de la gasolinera Texaco, dos coches de la policía vigilaban sin dejarse ver, desde las sombras.

Se acercó un helicóptero volando muy bajo y señalando su posición con una luz roja intermitente. Superó la autovía 80 y tomó tierra en el techo del Saint Mary's, el hospital que, sin éxito —era demasiado caro para la cuota que pagábamos—, habíamos pedido en un principio a nuestra casa de seguros.

Dejamos la calle en dirección al campus de la Universidad. Estaba oscuro. En el estanque que encuadraban el edificio de los comedores y la Escuela de Minas, Manzanita Lake, había un cisne. Se deslizaba sobre el agua con suavidad, sin otro impulso aparente que el de la brisa que venía del desierto.

23 DE AGOSTO. noche de televisión

Daban un documental sobre la Segunda Guerra Mundial, y me quedé a verlo después de que Ángela y las niñas se hubiesen ido a la cama.

La voz del narrador era dulce, y los antiguos soldados, ahora octogenarios, hablaban con tristeza de los compañeros caídos en Normandía. De fondo, las notas de un tema musical de Henry Mancini, *Soldier in the Rain,* y de otra pieza, también lenta, también triste, que no identifiqué.

Me vino a la mente lo que habíamos visto a nuestro paso por el aeropuerto de San Francisco: banderas británicas y españolas por doquier, carteles donde se hablaba de la «guerra contra el terror» o se citaba a las «naciones amigas de Estados Unidos».

El documental adquirió de pronto un nuevo sentido. Estábamos en un país en guerra. Habían pasado cuatro años desde que George Bush decidiera la invasión de Irak, y las bajas del Ejército americano se contaban por miles. La voz dulce del narrador, las notas tristes de *Soldier in the Rain,* todo lo que en el documental apelaba al corazón o al sistema nervioso de la espina dorsal, tenían por objeto el presente, no el pasado.

EL SUEÑO

Me quedé dormido delante de la televisión, y me vi a mí mismo a nueve mil kilómetros de Reno, en un hospital de San Sebastián. Estaba en una cama estrecha, rodeado de barrotes metálicos, tratando de atraer la atención de la cuidadora nocturna que mi familia había contratado para que me atendiera. Tenía necesidad de ir al servicio.

La cuidadora no me hacía caso. Era una chica joven, de unos veintidós años. Hablaba con alguien por el teléfono móvil.

—Pues sí, aquí estoy, en la playa —dijo, golpeando con la mano la colchoneta que utilizaba para tumbarse y descansar.

Conocía la expresión, se la había oído más veces. Cuando hablaba con su pareja, llamaba «playa» a la habitación del hospital. Era su humor.

Temiendo mojar la cama, intenté echar abajo los barrotes que me encerraban. No pude, y llamé a gritos a la cuidadora. Ella apagó el teléfono y se puso a garabatear en las páginas de una revista ilustrada. Alargué el cuello por encima de los barrotes y logré entender una de las frases que había escrito: «Ya sé que a veces me ves rodeada de un aura de tristeza...».

La insulté tratando de tirarle la almohada a la cabeza, pero lo único que conseguí fue torcer la guía del suero que tenía en la vena del brazo derecho.

—¡Quiero que me quiten estos barrotes! ¡No soy un mono de jaula!

Me desperté, abrí los ojos. Las imágenes en blanco y negro de la pantalla de la televisión mostraban un tanque ardiendo.

Las piezas de la escena, piezas verdaderas, estaban trastocadas en el sueño. Existía una cuidadora nocturna que llamaba «playa» a la habitación del hospital y emborronaba las páginas de las revistas con bobadas sentimentales; existía en aquel hospital una cama con barrotes. Pero el que protestaba —«¡Quiero que me quiten estos barrotes! ¡No soy un mono de jaula!»— no era yo, sino mi padre. Por otra parte, nada tenía que ver la cuidadora en el asunto. Era yo el que, por no llevar la contraria a las enfermeras, se negaba a quitarle los barrotes.

25 DE AGOSTO. PRIMER DÍA DE ESCUELA

Mount Rose School, la escuela de Izaskun y Sara, se encontraba en Grandview Avenue, a cinco minutos de casa en el Ford Sedan de segunda mano que nos acabábamos de comprar.

Pusieron a Sara con otros treinta niños de nueve y diez años de edad en una clase que estaba bajo la responsabilidad de dos profesoras y de una estudiante de Magisterio en prácticas. Izaskun fue a parar a una clase de adolescentes o casi adolescentes, quince alumnos a cargo de una sola profesora. Nada más cerrarse las puertas de las aulas, el director de la escuela dirigió a todos un pequeño discurso de bienvenida por los altavoces, citando a nuestras hijas, «Isaiskun», «Sawra», entre los nuevos alumnos del centro.

Las clases terminaban a las tres de la tarde. Volvimos allí después de comer en la Universidad y espiamos desde las ventanas que daban al patio lo que ocurría en las aulas de Izaskun y de Sara. Las profesoras leían en voz alta, y nuestras hijas tenían la misma actitud que los demás niños. De mejor o peor manera, comprendían lo que estaban escuchando. El esfuerzo de Ángela durante los meses anteriores al viaje no había sido en vano.

Los alumnos fueron saliendo en fila, y cada uno de ellos recibió en la puerta un abrazo de su profesora.

LA PELÍCULA DE LA NOCHE

Los aviones militares se acercaban una y otra vez al Empire State disparando con sus ametralladoras contra King Kong, que se había subido a lo más alto del edificio. Se veía de vez en cuando a la chica medio desnuda que el simio tenía en una de sus zarpas, o a la gente que, en la calle, rodeaba el edificio y miraba hacia arriba; pero lo que ocupaba la pantalla durante la mayor parte del tiempo era el ataque de los aviones. Primero, un plano del piloto; luego, los disparos; al final, el bramido del motor. Imágenes repetitivas, cansinas.

A King Kong, que ya había matado, mientras vivía en la isla, al dinosaurio y a la serpiente gigantesca, que había raptado, además, a una legión de muchachas, la violencia no debía de resultarle extraña; pero fuera de la selva no comprendía nada. No acertaba a identificar la mancha roja de su cuello, las heridas provocadas por las invisibles balas de las ametralladoras, y se esforzaba sin convicción en contra de los aviones. Atrapaba al fin uno de ellos y lo derribaba; pero no conseguía nada, no había tregua. Los otros aviones se abalanzaban sobre él y le disparaban sin descanso. *Ta-ta-ta-ta, ta-ta-ta-ta.*

King Kong dio un traspié, y solo la antena del Empire State le salvó de precipitarse al vacío. El final estaba cerca. Sara, nuestra hija de nueve años, empezó a llorar en silencio, como para sí misma. Seguiría así durante toda la película.

King Kong comprendió de pronto que su última hora había llegado y tuvo un gesto de nobleza. Hizo un último esfuerzo y depositó en el suelo a la muchacha que tenía en su zarpa. Luego se dejó caer. La pantalla lo mostró tendido en la calle, y se oyó la voz de alguien que afirmaba que no le habían matado los aviones, sino el amor. Ahí terminó la película. No, en cambio, el llanto de Sara. Lloraba ahora desconsoladamente.

No había modo de que se tranquilizara, y comenzamos a argumentar:

—Tienes que comprenderlo. Le han hecho daño, pero él también lo había hecho antes.

Sara respondió sin dejar de sollozar:

—Pero él lo hacía sin querer, y los otros, queriendo.

No hubo forma de superar aquel punto, y la llevamos a la cama con la esperanza de que la reina Mab le trajera sueños que le hicieran olvidar la suerte de King Kong.

NOCHE EN TACO'S

Anduvimos de compras en el centro comercial situado en el cruce de Northtowne Street y la vía de circunvalación de la ciudad, McCarran. Al atardecer, hacia las siete, dejamos las bolsas en el maletero del coche y fuimos a cenar a un restaurante de comida rápida de la cadena Taco's. Quedaba allí mismo, al otro lado de McCarran, en un alto.

La cocina del restaurante estaba a la vista, separada únicamente por un mostrador de tres o cuatro metros de largo, y las empleadas que trajinaban allí, todas ellas latinas, preparaban la comida y la iban almacenando en bandejas metálicas como las de los *self services*. Los clientes, numerosos, recogían su envase con la cena en una ventanilla que daba al aparcamiento, sin bajarse del coche, o en el mismo mostrador. Para las personas que preferían quedarse, el restaurante disponía de unas diez mesas.

No era un establecimiento del todo vulgar. Tenía un gran ventanal que daba a McCarran y la ciudad, iluminada y brillante, diamantina, lucía en él como en un cuadro.

Las niñas eligieron la primera mesa del local, al lado de la puerta, a pocos metros de un cliente que había llamado su atención. Era un latino joven, gordo, de unos ciento treinta kilos de peso.

—¿No preferís la ventana? —les dije.

No, preferían la mesa desde la que podían observar al hombre. Tenía una cabeza que les asustaba y les atraía al mismo tiempo, enorme, redonda, completamente rapada, incrustada como una bola en un cuello dos veces más grueso de lo normal.

El hombre gordo miraba con frecuencia hacia la cocina. En cierto momento, se levantó y fue a hablar con una de las chicas que preparaban los envases de comida.

Pensé que tendría una relación personal con ella, o que sería un empleado del restaurante fuera de turno. En cualquier caso, no era un cliente, no estaba consumiendo nada. Su única preocupación, aparte de la chica de la cocina, era su teléfono. Movía los dedos por el teclado constantemente, como jugando, sin marcar realmente ningún número.

Nada más sentarme me di cuenta de que tenía las manos sucias y fui al servicio, quince pasos. Pero estaba cerrado y volví a la mesa.

—No están sucias de verdad —me dijo Izaskun—. Te has manchado con los polvos de maquillaje que hemos comprado para cuando llegue Halloween.

Nos llamaron para recoger nuestras bandejas, y antes de hacerlo volví a acercarme al servicio. Inútil, seguía cerrado. Un momento después, tenía las manos aún más sucias que antes, porque la bandeja que cogí del mostrador tenía grasa y restos de salsa.

—¿Qué es esta porquería? —pregunté a una de las empleadas.

Sin un gesto, puso en mis manos una bandeja limpia y un taco de servilletas de papel.

Había un nuevo cliente en el restaurante, de pie junto a la puerta. Iba vestido al estilo *cowboy,* con una camisa de fantasía de color morado y ribetes blancos. Pensé que debía de ser la persona que ocupaba el servicio, y fui rápidamente a lavarme las manos. Acerté: la manilla de la puerta cedió.

El papel higiénico estaba desparramado por todo el suelo, y un trapo mojado taponaba el lavabo. Me lavé las manos con cuidado, tocando solo lo imprescindible. Vi al salir que la papelera estaba volcada en un rincón. Alrededor, un revoltijo de cosas. Restos de comida, envoltorios de dulces, más papel higiénico.

Unas diez personas esperaban ahora en fila ante el mostrador de la cocina. Los últimos eran dos policías.

Llevaban la gorra bajo el brazo y mostraban una actitud humilde, como si en lugar de en un restaurante de comida rápida estuvieran en una capilla; pero el color azul de sus uniformes y la pistola que llevaban al cinto hacían su efecto y los clientes se mantenían alerta, sin cruzar palabra.

Los policías solo estuvieron en la fila el tiempo necesario para observar a las empleadas, y acabaron acercándose a la que había estado hablando con el hombre gordo. Ella extendió el brazo señalando hacia fuera.

Pensé que habría algún coche que molestaba, y le pregunté a Ángela si nosotros habíamos aparcado bien el nuestro.

—Te preocupas por todo —me dijo Izaskun—. Antes, las manos. Ahora, el coche.

La policía salió del local con la misma discreción que había mostrado hasta entonces, y por un momento todo estuvo en calma y en silencio, como si, efectivamente, Taco's se hubiese convertido en una capilla. De pronto, como empujado por un resorte, el hombre gordo corrió a hablar con la empleada. Se movía con ligereza. Era rápido.

La chica le atendió de forma displicente. Había entre ellos, en altura, una diferencia de unos veinte centímetros; en peso, la diferencia debía de superar los sesenta kilos. No obstante, daba la sensación de que era ella la que le miraba por encima del hombro. En ningún momento de la conversación dejó de llenar de comida los envases de plástico.

El local se quedó vacío. No había nadie delante del mostrador. En las mesas, solo estábamos nosotros y el hombre gordo. Él seguía con su teléfono móvil. Izaskun leía un cómic. Ángela y Sara comparaban los colores de los polvos de maquillaje en una servilleta. Al otro lado del ventanal, los casinos de color rojo, fucsia y verde parecían catedrales.

Se abrió la puerta y entraron tres policías, los dos de antes y un tercero de más edad. Fueron primero al servicio y luego al mostrador, donde la chica displicente. Tratando de explicar lo que estábamos presenciando, hablé a las niñas del desorden del servicio y de la suciedad de la bandeja. Alguien habría llamado a la policía quejándose por la falta de higiene. Me vino a la mente el *cowboy* de camisa de color morado y ribetes blancos que había visto de pie junto a la puerta.

El hombre gordo volvió a levantarse y fue a reunirse con los tres policías y la chica. Los cinco estuvieron hablando en voz baja; a continuación, el hombre gordo y dos de los policías salieron a la calle. El tercero, el de más edad, se quedó hablando con la chica. Ella le señaló una y otra vez la cocina, con vehemencia, levantando la voz. No se acobardaba fácilmente.

Izaskun vio lo que pasaba fuera a través del cristal de la puerta.

—Un policía ha tirado una bolsita de polvo blanco sobre la capota del coche —dijo—. Parece azúcar o harina. Pero seguro que es droga.

Salimos del restaurante para volver a casa y allí estaba el hombre gordo, sentado en el bordillo de la acera y rodeado de policías, con las manos esposadas en la espalda. Debido a la postura, el tatuaje que bajaba por su nuca era fácil de reconocer. Una serpiente.

Había unos diez coches de la policía en el aparcamiento de Taco's, y tuvimos que sortearlos para salir a McCarran. Sara preguntó si el hombre gordo iría a la cárcel. Respondimos que sí.

—¿Para un mes? —dijo.

Pensé que serían años, pero no le di una respuesta clara.

—Yo creo que no había mucho polvo en la bolsita, y que le sacarán enseguida de la cárcel —dijo Izaskun.

Tal como había ocurrido la víspera con King Kong, las niñas sentían compasión por el detenido.

Despierto en la oscuridad de la habitación de College Drive, volví a acordarme del *cowboy* de camisa de color morado y ribetes blancos. Sin lugar a dudas, era policía. Él había revuelto el servicio de Taco's en busca de la droga cuando sus compañeros uniformados ya tenían rodeado el lugar. Habrían seguido hasta allí al hombre gordo. A él, o a su teléfono.

No alcanzaba a ver la trama con claridad, pero no me importó. Ya pasó la época en que los *thrillers* parecían trascendentales. El tema fundamental era, ahora, el que ponía de manifiesto la reacción de las niñas: ¿qué nexo debe haber entre la justicia y la compasión? ¿Hasta qué límite puede llegar la sociedad a la hora de defenderse? ¿Qué debe hacer la ciudad con King Kong?

Las preguntas giraban en mi mente. Eran sombras en la habitación. Me dormí sin esperanza. Ni siquiera la reina Mab, dueña de los sueños, sabría encontrar una respuesta.

EL OJO DAÑADO Y EL OJO VIGILANTE

Nos sorprendió una ráfaga de viento en el momento en que salíamos hacia la escuela, e Izaskun empezó a dolerse por un golpe que había sentido en un ojo. Vimos enseguida que tenía una herida en la córnea.

—El viento llevaba piedras —dijo.

Llamamos por teléfono a la oficina que nuestra casa de seguros tenía en Estados Unidos, y salimos a toda velocidad hacia la clínica que nos asignaron. Estaba en el número 1441 de McCarran, a unos diez kilómetros.

Tuvimos que esperar media hora en la sala por un mal entendimiento entre la casa de seguros y la administración de la clínica. Luego, otra media hora más, porque el médico cubrió con un líquido naranja la córnea dañada y se necesitaba un tiempo para que hiciera reacción.

—La herida no es profunda. Se curará por sí sola —dijo el médico al fin, limpiando el ojo con suero.

Dejamos a las niñas en la escuela a eso de las once de la mañana, y cinco minutos después ya estábamos en casa. En el teléfono, un aviso de la policía o de algún servicio de seguridad, informándonos de que ni Izaskun ni Sara habían acudido a la escuela a la hora debida.

El ojo de cristal esmerilado de la puerta de nuestra casa atrapaba la imagen de los casinos del centro, pero el otro ojo, el Ojo Vigilante, era más agudo y veía incluso los interiores de la ciudad.

27 DE AGOSTO DE 2007. MARY LORE

La directora del Center for Basque Studies (CBS) se llamaba Mary Lore Bidart. Era una mujer de unos cuarenta años, de ojos claros.

—Si quiere que el papeleo lo hagamos en otro momento, por mí de acuerdo —dijo.

Estaba sentado frente a ella, pero sin decir palabra. Me costaba pensar.

—Todavía no me he acostumbrado al cambio horario. La cabeza me pesa como una piedra —me disculpé.

Tardé casi un cuarto de hora en rellenar los impresos que la Universidad de Nevada exigía a los *visiting writers*. Poco después llegó Ángela y recogió el carnet que le daría derecho a utilizar la biblioteca y acceder a los archivos.

Antes de salir del despacho, dejamos sobre la mesa la carta que el Bank of America había enviado a Robert H. Earle, la que salvamos en el escrutinio de College Drive.

—De modo que todavía le escriben a esa dirección —dijo Mary Lore al verla—. La casa fue su estudio hasta que se jubiló. Pero hace ya tres años de eso.

Aquello explicaba las menguadas dimensiones de la casa de College Drive. Estaba destinada a ser un estudio, no una vivienda familiar.

Mary Lore nos dio más información. La casa —la casita— era un regalo que Robert H. Earle, «Bob», había hecho a la Universidad, y el CBS la utilizaba como almacén de libros y para albergar a los escritores que pasaban una temporada en Reno.

—Bob vive en la casa grande que está en lo alto de vuestro jardín. Hacedle una visita. Se alegrará.

—Iremos en cuanto se nos pasen los efectos del cambio horario.

Nos despedimos de Mary Lore y empezamos a bajar las escaleras que unían la zona de oficinas de la Universidad con la biblioteca. Ángela me dijo que tenía cara de estar enfermo.

—Tengo dolor de cabeza, pero no es por el cambio horario, sino por Nabokov —dije—. Mientras hablaba con Mary Lore me he acordado de la otra Mary Lore, la enfermera que aparece en *Lolita*. ¿No te acuerdas? Con el permiso de Nabokov, Humbert Humbert la insulta llamándola «culona» y «puta gorda». Luego, por el mismo precio, lanza un salivazo al padre de la tal Mary Lore contando un viejo chiste sobre las relaciones sexuales entre los pastores vascos y las ovejas. Un pasaje asqueroso.

—En cualquier caso, estamos bajo los efectos del cambio horario —dijo Ángela—. Yo no me he acordado de la Mary Lore de Nabokov, pero tengo un dolor de cabeza tremendo.

DENNIS

Mary Lore hizo las gestiones en el rectorado de la Universidad y nos consiguió un despacho. Estaba en la biblioteca, detrás de las estanterías reservadas a los diccionarios y otros libros de consulta, y era pequeño, sin ventanas. Disponía, como todo mobiliario, de dos mesas, dos ordenadores, un archivador y un teléfono adosado a la pared.

Con todo, era un privilegio tener un lugar donde trabajar, y recibimos las llaves y nuestros códigos informáticos en el curso de una pequeña ceremonia.

Al despacho acudió enseguida uno de los responsables informáticos de la Universidad. Me pareció al principio un chico joven, porque físicamente era muy delgado y llevaba un flequillo al estilo *beatle* de los años sesenta, pero debía de tener unos treinta y cinco años. Se presentó diciendo que se llamaba Dennis.

—¿Va todo bien? ¿Funcionan las máquinas? —preguntó.

Se sentó delante de uno de los ordenadores, tecleó, fue a sentarse ante el otro ordenador, volvió a teclear y se levantó. En total, treinta segundos.

—Ya estáis dentro del sistema —dijo, acercándose a la puerta.

Se alejó del despacho pero volvió sobre sus pasos. Ida y vuelta, cinco segundos.

—He estado hablando con Bob de la seguridad de vuestra casa. ¿Cuándo pueden ir los exterminadores?

Entendimos que «Bob» era nuestro vecino, Robert H. Earle. Pero no sabíamos a qué se refería con lo de los «exterminadores».

Dennis tenía los brazos cruzados y se sujetaba la barbilla con una mano. No se decidía a contarnos lo que estaba pensando.

—El sótano de vuestra casa está lleno de libros. Además, tiene mucho arbusto alrededor. Es posible que haya arañas —dijo al fin—. Normalmente no pasa nada, pero es mejor no tenerlas debajo de la cama.

Frunció los labios y pronunció el nombre de la araña a la que se estaba refiriendo: *black widow*. La misma que en México llaman «viuda negra» o «migala».

—Puedes quedarte en casa cualquier día, ¿verdad? Que vayan los exterminadores cuando quieran —dijo Ángela. A ella le interesaba estar en el archivo del CBS desde primera hora, pero yo no tenía horarios. Estaba en Reno por mi trabajo de escritor, no para dar clases o para una investigación.

—Que vayan mañana mismo. Cuanto antes nos libremos de las viudas negras, mejor —dije.

—¡Bien! —exclamó Dennis, levantando el pulgar. *Great!*

Lo vimos alejarse por la biblioteca caminando a pasitos cortos y rápidos. Era una persona popular. Varios estudiantes que en aquel momento estaban sentados delante del ordenador levantaron la cabeza para saludarle.

LA ARAÑA

En las imágenes del ordenador la araña tenía un color negro y brillante, y parecía hecha de una materia mezcla de metal y plástico. Una mancha roja en forma de diábolo marcaba su vientre. Sus patas eran largas, fuertes, sin pelos, pulidas. Su cuerpo no alcanzaba el tamaño de una avellana.

Según el artículo que acompañaba a las imágenes, el veneno de la viuda negra era neurotóxico, y su mordedura, que en un primer momento parecía inocua, provocaba enseguida grandes dolores, los de un ataque al corazón y los de una apendicitis, ambos al mismo tiempo. Provocaba también temblores, postración, mareos, náuseas y, lo más grave, una subida violenta de la tensión arterial. Con todo —subrayaba el artículo—, la mordedura pocas veces era mortal, y solo resultaba verdaderamente peligrosa en el caso de los niños y de los ancianos.

EL PRIMER MENSAJE

El primer mensaje que nos llegó después de que Dennis nos introdujera en el sistema de la Universidad fue una circular en la que se informaba de un acto cultural. Guy Clifton, periodista especializado en boxeo, iba a presentar un libro en la librería del campus, *Dempsey in Nevada*. El anuncio se cerraba con un comentario de Angelo Dundee, antiguo entrenador de Muhammad Ali: «*I'm intrigued by this book...*». «Este libro ha despertado mi curiosidad. Me ha mostrado lo poco que sabemos de la historia del boxeo. ¡Dios, son cosas de cuando los hombres eran hombres! Este libro me ha gustado de verdad. Es interesante. Fluye bien. Se lee con facilidad.»

LLAMADA A MI MADRE

—Hoy te llamo desde el despacho que nos han dejado en la Universidad —dije a mi madre. Tenía que hablar de pie, por la altura a la que el teléfono estaba colocado en la pared—. No puedo llamarte desde casa, porque sería muy tarde para ti. ¿Qué tal estás?

—También ahora es tarde —dijo ella—. Yo ya he cenado.

—Nosotros iremos a comer dentro de un rato. Solemos ir a uno de los comedores de la Universidad, bastante bonito, con vistas a un estanque con cisnes. Normalmente...

—¿Qué has dicho? ¿Que vais a ir a comer? Querrás decir a cenar.

—No, vamos a comer. Recuerda que estamos en Nevada, en Estados Unidos. Ahora mismo, aquí son las doce y veinte del mediodía.

—¡Las doce y veinte! ¡Es asombroso! Aquí son las nueve y veinte de la noche. Por eso he cenado ya. Normalmente, ceno a las ocho, y para las nueve, a la cama.

—¿No ves la televisión? Deberías ver algún programa bonito.

—No me gusta la televisión. Prefiero irme a la cama. Raro es el día que para las nueve no estoy en la cama. No me duermo, pero al menos estoy tumbada.

29 DE AGOSTO. LOS EXTERMINADORES

«Here we are! The exterminators!», dijo uno de los dos hombres nada más abrir yo la puerta de la casa de College Drive. «¡Aquí estamos! ¡Somos los exterminadores!»

Si lo hubieran dicho a coro, habría pensado que venían a hacer publicidad de un espectáculo de *variété,* o que se trataba de la visita de dos actores cómicos de televisión. Parecían extremadamente contentos y hablaban a gritos, cantando. Llevaban buzos de color azul y gorras rojas de béisbol. En las manos, unas pistolas de fumigar de tubo largo y unos maletines de plástico.

Sin dejar de hablar —no les entendía nada—, tomaron posiciones. El más joven, que parecía aprendiz, se quedó en la habitación de Izaskun y Sara; el jefe, un grandullón de unos sesenta años, bajó conmigo al sótano. Miró en todas partes: en el rincón donde estaban la lavadora y la caldera de la calefacción, en la habitación enmoquetada que hacía de trastero y de lugar de juego de las niñas y, sobre todo, en el garaje de la casa, donde, en estanterías metálicas, se almacenaban los libros publicados por el CBS. Se movía de un sitio a otro con las manos en los bolsillos, silbando y canturreando. De vez en cuando, emitía un suspiro y exclamaba: *«Terrible place!».* «¡Qué sitio tan horrible!»

Puso el maletín de plástico en el suelo y empezó a sacar los botes que tenía guardados allí. Uno contenía un líquido amarillo; otro, un polvo negro parecido al hollín; el tercero, una especie de moco verde.

El grandullón abandonó por un momento su hablar cantarín y me resumió su dictamen. Dijo lo que, de forma menos prolija, ya nos había adelantado Dennis. Nuestro sótano era el hábitat perfecto para las viudas negras. Pero no solo para ellas, también para una buena parte de los seres que la Biblia considera inmundos, serpientes, alacranes y similares. Tendría que utilizar productos especialmente agresivos.

—¿Tienen gato en casa? —preguntó.

Quise decirle que el único animal que teníamos cerca era el mapache del jardín, pero no me acordé de su nombre en inglés —*racoon*—, y me limité a negar con la cabeza.

—¡Mejor! —dijo. Luego añadió, riendo—: ¡Mejor para el gato, se entiende!

Me hizo señas para que saliera del sótano y se colocó una mascarilla como las que utilizan los cirujanos.

Esperé en la cocina. No vi al mapache en el jardín, pero sí a los *bluebirds,* unas urracas de color azul que graznaban en las ramas de los árboles. Treinta metros más arriba, en lo alto de la pendiente, el sol daba de lleno en las ventanas de la casa de nuestro vecino Robert, «Bob», Earle.

El aprendiz de exterminador se movía por la entrada. Dirigió la pistola de fumigar a un rincón del porche y apretó el gatillo. Repitió la operación en la escalinata de piedra, y luego, por lo que pude atisbar, en la zona exterior del garaje. También él canturreaba, pero sin acertar con ninguna melodía.

El grandullón tardó un cuarto de hora en subir. Se dirigió directamente a la camioneta que tenían aparcada frente a casa y dejó allí las pistolas de fumigar y el maletín de plástico.

—¿Qué tal? ¿Ha visto algo? —le pregunté cuando volvió a entrar en casa.

—Había una araña donde los libros. Pero tranquilo. Ya la he matado —respondió. Eso entendí, al menos.

—¿Una araña? —me sorprendí.

Asintió sin mirarme. Estaba inclinado sobre la mesa, rellenando un recibo. Cuando terminó, sonrió y me mostró lo que le debía. Ciento cuarenta dólares.

—¿Ciento cuarenta dólares?

Me explicó algo que no entendí. En cualquier caso, no había dudas sobre la cifra. Ciento cuarenta dólares.

Me pareció que el motor de la camioneta arrancaba con alegría, casi cantando, con el mismo humor que sus dueños, *the exterminators*. Llegó al cruce de College Drive con Sierra Street, encendió el intermitente de la izquierda y desapareció.

COMO EL DIABLO EN LA BOTELLA

Había un puesto en la entrada de la biblioteca de la Universidad donde preparaban *coffee to go*, café para llevar a clase o a la mesa de trabajo. Lo servían en vasos de plástico, con una tapa que impedía que se enfriara. Coincidí con Dennis mientras hacía cola delante del mostrador, y me preguntó sobre los exterminadores.

—Al parecer encontraron una viuda negra en el garaje —respondí—. Pero no me enseñaron su cadáver.

Cuanto más tiempo pasaba, más seguro estaba de la inexistencia de la araña de College Drive.

—No creo que mintiera —dijo Dennis, adivinando mis pensamientos—. Hay mucho insecto este año.

Nuestros vasos de café estaban listos, y el estudiante encargado del puesto nos los puso delante después de embutirles un anillo de cartón. Sin él, quemaban.

Dennis adoptó la postura del día que vino al despacho para integrarnos en el sistema de la Universidad. Tenía los brazos cruzados y una mano en la barbilla.

Pagué los cafés y le pasé el suyo.

—¿Tienes cinco minutos? —preguntó.

—Claro que sí.

Fuimos hasta su despacho cruzando la biblioteca. Era tan pequeño como el nuestro, pero con ventanas desde las que se veía una parte de Reno y las primeras montañas del desierto. Conté siete ordenadores entre los que había en el suelo y sobre la mesa.

Lo que él me quería mostrar estaba encima de un archivador metálico: un frasco de cristal transparente cerrado con una tapa metálica redonda, y en su interior un insecto igual al que había visto en el ordenador, una araña, una viuda negra.

—La atrapé ayer —dijo Dennis.

Cogió el frasco y lo sostuvo en el aire para que yo lo pudiera mirar desde abajo. Allí estaba, en el vientre de la araña, la mancha roja en forma de diábolo. «En forma de reloj de arena», en palabras de Dennis.

La araña movió sus patas de tres centímetros de longitud.

—Fíjate bien —dijo Dennis.

Agitó el frasco durante unos instantes. La viuda negra se movió por las paredes de cristal como una exhalación.

—Qué energía tan increíble, ¿verdad?

Dennis volvió a dejar el frasco encima del archivador.

—Tendré que empezar a trabajar —dije. Tenía ganas de volver a mi despacho y tomarme el café.

Dennis me informó de sus intenciones. Quería comprobar la resistencia del insecto, cuánto podía vivir sin alimentarse y con una cantidad limitada de oxígeno.

—Si sigue viva dentro de dos semanas, la soltaré.

Me pareció que dos semanas era mucho tiempo, pero no dije nada.

HELICÓPTEROS

Me despertó un ruido de motores, y distinguí enseguida, por encima del zumbido metálico, el sonido rítmico de las aspas de helicóptero. No se trataba de un solo aparato, como cuando trasladaban a un enfermo al hospital Saint Mary's. Eran muchos, y parecían volar muy bajo. Los cristales de nuestra casa vibraban.

Salí corriendo al jardín. El cielo estaba lleno de luces rojas, y el estruendo parecía afectar a todo, a la casa, a los árboles, al aire. Uno de los helicópteros pasó justo por encima de mí, y pude ver sus letras y sus colores. Era panzudo, de los que se utilizan para transportar tropas.

El jardín volvió a quedar en silencio. Junto a la cabaña, el mapache me miraba con sus dos ojos amarillos, como si nada hubiese sucedido.

UNA DOSIS DE MORFINA (RECUERDO)

Una semana después de ingresar en el hospital, mi padre recibió una dosis excesiva de morfina. Cuando fui a visitarle, me confundió con un hombre que había trabajado con él en los bosques del Pirineo sesenta años antes.

—¿Dónde están los bueyes? —me preguntó. Tenía los ojos acuosos.

—¿Qué bueyes? —dije.

—¡Qué bueyes quieres que sean! ¡Los que necesitamos para bajar los troncos! ¡Hay que cargarlos en el tren mañana!

Le puse la mano en el brazo. Él la rechazó.

—¡Trae de una vez los bueyes! ¡Los troncos son muy grandes, y no los podemos bajar en el cable!

Sus gritos debían de llegar hasta el pasillo. Pedí ayuda pulsando el timbre que colgaba sobre la cama.

Se presentó una enfermera joven:

—¿Este es el dueño de los bueyes? —preguntó mi padre.

—Se le ha ido la olla, ¿no? —dijo la enfermera.

«¡Cuidado con lo que dice! ¡Debería tener más respeto hacia este hombre!»... Tal habría sido la respuesta de mi hermano mayor, pero no tuve reflejos y me quedé callado. Con todo, ella se dio cuenta de mi enfado y se ruborizó.

—Llevo tres años en el negocio de la madera, y nunca me había ocurrido nada parecido —dijo mi padre.

Entró en la habitación la enfermera jefe de la planta. Llamó a mi padre por su nombre y estuvo hablando por hablar y haciéndole preguntas absurdas hasta que encajó el frasco de calmante en la guía conectada a su brazo.

—Por favor, acompáñeme un momento. Quiero comentarle una cosa —me dijo a continuación, indicándome la puerta.

Un enfermo caminaba despacio por el pasillo sosteniendo en la mano la bolsa de la orina. Le ayudaban dos mujeres, una a cada lado. La enfermera esperó a que pasaran antes de continuar.

—Esa chica que cuida de su padre por las noches no es de fiar —dijo al fin—. Coloca los barrotes a la cama y se marcha a la sala donde están las máquinas de refrescos y snacks. Se pasa las horas leyendo revistas o hablando por el móvil.

—No debería hacer eso. Le pagamos un dineral —dije.

—Eso no nos incumbe —dijo ella—. Lo que nos preocupa a nosotros es que su padre intenta salirse de la cama. La noche pasada le sorprendimos con una pierna fuera de los barrotes. Si se cae al suelo, las consecuencias pueden ser graves.

Había pensado protestar por el descaro de la enfermera joven, pero lo que acababa de oír hizo que me olvidara de ello.

—Siempre ha sido muy fuerte —dije.

Volví a entrar en la habitación. Los ojos de mi padre ya no estaban tan acuosos.

—¿Qué quieres? —me dijo con voz nasal. Un instante después, estaba dormido.

12 DE SETIEMBRE. *UNIVERSITY POLICE WOULD LIKE TO INFORM YOU...*

Encendí el ordenador y me encontré con un mensaje de la policía: *«University Police would like to inform you that two bear sightings on campus have been reported...».* «La policía de la Universidad desea informarle de que dos osos han sido vistos en el campus esta madrugada, a primeras horas del 12 de setiembre de 2007. Según el último aviso, un oso ha estado merodeando por la gasolinera Texaco hacia las siete menos veinte de la mañana.

»Si ve a uno de esos animales, ¡por favor, no se acerque! Llame al 911. Tenga además en cuenta los siguientes consejos:

· No trate de mirarle de cerca.

· No le acorrale.

· Si va en un grupo con dos o más personas, la impresión que pueden hacer permaneciendo todos juntos es mayor.

· Haga el mayor ruido posible, gritos y demás.

· Evite el contacto visual, algunos osos lo tomarían como amenaza.

· No le dé la espalda, no corra.

»Recuerde: si ve a uno de estos animales, ¡por favor, no se acerque! Llame al 911.»

12 DE SETIEMBRE. QUÉ HACER
EN SITUACIONES DE RIESGO

Izaskun y Sara regresaron de la escuela hablando de los simulacros que habían practicado aquel día con objeto de prepararse para posibles situaciones de riesgo.

—Si la bocina suena ocho veces, señal de que hay fuego —explicaron—. En ese caso, debemos ponernos en fila y caminar con tranquilidad hasta la zona del patio que nos corresponde. Cada clase tiene marcado un sitio.

Pensamos que aquello era todo. No era así.

—Si en el patio aparecen osos, tenemos que apagar las luces y meternos debajo de los pupitres. Lo mismo en el caso de que un francotirador empiece a dispararnos. Hay que apagar las luces y esconderse bajo el pupitre.

DE PASEO POR EL CENTRO DE RENO

La puerta del casino Eldorado se abrió justo cuando pasábamos por delante, y lo primero que vi dentro fue una pantalla gigante con la imagen de Elvis Presley. Vestía un traje blanco adornado de lentejuelas que le quedaba prieto y cantaba uno de sus éxitos, *In the Ghetto: «As the snow flies on a cold and gray Chicago mornin' a poor little baby child is born in the ghetto...».* «Mientras cae la nieve en la fría y gris mañana de Chicago, un pobre niñito nace en el gueto...» Los jugadores tenían la mirada fija en las *slots,* las máquinas tragaperras, y no le hacían caso.

Una mujer joven miraba hacia arriba en el cruce de Virginia Street con la Segunda, alargando el cuello como un pájaro. Llevaba gafas oscuras, y tenía un bastón blanco en la mano derecha. Era ciega.

—*Please! Please!* —exclamó al sentir nuestra proximidad.

Nos preguntó por la estación de autobuses de la línea Greyhound. Conocíamos la dirección, porque estaba muy cerca del dispensario público donde habíamos puesto a Izaskun y Sara las vacunas que exigía la escuela, y le explicamos que debía seguir por la Segunda y contar seis calles. Encontraría la estación allí, a la izquierda. Se alejó a paso rápido, tentando el suelo con el bastón.

Seguimos bajando por Virginia Street, oyendo el tintineo de los colgantes metálicos que adornaban las farolas y se meneaban con el viento. La calle se volvió luminosa, como al final de un túnel. Dimos cien pasos más y nos encontramos con el río Truckee. Sus aguas se arremolinaban una y otra vez, chocando con las piedras y discurriendo a toda velocidad, como en los ríos de montaña.

Nos habían dicho que algunos jóvenes de Reno solían divertirse haciendo carreras de un puente a otro montados en las cámaras de goma de las antiguas ruedas de camión; pero aquel día solo vimos diez o doce hombres con aspecto de *hippies,* sentados en una de las orillas. Uno de ellos jugaba con un perro negro, cansinamente, sin ganas.

Cruzamos el puente y llegamos a un monumento, el War Memorial. Los nombres de todos los soldados *nevadans* que habían muerto en las sucesivas guerras de Estados Unidos —Primera Guerra Mundial, Segunda Guerra Mundial, Corea, Vietnam, Irak, Afganistán— estaban grabados en los monolitos de mármol. En el dedicado a los muertos de Irak y Afganistán, las inscripciones ocupaban la mitad, o algo menos, de su superficie.

Copié en mi cuaderno las cinco últimas:

Raul Bravo Jr. Marine. Died March 3, 2007. Iraq
Anthony J. Schober. Army. Died May 2, 2007. Iraq
Alejandro Varelo. Army. Died May 18, 2007. Iraq
Joshua R. Rodgers. Army. Died May 30, 2007.
Afghanistan
Joshua S. Modgling. Army. Died June 19, 2007. Iraq

Se acercó al monumento una chica con gafas, de unos veinte años de edad, y se quedó allí como clavada en el suelo, en posición recogida y con la cabeza baja. Fueron dos minutos. Luego, abandonando su postura, miró con dureza a Izaskun y Sara, que estaban jugando, haciendo carreras entre los monolitos, y nos lanzó un reproche. Los muertos merecían respeto. Llamamos a las niñas y nos alejamos de allí.

Tomamos el autobús gratuito que recorre el centro de Reno para subir por Virginia Street hasta la altura de College Drive. Durante todo el trayecto tuvimos de frente, enhiesta en la oscuridad, una enorme cruz iluminada con luces de neón de color rosa. Estaba al otro lado de McCarran, sobre una colina. De día, nunca nos habíamos fijado en ella.

LA VISITA

Tocaron la puerta en nuestro despacho de la biblioteca. Era un hombre de unos setenta años, de ojos azules y pelo blanco.

—Bob Earle. Tu vecino —dijo, dándome la mano.

Me sentí cogido en falta por no haberle hecho la visita que prometí a Mary Lore en la oficina del CBS.

—Tenía la intención de subir a tu casa a saludarte, pero lo he ido dejando. Lo siento —dije.

—Nada de eso. Era yo el que tenía que haberme presentado el primer día con un par de pizzas. Pensé que os las iba a traer Mary Lore, y Mary Lore pensó que me encargaría yo. ¡Una mala entrada en Nevada! ¡A la cama sin más cena que la del avión!

Me alargó su tarjeta.

—Yo no tengo —dije, y empecé a apuntar el teléfono de casa en un papel.

—Conozco el número, no hace falta que me lo des. La casa de College Drive era mi estudio en la época en que daba clases en la Escuela de Minas.

—Es verdad. Me lo dijo Mary Lore. Por cierto, Ángela está en el archivo. Ya te la presentaré. Y a las niñas.

—¿Todo bien en casa? Por lo que me dijo Dennis, el asunto de los bichos está solucionado. Espero que no os hayáis arruinado.

Earle llevaba un pantalón vaquero y una camisa de color azul cielo. Era un hombre fuerte y bien parecido, y quizás por ello, por la confianza que le daba su físico, se mostraba cercano, directo, sin los melindres de los tímidos.

—¡La ruina estuvo cerca! ¡Ciento cuarenta dólares! —exclamé.

La sonrisa de Earle se concentraba en los ojos.

—Yo creo que Dennis tiene una parte en el negocio. En cuanto se entera de que ha llegado alguien nuevo a la ciudad, le envía a esos atracadores.

Cambió de conversación.

—¿Quieres dar una vuelta por el desierto? Yo te lo enseñaría con mucho gusto —dijo.

La invitación me cogió por sorpresa, y acepté sin pensármelo dos veces.

—Estupendo. ¿Te parece bien mañana por la mañana? Es martes.

Volví a decir que sí.

—¡Me alegro de que aceptes! Pasaré por College Drive a las ocho de la mañana —dijo—. Lleva algo de comer y algo para la cabeza, una gorra o un sombrero.

Hizo un silencio.

—No me extrañaría que mañana hiciera sol en el desierto —acabó. Mostró una media sonrisa y se marchó hacia la oficina del CBS a paso firme.

UNA VUELTA POR EL DESIERTO

Earle miraba a un lado y a otro entrecerrando los ojos, sin que yo acertara a imaginar qué era lo que buscaba. Estábamos, a esas alturas, tras dejar atrás las carreteras —la 80, la 50, la 361, la 844—, en el interior del desierto, y lo único que se veía alrededor era una planicie yerma, o alguna colina cubierta de *sagebrush,* artemisa, la planta que figura en la bandera de Nevada. Aparecían de vez en cuando en nuestro camino las huellas de un vehículo, pero en general a la tierra y a las piedras les seguían más piedras y más tierra.

Divisé de pronto, muy a lo lejos, una montaña en forma de trapecio, y la impresión de que me hallaba en un lugar vacío se hizo aún más intensa. La montaña daba profundidad al paisaje.

—De niño venía aquí a coger serpientes de cascabel —dijo Earle—. Luego las vendía a los zoológicos o a las tiendas de animales. Pagaban bastante bien.

Hablaba haciendo silencios, pero habían pasado tres horas desde nuestra salida de Reno y ya no me sentía incómodo.

—Las cogía con un palo que tenía un gancho en la punta —añadió al cabo de un rato—. Luego las metía en un saco de arpillera, de los que permiten la entrada de aire. Muy fácil. Me gustaba mucho.

Imaginé a las serpientes de cascabel retorciéndose dentro del saco, tratando de rasgar la tela y de morder la mano del cazador.

—Si se lleva el saco un poco apartado del cuerpo, no hay problema —dijo Earle cuando le conté lo que estaba pensando—. Incluso en el caso de que se produzca una mordedura, es difícil que una serpiente de cascabel mate a una persona. No es una cosa tan grave.

Había leído en el *Reno Gazette-Journal* que un joven pasó cuatro meses en el hospital por la mordedura de una serpiente de aquellas, y que solo había podido salvarse gracias a que fue trasladado urgentemente en helicóptero. Pero no dije nada.

Varias montañas de color anaranjado aparecieron detrás de la que tenía forma de trapecio. Fallon, la ciudad más próxima según el mapa, debía de estar por allí, a unos cien kilómetros. Dos o tres horas de viaje, yendo por aquel terreno.

Comenzamos a subir una colina. El camino era pedregoso, flanqueado por unos árboles parecidos a los pinos, aunque más bastos. Earle dijo que eran juníperos.

—Son árboles feos, y nadie los aprecia hoy en día —explicó—. Pero, durante miles de años, los indios se alimentaron gracias a ellos. Hacían una especie de pan con sus piñones.

Earle agarraba el volante con fuerza. No era fácil controlar los botes que daba nuestro Chevrolet Avalanche en los tramos en que las piedras eran grandes. Necesitamos un cuarto de hora para subir la pendiente.

La colina era aplanada en la cima y tenía una grieta, un cañón de unos trescientos metros de largo. Bajamos del vehículo y nos pusimos a mirar lo que había allí, en la parte más profunda: franjas de hierba, una decena de alisos, rocas de color rojo intenso que sobresalían de las paredes... Ninguna señal —me lo hizo notar Earle— del monomotor Citabria del piloto Steve Fossett, desaparecido dos semanas antes cuando volaba sobre aquel desierto.

—Al parecer, Dios lo ha abandonado —dijo Earle—. No abandona a los pájaros, a quienes, dicho sea de paso, ofrece los piñones de los juníperos. Pero con Fossett no se ha portado igual.

Steve Fossett —*The Adventurer's Adventurer, The American Hero,* según el tratamiento que le daban en los periódicos— era famoso en todo Estados Unidos por sus hazañas en deportes de riesgo. Tenía en su haber más de cien marcas mundiales, entre ellas la de ser el primer hombre en dar la vuelta al mundo en globo y en solitario. Su desaparición era uno de los sucesos más comentados en Nevada y en todo el país.

Un lagarto asomó la cabeza en la fisura de una roca, y enseguida desapareció. Earle hizo una nueva consideración sobre el piloto.

—No me extraña que Dios le haya abandonado. Le pedía demasiado.

Volvimos a montar en el Chevrolet Avalanche y nos pusimos en marcha.

—¿Qué vamos a hacer si nos encontramos con el fantasma de Fossett? —dije.

—Le pediremos que nos diga dónde se estrelló exactamente.

—Ahorro de trabajo para los que le buscan.

—Y ahorro de dinero. No quiero ni pensar en el combustible que están gastando los aviones y los helicópteros de salvamento.

Fuimos pendiente abajo, en paralelo con el cañón, y la impresión, ahora, fue la de que dejábamos atrás un mar para penetrar en otro aún más inmenso. En veinte kilómetros, en treinta, en cuarenta, en toda la extensión abarcable con los ojos, solo se veían unas montañas aisladas, la mayoría trapezoidales, negras y ocres. Busqué entre ellas las montañas anaranjadas que había visto antes, y, al no localizarlas, pensé que no sería aquel su color natural, sino el que momentáneamente tenían por la luz directa del sol, y que también ellas se habrían vuelto ocres o negras. Me equivocaba. Allí estaban, a nuestra izquierda, las montañas anaranjadas. No avanzábamos en línea recta, sino virando paulatinamente hacia la derecha.

Llegamos a una zona en que la tierra tenía el color blanco del yeso y estaba mojada, y la cruzamos marcando el terreno con la huella de nuestros neumáticos. Vimos, a lo lejos, lo que parecía un objeto de color rosáceo, una caja de nácar.

Earle señaló aquel punto.

—Es una *roulotte*. Los cazadores suelen venir aquí en busca de antílopes.

Miré con atención hacia la *roulotte*. No se veían cazadores. Tampoco antílopes. Lo único que se movía era nuestro vehículo.

Recorrimos otros diez kilómetros a través de un terreno completamente llano, y empezamos a bajar otra pendiente. Las montañas que veíamos ante nosotros parecían, también entonces, masas de tierra que emergían del mar, islas de un archipiélago. Recordé lo que leí cuando vivía en un pueblo de Palencia, Villamediana, que Castilla era un mar de tierra, y se lo comenté a Earle.

—Aquí es algo más que una metáfora —dijo Earle—. Cada una de estas montañas que vemos es un sistema, tiene su fauna y su flora propias. Los reptiles que hay en una no existen en las otras. Y lo mismo pasa con los insectos y las flores. Igual que en las islas del mar.

Distinguimos un camino, una línea recta de color algo más claro que el de la tierra. Cuando llegamos a él, Earle comenzó a acelerar como si hubiésemos pasado de una carretera secundaria a una autopista. El Chevrolet Avalanche avanzaba levantando polvo.

—¿Qué ha pasado ahí? —dijo, acelerando aún más.

Había una furgoneta de reparto de la Federal Express quinientos metros más adelante, junto a un peñasco. Tenía abiertas las dos puertas de delante y estaba parada en una posición extraña: ni en perpendicular al camino, ni de cara al peñasco, ni en paralelo.

Nos detuvimos veinte metros antes de llegar a la altura de la furgoneta. Earle sacó un fusil del maletero y le quitó el seguro. Me ordenó que me quedara dentro del coche.

Se dirigió primero hacia el peñasco, y empezó a rodearlo con el fusil alzado. Un minuto después apareció por el otro lado, y se fue acercando a la furgoneta. De pronto, dio un salto atrás. Bajó el arma y me hizo señal de que no pasaba nada.

Volvió al Chevrolet Avalanche y sacó del maletero una vara de aluminio terminada en gancho.

—Ven conmigo.

La furgoneta de la Federal Express tenía roto el cristal de la ventanilla del conductor. Earle me indicó que mirara desde el lado opuesto.

Advertí un revoltijo en el asiento del conductor, una especie de tela marrón. Era una serpiente de cascabel enroscada. Tenía la cabeza levantada, hacia mí en un primer momento, pero enseguida —todo el revoltijo se estremeció con el movimiento— hacia la otra puerta. Allí estaba ya Earle con el gancho metálico. No hubo sonido de cascabeles, sino de maracas. El reptil sacaba y metía la lengua frenéticamente.

El gancho no consiguió agarrar bien a la serpiente, y nada más levantarla Earle, se zafó de la presión y cayó sobre el techo de la furgoneta. A continuación, se deslizó hacia mi lado con sus dos ojos negros... Pero no, aquella escena solo sucedió en mi mente. En la realidad, Earle se burlaba de la serpiente, diciéndole que el asiento del volante era para los conductores, no para un cazador de ratones como ella. La serpiente colgaba del gancho, parecía un cinturón.

Earle se fue hacia la parte posterior del peñasco. Le seguí.

—Tenía que quitarla del asiento —dijo—. Hay gente que no es precavida y abre las puertas de las furgonetas sin mirar.

Aflojó el gancho y la serpiente desapareció entre las matas de artemisa.

Volvimos a sentarnos en el Chevrolet Avalanche y Earle llamó a la policía con el aparato de radio que el vehículo tenía incorporado. Le respondieron de inmediato.

—*Fallon Police Department* —dijo la voz. Parecía que hablaba desde debajo de la tierra, no desde Fallon.

Earle facilitó sus datos personales y la posición que indicaba el GPS. La voz subterránea necesitó pocos segundos para informarnos de que estábamos en un punto cercano a un *ghost town*, un pueblo abandonado llamado Berlin. Luego pidió la matrícula de la furgoneta.

—Espere un momento —dijo Earle. Puso en marcha el Chevrolet Avalanche, lo adelantó veinte metros y dictó las letras y los números de la matrícula.

—¿Algo más que pueda ser de nuestro interés? —preguntó la voz subterránea.

—El cristal de la ventanilla del conductor estaba roto, y el interior del vehículo completamente desordenado. Parece un robo —dijo Earle.

—Seguro.

La voz subterránea llegaba ahora más sucia, como mezclada con arena y piedrecillas, y no entendí bien lo que dijo a continuación. Se refirió varias veces al pueblo abandonado, Berlin, y a la prisión de Fallon. En cualquier caso, la conversación fue tranquila. Antes de acabar, Earle soltó una carcajada.

—Encontraron oro y plata en este desierto, y a la mina le pusieron el nombre del que la descubrió, un tal Berlin —explicó Earle cuando volvimos a ponernos en marcha—. Pero nunca tuvo la importancia de las minas de Tonopah o las de Virginia City. A principios del siglo xx ya era un pueblo abandonado.

Berlin, el pueblo abandonado, apareció ante nuestros ojos media hora después de dejar atrás la furgoneta de la Federal Express: una decena de cabañas de madera y un edificio principal, también de madera, cuyo tejado, de ala única, bajaba en paralelo con la pendiente de la montaña. Partían de él varios caminos, dos de ellos bastante definidos. El primero atravesaba una planicie cubierta de artemisa y, según Earle, llevaba a Fallon; el segundo, en perpendicular con aquel, subía por una ladera para internarse en una zona de arbustos y de árboles a través de un pequeño desfiladero.

Conté a Earle una historia real que había sabido por Ángela. Dos jóvenes se bajaron del tren en algún punto de Nevada y partieron a pie hacia Berlin, distante unos cien kilómetros, sin más líquido que una botella de agua. Nunca habían visto ni imaginado un desierto como el que se encontraron.

—Llegaron medio muertos y casi ciegos —concluí—. Uno de ellos no acabó de recuperarse y murió poco después de empezar a trabajar en la mina.

—No creo que nos encontremos con su fantasma —dijo Earle.

Después de viajar con él durante toda la mañana, empezaba a familiarizarme con su humor. Quería decir que Berlin era un lugar tan deshabitado que ni siquiera contaba con fantasmas.

Nos detuvimos frente al edificio principal, el centro de la actividad minera en la época del oro y de la plata. Allí estaban aún, después de un siglo, la maquinaria y los aparejos que servían para el tratamiento del mineral. Allí estaban, también —o eso parecía—, todos los pájaros de los alrededores aprovechando la sombra que daba el tejado. La mayoría volaban de una viga a otra, o descansaban en los cables; algunos entraban y salían constantemente por los ventanales que daban a la colina.

Earle esbozó una sonrisa.

—Las autoridades de Nevada mantienen este edificio para atraer a los turistas. Y, la verdad, han conseguido convencer a algunos. Pronto los veremos.

Salimos en dirección al desfiladero, hacia la zona de árboles y arbustos. Vimos enseguida, a unos trescientos metros, dos vehículos de color blanco. Estaban parados a un lado del camino; cerca de ellos, unos diez hombres trabajaban puestos en fila. Los monos que vestían también eran blancos.

A medida que nos acercábamos cobró sentido la conversación que habían tenido Earle y la voz subterránea a cuenta de la furgoneta de la Federal Express. Ya sabía qué eran aquellas personas vestidas con buzos blancos: presos.

—¿Qué te parecen los turistas de Berlin? —dijo Earle, bajando la velocidad del Chevrolet Avalanche.

Me vino a la mente algo que había visto muchos años antes, cuando viajaba a Nueva Orleans y un atasco me obligó a permanecer media hora en el mismo sitio: unos veinte hombres vestidos con buzos de color naranja, atados unos a otros con cadenas sujetas a los tobillos, trabajando con palas y azadas en la limpieza de los arcenes de la autopista. Vigilándolos, dos policías con el fusil en alto.

Los presos de Berlin no llevaban cadenas en los tobillos, y se apartaron del camino para dejarnos pasar. La mayoría eran latinos. El más joven tendría unos veinticinco años; el mayor, unos sesenta. Los jóvenes estaban fuertes; los viejos, escuálidos.

Earle aceleró después de que los hubiéramos sobrepasado, y empezamos a subir una cuesta que terminaba en el desfiladero.

—No he visto a ningún guardia —dije.

—Aquí los vigila el desierto —respondió Earle—. No hay guardia mejor.

Se quedó pensativo.

—Dos de los presos no me han gustado mucho —prosiguió—. Los dos que no eran latinos. ¿Te has dado cuenta? Se les han iluminado los ojos cuando nos han visto. Sobre todo al de la barbita.

Miré por el espejo retrovisor. Puntos blancos en una superficie pedregosa, no pude ver más.

—¿Un tipo fuerte? —pregunté.

—Un verdadero animal. Seguro que está preso por haber estrangulado a alguien.

Estábamos ya dentro del desfiladero, y los árboles y los arbustos transformaban el paisaje con su intenso color verde. Earle frenó por un momento el Chevrolet Avalanche y, girando hacia la derecha, lo lanzó cuesta abajo. Frente a nosotros surgió un riachuelo, que cruzamos de un salto; luego, más lentamente, empezamos de nuevo a subir.

Recorrimos unos doscientos metros hasta llegar a una plazoleta extraña al desierto y al paisaje del propio Berlin. Contaba con una tapia de cemento, que la cercaba en parte, una cabaña de madera con un letrero que decía *toilets* y un edificio cuyo tejado parecía colocado directamente sobre el suelo, sin paredes de sostén.

—¡Ha llegado la hora de ver la lagartija! —exclamó Earle—. Es bastante grande. Ahora lo vas a comprobar.

Efectivamente, en la tapia de la plazoleta había una lagartija pintada. Una placa informaba de que se trataba de un ictiosauro, un reptil marino que vivió hace aproximadamente doscientos millones de años y llegaba a alcanzar los veinte metros de longitud. Su fósil se encontraba en el edificio de tejado bajo.

En el dibujo, el ictiosauro se parecía a Flipper.

El edificio estaba cerrado, y solo se podía ver el fósil a través de unos ventanucos que quedaban a ras del suelo en la pared lateral. No era agradable estar allí agachado. El sol quemaba la espalda.

El ictiosauro que doscientos millones de años antes nadó en el mar se parecía a primera vista al lecho seco de un riachuelo. En la parte que correspondía a la cabeza, se ensanchaba y abombaba ligeramente; en el extremo opuesto, se ondulaba como una cola de verdad.

—Es un lugar muy noble —dijo Earle.

Se refería al edificio. Tenía una altura bastante mayor que la que cabía imaginar cuando se miraba desde fuera y su interior era limpio, un espacio vacío en el que no se interponía ninguna columna. Las claraboyas del tejado, ventanas rectangulares, procuraban toda la luz del recinto, distribuyéndola uniformemente.

Tuve la sensación de que me ardía la camisa. Hacía mucho calor, más de treinta grados. El sonido agudo y chirriante de los insectos se me metía en los oídos. Me aparté del ventanuco.

—Tendremos que ponernos a la sombra —dijo Earle.

Nos sentamos junto al tronco de un árbol, en una roca, y comimos nuestros sándwiches y nuestras mandarinas en silencio, con la vista puesta en el Flipper pintado en el muro. La imagen era verdaderamente inadecuada. El estilo Disney podía infantilizar a un delfín, a un ictiosauro incluso; pero en una pantalla, no en el desierto de Berlin.

Estaba recogiendo las peladuras de las mandarinas cuando oí una voz. Sonaba en mi cabeza. El preso de la barbita susurraba al oído de uno de sus compañeros, y yo le oía como en un sueño:

«Estoy asqueado de estar todo el día picando piedra en este desierto, y no pienso volver a la cárcel. ¿Has visto qué cacharro tenían los dos que han ido a ver el fósil? Era un Chevrolet Avalanche, no sé si te has fijado. Si lo cogiéramos, llegaríamos a Fallon enseguida. Tengo un amigo allí, y podría escondernos hasta que la policía se aburriera de buscarnos.»

Aquello era absurdo, pero oía la voz con la misma precisión con que sentía el olor de las peladuras de mandarina.

«Es posible que tengan un arma en el vehículo —prosiguió el de la barbita—. Tendremos que movernos rápido después de pararles».

Su compañero dijo algo que no oí. La «radio» de mi cabeza no estaba en sintonía con él.

«De llevar a alguien con nosotros, a Gonsalves —dijo el de la barbita—. Conoce a bastante gente en Las Vegas, y nos vendrá bien su ayuda para cuando salgamos de Fallon».

Se nos acercó un pájaro pequeño, de pico fino y cola corta, parecido al chochín. Earle dijo que se trataba de un *sage thrasher,* y puso a su alcance, sobre una piedra, las migas que habían quedado en la bolsa de los sándwiches.

—Tenía que haber traído un arma corta, no solo el fusil —dijo. También él había oído el susurro del preso de la barbita.

—Sabes conducir, ¿verdad? —me preguntó. Estaba serio.

El Chevrolet Avalanche era casi dos veces más grande que nuestro Ford Sedan, pero me ofrecí a llevarlo.

—Me preocupa el preso de la barbita. Estoy seguro de que al vernos se le ha ocurrido un plan. Quién sabe, a lo mejor me ha tomado por un anciano. Una víctima fácil.

Subí al vehículo y me puse al volante.

—¿Qué tengo que hacer para atravesar el riachuelo de ahí abajo? —pregunté.

—Cierra los ojos y acelera.

Earle sonrió. Me sentí más tranquilo.

Me costó cogerle el punto al acelerador, porque era muy sensible y lanzaba el vehículo hacia delante en cuanto lo tocaba. Al cruzar el riachuelo, demasiado rápido, anegué todos los arbustos de alrededor.

Las piedras y las rocas del camino —piedras sueltas, rocas cuya punta asomaba de la tierra— entorpecían nuestro paso, haciéndonos botar o balancearnos; pero enseguida recuperábamos el equilibrio. Cien metros más adelante, el camino se volvió tan liso como una pista.

Los presos que trabajaban alrededor de los dos vehículos blancos no parecían manchitas blancas, como cuando los vi en el espejo retrovisor, sino figuras con cabeza, brazos y piernas. Earle agarró el fusil y se lo puso entre las rodillas, con el cañón hacia abajo.

Los presos no estaban juntos. Primero había uno; detrás de él, otro; luego, un grupo de cinco o seis; unos veinte metros más allá, tres más, inclinados hacia el suelo.

El primero de los presos, el más cercano a nosotros, era el de la barbita. Salió al medio del camino y nos hizo señas de que paráramos, como un policía de tráfico. En la mano derecha tenía una pala.

—¿Quieres que pare? —pregunté.

Earle asintió. Luego bajó la ventanilla unos centímetros.

El preso de la barbita se acercó.

—Por favor, ¿podría darme dos cigarrillos? Uno para mí y otro para mi amigo.

Hablaba de forma educada. Con la mano libre señaló al preso que tampoco era latino.

—Lo que está haciendo es irregular. Lo sabe, ¿verdad? —le dijo Earle.

El de la barbita no movió un músculo. Rumiaba la respuesta.

—No es un derecho de los presos detener un vehículo. Lo sabe, ¿verdad? —insistió Earle.

La mirada del de la barbita era apagada, como la de todas las personas que han pasado años en la cárcel. Durante unos segundos, aguantó la tensión y siguió pensando.

Bajó los ojos.

—Sí, señor —dijo, retirándose.

Pisé el acelerador, demasiado, y el Chevrolet Avalanche salió hacia delante dando una sacudida. El compañero del de la barbita dio un salto atrás. Los que estaban trabajando unos metros más allá se apartaron del camino, aun cuando había sitio suficiente para que pasáramos. Earle cerró la ventanilla y dejó el fusil en el asiento trasero.

Al llegar a Berlin detuve el vehículo delante del edificio de la mina y nos cambiamos de sitio.

—Tras la prueba que acabas de pasar no tengo dudas sobre tus cualidades como conductor —dijo Earle, sacando su media sonrisa—, pero prefiero ponerme yo al volante. Me rejuvenece.

Nos volvimos a poner en marcha. Delante de nosotros la planicie se extendía hasta donde alcanzaba la vista. El cielo estaba completamente azul.

Recorrimos veinte kilómetros, treinta, cuarenta. En algunos tramos, el verdor de la artemisa desaparecía y el terreno se volvía negro, como tras un incendio, o blanco, de yeso; en otros, la tierra se convertía en arena y se formaban dunas como las de la película *Lawrence de Arabia*. Sentí de pronto mucho sueño, y cerré los ojos...

Abrí los ojos. Vi enfrente una cadena de montañas. Tenían la densidad de las nubes ligeras, no parecían minerales.

—Sigue durmiendo, si quieres. En el desierto no suele haber novedades —dijo Earle.

Pero pronto las hubo. Dos briznas de color negro cruzaron el espacio entre nosotros y las montañas de Fallon a velocidad supersónica.

Me incorporé en el asiento.

—Aviones militares —dijo Earle—. Cazas F-16, seguramente.

Entre militares y civiles, la base asentada en Fallon contaba con más de tres mil personas, y sus alrededores constituían la mayor zona de entrenamiento de los aviones del Ejército de Estados Unidos. Todos los días se hacían prácticas de bombardeo. La prueba atómica de 1963 también tuvo lugar allí.

—La explosión fue subterránea. El Ejército tuvo ese detalle —dijo Earle.

Encendió la radio y tecleó en los botones del aparato. Pero lo único que salió de los altavoces fue un silbido metálico.

—La última vez que pasé por aquí pude oír las conversaciones de los pilotos. Pero hoy no se coge nada —dijo—. Voy a sintonizar la emisora de la base. A ver qué música están poniendo.

En la pantallita del aparato aparecieron los nombres del cantante y de la canción. Elvis Presley. *Love Me Tender.*

Estábamos entrando en Fallon. La primera señal fue un rancho con caballos. Luego, campos muy verdes, de alfalfa, con los aspersores de regadío en marcha. Un cuarto de hora más y nos encontramos en una zona urbana, en una rotonda adornada con un caza antiguo. El aparato estaba pintado con los colores de la bandera de Estados Unidos.

Me fijé en la nueva canción que anunciaba la pantallita de la radio. Johnny Cash, Willie Nelson. *Ghost Riders in the Sky.*

—No pasa el tiempo en Fallon. La otra vez también pusieron esta canción —dijo Earle.

Paramos delante de un local de aspecto distinguido y entramos dentro. El hombre que atendía la barra —tenía un helicóptero tatuado en el brazo— me gastó una broma cuando le pedí una Budweiser. No la entendí muy bien, y me limité a sonreír.

Había fotografías enmarcadas colgando de las paredes. La mayoría eran de aviones, pero la que estaba en el rincón cercano a la puerta mostraba a tres marines jóvenes. Vestían con uniforme de gala, botones dorados sobre chaquetones de paño azul marino. Los tres habían muerto en Afganistán, *killed in action.*

Se abrió la puerta y entraron dos marines. Pasaron por delante de nosotros ignorándonos, sin un gesto de saludo, y fueron a sentarse al fondo del local. Pagamos nuestras cervezas y salimos a la calle.

Tomamos la 50 en dirección a Reno, y Earle siguió hablándome de Fallon. Siempre hacía sol allí, todos los días eran claros y despejados. Había muchos lugares vacíos, solitarios, en Estados Unidos, pero no con un clima apropiado para los aviones que debían entrenarse lanzando bombas y disparando a dianas marcadas en el suelo.

—Para esos de ahí —dijo, levantando la mano y señalando hacia un lado de la carretera.

«Esos de ahí» eran unas moscas negras en un cielo azul mineral.

El sol estaba ya muy bajo, y a poniente, sobre el horizonte, el cielo era rojizo. Las moscas negras crecieron hasta parecer pájaros; al poco, los pájaros se convirtieron en objetos metálicos, y los objetos metálicos, en helicópteros. Cruzaron la 50 por delante de nosotros. Primero tres, luego, diez segundos más tarde, otros tres. El segundo grupo pasó muy bajo, levantando la arena de las orillas de la carretera.

—Los turistas de Berlin no podrían escapar en ningún caso —dijo Earle.

No se olvidaba de ellos. Tampoco yo.

De la radio surgió la voz de Nancy Sinatra. *Bang Bang, My Baby Shot Me Down*...

Pensé que, aun no teniendo tabaco, yo habría bajado la ventanilla del Chevrolet Avalanche al preso de la barbita, y que le habría dedicado alguna que otra palabra amable, diciéndole, incluso con la mala conciencia de saberme retórico, que lo sentía, que me apiadaba de él y de sus compañeros, que era penoso perder la vida de aquella manera, sin más quehacer que el de limpiar de piedras un camino prácticamente inservible. Al pensamiento le siguió un recuerdo. Hacia 1980, estando en una cafetería de la «calle del oro» de Nueva York, el camarero me tomó por latino y se dirigió a mí en español: «¿Cómo pueden ser ellos tan ricos y nosotros tan pobres? ¿Cómo puede consentirlo Dios?». Se le empañaron los ojos. Estaba tan abatido que no le importaba mostrar aquel signo de debilidad ante un desconocido. La cafetería era pequeña, pero muy lujosa. Su uniforme, elegante: chaqueta y pajarita granates, camisa blanca. Él mismo, un hombre de rasgos agraciados, con el pelo negro y rizado. Le pregunté por el sueldo. «Esta gente no paga nada», respondió. «Tienen el corazón de piedra. Son chacales.» Sus palabras no rompieron ningún escaparate de la «calle del oro»; ni siquiera alcanzaron el techo del local. Solo tuvieron efecto en mí. Después de aquel día, me fue imposible viajar por Estados Unidos sin ver, en todos los rostros sufrientes, el de aquel camarero explotado. También en el del preso de Berlin. «Por favor, ¿podría darme dos cigarrillos? Uno para mí y otro para mi amigo.» Yo le habría respondido: «Lo siento. No tengo». «No importa. Gracias de todos modos.» «¿Por qué está usted preso?» «Me acusaron de estrangular a una chica. Pero es mentira. Soy inocente.»

Me sentía confuso. Los pensamientos y los recuerdos seguían mezclándose en mi cabeza.

En la pantallita de la radio, otra canción. Dolly Parton. *I Will Always Love You.*

Earle conducía con los ojos entornados. Quizás buscaba antílopes, como al inicio del viaje, o, lo más probable, le costaba ver bien la carretera. El sol estaba a punto de desaparecer, las sombras eran cada vez más numerosas. Las matas de artemisa que se veían a ambos lados de la 50 no eran verdes, sino negras.

Traté de detener la corriente de mis pensamientos. No tenía sentido imaginar una conversación con el preso de la barbita. Pero una parte de mi mente se empeñaba en seguir con el tema.

El comportamiento de Earle era, sin duda, el más correcto, y quizás también el más justo. No se le podía hablar a un criminal amablemente, ni siquiera al que, como ocurría con el de Berlin, era fácil de dominar o de mantener a raya. Una niña de nueve años, nuestra hija Sara, podía sentir compasión por King Kong o por el traficante detenido en Taco's. Pero ¿una persona adulta? No veía clara la respuesta. Me impedía llegar a ella la imagen de los ojos empañados del camarero de la «calle del oro» de Nueva York.

The Rolling Stones. *Angie.*

Caía la noche. Costaba distinguir la parte azul de la parte negra del cielo. Earle frenó el vehículo hasta casi pararlo. Delante de nosotros se veían los restos de una gasolinera. Los surtidores estaban renegridos, y los cubos de basura convertidos en una masa retorcida de plástico. Un incendio.

—Era un burdel —me dijo Earle, apagando la radio—. Las empleadas que ponían gasolina trabajaban con poca ropa. Con poca ropa, fuera. Dentro, sin nada.

Media sonrisa.

Una hora después llegamos al punto donde se unían la 50 y la 80. De pronto, marchábamos entre camiones. En dirección contraria también eran mayoría los camiones, muchos de ellos con luces extra en la cabina, como las carrozas de los tiovivos. Volvíamos a casa, y yo tenía la impresión de que llevaba un mes fuera. En el desierto reinaba otro tiempo.

—¡Nevada! —exclamó Earle. Sonó elegíaco. Casi percibí el olor a artemisa, *sagebrush,* que desprendió la palabra al salir de sus labios.

—Este es un estado que creció gracias a cuatro cosas —dijo—. El divorcio, el juego, la prostitución y la minería de oro y plata.

«Y la carretera», pensé, viendo los camiones. Pero no dije nada.

—La mayor parte de las minas se agotaron hace tiempo —prosiguió Earle—. Quedan algunas en Virginia City y en Tonopah, pero poca cosa. Y el divorcio tampoco es lo que era en la época de Vanderbilt, porque la gente se divorcia ahora en todas partes. Afortunadamente, las otras dos minas están en activo, y no parece que vayan a agotarse nunca.

—Con el permiso de los indios —dije. Había leído en el *Reno Gazette-Journal* que los casinos a cargo de los chumash y de los mission de California suponían una dura competencia para Reno y Las Vegas.

—Todo el mundo tiene que vivir —dijo, marcando la sonrisa.

Salimos de una larga curva y las luces de Reno aparecieron de golpe, como si las hubiesen encendido en aquel momento.

EL PASTOR Y EL DESIERTO

Ángela trajo de los archivos del CBS un ejemplar de la revista *National Geographic* en el que venía la entrevista que el escritor Robert Laxalt hizo a su padre Dominique. Este hablaba de su experiencia en el desierto durante sus años de pastor.

«Si enviaban al desierto a un hombre que acababa de llegar a América, el *shock* era tremendo. Recuerdo lo que aquello fue para mí. Tendría unos dieciséis años, y me enviaron al desierto con un perro y tres mil ovejas. Me despertaba por la mañana y a mi alrededor solo veía piedras, matas de artemisa y unos cuantos juníperos raquíticos. Los vascos estábamos acostumbrados a vivir solos, pero aquellos desiertos eran otra cosa. En los primeros meses, ¡cuántas veces no lloraría yo en mi camastro, acordándome de mi casa y del verde País Vasco!

»En verano, el sol te quemaba los pulmones, y todos los días recibíamos algún susto a cuenta de las serpientes de cascabel y de los escorpiones. En invierno, las grandes nevadas nos dejaban calados, y pasábamos el día y la noche mojados y muertos de frío.

»Los primeros meses temías enloquecer. Luego, de repente, la cabeza le daba la vuelta y te acostumbrabas. Te resultaba indiferente no ver a nadie nunca más.»

MENSAJE A L.
RENO, 18-09-2007

«[...] Hace dos días hice un viaje por el desierto en el Chevrolet Avalanche de mi vecino Bob Earle. Recorrimos la zona del condado de Churchill, visitando un pueblo abandonado, Berlin.

»Al principio del viaje, buscaba el paisaje de *Lawrence de Arabia,* porque mi mente esperaba encontrar fuera la imagen que lleva dentro desde que hace cuarenta y tantos años fuimos a ver la película. Pero el desierto de Nevada, el que yo he visto, es diferente. No es de arena. Es, a veces, una planicie cubierta de arbusto; otras, una sucesión de montañas trapezoidales, mojones de piedra en un espacio de centenares de kilómetros cuadrados.

»Viendo a lo lejos aquellas montañas trapezoidales entré en un estado de confusión mental. Perdí el sentido del tiempo y del espacio. Si me hubieran dicho que iba en el *Discovery* y no en el Chevrolet Avalanche de Earle, que cruzaba el espacio sideral y no el desierto de Nevada, lo habría creído. Igual que habría creído estar en el tiempo en el que volaban los pterodáctilos o nadaba el ictiosauro, y no en el 2007 después de Cristo. Tuve luego, mirando aquellos trapecios que teníamos delante —lejanos, lejanos, lejanos, tan lejanos que los últimos que alcanzaba a ver parecían piezas de una maqueta—, la conciencia exacta de la indiferencia del mundo. No una mera idea, sino algo más físico, más emocional, que me conturbaba y me daba ganas de llorar. Comprendí en ese momento que las montañas, los trapecios, estaban en otro lugar. No únicamente lejos, distantes de mí como puedan estarlo entre sí un pájaro de Sicilia y la rama de un árbol de Nevada, sino, diciéndolo de nuevo, en otro lugar. ¿En otra dimensión? Es lo que diría en una charla informal. Pero el término "dimensión" no incluye el elemento sustancial: la indiferencia. Los trapecios de tierra y piedra llevan en el desierto millones de años. No tienen nada que ver con nosotros, no tienen nada que ver con la vida, y es difícil imaginar por qué están allí, o por qué estamos nosotros en el mismo espacio físico que ellos.

»Ya ves, me he ido al tono de Lord Byron. Me bajo de él ahora.

»Bob Earle tiene mucha costumbre de andar por el desierto, y él me sacó del encantamiento haciendo bromas sobre el destino de Steve Fossett, un deportista de riesgo que se dedica, o se dedicaba, a batir marcas mundiales de resistencia y de velocidad. Lleva varias semanas desaparecido.

»La salida al desierto tuvo también otros momentos. En Berlin vimos a un grupo de presos arreglando el camino, y un fósil de ictiosauro.»

COMPRANDO LIBROS EN BORDERS

La librería tenía más de mil metros cuadrados, y era luminosa y agradable. La visitábamos con frecuencia, normalmente los viernes. Izaskun y Sara pasaban varias horas tumbadas en las alfombras de la sección dedicada a la literatura infantil y juvenil, leyendo libros ilustrados, mientras Ángela y yo, sentados en la cafetería, hojeábamos los libros y las revistas que habíamos elegido en las estanterías.

Los primeros libros que llevamos a nuestra mesa de la cafetería el viernes 19 de setiembre eran obra de diferentes miembros de la familia Laxalt: una edición especial de *Sweet Promised Land*, de Robert Laxalt, *The Deep Blue Memory*, de Monique Urza Laxalt —que antes solo teníamos en su traducción vasca— y un libro de poemas de Bruce Laxalt que no conocíamos. Luego, de la mesa de los libros recién publicados, escogimos *Dempsey in Nevada*, de Guy Clifton, y un catálogo con fotografías de la filmación de la película de John Huston *The Misfits*, que incluía una larga entrevista a Arthur Miller.

Pensábamos comprar los libros de los Laxalt, y nos dedicamos a mirar los otros dos. Las fotografías del catálogo eran, de una en una, muy bonitas —Huston y Marilyn en la mesa de juego de un casino de Reno, un caballo salvaje corriendo por el desierto, Clark Gable riendo, Clark Gable con cara de cansancio, Montgomery Clift pensativo—; pero, quizás por ser obra de diferentes fotógrafos, producían una sensación desagradable al verlas seguidas. Por otra parte, la entrevista a Arthur Miller resultaba incómoda de leer. La mancha de la letra era débil, y la caja del texto, con un interlineado muy grande, fea.

—Yo no lo compraría —dijo Ángela. Estuve de acuerdo.

El libro de Guy Clifton también incluía fotografías: Dempsey y Willard peleando en el *ring*, el combate entre Dempsey y Carpentier delante de miles de personas, Dempsey con su madre, Dempsey con un hipopótamo en un circo que visitó Reno en 1931... Sorpresa: en una de las imágenes aparecía Paulino Uzcudun. El pie de foto decía: «*Actor and wrestler Bull Montana, Paolino Uzcudun and Dempsey pose at Uzcudun's camp at Steamboat Springs, 1931*». «El actor y boxeador Bull Montana, Paolino Uzcudun y Dempsey posan en el campo de Uzcudun en Steamboat Springs, 1931.»

Había más fotos de Uzcudun, varias de ellas con Max Baer; además, una panorámica del Dempsey Arena de Reno el día del combate entre ambos. El libro decía que el número de espectadores había superado los 15.000.

Mi padre había nacido a pocos kilómetros de la casa de Uzcudun y contaba muchas cosas sobre él, ninguna de ellas buena. El personaje me interesaba.

—Me gustaría mucho encontrar ese campo de entrenamiento, Steamboat Springs —dije a Ángela.

Un hombre con aspecto de *clochard* que estaba sentado cerca cogió de nuestra mesa el libro de Guy Clifton y se puso a mirar la contraportada. «*My God, that's when men were men!*», leyó en voz alta. «¡Dios, en aquellos tiempos los hombres eran hombres!» Era parte del elogio que Angelo Dundee dedicaba al libro.

—*Totally agree!* —exclamó el *clochard* devolviéndonos el libro. «¡Completamente de acuerdo!»

LA ARAÑA SIGUE VIVA

Me encontré con Dennis mientras buscaba un ejemplar de la novela *Lolita* de Vladimir Nabokov en la biblioteca de la Universidad. Le pregunté por la viuda negra que tenía encerrada en un frasco.

—Está igual de bien que el primer día —dijo. Se le iluminó la cara como a un niño.

—¿De verdad?

—¿Quieres verla?

Hice un gesto de duda.

—¿Qué libro necesitas? —preguntó Dennis.

—*Lolita.*

—¿El nombre del escritor?

—Nabokov.

—Na-bo-kov —repitió él, buscando en las estanterías y pasando los dedos por los lomos de los libros con celeridad. Pocos segundos después, tenía en las manos dos ediciones distintas de *Lolita,* la española y la inglesa. Yo tomé la española, y él la inglesa.

Fuimos al mostrador de la biblioteca para que nos pusieran el sello, y de allí a su despacho.

La araña estaba completamente quieta en el frasco de cristal. Parecía, efectivamente, sana: su caparazón tenía el mismo brillo metálico que la primera vez que la observé, sin manchas ni puntos opacos.

Dennis golpeó ligeramente el frasco, y la viuda negra movió las patas. Luego lo agitó, y el insecto se movió como una exhalación del fondo a la tapa, y de la tapa al fondo. Igual que la primera vez.

—Han pasado bastantes días, ¿verdad? —pregunté.

—Diecinueve.

—Es increíble —dije.

—¡Es fascinante! —exclamó Dennis.

EXCURSIÓN A PYRAMID LAKE

Pyramid Lake, reserva de la tribu paiute, se encuentra a 35 millas al nordeste de Reno, en una remota zona desértica al sur del condado de Washoe. Tiene 15 millas de longitud y 11 millas de anchura. En 1993, su población era de 1.603 habitantes.

Guía de Nevada

Estaba sentado en la orilla del lago, y Sara e Izaskun me pedían que me fijara en los pelícanos blancos que se acercaban volando desde la roca en forma de pirámide; pero mi mente no podía detenerse en aquel lugar —Pyramid Lake, Washoe County, Nevada— ni en aquel momento —23 de setiembre de 2007, domingo, un día frío y azul—, y se puso a recordar lo ocurrido a dos niños que conocí en la infancia; giró hacia ellos como los ojos que buscan un objeto.

Eran dos hermanos gemelos, Carmelo y José Manuel. Debido al trabajo de su padre, vivían normalmente en Madrid, pero en junio venían al pueblo, a Asteasu, a pasar el verano, y salían con nosotros, los chicos de su edad. Íbamos al río o al monte, o nos desplazábamos en bicicleta hasta algún cine de los alrededores.

Uno de aquellos veranos, hacia finales de agosto, José Manuel regresó a Madrid para preparar el examen de una asignatura que había suspendido. Al poco tiempo, en una salida que hicimos en bicicleta, me di cuenta de que faltaba su hermano, Carmelo, y pensé que también él se habría marchado. Pero no era así. Seguía en el pueblo. Había tenido que quedarse en casa porque estaba enfermo.

—Se le ha puesto dolor de cabeza —precisó un primo suyo.

Aquella misma noche, oí a mi madre hablar con una vecina en la cocina de nuestra casa.

—Dicen que está muy grave —dijo la vecina.

Pensé en Carmelo. Pero se refería a José Manuel. Por lo visto, acababan de llamar de Madrid para avisar a la familia.

La voz de la mujer se convirtió en un susurro:

—Tienen miedo de que sea meningitis.

Su tono de voz parecía acorde con la gravedad del enfermo, y lo adopté para ofrecer mi primicia: el hermano gemelo de José Manuel, Carmelo, había tenido aquella tarde un fuerte dolor de cabeza y estaba a oscuras en su habitación, sin levantarse de la cama.

Lo de la oscuridad y lo de la cama me lo había inventado yo. La excitación me empujaba a exagerar.

Mi madre y la vecina me escucharon con atención.

—¡Solo falta que hayan enfermado a la vez! —dijo mi madre.

Después de cenar, mis dos hermanos y yo solíamos quedarnos en la sala leyendo tebeos de *cowboys*, de Red Ryder y Hopalong Cassidy. Les mencioné aquella noche la enfermedad de José Manuel, añadiendo datos extraídos de la conversación de mi madre con la vecina. La meningitis hacía que la fiebre subiera hasta los cuarenta grados. Además, el cogote se ponía duro como un pedrusco. De todas formas, a pesar de la gravedad, no había que perder la esperanza, porque los hospitales de Madrid eran muy buenos.

Mis dos hermanos probaron a mover la cabeza arriba y abajo. No les costó nada. A mí tampoco. No teníamos el cogote duro. Nosotros estábamos bien.

Seguimos leyendo, pero yo no podía concentrarme. Me lo impedía una idea que tenía en la cabeza.

—Ha pasado una cosa rara —dije al final a mis hermanos—. Carmelo ha notado un fuerte dolor de cabeza aquí en Asteasu, y al mismo tiempo José Manuel ha caído enfermo en Madrid. O al revés. José Manuel ha caído enfermo en Madrid, y Carmelo ha notado un fuerte dolor de cabeza aquí. Las dos cosas al mismo tiempo.

Tenía hambre de misterio, y volvía a adornar los hechos con detalles inventados. Ni yo ni nadie conocíamos el momento exacto en que habían enfermado los gemelos.

—Es como si hubieran tenido telepatía —les expliqué, sin estar muy seguro del significado de la palabra «telepatía».

Mis dos hermanos continuaron leyendo sus tebeos sin mostrar ningún interés.

A la mañana siguiente coincidí con Carmelo en la panadería. No parecía enfermo, pero sí más callado de lo normal. Cuando la dependienta le preguntó por su hermano, se encogió de hombros. Al marcharse, lo hizo sin despedirse.

—Habrá que ver hasta dónde se le ha metido la enfermedad, todo depende de eso —dijo una mujer joven que aguardaba su turno en la panadería. En el pueblo no se hablaba de otra cosa, al parecer.

Las dos mujeres y una tercera que entró poco después repasaron los casos de meningitis que se habían dado en la zona, y me sorprendió la cantidad. Pero la sorpresa mayor vino al oír el nombre de una prima mía. No guardaba memoria de que hubiese estado enferma. En cualquier caso, mi prima seguía viva.

Aquel día fuimos a una poza del río, y los chicos mayores quisieron enseñarnos una nueva forma de zambullirnos. Al principio Carmelo no quiso participar, pero luego se animó y estuvo sin salir del agua hasta el atardecer. Yo no dejé de vigilarle. Quería ver si daba señales de tener dolor de cabeza. Pero no le noté nada. Solo que estaba más callado de lo normal, como en la panadería, y que se mantuvo al margen cuando los demás nos pusimos a armar jaleo y a pelear en el agua.

No me quedé conforme con aquella normalidad, y durante la cena saqué de nuevo el tema de la telepatía entre los gemelos.

—Sintió un fuerte dolor de cabeza en el mismo instante en que su hermano se puso enfermo en Madrid.

—¡Otra vez con esa historia! —protestó mi hermano mayor.

—Los gemelos siempre son especiales —comentó mi padre.

Acabada la cena, los tres hermanos fuimos a la sala a leer tebeos. Al poco rato sonó el teléfono, y mi madre estuvo hablando durante un par de minutos. Luego abrió a medias la puerta de la sala.

—Que se ha muerto José Manuel, ¿eh? —dijo. Exactamente así, añadiendo a la frase el «¿eh?» final.

—Y Carmelo, ¿qué tal está? —pregunté. Pero mi madre ya no estaba en la puerta.

PYRAMID LAKE (2)

No había más sonido en la orilla del lago que el golpeteo del agua contra las rocas, y no era fácil explicarse la leyenda de que, si se prestaba atención, se oían allí, en la orilla de Pyramid Lake, los llantos de los niños ahogados en sus aguas. Quizás no existiera más razón que la naturaleza de la mente humana, incapaz de dominar los movimientos de la memoria y de encerrar los malos recuerdos en sacos de arpillera, como contaba Earle que hacía con las serpientes de cascabel. Y de los malos recuerdos nacían los fantasmas; de los fantasmas, las leyendas... En cualquier caso, el lago, sus fantasmas, su leyenda habían influido en mí. Llevaba treinta años, tal vez cuarenta, sin acordarme de los gemelos Carmelo y José Manuel, y de pronto los había visto como en los días de la infancia.

Tuve que hacer un esfuerzo para volver a la realidad. Me encontraba en Pyramid Lake, Nevada. Era el 23 de setiembre de 2007.

Un pez grande y de cabeza fea asomó a la superficie, y quise llamar a mis hijas para que lo vieran. Pero estaban bastante lejos, junto a dos paiutes que pescaban sentados en unas sillas plegables. Ángela se había alejado aún más y sacaba fotos a un grupo de pelícanos blancos.

Los dos paiutes eran altos y robustos. El más viejo llevaba el pelo recogido en una trenza. Cuando me acerqué estaba hablando a mis hijas:

—Me siento orgulloso de que mi pueblo haya sido capaz de cuidar este lugar. Ha sido un lugar hermoso, y lo sigue siendo todavía.

Tomó la palabra el segundo paiute:

—Esta tierra es sagrada. Las montañas, el desierto, el lago, todo es sagrado.

Los dos paiutes hablaban sin girar la cabeza, como si dirigieran sus palabras al mismo lago. Me asaltó la duda de si decían lo que pensaban, o de si repetían, una vez más, el guion reservado a los forasteros.

Me pareció que Izaskun y Sara querían preguntar algo.

—Será mejor que nos vayamos —les dije—. Si seguís con las preguntas, vais a ahuyentar a los peces.

Les pareció una buena razón, y los tres nos dirigimos hacia nuestro Ford Sedan, donde ya nos esperaba Ángela.

Desde la carretera el lago parecía azul oscuro; la roca en forma de pirámide, blanquecina; el desierto, gris. En una de las orillas, lejos, se veían columnas oscuras, como cuando llueve de forma violenta; pero eran de arena o de polvo, producidas por el viento arremolinado.

Había leído en una guía de Nevada que Las Vegas era una anomalía. Lo mismo se podía decir de Pyramid

Lake: un lago de casi quinientos kilómetros cuadrados en un lugar donde nunca llueve. Una anomalía que daba vida a los dos pueblos de la reserva, Nixon y Sutcliffe. Nos pusimos en camino hacia el segundo. Quedaba más cerca de la carretera de Reno.

Sutcliffe tenía el aspecto de una urbanización, con casas individuales algo más grandes que los *bungalows* de un camping, y se notaba que había sido ideado en el despacho de un urbanista. Todas las casas eran iguales; también las calles; también los coches, tanto los nuevos —las camionetas *pickup*— como los que estaban retirados para chatarra, sin ruedas, con las tripas del motor al aire. En un extremo, hacia el lago, en medio de una arboleda que daba al lugar la apariencia de un oasis, se encontraba el único elemento singular, el área de servicio de Crosby Lodge: gasolinera, motel, tienda y bar.

Aparcamos a la sombra y entramos en el bar. El termómetro que colgaba del marco de la puerta marcaba veintisiete grados.

El local estaba bastante animado. Un hombre vestido con el uniforme de una empresa de transporte jugaba al billar con un paiute. A su alrededor, contemplando el juego, diez hombres más, la mayoría con viseras de pescador. Sentados a una mesa, tres jóvenes latinos con ropas de albañil. Al otro lado de la barra, circular y de madera, una chica de pelo muy rubio. Se acercó a nosotros y aguardó mientras decidíamos qué tomar.

—*Basque!* —exclamó al oírnos hablar.

Nos explicó que era de Idaho y había trabajado en Boise. Reconocía el sonido de nuestra lengua.

La pared principal del bar estaba llena de fotografías de pescadores, y una placa informaba de que el pez grande y de cabeza fea que mostraban orgullosos era el *cui-ui*. Me sorprendió, después de haber visto el catálogo de *The Misfits* en la librería Borders, que no hubiera en el bar ni una sola imagen de la filmación de la película. Si no recordaba mal, una de ellas habría sido muy apropiada: Marilyn Monroe y Clark Gable tumbados uno junto al otro en la orilla de Pyramid Lake. Pregunté a la camarera, pero no le sonaba la película. Tampoco estaba muy interesada en Marilyn Monroe.

—Lo que me interesa es la política —dijo.

Sacó una hoja del cajón de debajo del mostrador.

—Vamos a ver qué hay en la tienda —dijo Izaskun. Las dos niñas se alejaron corriendo.

—Va a ser presidente de los Estados Unidos —dijo la camarera mostrándonos la hoja a Ángela y a mí.

Habíamos oído que un político de raza negra iba a disputar a Hillary Clinton el liderazgo del Partido Demócrata, pero era la primera vez que veíamos una foto de Barack Obama.

—Id a escucharle, os lo aconsejo —nos dijo la joven.

Según la hoja, Barack Obama hablaría en Reno el día 14 de octubre. La reunión se celebraría en el hotel-casino Grand Sierra Resort.

—Lo intentaremos —le dijo Ángela.

A las niñas les bastaron cinco minutos para examinar los *souvenirs* de la tienda. Izaskun quería comprar para ella una pulsera de plata; Sara, la bandera azul cobalto con una estrella blanca del estado de Nevada, plastificada y del tamaño de una hoja de periódico. Además, unos pendientes turquesas para Ángela, y para mí una red para atrapar pesadillas adornada con una pequeña pluma de águila. Les dimos dinero y se fueron de nuevo a la tienda.

Sara llevaba consigo su pequeña Nikon, y antes de emprender el regreso a Reno hizo unas fotos a una cabina telefónica que había en la entrada del bar y que había llamado su atención. Era antigua, con un rótulo que en letras grandes indicaba el nombre de la compañía, NEVADA BELL.

A unos ocho kilómetros de Sutcliffe la carretera llegaba al alto donde estaba el mirador oficial de la reserva. El viento soplaba con mucha fuerza, y a Ángela y a mí nos costó acercarnos hasta el panel de información. Leímos por fin los datos: las aguas de Pyramid Lake provenían del lago Tahoe, y el río que las traía, el Truckee, moría allí. Para los indios, Tahoe era «el lago de arriba», y Pyramid «el lago de abajo».

Me quedé un rato mirando al lago de abajo. Parecía una piedra lisa de color turquesa. Demasiado hermoso. Demasiado quieto. Alguna noche americana volvería a mí, si no lo impedía la red para atrapar pesadillas que me habían regalado Izaskun y Sara.

DE SUTCLIFFE A RENO

Fuera de la reserva paiute el desierto era menos escabroso; la carretera, una sucesión de rectas. Avanzando por una de ellas, deslizándose sobre el asfalto gris, nuestro Ford Sedan parecía un pequeño animal solitario, un topo negro. De pronto, un águila apareció en el aire. Descendió en picado y atrapó el topo —nuestro coche— con el pico.

Di un respingo en el asiento y enderecé la cabeza.

—Te has quedado dormido.

La voz de Ángela se mezcló con el runrún del motor. El sol me daba en los ojos.

—Pocos han entendido el desierto como Daniel Sada —dije a Ángela, como si hubiera estado pensando en ello—. Recuerdo haberle oído decir que cualquier paisaje, comparado con el desierto, parece un decorado. Es una apreciación muy exacta.

Ángela señaló con un gesto los asientos traseros. Izaskun y Sara estaban dormidas.

Me vino a la memoria Arthur Miller, y continué hablando, pero más bajo.

—¿Te acuerdas de lo que dice en sus memorias? No disfrutó mucho durante la temporada que estuvo aquí. Claro, quería el divorcio para poder casarse con Marilyn Monroe, y para ello tenía que pasar tres meses sin moverse de Nevada.

Ángela me había regalado la autobiografía de Miller unos meses antes. Asintió, se acordaba bien.

—Toda esta zona del lago Pyramid le resultó especialmente inhóspita —proseguí—. La describió como un trozo de luna. Pero me gusta más lo que decía Daniel Sada: «Cualquier paisaje, comparado con el desierto, parece un decorado». Es muy exacto.

Me hubiese gustado explicarme mejor, pero se me cerraban los ojos. El runrún del motor era cada vez más denso. Parecía provenir del mismo sol.

Vi a Arthur Miller. Hablaba con Marilyn Monroe desde la cabina telefónica del Crosby Bar, y el aire que se metía por las rendijas sacudía sus pantalones con un ruido de chapoteo, chap-chap-chap. *I love you, I love you»*, decía, y el chap-chap-chap imprimía ritmo a su declaración, *«I love you chap-chap-chap, I love you chap-chap-chap»*. Yo quería oír la voz de Marilyn Monroe, pero del auricular del teléfono solo salía una vocecita como de muñeca, que decía *«Oh Pa!, Oh Pa!»*. Intenté oír mejor, y el esfuerzo hizo que me despertara por segunda vez.

—Relájate y duerme tranquilo. Ya te avisaré cuando cambie el paisaje —me dijo Ángela. A veces tenía el mismo humor que Bob Earle.

En el lado donde se estaba poniendo el sol se formaban remolinos de polvo, columnas que oscilaban sin descanso y parecían tomar parte en una danza. Vi a Marilyn Monroe a las puertas de un cine de Nueva York. Llevaba un vestido blanco que le caía blandamente hasta debajo de la rodilla. Entre las sombras de la calle, parecía aún más blanco, satinado. «Es una pena que el monstruo acabe así. ¡Es triste!», suspiró. «¿Qué querías? ¿Que se

casara con la chica?», replicó el hombre que la acompañaba. «El monstruo no es malo —insistió Marilyn—. Si tuviera amor no actuaría así». Se oyó el sonido del tren subterráneo, chap-chap-chap, y el aire que salió de golpe de una
rejilla de ventilación le levantó la falda dejándole los muslos al descubierto. «Este airecillo es refrescante, ¿verdad?»,
dijo el hombre. Las imágenes se me fueron de la cabeza,
pero el ruido no: chap-chap-chap, chap-chap-chap. Miré
a los asientos de atrás. Sara estaba despierta, y había sacado la bandera de plástico de Nevada que acababa de comprar en el Crosby Bar fuera de la ventanilla. Allí estaba el
origen del chap-chap-chap.

En la carretera, en un tramo de cien metros, vi cuatro serpientes aplastadas por los coches. Me puse a pensar
si las águilas comerían serpientes que llevaban un tiempo
muertas, y en mi mente se formó un nuevo remolino, el
recuerdo de una escena que había vivido con mi padre.
Él tendría entonces unos cuarenta años. Yo, siete. Había
una serpiente muerta entre la hierba. Mi padre la observó
y dijo:

—El águila ve la serpiente desde muy lejos. Baja, la
atrapa con sus garras y vuela de nuevo hacia arriba a toda
velocidad. Luego la suelta. En la caída, la serpiente se asfixia, y el águila va detrás de ella y la vuelve a prender con
sus garras un segundo antes de que se estrelle contra el suelo. La lleva a su nido o al agujero de una roca y se la come.

Mi padre señaló a la serpiente que yacía entre la
hierba.

—¿Ves cómo se le notan en la piel las marcas de las
garras del águila?

Era como decía.

—Por algún motivo, el águila no la agarró por segunda vez. Tal vez apareció un perro y se asustó, vete tú a
saber. Se quedó sin alimento.

El recuerdo se me desvaneció en la cabeza como
una columna de polvo más.

Pasamos por delante de varios ranchos rodeados de árboles. Poco después, en un aeródromo protegido por vallas metálicas, conté cinco avionetas que parecían insectos, saltamontes o mosquitos. Pensé que el desierto llegaba a su fin, y que a aquella zona habitada le seguiría otra, tal vez un pueblo. Pero en los kilómetros siguientes el paisaje volvió a ser el mismo de antes. Más terreno llano, más serpientes aplastadas en la carretera, más sol.

La carretera se adentró en una hondonada y vimos, en un cercado, un centenar largo de caballos. Había un grupo grande junto al abrevadero, pero la mayoría estaban solos, esparcidos por el terreno.

—Creo que son salvajes —dijo Ángela, respondiendo a una pregunta de las niñas. Detuvo el coche en el arcén para poder mirar mejor.

La mayoría de los caballos estaban inmóviles como estatuas, y en completo silencio. Era extraño: más de cien caballos en el cercado y ni un solo relincho.

Ángela volvió a arrancar el coche y enfilamos la carretera. Desde los asientos traseros, las niñas siguieron con sus preguntas. ¿Qué hacían allí los caballos? ¿Eran realmente salvajes? Tenían en la mente los *mustang,* los caballos de mirada audaz que aparecían en los cómics o en las películas surcando el desierto al galope en medio de una nube de polvo.

—Esperan a que alguien los adopte —explicó Ángela—. Leí el otro día en el periódico que algunos caballos no son capaces de salir adelante por sí solos y necesitan ayuda.

En parte era verdad, y en parte no. Lo que se cuenta en *The Misfits,* que los caballos salvajes servían para hacer comida para perros, no lo había inventado el guionista, pero ahora eran los paiutes y demás nativos quienes, no estando obligados por las leyes federales sobre especies protegidas, cazaban y vendían los caballos. Las asociaciones en defensa de los derechos de los animales tenían que comprárselos a ellos para sacarlos de la reserva y dejarlos en libertad en un enclave protegido.

Las casas de Sun Valley iban quedando atrás. Nos encontrábamos ya en las afueras de Sparks. Solo nos quedaba un cuarto de hora para llegar a Reno y entrar en nuestra casa de College Drive.

Me asaltaron más recuerdos. Me vi en mi pueblo natal. El cerdo que estaban matando en el patio de la carnicería no paraba de chillar, y yo le oía como si estuviera en mi habitación. A la escena le sucedió una segunda que tenía lugar en el matadero. El matarife introducía el cuchillo en el cuello de la vaca, y el niño que estaba a mi lado, viendo que las patas de la res se movían espasmódicamente aun después de caer al suelo, preguntaba: «¿La ha electrocutado?».

Ni aquella vaca, ni las miles de vacas que habían corrido la misma suerte eran como la del dibujo de las cajas de quesitos *La vache qui rit;* el cerdo que chillaba no era Babe, *The Sheep-Pig;* los *mustang* de los cómics o de las películas no eran los del cercado de la colina. Bajo el envoltorio brillante o dulce, la materia seguía siendo terrible. Dicho a la manera de Daniel Sada, la realidad era el desierto, y las representaciones, el decorado.

MUERTE DE UN CABALLO (RECUERDO)

El caballo que había muerto electrocutado permaneció en el callejón durante todo el día, y los niños que lo vigilaban en espera de que algo sucediera se sintieron recompensados cuando una pareja de la Guardia Civil y un grupo de personas llegaron hasta el lugar y procedieron a la inspección.

—¿Ven ustedes? —dijo uno de los hombres dirigiéndose a los demás y agarrando con una mano el cable eléctrico que colgaba de un poste—. Esto es lo que ha matado al caballo. No estaba bien sujeto, y ha caído sobre él.

Yo lo conocía. Era el dueño del animal, dueño también del restaurante del pueblo. Le llamaban Franquito porque durante la guerra había sido un gran admirador del general Franco.

—Un percherón tremendo, por lo que veo. ¿Cuánto pesaba? —preguntó otro de los hombres del grupo, vestido con traje y corbata. Alguien que estaba a mi lado dijo que se trataba del juez.

—Yo iba a tres metros del caballo. Un poco más y el cable me mata a mí —insistió Franquito.

—Con permiso, señor juez —dijo uno de los guardias—. Los caballos de tiro suelen pesar de ochocientos a mil kilos, y este era de los grandes.

—Nunca había visto un caballo de este tamaño —dijo el juez.

—Lo que yo quiero son consecuencias —dijo Franquito levantando la voz—. El cable casi me mata a mí. Tienen que ponerle una buena multa al dueño de la central eléctrica. Vive aquí mismo, en la plaza. Se llama Jacinto.

—Haga el favor de tranquilizarse —le ordenó el juez—. Se hará lo que se tenga que hacer.

A continuación se dirigió a otro de los miembros del grupo, un joven con gafas.

—Por favor, levante el acta.

Me separé del grupo y corrí hacia mi casa. Jacinto, el hombre que había mencionado Franquito, era mi padre. La central eléctrica era suya, y los cables también. El caballo yacía electrocutado en medio de la calle. ¿Qué iba a suceder? Se lo quería preguntar a mi madre.

Entré en casa, pero no encontré a nadie, ni a mi madre ni a mis hermanos. Me marché al frontón y me quedé viendo un partido de pelota hasta que se hizo de noche.

Durante la cena, mi padre repitió la historia que contaba cada vez que surgía algún problema con la central eléctrica. Su padre, el abuelo, había ido a la capital para estudiar delineación y sacar unas oposiciones, pero el esfuerzo resultó inútil porque los puestos estaban asignados de antemano. El desengaño había sido tan grande que, decidido a apartarse del mundo, construyó una central eléctrica en el fondo del valle, en un sitio que no tenía ni carretera.

Un error, sin duda. Una decisión equivocada. Pero el error no lo pagó el abuelo, sino él, mi padre. A la edad de diez años, cuando los otros niños salían de la escuela y se iban a jugar al frontón o a la plaza, él volvía caminando a la central para vigilar las máquinas. Además, muchas veces se quedaba solo, porque su madre, mi abuela, trabajaba en un taller de costura de la ciudad y solo regresaba al pueblo los fines de semana, y porque el abuelo acostumbraba a pasar la tarde en el bar.

—¿Cuándo volverá, padre? —le preguntaba él.

—Antes de que suenen las campanas del ángelus.

Pero solía tardar más, y él se asustaba de estar allí, en el fondo oscuro del valle, y bajaba una y otra vez hasta una revuelta del camino por si le veía venir. El miedo se movía en su interior como las anguilas bajo el agua.

Normalmente, las crisis de mi padre duraban lo que tardaba en rememorar la historia de la central; pero, al día siguiente de la muerte del caballo, cuando los tres hermanos fuimos a la cocina a desayunar, lo primero que le oí fue una exclamación de amargura, continuación de sus palabras de la víspera:

—¡Ojalá hubiese quemado la central el día que la heredé!

Estaba bien vestido, con chaqueta y camisa blanca.

—Vuestro padre tiene que ir a San Sebastián —dijo mi madre.

—¿A ver al juez? —pregunté, recordando al hombre de traje y corbata que había visto junto al caballo. Mi madre se giró hacia mí, extrañada de que estuviese al tanto de lo que pasaba.

Tres horas más tarde, los dos estábamos asomados a la ventana de la cocina, mirando hacia la heredad donde iban a enterrar el caballo. Había muchos niños alrededor de la zanja, entre ellos mis dos hermanos.

—La multa puede ser muy grande —dijo mi madre.

—¿De cuánto?

—No sé. De cincuenta mil pesetas, quizás. Eso anda diciendo ese.

Franquito dirigía el enterramiento gesticulando sin parar. A él se refería mi madre.

—¡Cómo se le ha hinchado la tripa al caballo! —exclamé.

Una cuadrilla de braceros empezó a arrastrar el animal hacia la zanja.

—¡Franquito es un sinvergüenza! —dijo mi madre—. Durante la guerra fue un chivato. Por eso se hizo con el restaurante. El verdadero dueño tuvo que escapar después de una denuncia suya.

Mi madre se apartó de la ventana para preparar la comida.

—Tu padre lo estará pasando mal en el juzgado —dijo, y empezó a lamentarse. Él no tenía culpa, pero no le darían la oportunidad de defenderse. Había sido un accidente, algo imprevisible, pero el juez apoyaría la postura de Franquito, porque los dos eran del mismo bando, del que había ganado la guerra. Por eso le habían llamado tan pronto al juzgado. Estaban deseando castigarle.

—Ya está. Ya han enterrado al caballo —dije desde la ventana.

—¡Mejor! —exclamó mi madre.

Mi padre encontró al juez sentado en una butaca de cuero, con las manos entrelazadas a la altura de la barbilla. Detrás de él, en lo alto de la pared, había un retrato del general Franco.

—Le he hecho llamar con urgencia porque necesito saber una cosa antes de proceder a tramitar el caso.

No se molestaba en mostrarse amable.

—Dígame —continuó el juez sin cambiar de postura—. ¿Qué tiene usted que ver con un hombre al que llamaban Iruain? Vivía en el pueblo y tenía su mismo apellido.

—Era mi padre. Así era como le llamaban. Iruain.

El juez se removió en su butaca y bajó las manos a la mesa. Observó atentamente el rostro de mi padre.

—Haga usted lo que le voy a decir —dijo al fin—. Vuelva al pueblo y abónele mil pesetas al dueño del caballo. Que se compre otro. De esta manera, todos en paz.

El juez se levantó, y mi padre hizo lo mismo. Los dos se estrecharon la mano.

—¿No va a haber multa? —preguntó mi padre.

—Haga lo que le he dicho y váyase usted tranquilo. Insisto: de esta manera, todos en paz.

A mi padre le hubiera gustado saber el porqué de la decisión, y preguntarle de qué conocía a su padre, Iruain, pero no se atrevió. Tampoco le invitó a hacerlo la actitud del juez, que en todo momento fue distante.

Transcurrieron los años, y la central pasó a ser propiedad de una gran compañía. La pregunta que había quedado sin contestar en el juzgado salía a veces en la sobremesa de las celebraciones familiares: ¿por qué razón le había perdonado el juez la multa? ¿Qué relación existió entre aquel hombre y nuestro abuelo, Iruain?

Si la vida fuera como la literatura y los hechos pudieran manipularse, si pudiéramos montar un decorado en el desierto, este texto diría ahora que el hijo de Iruain, mi padre, murió en paz, reconciliado con el abuelo tras haber conocido los motivos del juez, o al menos con una mejor opinión acerca de él. Pero no ocurrió así. La respuesta llegó mucho después, demasiado tarde, a principios del verano de 2007. Fue entonces cuando supe, por azar, que el juez era hijo natural de una mujer que, habiendo llegado a trabajar al pueblo, penó durante semanas en busca de una vivienda que nadie le quería alquilar por su condición de madre soltera. Iruain, nuestro abuelo, había sido la excepción. Acogió a la mujer y a su hijo en el primer piso de su casa de la plaza. Por eso se puso el juez a favor de mi padre; por eso repitió dos veces: «De esta manera, todos en paz».

2 DE OCTUBRE. LA PRIMERA NIEVE

Me encontraba en la terraza de la parte trasera de la casa de College Drive leyendo el *Reno Gazette-Journal* y noté un roce frío en la mano. Nevaba. Dos horas después, el cielo volvía a estar azul y las cumbres de la sierra que separa Nevada de California mostraban trazos blancos.

—Creo que el mapache se ha marchado —dijo Ángela por la noche.

Salimos a mirar. El amarillo vivo de los ojos del animal había desaparecido del jardín.

—La nieve habrá sido una señal para él —dije.

—Seguro que ha emigrado al sur —dijo Ángela. Pero no se lo creía.

LLAMADA A MI MADRE

—Estamos bien —dije a mi madre—. Pero de ahora en adelante tendremos que ser más prudentes. Llega el invierno. Ayer por la tarde nevó.

—Pues aquí ha estado lloviznando durante toda la semana. Estoy aburrida de este tiempo —dijo ella—. Pero ¿desde dónde llamas?

—Desde el despacho de la Universidad. Ya te lo dije, si no te llamo desde aquí se me hace tarde.

—Pues no dejes que se te haga tarde. Dormir es muy necesario. Yo me voy enseguida a la cama. Con este tiempo me aburro.

—Yo he quedado con Ángela para comer. Casi siempre pedimos un plato llamado «Combo». El comedor es muy espacioso, y solemos sentarnos junto a la ventana para poder ver el estanque. Hay un cisne que se pasea, no sé si te lo dije el otro día...

—¿Qué has dicho? ¿Que vais a comer? Querrás decir a cenar, ¿no?

—Vamos a comer, no a cenar. Acuérdate de que estamos en Estados Unidos, en América. Ya te lo dije el otro día. Ahora es mediodía aquí. Son las doce menos cuarto.

—No, no. ¡Son las nueve menos cuarto! Por eso he cenado ya. Pronto me iré a la cama.

—Pero verás un poco la televisión, ¿no?

—No me gusta la televisión. Y además este tiempo me tiene aburrida. Toda la semana con esta llovizna, y no parece que vaya a parar.

EN EL HOSPITAL CON MI PADRE (RECUERDO)

Mi padre aprendió bastante bien el español, pero siempre tuvo un fuerte acento y la costumbre de apoyarse en refranes y muletillas que le ayudaban a expresarse.

En la habitación del hospital se presentaron dos médicos. Él estaba dormido. Sin despertarle, le palparon alternativamente las dos piernas, invitándome a continuación a hacer lo mismo. La pierna izquierda tenía calor, pero la derecha estaba fría como el mármol.

Me mostraron una placa. Era el resultado de la resonancia magnética que le habían hecho la víspera. Parecía, a primera vista, la foto del Amazonas tomada desde un satélite: una línea gruesa —el mismo río Amazonas—, unas líneas delgadas que salían de aquella —los afluentes—, y, por fin, una maraña de hilillos —los afluentes de los afluentes—. Pero no era un mapa del lejano Amazonas, sino una imagen de las venas del muslo derecho de mi padre.

Los médicos dirigieron mi atención a la línea gruesa. Se trataba de la vena femoral, y estaba deteriorada, incluso tenía una cesura. Justo por encima de aquella cesura —uno de los médicos me señaló el punto con un lápiz— salían tres o cuatro venillas que recorrían un pequeño tramo y regresaban a la femoral. Me dieron la explicación pacientemente: al encontrar la vía principal cerrada, el flujo sanguíneo buscaba la manera de seguir su curso haciendo trabajar a todas las venas que encontraba en su camino. Sin embargo, en el caso de mi padre aquello no bastaba. Había que introducir una cánula para superar la interrupción de la arteria femoral.

Necesitaban nuestro permiso para realizar la operación. Uno de los médicos se dirigió jovialmente a mi padre, que acababa de despertarse:

—¿Y tú? ¿Qué dices tú, Jacinto?

—¿Yo? Pues yo digo que reunión de pastores, oveja muerta.

12 DE OCTUBRE. mensajes diferentes

Nevaba copiosamente cuando llegué a la Universidad, pero aquello no parecía afectar al hombre pelirrojo que repartía cuadernillos en el aparcamiento. Se acercó a mí riéndose y me entregó un ejemplar. Le faltaban varios dientes.

El título del cuadernillo decía: *«Have you ever faced death?»*. «¿Has encarado alguna vez la muerte?»

Poco después, mientras esperaba al café en el puesto de la entrada de la biblioteca, dos jóvenes pusieron en mi mano un folleto a todo color con la foto de Barack Obama.

El texto del cuadernillo no era muy reconfortante. La primera línea decía: «La mayoría de nosotros imagina su muerte en casa, durante el sueño, pero son pocos los que mueren así». A continuación, lanzaba un mensaje ascético valiéndose de ejemplos de la historia reciente: «Cuando el general MacArthur tomó las riendas de la guerra de Corea, su primera decisión fue la de quitar los toldos que llevaban los camiones cuando el tiempo era frío, dejando a los soldados a la intemperie y a merced de los disparos del enemigo. Pues así es como vivimos nosotros».

Las afirmaciones eran cada vez más descabelladas. El cuarto párrafo aseguraba que la creencia en la inmortalidad era algo propio de los seres humanos y de los perros. Los gatos, en cambio, no la poseían.

Dejé el cuadernillo y le eché una ojeada al folleto de Barack Obama. Anunciaba el acto que iba a celebrarse en el hotel-casino Grand Sierra Resort. *«Turn the page in Iraq»*, decía en letras grandes. «Pasa página en Irak.» Había también una foto que mostraba al candidato bajo una pancarta con la palabra *Change,* «Cambio»: un hombre grácil, vestido con traje negro y camisa blanca, sin corbata, saludando a los seguidores con un gesto medio, ni del todo serio ni del todo jovial.

14 DE OCTUBRE. EL DISCURSO
DE BARACK OBAMA. «PASA PÁGINA EN IRAK»

La fila de las quinientas o seiscientas personas que habían acudido a escuchar a Barack Obama cruzaba de una punta a otra la elegante y enmoquetada planta baja del Grand Sierra Resort. La penumbra —siempre hay penumbra en el interior de los casinos— realzaba el brillo y los colores chillones de las *slots,* las máquinas tragaperras. Los jugadores movían las palancas o pulsaban los botones sin levantar la cabeza, pegados a las máquinas como lapas, y parecían fastidiados por la presencia de tantos intrusos.

La escena llamaba la atención. Los que tenían en mente el Gran Juego —la guerra, las condiciones laborales, la venta de armas, el sistema sanitario— estaban tranquilos, charlando entre ellos o leyendo el folleto de propaganda que repartían los organizadores. Los dedicados al Pequeño Juego, en cambio, se mostraban angustiados, como ante una cuestión de vida o muerte.

«Turn the page in Iraq», «Pasa página en Irak», decía el folleto al comienzo. Bajo el titular, una declaración hecha por Barack Obama en el pasado: «Yo estoy en contra de las guerras necias, de aquellas que se basan en la pasión, y no en la razón; en la política, y no en los principios».

En la segunda página del folleto, un espacio para exponer su propósito general: «No quiero ser presidente para abrazar el pensamiento convencional de Washington; quiero serlo para desafiarlo...».

En la página siguiente, el plan para acabar con la guerra en cuatro puntos. En las líneas finales, los teléfonos de contacto y la repetición de su eslogan principal: *«End the war. Join the movement».* «Acaba con la guerra. Únete al movimiento.»

Los altavoces del Grand Sierra Resort difundían los *hits* de los sesenta y de los setenta: *The House of the Rising Sun,* de los Animals; *Dedicated to the One I Love,* de The Mamas and the Papas; *Fly Me to the Moon,* de Frank Sinatra. Después de esperar una media hora, empezamos a entrar en la sala donde se iba a celebrar el acto. Uno de los jóvenes que guardaban la puerta miró a la fila con un gesto de aprobación. «Más gente de la que esperábamos,

¿verdad?», dijo a sus compañeros. Eran las once menos cuarto de la mañana.

Barack Obama hizo su entrada en el escenario de forma discreta, aprovechando un resquicio en el continuo ir y venir de organizadores y técnicos, y pocos se hubiesen enterado de su presencia de no haberse levantado a aplaudir el coro de *supporters* que ocupaba el escenario. Apretó la mano de cuatro o cinco personas del coro, y se fue directamente al micrófono. Sonaron por los altavoces, a todo volumen, las palabras de presentación: «Barack Obama, futuro candidato del Partido Demócrata, futuro presidente de Estados Unidos».

Una gigantesca bandera de satén ocupaba el fondo del escenario, y su brillo era dulce, acogedor, a tono con el ambiente cálido de la sala. El foco principal, dirigido a Barack Obama, era suave, y suaves eran también los colores de la ropa que vestía: traje marrón claro, camisa blanca, corbata granate. Nada que ver, aquellos colores, aquellos tonos, con los de las máquinas tragaperras ni, en general, con los del pop estadounidense. La estética del acto, de toda la campaña, parecía seguir las pautas marcadas por Junichiro Tanizaki en su *Elogio de la sombra,* y era, en ese aspecto, japonesa.

Barack Obama dio comienzo a su intervención abundando en los eslóganes que venían en el folleto. En el discurso moderado, un aguijón: él había estado contra la guerra desde el principio. Hillary Rodham Clinton, en cambio, junto con otros políticos demócratas, no había dudado en alinearse con las posturas del presidente George Bush. La cuestión a debate, no obstante, tenía que ver con el presente, no con el pasado. Se trataba de saber quién poseía, y quién no, la capacidad necesaria para enfrentarse a los graves problemas del futuro.

Llegó el turno de preguntas y se levantaron de golpe treinta o cuarenta manos. Para entonces, Barack Obama estaba en mangas de camisa y se movía pausadamente de un lado a otro del escenario.

Dio la primera palabra, y un afroamericano que estaba sentado delante de nosotros le preguntó si sentía una presión especial por el hecho de ser negro. Barack Obama lo negó. ¿Qué más daba ser verde, rojo, blanco, amarillo o negro? Los asuntos importantes de Estados Unidos eran otros.

Atendió de manera especialmente amable a la persona que hizo la siguiente pregunta, una anciana de la reserva de Pyramid Lake. Las condiciones de vida de los paiutes, dijo la mujer, eran penosas. Su pobreza era tal que, «sin la ayuda de los bondadosos vecinos», morirían de hambre o de enfermedades que tenían fácil cura. Barack Obama le respondió compasivamente, y le prometió hacer lo posible para cambiar el Sistema Nacional de Salud.

A la anciana de Pyramid Lake le siguió un veterano de las guerras de Corea y de Vietnam. Su situación, la de todos los veteranos, también era penosa. De palabra, el país estaba con ellos, y en todas partes se celebraba el *Veterans Day,* pero la realidad era distinta. Bastaba ver el pésimo estado de sus hospitales. Barack Obama insistió en lo dicho en la respuesta anterior. Trataría de cambiar el Sistema Nacional de Salud, y los hospitales de los que habían arriesgado sus vidas defendiendo el país estarían incluidos en el plan. Cuando acabó de hablar, el veterano le dio las gracias ostentosamente y le dedicó un saludo militar.

Hubo más preguntas, y al hilo de una de ellas Barack Obama contó una historia. Durante la campaña para senador de Illinois, una mujer le pidió que fuera a hablar a su pueblo y él accedió. Pero llegó el día y se dio cuenta de que el pueblo en cuestión, Greenwood, estaba muy lejos, y estuvo tentado de no ir, porque además la época era mala para él, de mucho trabajo y fatiga. Cuando al final, de mala gana, viajó hasta allí, se encontró con una situación desalentadora: en el local solo había cuatro personas, la mujer que le invitó y tres amigas. Pensó que lo mejor sería acabar cuanto antes. Pero, entonces, la mujer le pidió media hora. Iría de casa en casa y traería a toda la gente del pueblo. Y, efectivamente, así sucedió. Media hora después, la sala estaba a rebosar de gente. La reunión fue cálida, un éxito. Y todo gracias a la fuerza de voluntad y al entusiasmo de una mujer.

Al acercarse al final del relato, Barack Obama inició un *crescendo: «One voice can change a village!...»*. «¡Una voz puede cambiar un pueblo! ¡Un pueblo puede cambiar un valle! ¡Un valle puede cambiar un condado! ¡El condado, un estado! ¡El estado, la nación! ¡La nación, el mundo!...»

Por primera vez desde el inicio del acto, Barack Obama usaba el tono de los mítines.

—Solo un candidato de Estados Unidos puede hacer una afirmación así sin caer en la exageración —dijo Ángela—. Lo que suceda aquí influirá en todo el mundo.

Cuando salimos, allí seguían los jugadores con sus ceños fruncidos y sus caras de angustia. Los asistentes al encuentro, en cambio, parecían más felices que al entrar.

En el aparcamiento vimos un pequeño grupo de personas junto a nuestro Ford Sedan. Pronto comprendimos la razón: por capricho de un profesor del CBS, la matrícula del coche era «Obaba», casi «Obama».

TEXTBOOK BROKERS

Me paré en el cruce de Virginia Street con la Novena, frente a una pequeña tienda en la que hasta entonces no me había fijado. Se llamaba Textbook Brokers. Dentro, según pude ver desde la acera, había un hombre de unos cincuenta años que parecía estar ordenando libros. Tenía una coleta larga que le llegaba hasta la mitad de la espalda. Cuando entré, me vi solo. No había más clientes.

No eran libros lo que estaba ordenando el hombre de la coleta, sino discos de vinilo, y de ellos provenía, del roce de las fundas de los LP, el único ruido que se oía en el establecimiento. Lo demás era quietud, inmovilidad. Inmóviles estaban los libros de los estantes y las postales alineadas en las cajas. Inmóviles, asimismo, las fotos en blanco y negro que cubrían las paredes: paisajes del desierto, tipis de los indios, caballos, calles de Reno tal como eran a principios del siglo xx. Daba la impresión de que llevaban muchos años allí, y que pasarían muchos más hasta que unos ojos o unas manos repararan en ellas.

En el haz de luz que entraba por la ventana pululaban las motas de polvo. No estaban del todo inmóviles, como el resto de los objetos de la tienda, pero se movían mansamente. Subían, bajaban, daban una vuelta, volvían a subir. Como en un baile a cámara lenta.

El hombre de la coleta se fue hasta una esquina del mostrador y puso un disco. En cierto modo, yo no deseaba oírlo. La música es, quizás, un intento de mejorar el silencio; pero un intento que muchas veces fracasa. Además, el silencio de Textbook Brokers era muy dulce.

El vinilo empezó a girar. Inmediatamente, me sentí bien. La canción era *Summertime*: «*Summertime, and the livin' is easy, fish are jumpin' and the cotton is high, oh yo' daddy's rich and yo' ma is good lookin', so hush, little baby, don't you cry...*». «Es verano, y la vida es fácil, los peces saltan y el algodón está alto, oh, tu papá es rico, tu mamá es guapa, calla niñito, no llores más...» La canción era aún más dulce que el silencio. No conocía aquella versión.

Llevaba unos dos meses en Nevada, pero, como quien entra en una casa a dar un aviso y deja la puerta abierta pensando que va a salir enseguida, no me sentía del todo dentro. Con la música, aquello cambió. Como dijo Dominique Laxalt al hablar de los pastores y del desierto, la cabeza le dio la vuelta a la situación, y me hice habitante del lugar, cerré la puerta. *«Summertime, and the livin' is easy, fish are jumpin'...»* No era verano, no había peces en Manzanita Lake, el estanque del campus. Ni siquiera los cisnes se dejaban ver aquellos días. Pero la música, la canción, confería a Nevada una ligereza agradable, y, de pronto, no parecía difícil vivir allí.

El hombre de la coleta me pasó el disco. La portada mostraba a los miembros de una familia, cada cual con su instrumento: guitarra, contrabajo, banjo, violín. El título era *Elementary Doctor Watson*.

—¿Doctor Watson?

—Música tradicional americana —respondió el hombre.

Los discos de vinilo no estaban en venta. Compré varias postales antiguas y una guía de segunda mano con mapas de diversas zonas de Nevada y de todo el Oeste. En total, catorce dólares.

22 DE OCTUBRE. ASALTO SEXUAL

Estábamos suscritos al *Reno Gazette-Journal*, y recibíamos un ejemplar del periódico todos los días a las cuatro y media de la madrugada. El repartidor llegaba en un Toyota blanco y realizaba la operación *de puntillas,* sin perturbar el silencio. El vehículo debía de estar preparado: el motor ronroneaba; el ruido que hacían sus puertas al cerrarse no era mayor que el del golpe del periódico en el suelo del porche.

El 22 de octubre la visita del Toyota blanco me cogió despierto, porque la red para atrapar pesadillas que Izaskun y Sara me habían comprado en Pyramid Lake no hacía mucho efecto y mi sueño seguía siendo accidentado. A las cinco menos cuarto, ya estaba sentado a la mesa de la cocina con el café y el periódico. El jardín se veía solitario, como siempre en las últimas semanas. Ni rastro del mapache.

En la página de las noticias locales del *Reno Gazette-Journal* venía una nota titulada «*Sexual assault*», «Asalto sexual». Habían intentado violar a una estudiante de la

Universidad en un lugar al que se referían como Whalen Parking Complex. Encendí el ordenador y miré en el plano de la ciudad. El aparcamiento estaba en el campus, a menos de doscientos metros de nuestra casa.

Tres horas después Ángela y yo fuimos a la Universidad y nos asombramos de la normalidad que reinaba allí. No había policías a la vista, ni corrillos de estudiantes, ni un recorte del periódico en el tablón de anuncios de la biblioteca. Cuando subimos al CBS nadie dijo nada, ni siquiera Mary Lore. Me encontré con una profesora de francés, vecina de despacho, en el puesto de café, y le comenté lo que había leído. Se sorprendió. Nadie se lo había mencionado.

En la entrada de la biblioteca había siempre un centenar de ejemplares del *New York Times* que, gracias a un benefactor, los profesores y los estudiantes recogían gratis para enterarse de lo que estaba ocurriendo en el quinto o sexto círculo de la realidad —la crisis de gobierno en Rusia, la guerra en Irak y en Afganistán, la nueva gira de U2— o para leer los comentarios del séptimo círculo sobre aquellos hechos. En cambio, no leían el *Reno Gazette-Journal,* no lo compraban. Por razones económicas, desde luego —la unidad monetaria en la mayoría de los campus es el céntimo—, pero también, sobre todo, por una cuestión de tropismo. Al que se preocupa por lo que ocurre en el quinto o sexto círculo le cuesta bajar la vista y fijarse en lo que pasa alrededor, en el primer círculo.

No llegó ningún mensaje de la policía del campus al ordenador. Probablemente, no tenían mucho que decir. Su sede estaba justamente en un edificio del Whalen Parking Complex, el lugar del intento de violación.

26 DE OCTUBRE. ADIÓS A STEVE FOSSETT

No había rastro de Steve Fossett cuando se iban a cumplir dos meses de su desaparición en el desierto, y los noticieros de la radio y de la televisión leyeron un comunicado donde se anunciaba el cese de todas las operaciones de búsqueda. Ya no saldrían más aviones o helicópteros a rastrear el desierto. Las patrullas dejarían de recorrer la sierra.

El comunicado no hizo sino confirmar lo que pensaba la mayoría. Las posibilidades de encontrar con vida al *american hero* eran nulas. Richard Branson, dueño de la compañía Virgin, le daba el adiós en la revista *Time:*

«Conocí a Steve Fossett un día gélido de 1977, en el estadio Busch de St. Louis-Missouri. Se proponía dar la vuelta al mundo en globo, haciendo todo el recorrido en solitario, y estaba a punto de iniciar la prueba. A pesar de ser contrincantes, fui a saludarle con la deportividad que todavía reina entre los que nos dedicamos a batir récords. Cuando me acerqué al globo, una gente de la televisión vino donde yo estaba, y me encontré ante las cámaras con una persona que, según pensé, era uno de los técnicos del equipo de Fossett. Yo dije que había que estar loco para intentar hacer una prueba como aquella. Con tranquilidad y una sonrisa amplia, el hombre que yo tomé por un técnico dijo: "Yo soy Steve Fossett".»

Afirmaba Richard Branson que fue en aquel momento cuando empezaron a ser amigos, y que era admirable el número de récords mundiales que Steve Fossett había conseguido en veintidós años, concretamente 119, más que ninguna otra persona en la historia. La vuelta al mundo en el ultraligero de carbono *Virgin Atlantic Global Flyer* «volando a quince mil metros de altura durante tres días y medio, solo y sin descanso» había sido el más asombroso de todos, y también, por lo que enseñó sobre ahorro de combustible, el más beneficioso.

Al final del artículo, junto con las palabras de pesar —«es duro tener que decir adiós a un héroe americano de verdad»—, Richard Branson informaba del último proyecto de Steve Fossett: batir el récord de velocidad en tierra superando con su vehículo *Sonic Arrow* las 800 millas (1.200 kilómetros) por hora. El día de su último vuelo con la avioneta Citabria, su intención había sido la de buscar un lago de sal adecuado para la prueba.

Miré en el ordenador para saber algo más de aquel último proyecto de Steve Fossett, y entré en un foro donde se discutía el asunto. La mayor parte de los participantes rechazaban de plano la versión oficial, y no aceptaban la hipótesis de su desaparición ni la de su muerte. En su opinión, lo del accidente era un cuento, una invención de los publicistas. El problema era que, a pesar de todos sus asombrosos récords, Steve Fossett distaba de ser una estrella en Estados Unidos, debido sobre todo a que era una persona de bastante edad y estaba un tanto cargado de kilos, «gordito». Al no ser un hombre guapo y *sexy* como Richard Branson, necesitaba algo especial, una historia misteriosa que le asegurara la atención del público en vísperas de su intento de batir el récord mundial de velocidad en tierra. En resumen, no había nada que temer. Fossett no estaba muerto, sino escondido. Aparecería en cualquier momento junto a su vehículo *Sonic Arrow,* vestido con su traje a lo astronauta y haciendo una V con los dedos en señal de victoria.

Casi todos los que intervenían en el foro razonaban de forma hipotética y, en general, no parecían estar bien de la cabeza. Pero uno de ellos, que firmaba como «Snowflake», aportaba datos que parecían fidedignos. La mejor prueba de que Steve Fossett estaba muerto, decía, era la suerte que había corrido el proyecto. Sencillamente, estaba en venta. La sociedad responsable pedía, por el proyecto mismo y por el vehículo *Sonic Arrow,* tres millones de dólares, muy por debajo de los costos reales que, hasta aquel momento, ascendían a cuatro millones.

Al final de su mensaje, Snowflake daba datos todavía más concretos: «Las fotos oficiales del vehículo se tomarán el último fin de semana de octubre en el lago de sal donde se pensaba realizar la prueba, y se darán a conocer la segunda semana de noviembre junto con los datos del motor».

Llamé a Bob Earle desde el teléfono del despacho y le comenté lo que acababa de leer. Desde nuestro viaje al desierto Steve Fossett era uno de nuestros temas de conversación.

—Ya estamos a finales de octubre —dijo tras oír el último dato de Snowflake.

—No he podido saber el nombre del lago de sal donde Fossett pensaba realizar la prueba —dije.

—Dame diez minutos. Te llamo después.

No fueron ni ocho.

—El vehículo estará este fin de semana en Black Rock Desert. Allí van a hacerle las fotos al *Sonic Arrow* —me dijo Earle—. Es una información segura. Me la ha proporcionado un amigo del Ayuntamiento que siempre maneja mineral de mucha pureza.

Decidimos ir. El viaje era bastante largo, pero no todos los días se presentaba la oportunidad de ver un vehículo capaz de moverse a más de 1.200 kilómetros por hora.

—Yo creo que a Izaskun y a Sara les puede gustar —dijo Earle.

—Iremos todos, la familia completa. ¿Y Dennis? ¿Querrá venir?

—Se lo diré. Le costará apartarse de su bicho, pero creo que sí, que vendrá.

—¿La araña sigue viva?

—Yo no metería el dedo en el frasco.

Quedamos para el domingo. Nos recogería en College Drive a las ocho de la mañana.

EN BUSCA DEL *SONIC ARROW*

Black Rock estaba en un lugar apartado del desierto, bastante más allá de Pyramid Lake, y, como dijo

Earle, había que ser insomne para no quedarse dormido durante el trayecto. Pero tuvimos un ambiente muy animado en el Chevrolet Avalanche, y ni siquiera a mí me venció el sueño. Éramos seis: delante, Earle y Ángela; en medio, yo; en la parte de atrás, jugando con un ordenador portátil, Sara, Izaskun y Dennis.

—Estamos llegando —dijo Earle.

Iban apareciendo, a un lado de la carretera, hondonadas blanquecinas, pequeños lagos secos. Parecían úlceras.

Recorrimos otros diez kilómetros, y las úlceras fueron aumentando de tamaño. Al otro lado de la carretera, una pared de rocas impedía la vista.

La conversación en el Chevrolet Avalanche giró hacia Steve Fossett. Era paradójico que un hombre capaz de superar mil riesgos y de batir 119 récords mundiales muriera de aquella manera, en un avioncillo.

—Iba en un Citabria —dijo Dennis—. Yo no lo llamaría «avioncillo».

—Lo que me parece raro es que la búsqueda se haya alargado tanto —dije—. Sin agua, el tiempo máximo de supervivencia en el desierto es de tres días, ¿no?

Earle me miró a través del espejo retrovisor.

—Y una pregunta más —dijo—. ¿Quién pagará los gastos?

Dennis tenía en el ordenador portátil las fotografías de los bólidos que en el pasado habían establecido marcas de velocidad en tierra y se las estaba mostrando a Izaskun y a Sara: «Este que veis aquí era el *Blue Bird*. Este otro, *The Spirit of America*. Este, el último que batió la marca, *Thrust...*».

Me vino la imagen del *Blue Bird* en cuanto escuché el nombre. Seguía en mi memoria igual que cincuenta años antes, tal como lo había visto en la revista que en aquella época leía mi madre, *Reader's Digest*. Era un bólido como los que corrían en Mónaco, pero un par de metros más largo.

Los hilos de mi mente alcanzaron con facilidad otros números del *Reader's Digest,* y recordé un cuento que venía en uno de ellos. Sucedía en un transatlántico que viajaba de Estados Unidos a Europa, y narraba el desencuentro entre el *entertainer* hindú del barco y un viajero, su discusión en torno a la cobra que aquel utilizaba en el espectáculo. El viajero se reía con burla: la cobra era inofensiva, le habían quitado el veneno. El *entertainer* hindú insistía en lo contrario. El final era trágico. El cuento lo firmaba Somerset Maugham.

La carretera comenzó a bordear una planicie blanca. Al fondo, cerrando el paisaje, destacaba el pico de una montaña.

—Black Rock —dijo Earle señalándolo.

En la orilla de la carretera apareció una taberna. Era una construcción más pobre que el Crosby Bar de Pyramid Lake, un cajón rectangular de unos quince metros de largo con ventanas muy pequeñas y tejado de adobe. En uno de los lados, a la sombra de un cobertizo, había dos motos Harley-Davidson.

Earle aparcó junto a las motos.

—No parece un lugar muy elegante, pero probablemente tendrá lo básico —dijo.

Dennis repartió gafas oscuras para cuando nos internáramos en la planicie blanca.

—Voy al servicio —dijo Earle—. Ahora vengo.

Le seguí al bar. Estaba casi a oscuras y me quedé ofuscado hasta que la retina de mis ojos superó el contraste entre la luminosidad de fuera y la oscuridad de dentro. Mis oídos, en cambio, no necesitaron de ningún ajuste para reconocer la canción que sonaba en los altavoces. Era *Rockin' in the Free World,* de Neil Young.

Los dos motoristas de las Harley-Davidson y el encargado del bar bebían cerveza en un extremo del mostrador. El local apenas tenía decoración: solo una foto de dos metros de largo y uno de ancho en la pared que había frente a la puerta de entrada, la imagen de un bólido. Copié en mi cuaderno lo que decía el rótulo explicativo: *Black Rock Desert, 15 October 1997, Andy Green, ThrustSSC, 763.035 mph*. Era un vehículo monstruoso. Una aguja con dos protuberancias, dos motores turbo desproporcionados. La chapa, de color negro.

763.035 mph, 1.228 km/h: la marca que Steve Fossett pretendía superar con su *Sonic Arrow*. Imaginé al piloto tras el accidente, en un lugar perdido de la sierra o del desierto, pronunciando en un último suspiro la magnitud: *763.035 mph, 763.035 mph...* Imaginé también a unos montañeros agachados junto a él y preguntándose mutuamente: «¿Qué querrá decir? ¿Qué misterio se ocultará bajo esa cifra?». Ahuyenté el pensamiento como a un moscón.

Earle salió del servicio y pedimos dos cervezas. El encargado nos mostró las botellas que él y los motoristas estaban tomando. Eran de una marca que yo no había visto nunca, «Sierra Nevada».

—¿De acuerdo? —me preguntó Earle.

—De acuerdo.

—Estamos aquí por una noticia que leímos el otro día —le dijo Earle al encargado cuando vino con las cervezas—. Quisiera contrastarla con usted.

El hombre le hizo un gesto con la mano y los dos se fueron al extremo del mostrador, donde los motoristas.

En los altavoces sonaba otra canción de Neil Young, *Love and War*. ¿Qué ambiente era mejor, el del silencioso Crosby Bar o el del local donde estábamos? No era fácil responder.

Había un segundo rótulo dorado junto a la foto del *ThrustSSC*: «El primer vehículo que rompió la barrera del sonido». Quise volver mentalmente a las clases de física del colegio La Salle. ¿Cuál era la velocidad del sonido?

No pude recordar. No había en mi cabeza un hilo que llegara hasta allí.

Earle se dirigió a la puerta del bar. Se despidió del encargado diciéndole que volveríamos al cabo de una hora.

—Tendremos que comer algo antes de tomar el camino de vuelta a Reno —dijo.

—Aquí estaré —dijo el hombre. Los dos motoristas levantaron la mano en señal de despedida.

Fuera del bar el sol lo llenaba todo, ocupando sin contemplaciones el espacio entre el cielo y la tierra. Dennis, Ángela, Izaskun y Sara tenían las gafas oscuras puestas y llevaban, además, gorras publicitarias de una empresa de ordenadores. Earle y yo estuvimos de acuerdo: nos pondríamos las gafas, no las gorras. No hacían falta, porque no íbamos a bajarnos del Chevrolet Avalanche durante el recorrido por Black Rock.

—Creo que vamos a tener suerte —dijo Earle cuando nos pusimos en marcha—. Según el hombre del bar, ayer entró un furgón grande en este lago de sal. O mucho me equivoco, o el *Sonic Arrow* iba dentro de ese furgón.

—¿Dónde está la entrada? —preguntó Ángela.

—No hay una entrada oficial —dijo Dennis desde el asiento de atrás—. No es como en los parques nacionales.

Seguimos por la carretera durante un kilómetro; luego, torciendo a la derecha, recorrimos un kilómetro más por un terreno sin asfaltar. Ya estábamos en la orilla del lago de sal.

—¡Allá vamos! —dijo Earle, pisando el acelerador.

Íbamos a sesenta millas por hora por la superficie blanca, y todo era luz a nuestro alrededor. Trataba de distinguir alguna forma desde la ventanilla, pero lo único que mis ojos alcanzaban a ver era la blancura misma, la reverberación del sol en el suelo de sal, una suerte de niebla cegadora.

Según Dennis, era costumbre en aquel desierto dejar el volante suelto o en manos de los niños. Le propuso a Earle que fueran Izaskun y Sara las que condujeran durante un minuto. Pero Earle no le oyó. Iba encorvado sobre el volante, mirando a un lado y a otro. No se veía nada. A la blancura le seguía la blancura. Luego, por un instante, apareció a lo lejos la montaña que daba nombre al enclave, Black Rock, la Roca Negra.

Me quité las gafas oscuras, y la luz me hizo cerrar los ojos inmediatamente. Si en un desierto normal el tiempo de supervivencia sin agua era de tres días, ¿qué esperanza podríamos tener nosotros en Black Rock? Los hilos de mi cabeza empezaron a hacer asociaciones. Me sentía nervioso.

—¡Vamos mal! —gritó Earle. De pronto, parecía enfadado—. ¡Es imposible que hayan traído el bólido hasta aquí! ¡Lo que quieren es sacar unas fotos! ¡Nada más!

Dio un giro de ciento ochenta grados sin tocar los frenos. El Chevrolet Avalanche se inclinó hacia un lado.

—Más despacio, Earle —le dije—. No quiero volcar.

—De acuerdo —dijo, frenando un poco.

Delante de nosotros surgió un lago azul. Izaskun y Sara se pusieron a chillar.

—Ese lago no tiene agua —dijo Dennis—. Es un espejismo.

Earle se esforzaba en examinar el terreno, ahora con la ayuda de Ángela. Nuevamente, íbamos a sesenta millas a la hora.

—Allí hay algo —dijo Izaskun desde atrás. Sin aspavientos, como quien informa de algo rutinario.

—¿Dónde? —preguntamos todos a la vez.

Nos lo señaló. En la planicie blanca había una mancha también blanca, pero geométrica y más empastada. La asocié, al acercarnos, con una placa rectangular, y pensé —no fue un reflejo muy inteligente— que sería parte de un mecanismo para captar la energía del sol. Pero no. Era un camión tráiler. Un grupo de hombres se movía alrededor. Llevaban monos y gorras de color rojo.

—¡A lo mejor ya lo han metido en el tráiler! —dijo Earle. Estaba en tensión, y lo mismo Ángela. Dennis, Izaskun y Sara se irguieron en sus asientos.

Yo no participé del momento. Los hilos de mi mente querían desconectarse de todo aquello. Estaba harto de perseguir al *Sonic Arrow*. Me quería marchar de Black Rock Desert.

El bólido era maravilloso, sin embargo. Estaba en el ángulo formado por el tráiler y una furgoneta y parecía vigilante, como si en lugar de una máquina fuera un pájaro o un insecto venido de algún planeta desconocido. Era blanco, con una greca amarilla y verde en ambos costados. En su parte posterior, dos alas cortas formaban una cruz.

—¡Parece un caza! —dijo Earle.

—O un misil —dijo Dennis.

Cuando Earle abrió la puerta del Chevrolet, uno de los hombres que trajinaban en torno al *Sonic Arrow* se dirigió a nosotros cruzando los brazos por encima de la cabeza. Salió un compañero suyo de la cabina del tráiler e hizo gestos aún más explícitos. No podíamos parar allí, teníamos que alejarnos.

—Le he sacado una foto al bólido —dijo Dennis en voz baja.

Izaskun y Sara empezaron a revolver en sus mochilas. Buscaban la Nikon.

—¿Lo habéis conseguido? —les pregunté cuando reanudamos la marcha. Me hicieron girar la cabeza para mirar en la pantallita de la máquina. Tenían su tesoro: la imagen del *Sonic Arrow* y la de uno de los hombres de mono y gorra rojos.

—Es asombroso que esa cosa tan fina pueda alcanzar los 1.200 kilómetros por hora —dijo Ángela.

Estábamos de nuevo en la orilla del lago de sal. Salimos despacio hacia la carretera, en dirección al bar, en silencio, concentrados. Teníamos las fotografías, pero queríamos guardar el bólido en la memoria: blanco, con una greca amarilla y verde en cada costado; un pájaro de otro planeta, un insecto a punto de echar a volar.

—Vamos a comer algo —dijo Earle, deteniendo el Chevrolet delante del bar. Bajo el cobertizo había ahora cinco Harley-Davidson.

Los motoristas estaban comiendo en uno de los ángulos del bar. En el mostrador, dos mujeres que también llevaban trajes de motorista charlaban con el encargado y fumaban un cigarrillo. Sonaba la música de un grupo que no identifiqué.

La foto del *ThrustSSC* que colgaba de la pared me pareció más grande que antes. El bólido, más feo.

—Los británicos estarán contentos —dijo Dennis—. La marca que lograron con el *ThrustSSC* quedará sin batir hasta que aparezca el sustituto de Fossett.

El encargado nos dio a elegir, hamburguesa o pizza. Todos pedimos hamburguesa, incluso Izaskun y Sara. Para beber, Earle y yo nos inclinamos por la misma cerveza de antes, Sierra Nevada. Los demás prefirieron Pepsi.

Sara puso su Nikon sobre la mesa.

—Le he sacado dos fotos al coche de carreras —dijo.

Dennis se rio.

—¡Yo, cinco!

Dennis nos las mostró en la pantalla de la máquina. El «coche de carreras», el *Sonic Arrow* de Fossett, el «pájaro», el «insecto», me pareció de pronto triste, apenado por tener que estar quieto esperando que un tráiler lo sacara de Black Rock Desert cuando era capaz de correr a más de 1.200 kilómetros por hora.

Earle habló de las normas en torno a los vehículos especiales. Había que actuar con precaución. Dennis y Sara debían cuidarse de colgar las fotos del bólido en la red. Hacerlo sería ilegal.

Los hilos de mi cerebro volvieron a llevarme a la época del *Reader's Digest,* y vi a mi madre en un día de verano, leyendo la revista en el balcón de nuestra casa de Asteasu. Recordé otro cuento que venía en sus páginas, también de Somerset Maugham. Como en el de la cobra, los personajes viajaban en un transatlántico, pero en este caso el objeto de la disputa era un collar de perlas. Uno de los protagonistas, experto en joyas, era sometido a prueba en el curso de una cena de gala ofrecida por el capitán: debía analizar los collares, las diademas, las pulseras y los anillos de las damas que compartían su mesa y verificar la autenticidad de las joyas. El experto no quería hacer de *entertainer,* pero, ante la insistencia del capitán, acabó por aceptar. Enseguida quedó claro que sabía mucho de la materia. «No es un diamante. Es cuarzo», dijo con solo echar una mirada al *pendentif* de una mujer. «Es verdad», confesó su marido, arrancando los primeros aplausos de los viajeros que seguían el improvisado espectáculo. Llegó el turno de la siguiente joya. «El zafiro del anillo es bueno. Probablemente, de la India», dijo el hombre, y también esta vez hubo aplausos.

Le mostraron más joyas. Su juicio era siempre certero.

Llegó el turno de la última joya: el collar de perlas de una mujer muy hermosa. El experto percibió angustia en los ojos de la mujer, y pensó que quizás las perlas fueran de imitación, y que temía quedar en evidencia ante los demás viajeros. Una impresión equivocada. Las perlas eran de gran calidad, probablemente australianas. Sonrió a la mujer, pero ella parecía aún más angustiada que antes. «Las perlas son auténticas», dijo el hombre. A sus palabras les siguió una carcajada. «¡Ha fallado usted, amigo! ¡Las perlas son falsas!», gritó el marido de la mujer, un tipo tan fatuo como el que se había burlado del *entertainer* hindú a cuenta del veneno de la cobra. El experto tuvo que pensar deprisa. Los ojos de la mujer expresaban ahora pánico. Le vino a la mente algo que por azar había oído durante la cena. Aquella mujer había pasado varios meses sola en Nueva York mientras su marido recorría Europa en viaje de negocios. «Voy a analizarlas de nuevo», dijo el hombre. Un minuto después levantó la cabeza y dio a conocer su conclusión: «Efectivamente, me he equivocado. Las perlas son falsas». Los viajeros que estaban junto a él le palmearon la espalda. No debía preocuparse. Un único error no afeaba una sesión llena de aciertos.

Los viajeros se retiraron a sus camarotes. El experto, por su parte, subió a cubierta, a tomar el aire del mar y fumar un cigarrillo. Se encontró allí con un viajero con el que había trabado cierta amistad. «Las perlas eran auténticas, ¿verdad?», le dijo aquel. El experto le dio la razón indirectamente. «Si yo tuviera una mujer tan bonita —dijo—, no la dejaría sola en Nueva York». El cuento terminaba con esa frase.

Vi de nuevo a mi madre, leyendo el *Reader's Digest* en el balcón de nuestra casa de Asteasu. Después de un momento, cerró la revista y se puso a tender la colada.

Earle estaba en el mostrador pagando la comida. Le propuse hacerlo a medias, pero no aceptó.

—En Black Rock invito yo. Ya me invitarás tú cuando vaya a las montañas del País Vasco. Un mal negocio para ti, ya me doy cuenta.

Antes de salir del bar pregunté al encargado sobre la música que tenía puesta.

—Grateful Dead —dijo, levantando el dedo pulgar de la mano derecha.

Nos sentamos en el Chevrolet Avalanche de distinta manera que a la ida: Earle y Dennis delante, Ángela y yo en el medio, Izaskun y Sara detrás. Después de un kilómetro, paramos en un pequeño alto y echamos una última mirada a Black Rock. Los rayos de sol ya no caían directamente sobre el suelo de sal, y se podía ver con nitidez el tráiler que llevaría al *Sonic Arrow* de vuelta al garaje.

—Hace treinta años tuve la tentación de participar en el intento que hizo Craig Breedlove de batir el récord de velocidad terrestre —dijo Earle—. Pero a mi mujer de entonces le pareció una locura invertir miles de dólares en el proyecto y acabó por disuadirme.

No me sorprendí. Sabía por Mary Lore que Earle era un rico «de verdad», miembro de una familia que poseía media docena de casinos de carretera.

Dennis se giró hacia nosotros y nos guiñó el ojo.

—¡Qué lástima! ¡Y qué lástima que no hayas tomado parte en el proyecto del *Sonic Arrow*! Los del buzo rojo nos habrían dejado dar una vuelta. ¡Seguro!

Earle encendió el motor del Chevrolet Avalanche.

—Si te sirve de consuelo, Dennis, conduciré más deprisa de lo normal.

En el asiento de atrás, Izaskun y Sara aplaudieron.

Nos pusimos en marcha. Cuarenta millas a la hora, cincuenta, sesenta, setenta. Earle quería volver pronto a Reno.

LA MUJER QUE LEÍA EL *READER'S DIGEST*
REFLEXIÓN SOBRE LAS PERSONAS DE LUGARES POBRES

Las personas que pasaban su vida en lugares pobres morían sin darse a conocer y, lo que era más triste, sin conocerse a sí mismas. No podían saber, porque no había ninguna partera, ninguna escuela que les ayudara en ello, qué era lo que llevaban dentro, en la sangre, en el código genético; qué había en su mente, en su temperamento, de forma latente, a la espera de algo que lo hiciera aflorar. Vivían su vida, naturalmente, pero era un vivir plano, subordinado a lo básico, a lo elemental. Luego, al morir, pasaban al olvido. «Mi padre se llamaba Juan», decía alguien. «No, mi madre no trabajaba en una fábrica de conservas, sino en una sastrería», decía otro. Pero rememoraciones así, más cinco fotos, más un pañuelo de seda, más un perfume o una manera de encender los cigarrillos, no bastaban para formar una imagen duradera, un emblema. Eran hojarasca para la memoria, o mejor, una sucesión de motas de polvo. «Eres polvo y en polvo te convertirás», se lee en el Génesis. Una descripción exacta del discurrir de la mayor parte de las personas nacidas en lugares pobres.

Podía ocurrir en algún caso un milagro como el que le ocurrió al pastorcillo Ambrogiotto, quien, según cuenta Giorgio Vasari en su libro *Le vite de' più eccellenti pittori, scultori e architettori*, se convirtió, gracias a un azar —Cimabue pasó por su pueblo y vio las ovejas que dibujaba en las rocas—, en «Giotto», el mejor pintor de su tiempo. Pero, a falta de milagros, no había transformaciones ni mejoras personales en los lugares pobres; no al menos en las zonas rurales del País Vasco en la época en que la mujer que leía el *Reader's Digest* era joven, a comienzos del siglo xx. La única salida era la Iglesia. Los conventos. Los seminarios.

La cruzada de los niños... A principios del siglo xx y durante gran parte de él, los niños salían a mansalva de las aldeas y de los caseríos camino del convento o del seminario, formando largas filas en las estaciones de tren. Era una opción atrayente, porque la enseñanza y la manutención eran gratuitas; pero también inhumana. La Iglesia católica no aceptaba que aquellos niños tuvieran un cuerpo, o lo aceptaban únicamente como una realidad de segundo orden, subordinada a la entelequia llamada «alma». Eran mil normas, pero todas se reducían a una: «¡Sexo no!».

El precio era alto para todos, pero especialmente para las niñas. Ellas eran dos veces pobres. Los chicos se harían en su mayoría sacerdotes, y serían enviados a los pueblos para ocuparse del edificio más grande y poderoso; el destino de las niñas, empero, serían las celdas de un convento de clausura o los sótanos de los hospitales. Resulta inimaginable, al contrario de lo que ocurre cuando se piensa en los sacerdotes, que alguna de ellas pudiera infringir la prohibición relativa al sexo.

Los pensamientos sobre la gente de los lugares pobres me acompañaron durante todo el trayecto de Black Rock Desert a Reno. De tanto en tanto, me venía la imagen de mi madre leyendo el *Reader's Digest* o tendiendo la colada. Ella se había beneficiado en parte de las ventajas de un milagro. A pesar de haber nacido en una casa extremadamente pobre, logró esquivar el campo de patatas o el convento y tener estudios. Con todo, el milagro no se consumó. En 1936, al estallar la Guerra Civil española, tuvo que renunciar a la universidad y volver a su aldea. Tenía entonces diecinueve años.

31 DE OCTUBRE. DÍA DE HALLOWEEN. MONSTRUOS

Anduvimos por un barrio del norte de Reno, en compañía de Mary Lore y su familia: los niños, cada vez más activos, aporreando las puertas, recogiendo dulces; los padres, cada vez más helados. La noche era fría.

Dulces, risas, niños; pero la fiesta de Halloween no tiene que ver con la de Navidad. Bastaba levantar la vista para comprobarlo. Allí estaba la luz roja del helicóptero de la policía; allí estaban, flotando en el aire, los rumores: «Hace cinco años raptaron a un niño, y nadie lo ha vuelto a ver»; «Hace tres años violaron a tres chicas en Sparks»; «Hace dos años, un estudiante que estaba participando en una orgía murió a causa del alcohol y de las drogas que había ingerido». Arañas de plástico y ahorcados de plástico; pero también monstruos de verdad.

Íbamos a casa con la bolsa de dulces que habían recolectado Izaskun y Sara cuando Mary Lore se encontró con una sobrina suya, jugadora de *hockey* en el equipo de la Universidad. No entendí bien lo que decían, pero hablaron de unos *party crashers* —«revientafiestas»— que se habían presentado con pistolas en el baile de los deportistas de la Universidad.

Supimos luego, por boca de Mary Lore, el final de la historia. Uno de los «revientafiestas» había matado a tres personas.

El *Reno Gazette-Journal* colgó en la red las fotos y los nombres de los protagonistas del suceso antes de que terminara el día. El autor de los disparos era Samisoni Taukitoku, un samoano de diecinueve años; su cómplice, otro samoano de la misma edad, Saili Manu. Los asesinados: Nathan Viljoen, de veintitrés años, exalumno de la Universidad, Derek Kyle Jensen, de la misma edad, estudiante, y Charles Coogan Kelly, de veintiún años, un deportista de nivel mundial —*world-class snowboarder*— que en aquellas fechas estaba a punto de pasar al circuito profesional.

OTRO MONSTRUO: LEVIATHAN

A la información sobre lo ocurrido la noche de Halloween le seguía una nota sobre un hombre llamado William Castillo. Debía pagar con su vida la que, según el juez, él arrebató a Isabelle Berndt en 1995. Ojo por ojo, diente por diente.

Un grupo de unas veinte o veinticinco personas pedían clemencia a Leviathan, al Gobierno de Nevada, levantando una pancarta a las puertas de la prisión del estado: *«We are here for Peace...»*. «Estamos aquí en favor de la Paz, en contra de la pena de muerte.» Una foto borrosa, hecha de noche, mostraba al portavoz del grupo, un sacerdote católico latino.

AVISO DE LEVIATHAN TRES DÍAS DESPUÉS DE HALLOWEEN
RENO GAZETTE-JOURNAL, 3-11-2007

«Dos delincuentes sexuales convictos y de mucho riesgo han llegado a Reno, registrándose en la policía. Jim Jerry y Earl Mayers están calificados como de grado 3, y existe un riesgo serio de que vuelvan a cometer delito. No están en deuda con las leyes contra los delincuentes sexuales, y la policía no anda tras ellos. Se encuentran en libertad vigilada y en paro. Según Gerald Rhodes, sargento de la Unidad Regional para la lucha contra la delincuencia sexual, Jerry vive en el bloque 6400 de Enchanted Valley Drive, y Mayers en el bloque 1500 de Sinclair Street.»

UN DÍA TRANQUILO EN EL HOSPITAL
RECUERDO DE UN HALLOWEEN RURAL

Un amigo de mi padre vino a visitarle al hospital. Era un hombre corpulento, calvo, que conservaba su cara de niño aún con setenta años. Decidido a hablar de cosas humorísticas, nos contó lo que le ocurrió a un leñador de su pueblo natal. Se trataba, según dijo, de un hombre que creía en brujas, almas errantes y otras supersticiones parecidas; era, además, gran aficionado a las apuestas. Un día, estando en la taberna del pueblo, unos jóvenes empezaron a provocarle:

—Has sido un hombre fuerte, no cabe duda, pero te has hecho viejo, y de ahora en adelante tendrás que acostumbrarte a estar sentado en una silla.

—¡Cerrad la boca, que todavía tengo más fuerza que cualquiera de vosotros! —contestó el leñador.

Los jóvenes continuaron provocándole, hasta que el leñador, enfurecido, quiso zanjar la cuestión con una pelea.

—A ver, el más fuerte de vosotros, que salga fuera conmigo. Vamos a aclarar esto enseguida.

—No queremos peleas —dijeron los jóvenes—, pero vamos a proponerte una apuesta. Si ganas, veinte pesetas para ti; si pierdes, diez botellas de vino para nosotros.

Los jóvenes explicaron al leñador las condiciones de la apuesta. Tenía que ir corriendo desde el bar hasta el cementerio y volver en menos de media hora. A oscuras.

—Y otra cosa. Tienes que dar una vuelta al cementerio por dentro.

—¿Por qué por dentro? —preguntó el leñador.

—Por lo visto, te da miedo andar entre tumbas. Eso nos han dicho. Hemos querido añadir un poco de dificultad a la apuesta.

Al leñador no le hizo gracia la condición, pero pensó que podía ganar las veinte pesetas fácilmente, incluso yendo al paso, y aceptó. Como ya había anochecido, se puso inmediatamente en marcha, seguido por el joven encargado de comprobar el buen cumplimiento de las condiciones.

Los jóvenes que se quedaron en el bar se echaron a reír a carcajadas. Sabían, porque estaban compinchados, que otros jóvenes, no menos de diez, esperaban al leñador en el cementerio, disfrazados con sábanas blancas manchadas de tierra. En cuanto le vieran caminar entre las tumbas, se pondrían a aullar y a proferir lamentos. En eso consistía la broma. Pensaban que el leñador huiría despavorido.

—A ver si se os queda tieso de un ataque al corazón —dijo el dueño de la taberna a los que se reían.

La broma de los cadáveres amortajados paseándose en plena noche por el cementerio podía resultar peligrosa incluso para alguien que no creyera en almas errantes o fantasmas similares; para el crédulo, el riesgo era diez veces mayor.

Pasó el tiempo. La media hora estaba a punto de cumplirse. El nerviosismo se iba adueñando de los jóvenes de la taberna. No aparecía nadie, ni tan siquiera el compañero que había ido de juez. Entonces, el leñador abrió violentamente la puerta.

—¡¿Dónde está?! ¡¿Dónde está?! —gritó fuera de sí.

Los jóvenes no sabían a quién se refería.

—¿Dónde está quién? —preguntaron.

—¿Cómo que quién? ¡¡El enterrador!!

—¿El enterrador?

Los jóvenes no entendían nada.

—¡Andan todos fuera! —gritó el leñador con los brazos levantados—. He entrado en el cementerio y casi me vuelvo loco con tanto alboroto. ¡Todos los muertos andan fuera!

Los jóvenes se quedaron mudos.

—¿Y tú qué has hecho? —preguntaron al fin.

—¿Qué iba a hacer? ¡Me he enfrentado a ellos a puñetazo limpio! He derribado a todos los que he podido, pero algunos se me han escapado. Andarán todavía por allí.

La risa de los viejos suele ser muy superficial. No se puede decir de ella lo de la canción de Jacques Brel, *le rire est dans le coeur,* «la risa está en el corazón». Pero al oír la historia del leñador, mi padre rio desde lo más profundo.

—¿Cuándo ocurrió eso? —pregunté al amigo de mi padre.

—Unos años antes de la guerra —contestó, mirando al techo para hacer cálculos—. Creo que fue el año que Uzcudun quedó campeón de Europa.

—Entonces, en 1926 —concretó mi padre.

—No le funciona mal la cabeza, ¿eh? —me dijo el amigo con voz jovial.

—Mejor que las piernas —dijo mi padre.

EL COMPAÑERO DE HABITACIÓN DE MI PADRE

Era un hombre fino, de ciudad, que trabajaba como vendedor de productos farmacéuticos. Según contó, tenía una vena del cuello obstruida, y le habían operado porque corría el riesgo de sufrir un infarto cerebral. Era muy antipático con las mujeres. Hablaba a las enfermeras torciendo el gesto, como si fueran sus criadas. Cuando le visitaba su mujer, la recibía con muestras visibles de fastidio.

—Ya te dije que no vinieras —le reñía. Luego seguía haciendo crucigramas, su afición favorita.

Unos días después de la visita del amigo de mi padre, se dirigió a nosotros con una pregunta:

—El otro día, el bruto ese del que hablabais, ¿quién era? ¿Uzcudun, el que fue boxeador?

En el cuello, debajo de la oreja izquierda, tenía un apósito del tamaño de la palma de la mano.

Era una pregunta para mi padre. Conocía a Uzcudun desde la época de las fiestas rurales de su juventud. Pero se quedó callado. Puede que ni siquiera estuviera despierto.

—No, Uzcudun no —le dije yo—. Lo del cementerio ocurrió en otro pueblo, no en Régil.

—Cierto, Uzcudun era de Régil. Un king kong. Durante la guerra se entrenaba con los prisioneros.

Hizo el gesto de escupir, y pasó a hablar de la guerra. Contó que dos tíos suyos y una tía habían muerto fusilados.

—Se montaron en un barco para pasar de Santander a Francia. Pero el capitán se había vendido, y aprovechó la noche para desviarse y atracar en Pasajes. Al día siguiente, los tres fusilados.

En su opinión, San Sebastián era una ciudad llena de fascistas, pero muchos se habían puesto la máscara de demócratas tras morir el dictador.

—El carnaval de siempre —concluyó.

Me di cuenta de que el apósito del cuello se le estaba tiñendo de rojo. Empezó a gotear sangre. Eran gotas gruesas que al chocar contra el suelo llenaban las baldosas de salpicaduras. Le advertí de ello, y pulsó el botón para llamar a las enfermeras.

Le pusieron una venda en el cuello y dos celadores se lo llevaron a toda prisa.

Me acerqué a mi padre. Tenía los ojos abiertos, pero su mirada era borrosa.

—Cuando yo era joven nunca faltaban las peleas en las fiestas, pero la cosa era derribar al contrario, no había golpes —dijo, hablando despacio y claro—. Pero Uzcudun insultaba a sus rivales. Les decía «tu madre es una puta» y cosas así. Los otros se enfurecían y sacaban los puños, y entonces él les daba una paliza. Era un animal. Y su padre, igual.

Sonrió débilmente.

—Pero él también recibió su ración. En uno de sus primeros combates en América le rompieron todos los dientes. A partir de entonces tuvo una dentadura de oro.

STEAMBOAT SPRINGS

Después de ver las fotos de Paulino Uzcudun en el libro *Dempsey in Nevada* de Guy Clifton, y de saber que habían sido hechas en el campo de entrenamiento de Steamboat Springs, traté varias veces de localizar el sitio. En el ordenador aparecía un punto con aquel nombre entre Reno y Carson City, al borde de la carretera; pero fui hasta allí, examiné la zona y no hallé nada. Solo una pequeña iglesia, una construcción vulgar que hubiese pasado desapercibida de no ser por el porche en forma de prisma y por una cruz metálica.

Todo parecía indicar, y así lo creía también Ángela, que era el lugar que yo buscaba. Allí estaba, para mayor pista, el manantial emergente de agua y vapor al que debía su nombre, Steamboat Springs. Era, además, un paraje hermoso, un jardín sombreado, refrescado por las aguas de un riachuelo. No resultaba difícil imaginar a un boxeador entrenándose allí; pero habían transcurrido más de ochenta años desde el combate de Paulino Uzcudun y Max Baer, y quizás ya no quedaba rastro del campo. Lo habrían derribado para construir la pequeña iglesia. Era nuestra hipótesis.

A comienzos de noviembre empezamos a llevar a Izaskun y Sara a un rancho para que aprendieran a montar a caballo, fundamentalmente por ocupar su tiempo, porque llevaban tres meses sin amigos, preguntándose dónde se metían «los niños americanos» fuera del horario escolar. Al encontrarse el rancho a unos kilómetros de Steamboat Springs, pasábamos todas las semanas por allí, a la ida y a la vuelta. Yo veía la columna de vapor y la pequeña iglesia, y me volvía a preguntar por el campo de entrenamiento de Paulino Uzcudun.

Un día que regresábamos del rancho, Ángela vio un coche aparcando al lado de la iglesia y se desvió para hacer lo mismo. Pasó junto a él —vi a un hombre de barba blanca al volante— y se detuvo unos metros más adelante, justo enfrente de la columna de vapor. Me pareció, de pronto, un lugar poco cuidado. Había un viejo motor en el borde del manantial, como si alguien hubiera querido desprenderse de él tirándolo a la sima. Un poco más allá, junto a un matorral, el suelo estaba cubierto de botellas de cerveza rotas.

El hombre de barba blanca llegó hasta la puerta de la iglesia y nos invitó a entrar con los dos brazos extendidos y las palmas de las manos hacia arriba. Tenía el aspecto demodé de los curas cuando visten de calle, y una pulcritud que contrastaba con la dejadez del lugar. El gesto para animarnos a entrar en la iglesia lo hizo sin convicción. Sabía que no íbamos a aceptar.

Me disculpé antes de explicarle el motivo de nuestra visita. Buscábamos el campo de entrenamiento de un boxeador llamado Paulino Uzcudun. Eso era todo.

—Pues ya lo habéis encontrado —dijo inmediatamente.

No esperaba una respuesta tan contundente y me quedé sin saber qué decir, un tanto emocionado al ver que, por fin, había logrado mi objetivo. Señalé la pequeña torre. Aquello me había confundido. No era propia de un campo de entrenamiento para boxeadores.

—La construimos nosotros cuando nos hicimos cargo de este sitio —dijo él.

—Es bonita —comenté.

Sara nos llamó desde el coche. Estaba aburrida de esperar.

El hombre de barba blanca se nos quedó mirando con su aire triste. Le preguntamos si podíamos sacar unas fotos. Sería solo un momento. Extendió de nuevo los brazos con las palmas de las manos hacia arriba, como queriendo decir «todo vuestro». Sacó las llaves, abrió la puerta y entró en la iglesia.

Camino de Reno, comenté con Ángela lo diferente que podía ser la gente que va pasando por una misma casa. De ser ciertas las historias que había oído a lo largo de mi vida, Paulino Uzcudun y el nuevo propietario de Steamboat Springs no se parecían en nada.

EL LUCHADOR. HISTORIA DEL PADRE
DE PAULINO UZCUDUN

Era una aterciopelada noche de verano, y la luna, redonda y grande, alumbraba con suavidad los árboles del bosque. Pero la calma del paisaje, del mundo, no llegaba hasta el corazón del hombre. Marchaba por el sendero ajeno a cuanto lo rodeaba, con una única idea en la cabeza: no había habido pelea en la fiesta de la taberna de Mugats. Podía perdonar que nadie se animara al principio; pero que pasaran las horas y que ninguno de aquellos muchachos, no menos de cien, todos treinta años más jóvenes que él y excitados por la bebida, se decidiera a lanzar un golpe, le ponía furioso, no lo podía soportar. ¡Cómo podían ser tan cobardes, tan flojos! De nada servía darles un empujón o insultarles con las peores palabras. En lugar de plantar cara se escurrían entre las parejas del baile como las lagartijas en la pared, bromeando con las chicas para disimular su miedo. Y era mucho camino: una hora desde su caserío hasta Mugats, y más tiempo aún a la vuelta, dado que la mayor parte del recorrido era cuesta arriba. No merecía la pena. Porque, además, no era solo que no quisieran medirse con él; tampoco se peleaban entre ellos por temor a que él se metiera y empezara a repartir puñetazos.

Llegó a la orilla de un riachuelo, fuera ya del bosque. Las hierbas y las raíces de los árboles ponían freno al agua, haciendo que se deslizara sin ruido, lentamente, y que la calma de la noche pareciera allí más firme. Pero el humor del hombre no cambió. Se preguntaba qué habría pasado si los muchachos de Mugats se hubieran puesto a pelear; si habría arremetido contra ellos como cuando tenía veinte o veinticinco años, él solo a puñetazo limpio contra cinco, seis o más adversarios, y si habría podido ganarles a todos, aplastarles la cara a todos y acabar él sin otra señal que una moradura en la espalda por el golpe de algún ventajista de los que siempre atacan por detrás.

El recuerdo agudizó su malestar. Habían transcurrido más de veinte años desde aquellas grandes peleas, y él ya no era el mismo. Lo notaba cuando trabajaba con el hacha. Podía cortar cinco troncos seguidos, pero se cansaba y tenía que sentarse. Su hermano mayor le había advertido de que siempre era así después de cumplir cuarenta y cinco años, y que algo más adelante cualquier cosa un poco fuera de lo normal le afectaría y le dejaría débil, incluso una eyaculación. Pero su hermano mayor tenía ya sesenta años, no era lo mismo.

Había una fuente junto al riachuelo, protegida por una pequeña pared sobre la que descansaban una figura de la Virgen, rodeada de flores, y una vasija metálica. Bebió un poco y se puso de nuevo en marcha. De allí en adelante el camino ascendía por la ladera de la montaña y se empinaba mucho.

¿Contra cuántos jóvenes podía luchar con la seguridad de salir vencedor? La pregunta seguía en su mente, y la respuesta no era fácil. En cualquier caso, se había vuelto más cauto, más calculador. Aquel mismo día, de haber habido una pelea entre los muchachos de Mugats, él no se habría enfrentado a todos, salvo que alguien le hubiese provocado.

Detrás de sus dudas se escondía una pregunta final, la más insidiosa: ¿habría empezado ya su decadencia? Ese era el asunto principal, la preocupación que estaba en la base de todas las demás.

La pendiente era tan pronunciada que los bueyes que se utilizaban en la mina de la montaña se veían en apuros cuando bajaban con los carros cargados. Decidió de pronto probar sus fuerzas, subir lo más rápido posible, como si se tratara de una competición, y echó a correr. El cuerpo le respondió. Notó la fuerza de los muslos y las rodillas, el aire que le llegaba de los pulmones sin falla alguna. A los jovencitos de Mugats les habría costado adelantarle. Y, aun pudiendo, en ningún caso se habrían atrevido a hacerlo. Habría sido un desaire hacia el mejor luchador de la provincia de Guipúzcoa.

Los trabajadores de la mina también le tenían miedo. Él los desafiaba, a veces en Mugats, pero generalmente en su propio territorio, en el barracón próximo a la mina que servía de comedor. Se acercaba a ellos y, sin mediar palabra, agarraba por un extremo la mesa donde estaban almorzando y ponía en peligro la estabilidad de los platos de comida y de las botellas de vino. Pero nadie le reprochaba nada; al contrario, le pedían amablemente que se sentara con ellos.

Se echó a reír. Uno de los trabajadores de la mina era un tipo mal encarado al que llamaban Ayerra, una mala persona que a la mínima sacaba el punzón. Una tarde, por una tontería, solo porque le revolvió el pelo, se había abalanzado sobre él, ofendido por el gesto.

El recuerdo de lo que siguió le hizo reír con más fuerza. En cuanto Ayerra estuvo a su alcance, le sujetó el brazo por la muñeca, se lo retorció y el punzón cayó al suelo. Le agarró entonces de la cintura, lo sacó en volandas del barracón y lo arrojó como un saco a una distancia de cuatro o cinco metros. «¿A qué venías? ¿Qué buscabas, cabezón?», le dijo, a la vez que le daba un manotazo en la cara. Le pegó con tanta fuerza que le partió el labio.

Dejó de reír y emprendió de nuevo la subida, ahora más despacio. Las imágenes del recuerdo continuaron desfilando en su cabeza. El capataz de la mina le había hablado al oído: «No te fíes de Ayerra. En cuanto te descuides te clavará el punzón. No te perdonará lo que le has hecho». Él se sentó entonces en el suelo, junto a Ayerra. Le pasó el brazo alrededor del cuello. «Ayerra, tenemos que ser amigos. De lo contrario, ¿sabes qué pasará?» Hizo fuerza con el brazo. «¿No lo sabes? ¿No sabes qué te va a pasar si te dedicas a seguirme para atacarme a traición?» Ayerra soltó un gemido. Su cara enrojeció. «Te romperé el cuello.» Ayerra quiso decir algo, pero no fue capaz de pronunciar una palabra. Él aflojó la presión del brazo. «Te prometo una cosa, Ayerra, por tu bien. No voy a contar a mis hijos que me has sacado el punzón. Si se enteran de lo que ha pasado vendrán a por ti corriendo», le dijo.

Tenía nueve hijos, cinco de ellos varones, el mayor de treinta y dos años y el menor de veinte. Defendían a la familia sin titubeos. «Soy amigo de ellos», jadeó Ayerra. Tenía las manos en el cuello. «¿Amigo de mis hijos? ¡Ahora lo entiendo! Me has sacado el punzón en broma...», dijo él riéndose y dándole un golpe en la espalda. Ayerra no respondió.

El terreno se allanaba hacia la mitad de la ladera. Los propietarios de la mina habían ensanchado y nivelado el camino para crear una explanada donde cargar el mineral. A un lado, a mano izquierda para los que subían, había una tosca cruz de piedra con una placa de metal que recordaba un asesinato. En 1898, la dueña de Mugats había huido hacia el monte tras ver cómo su hijo mataba a su padre; pero el hijo logró alcanzarla justo allí, y también a ella le dio muerte.

No recordaba los detalles del crimen con exactitud, pero estaba casi seguro de que el hijo había matado a su madre golpeándole la cabeza con una piedra y a su padre con un punzón, al estilo de Ayerra.

Resopló como un caballo y se quedó mirando la cruz. ¡Aquel asesino de Mugats debía de ser un imbécil completo! Después de matar a sus padres no se le ocurrió otra cosa que marchar al cabaret Copacabana, en el puerto de San Sebastián, y dedicarse allí a armar bulla, invitando a todas las chicas a champán y cantando delante de todo el mundo. De no haberse hecho notar de esa manera, tal vez la policía no habría sospechado nada. Pero al enterarse de su comportamiento, fueron enseguida a detenerle: «Has actuado así por llamar la atención, para que la gente supiera que estabas en San Sebastián y no en tu casa», le dijeron. No tardó en confesar, y le dieron garrote el año siguiente en la plaza de Azpeitia.

Sus ojos, más ágiles que sus pensamientos, habían dejado de interesarse por la placa de la cruz de piedra. A unos diez pasos, con la espalda apoyada en una valla de estacas y los brazos abiertos, había alguien. No era más que una sombra, pero bien definida, recortada a la luz de la luna: la imagen de un hombre crucificado. Le pasó por la cabeza, confusamente, como en un sueño, si no sería el antiguo asesino de Mugats, condenado a permanecer de aquella forma por toda la eternidad; pero lo descartó enseguida y dio unos pasos hacia la figura.

—¿Qué pasa? —preguntó. La pregunta resonó en el silencio de la noche, pero no hubo respuesta.

La figura no parecía moverse. Por un momento, el hombre pensó que se trataba de un tronco que, por capricho, los leñadores habían dejado allí con dos ramas que semejaban brazos abiertos; pero avanzó unos pasos y descartó también aquella idea. La figura tenía el tamaño de una persona, de un hombre grande y fuerte como él, y los brazos eran verdaderos brazos, no ramas.

—¡Ah! ¡Ya sé! —exclamó, acercándose aún más.

Un año antes había ido con sus cinco hijos a ver una función de *catch* en San Sebastián, y el luchador que más les gustó a todos fue uno que se hacía llamar el Enmascarado. De repente, la escena cobró sentido. La figura que tenía delante llevaba también la cara tapada, una tela negra le cubría la cabeza. Además, mostraba la misma postura que los luchadores en el ángulo del *ring*. Se agarraba a la valla de estacas como aquellos a las cuerdas. No cabía duda: la sombra imitaba al Enmascarado.

Dio otro paso, y la figura se irguió.

—¿Qué buscas? —preguntó él.

Pero era obvio. El hombre sin rostro quería pelear. De pronto, se apartó de la valla y le dio un empujón. Él pesaba más de ciento diez kilos, y aun así tuvo que echar un pie atrás para no perder el equilibrio. No iba a ser un rival fácil de batir. No iba a poder levantarlo en el aire para arrojarlo como un saco, tal como había hecho con Ayerra.

—Espera un momento —dijo, y se fue a orinar detrás de la cruz de piedra. No había que pelear nunca con la vejiga llena. Cuando regresó tenía los pantalones ajustados en la cintura y las mangas de la camisa subidas hasta el codo.

Caminaron uno al lado del otro en dirección al centro de la explanada. Antes de llegar, él le trabó las piernas para derribarlo. El hombre sin rostro tropezó, pero sin caerse.

—¿Quién eres? —le preguntó él.

Tampoco esta vez hubo respuesta, y él le dirigió un puñetazo a la cabeza. El adversario sin rostro esquivó el golpe con un movimiento de cintura.

—¡Te mueves bien, gato! —exclamó él con una carcajada.

Se salvaría a la primera, se salvaría a la segunda, a la tercera y quizás más veces, pero al final lo agarraría y le quitaría la capucha de la cabeza. Entonces se aclararían muchas cosas. Quién era el que trataba de vencerle, y por qué razón no le había desafiado en la fiesta de Mugats, delante de todo el mundo, como mandaba la costumbre. Los combates de *catch* también se disputaban ante un público, y así todo el mundo sabía quién era el campeón. El hombre sin rostro le dio con el puño izquierdo en las costillas.

—¡Despacio, gato! —dijo él, respondiendo con un cabezazo, como los carneros.

En los alrededores de Mugats la quietud era absoluta. Tal vez se movieran, haciendo algún ruido, las hojas de los árboles, los sapos del riachuelo y los insectos nocturnos, pero nada se sentía, como si la luna grande y redonda atrajera hacia sí los sonidos y los anulara.

El silencio no duró. Un perro se puso a ladrar con furia, y un momento después otro perro dio un único ladrido, más grave. Oían gritos humanos.

Se sumaron cinco o seis perros más de las colinas de alrededor, de la zona de la mina. Durante unos minutos, una confusa mezcla de ladridos vino a perturbar la noche; después, aburridos, los perros fueron callándose, primero el de Mugats y luego los demás. El último ladrido sonó muy lejos y se apagó enseguida.

La pelea fue tan larga como los combates de *catch*. Al final, el hombre vio alejarse a su rival cuesta arriba, a buen paso.

—¡No te vayas sin decirme quién eres! —le gritó, sentado en el suelo.

No había conseguido quitarle la capucha de la cabeza; no sabía quién era el que le había vencido y, por primera vez desde que tenía quince años, lo había dejado tirado en el suelo.

Durante muchos, muchos años, entraba él en Mugats o en cualquier otra taberna y siempre había alguien que gritaba: «¡Aquí viene la fuerza de Guipúzcoa!». «¡Hambriento!», respondía él, o «¡sediento!», y le sacaban a la mesa una botella de vino y un plato de carne cocida. Si los clientes estaban jugando a las cartas, le hacían sitio y le invitaban a sentarse con ellos. Pero, en adelante, tendría que conducirse con más humildad. Había un luchador mejor que él en Guipúzcoa. Había nacido por fin el que le arrebataría la fama.

Caminó dando tumbos hasta la cruz de piedra y se sentó en la base. Estaba muy cansado y sentía la cabeza ligera, mareada por los puñetazos recibidos. Aún y todo, sus pensamientos eran precisos. Si alguien lo saludaba en una taberna con el grito de «¡Aquí viene la fuerza de Guipúzcoa!», y él daba por bueno el saludo, podía pasar lo peor, que alguno de los presentes le gritara: «¡Eso no es verdad! ¡La fuerza de Guipúzcoa soy yo!». Sería el hombre sin rostro. Entonces él tendría que luchar delante de todo el mundo sabiendo de antemano que iba a resultar perdedor. Porque el desconocido era superior a él, de eso no cabía duda.

Sintió un sofoco subiéndole por el cuello a la cara. Le daba vergüenza haber perdido de aquella manera. ¡Con qué facilidad le había golpeado el hombre sin rostro! ¡Con qué agilidad se había marchado cuesta arriba al dar por terminada la pelea! Se movía como un verdadero gato montés, tanto al caminar como peleando. Por eso no había podido quitarle la capucha, a pesar de haberlo intentado una y otra vez.

Colocó la cabeza sobre el brazo y cerró los ojos. Volvió a pensar en lo sucedido. Después de permanecer en

Mugats toda la tarde y parte de la noche, el desconocido había querido pelear a solas. No lo podía entender.

Cuando despertó por la mañana sintió claramente en qué puntos del cuerpo había recibido los peores golpes. Le dolía el borde del labio superior, también un poco la nariz, pero sobre todo le dolían las costillas del lado derecho. Al ponerse de pie, notó otra zona dolorida. La piel de la rodilla derecha le tiraba. Se remangó el pantalón, y vio que la tenía desgarrada y cubierta por una costra de sangre. Dio unos pasos y comprobó que era capaz de andar. Además, estaba hambriento, señal de que por dentro estaba bien. Se tocó el labio y luego se metió el dedo en la boca. Tenía el labio hinchado, pero los dientes y las muelas estaban en su sitio.

Los perros de los alrededores ladraban alegremente, el sol se extendía por todas partes. Echó a andar cuesta arriba, como el desconocido después de la pelea. Una vez más, recordó su figura. Con qué rapidez había acometido la subida, sin rastro de cansancio. «¡Gato!», masculló. Los sombríos pensamientos del día anterior volvieron a su cabeza. Se le estaba yendo la fuerza. La mejor etapa de su vida había acabado. En adelante no se pasearía por las tabernas de Guipúzcoa como un campeón.

Le costó recorrer el último tramo de la subida, porque el dolor le impedía doblar bien la rodilla. Una vez arriba, pensó en acercarse a la mina para comer algo en el barracón de los mineros. Pero, aunque el estómago le dolía de hambre, pasó de largo y emprendió el descenso por el lado opuesto de la montaña, camino de su casa.

En un rincón sombrío del sendero había una fuente con un abrevadero. Cuando se quitó la camisa y se inclinó para lavarse, vio una serpiente deslizándose en el fondo del agua e intentó agarrarla. No lo consiguió. Ni en el primer intento ni en el segundo. Dejó en paz a la serpiente y empezó a frotarse. El costado no le dolía tanto, pero el labio sí, el labio le dolía mucho. Tendría que meterse la comida por el otro lado de la boca.

Se quitó el pantalón y se subió al abrevadero para limpiarse la costra de sangre de la rodilla derecha con el agua que manaba del caño. Después se volvió a vestir y siguió su camino. Estaba ya muy cerca de casa.

Al entrar en la cocina encontró a casi toda su familia, a su mujer, a sus cinco hijos y a dos de sus hijas, esperándole. Las hijas ausentes trabajaban de sirvientas en San Sebastián.

—¿Dónde has andado? —le preguntó su mujer. Estaba de pie, al igual que todos sus hijos.

Vio cinco hachas sobre la mesa.

—¿No habéis ido al bosque? —preguntó.

—Les he dicho que esperaran hasta que aparecieras —respondió la mujer. Era muy alta, y muy delgada.

—Fríe huevos para todos —dijo él. Luego se dirigió a sus hijos—: Retirad las hachas de encima de la mesa y sentaos. Y vosotras dos —se dirigió esta vez a sus hijas—, marchaos fuera.

—¿Qué ha pasado, padre? —preguntó el hijo mayor.

—¿No ves que viene de una pelea? —contestó su madre. Tenía la sartén en el fuego y el cesto de huevos al lado.

—Primero hay que comer —dijo él sentándose a la mesa.

—¡No sé cómo va a comer usted con ese labio tan hinchado, padre! ¡Quien haya sido, le ha acertado de lleno! ¡No hay duda! —le dijo el hijo menor. Era el más atrevido de todos.

—¡Calla, y trae un pan grande del arcón! —le ordenó su madre—. ¡Y los demás, poned la mesa!

Eran unos muchachos grandes, con espaldas y brazos musculosos a fuerza de emplearse en el bosque con el hacha, pero obedecieron a su madre como chiquillos. La mesa estuvo lista enseguida: platos, cuchillos, tenedores, vino, vasos y la hogaza de pan. La mujer puso la primera fuente de huevos fritos delante de su marido. Él se sirvió tres. Mojó un trozo de pan en una de las yemas y se lo llevó a la boca.

—¡Está mejor de lo que yo creía, padre! —dijo el hijo más joven—. ¡Pensaba que no podría abrir la boca! ¡Habría apostado por ello!

—Calla, y sírvele vino —le ordenó su madre desde el fuego. Había acabado con los huevos, y freía ahora el tocino.

Las ventanas de la cocina eran muy pequeñas, y apenas dejaban pasar la luz de la mañana. Acabado el almuerzo, los cinco muchachos recogieron los platos, los tenedores, los cuchillos y el pan, dejando el vino y los vasos. Cuando volvieron a la mesa, su madre se sentó con ellos. Todos esperaban. Él se recostó contra la silla, girando la cabeza hacia el fuego.

—Díganos ahora lo que ha sucedido, padre. ¿Alguna desgracia? —preguntó el hijo mayor.

—La peor de las desgracias. ¡Hoy se ha acabado mi dominio! —dijo él.

El hijo más joven protestó riendo:

—Pero ¿qué dice, padre? Si he contado bien, acaba de comerse siete huevos y tres trozos de tocino. Y ha bebido usted más vino que nadie. ¿Qué dominio se le ha acabado a usted?

—En eso tiene razón —le apoyó el mayor. Los otros tres asintieron con la cabeza.

Se levantó de la mesa y empezó a contar lo sucedido mientras recorría la cocina de lado a lado. Había ido a pasar la tarde a Mugats, pero nadie había querido pelear. Luego, cuando regresaba a casa al anochecer, un hombre le había salido al paso. Un hombre que se tapaba la cara con una tela negra.

—¿Os acordáis del enmascarado que vimos en el combate de *catch*? Pues igual.

Sus hijos y su mujer le escuchaban con atención.

Explicó los detalles de la pelea. El desconocido era más ágil que un gato montés, y tenía una izquierda muy rápida. Golpeaba abajo con ella una y otra vez, y luego lanzaba un derechazo a la cara, aunque no muy bien, porque abría demasiado el brazo. Se había salvado gracias a eso, porque la mayor parte de las veces no le había acertado.

—Su izquierda por poco me vuelve loco. No sé cuántos golpes me ha dado en las costillas. Me quitaba la respiración. Si llega a tener la derecha tan buena como la izquierda, no habría podido volver a casa.

—Pero usted, padre, también le habrá dado, ¿no? —preguntó el hijo mayor.

Él se llevó las manos a la cintura y se quedó mirando al techo de la cocina. Le faltaban unos diez centímetros para alcanzar los dos metros de altura.

—El hombre más fuerte de Guipúzcoa ha vivido durante mucho tiempo en esta casa —dijo—. Pero eso se ha acabado. De ahora en adelante, el campeón será ese gato.

El hijo más joven se había levantado de la mesa. Tenía los brazos abiertos.

—¡Padre! ¡No se ponga triste! ¡La fuerza de Guipúzcoa sigue en esta casa!

—¿Qué dices?

—¡Padre, yo soy el gato! ¡Yo le vencí anoche en esa explanada!

Todos se habían puesto en pie.

—¡¿Es eso verdad?!— exclamó él.

—¡Sí, padre! —contestó el hijo. Fue hasta el armario y sacó de él un pañuelo negro—. ¡Aquí tiene la máscara!

Él también abrió los brazos.

—¡Dame un abrazo, hijo!

Ambos se estrecharon largamente.

—¡La fuerza de Guipúzcoa sigue en esta casa! —repitió uno de los hermanos.

—Está bien. Pero ahora tenéis que coger las hachas y marchar al bosque —dijo su madre, frenando el barullo que se estaba apoderando de la cocina—. Ya es hora de ponerse a trabajar.

—El gato no —dijo él—. El gato se queda conmigo. Tengo que enseñarle a pegar mejor con la derecha. Con la izquierda que tiene, si mejora la derecha, llegará a ser campeón del mundo.

EL BOXEADOR ANTE LA PRENSA

En junio de 1931, Paulino Uzcudun ofreció una rueda de prensa en el campo de entrenamiento de Steamboat Springs (Reno, Nevada), donde se preparaba para su combate con Max Baer. Acudieron a la cita los periódicos y revistas más importantes del Oeste de los Estados Unidos: *The Ring Magazine, The Sporting News, Nevada State Journal, Reno Evening Gazette, Los Angeles Daily, Sacramento Bee, The Sacramento Union* y *Las Vegas Evening Review-Journal.* Junto a Paulino Uzcudun se sentaba el exboxeador Jack Dempsey, árbitro del combate y promotor del mismo junto con los propietarios de los casinos de Reno.

La primera pregunta la formuló la representante de *The Sacramento Union,* la única mujer en el grupo de periodistas.

—¿Cómo debemos llamarle, Paolino o Paulino?

En su época de recién llegado a América, la prensa italianizaba el nombre de Uzcudun, llamándole «Paolino».

—Primo Carnera es italiano. Yo no —respondió él. Hablaba inglés con un fuerte acento, pero sin esfuerzo.

Los periodistas de *The Ring Magazine* y de *The Sporting News* le pidieron su opinión acerca de sus combates más importantes, felicitándole de paso por la victoria por K.O. que tres meses antes había obtenido ante Les Kennedy en Los Ángeles. Uzcudun habló de ello en tono jovial, pero arrugó la frente al referirse a su derrota ante Primo Carnera. En su opinión, el único mérito del italiano había sido aprovechar sus casi dos metros de altura para darle empujones. El combate tenía que haber sido declarado nulo.

La rueda de prensa derivó hacia la cuestión de los árbitros, y se entabló una discusión entre los periodistas acerca de algunas decisiones polémicas de los últimos años.

Dempsey esperó a que acabaran antes de tomar la palabra:

—Lo único que puedo decir es que no veía claro quién podía ser el mejor árbitro para este combate. Al final, me pidieron que tomara yo esa responsabilidad, y acepté. Espero no haber sido un imprudente.

Dempsey acabó la frase riendo, y la mayor parte de los periodistas presentes en la sala rieron con él. Sabían que aquel hombre pasaría a la historia como uno de los más grandes boxeadores del siglo XX, y se sentían contentos de estar allí, sentados a unos metros de él, en un ambiente amistoso. Solo la periodista de *The Sacramento Union* y un joven enviado por *Reno Evening Gazette* se mantuvieron serios.

—Jack, comprendo lo que dice —dijo el joven de *Reno Evening Gazette*—. Pero ¿qué va a decir la gente? ¿No teme que piensen que no se fía de las asociaciones de boxeo de Nevada? Disculpe mi franqueza.

—Tranquilo, es una buena pregunta —respondió Dempsey—. Nevada es un lugar muy querido para mí, no debe haber malentendidos. Lo cierto es que antes de tomar la decisión me reuní con los representantes de Reno Race y con el alcalde de la ciudad, el señor Roberts. Fueron ellos los que me pidieron que aceptara ser árbitro. El alcalde, la verdad, no es que me lo pidiera. Me lo ordenó.

El joven extendió el brazo con el pulgar hacia arriba.

—Es una buena explicación, Jack. Gracias.

—El señor Roberts es un hombre inteligente, sin duda. Si lleva las cuestiones municipales como las del boxeo, todo irá bien en Reno —dijo el representante de *The Ring Magazine*.

La mujer de *The Sacramento Union* había vuelto a levantar el lápiz. Su pregunta iba dirigida a Uzcudun:

—En las crónicas de boxeo se refieren a usted como «el leñador» o «el cortador de troncos vasco». ¿Ha sido realmente leñador? ¿Sabe empuñar un hacha?

Todos los dientes y muelas de Uzcudun eran de oro. Cuando se reía, quedaban a la vista.

—Los hombres de mi familia, allá en el País Vasco, hemos trabajado siempre en el bosque —dijo—. Mi padre trabajó en el bosque; mis cuatro hermanos, en el bosque; yo, en el bosque. Una vez conté las hachas que había en casa. Eran veintinueve. Decida usted, madam.

—¿Y luchadores? ¿Había luchadores en su familia? —preguntó la mujer.

—Mi padre quería ser luchador de *catch*. Pero entonces no había muchas oportunidades para la gente de los caseríos de la montaña. Disputaba sus peleas en fiestas y otras reuniones. Fue el mejor de nuestra provincia. ¡Hasta que empecé a luchar yo, se entiende!

Los dientes y muelas de oro volvieron a asomar en su boca.

—¿Cuál ha sido el día más importante de su vida? —preguntó el joven de *Reno Evening Gazette*.

Dempsey se le adelantó en la respuesta:

—Paulino dirá lo que quiera, pero a mí no me va a engañar. El día más importante de su vida fue cuando conoció a una linda jovencita que vive en Hollywood.

A todos les vino a la memoria Clara Bow, aunque los tiempos de jovencita de la estrella de cine habían quedado ya muy atrás. En Hollywood corría el rumor de que los habían visto juntos después del combate contra Les Kennedy.

—Jack me confunde con otro boxeador —dijo Uzcudun. Esta vez les tocó reír a los periodistas. Su rival Max Baer tenía fama de donjuán.

Se acababa de publicar en la prensa neoyorquina una foto en la que se podía ver a Paulino Uzcudun levantando a dos chicas a pulso, mientras una tercera, subida a sus hombros, le rodeaba el cuello con los muslos desnudos. Había confesado, además, lo mucho que se divertía a lo largo y ancho de Estados Unidos con las mujeres a las que les gustaba «la horizontal», y los momentos inolvidables que había vivido recorriendo «las lindas carreteras de Florida en unión de alguna rubia *girl* de ojos azules, de las que nunca faltan». Pero no era la imagen que le interesaba dar en aquel momento. Entre los aficionados que acudirían a Reno el 4 de julio, día del combate, habría un gran número de pastores vascos residentes en los estados del Oeste. Sus paisanos veían en él a un igual, un leñador vasco sobrio y honrado, y no debía desencantarles.

—El día más importante de mi vida fue el 13 de julio de 1927, cuando gané a Harry Wills en el Madison Square Garden —respondió al joven de *Reno Evening Gazette*—. No he tenido otro mejor.

Los periodistas se quedaron a la espera, sin hacer preguntas.

—Por la pelea contra Harry Wills me pagaron ocho mil dólares —continuó—. Por el combate siguiente, treinta mil. Fíjese qué progreso.

—¿Cuánto va a recibir por su próximo combate contra Max Baer?

La pregunta procedía de nuevo del joven periodista de *Reno Evening Gazette*.

—Bastante —respondió Uzcudun sonriendo abiertamente. Su sonrisa, como escribió el escritor argentino Roberto Arlt, era de orangután.

—¿Por qué combate le han pagado más? —preguntó la mujer de *The Sacramento Union*. Dempsey alargó el brazo y puso la mano delante de la boca de Paulino Uzcudun. Se oyeron risas aquí y allá.

—Si no le dejas responder, Jack, voy a contar ahora mismo lo que te embolsaste tú por el combate contra Tunney —amenazó el representante de *The Ring Maga-*

zine. Era un periodista veterano que pasaba largas temporadas en campos de entrenamiento como el de Steamboat Springs, enviando dos o tres crónicas a la semana con noticias previas a las peleas. Conocía todos los secretos.

Dempsey unió las manos en gesto suplicante. Volvieron a sonar las risas en la sala.

—El combate que más dinero me ha dado fue el que disputé con Max Schmeling en el Yankee Stadium. Gané cien mil dólares —dijo Uzcudun. Un silencio, y de nuevo la sonrisa de orangután llenó su cara—. En otras palabras, siete veces menos que Dempsey por su combate contra Tunney.

Dempsey repitió el gesto de querer taparle la boca. La periodista de *The Sacramento Union* arqueó las cejas hasta fruncir la frente.

—Se trata, sin duda, de cantidades astronómicas. No me extraña que el señor Thomas Mann haya protestado —dijo.

Durante casi cien años, desde los días de Jess Willard hasta los de Muhammad Ali, no hubo deporte que moviera más dinero que el boxeo, y Thomas Mann, premio Nobel de Literatura en 1929, había manifestado en más de una ocasión la repugnancia que ello le producía. Le parecía inadmisible que los boxeadores famosos ganaran más por un solo combate que lo que ganaba un profesor universitario alemán en toda una vida de trabajo. No era la opinión general, sin embargo. Incluso entre los escritores, la postura dominante era la contraria. Bernard Shaw se jactaba de su amistad con Tunney; Ernest Hemingway escogía el boxeo como tema para sus escritos y se hacía fotografiar vestido de boxeador; en la misma Alemania de Thomas Mann, Vladimir Nabokov había dado una conferencia en torno al combate disputado por Uzcudun y Breitenstraeter en Berlín.

El socio de Jack Dempsey, Leonard Sacks, tomó la palabra para dar por terminada la rueda de prensa. Dio las gracias al alcalde de Reno y a las demás autoridades, así como a los casinos de Nevada, por haber colaborado en la organización del combate.

Los periodistas se habían puesto en pie para retirarse, al igual que Dempsey, pero la enviada de *The Sacramento Union* señaló a Uzcudun con el lápiz.

—¿No le asusta Max Baer? Dicen que pega muy fuerte.

Uzcudun soltó una risotada.

—Hace dos años mató a Frankie Campbell con uno de sus golpes. Acuérdese de eso —insistió la mujer.

Leonard Sacks se encargó de la respuesta:

—Señora, todos nos acordamos de aquel desgraciado accidente. Durante más de un año, Max Baer no consiguió levantar cabeza, y si al final volvió al *ring* fue porque deseaba ayudar a la familia de Frankie Campbell. No obstante, este no es momento para recordar aquel triste suceso. Nos hallamos en vísperas de un gran combate, el mejor que se pueda organizar actualmente en los Estados Unidos.

—Hasta ahora nadie me ha dejado K.O., y así es como seguirán las cosas —declaró Uzcudun.

Dempsey le puso la mano en el hombro.

—El peligro de muerte nunca ha estado ausente en los combates entre pesos pesados —afirmó—, y en la próxima pelea tampoco faltará. Por mi parte, procuraré como árbitro hacer bien las cosas. Cuando lo de Campbell y Baer, se hicieron mal, como nunca deben hacerse.

La rueda de prensa había finalizado.

REFLEXIÓN SOBRE LA IMAGEN LEGADA POR PAULINO UZCUDUN

Nadie perdura en la memoria en toda su complejidad, con una biografía plena de detalles, y son muy pocos los que se transfiguran en emblemas dignos de afecto o de admiración. Ocurre normalmente lo contrario. La mayoría de los seres humanos solo dejan tras de sí un nombre y unos cuantos datos («Humberto Alba. San Juan de Puerto Rico, 1951-Delta del Mekong, 1973»), o desaparecen absolutamente, al modo de los niños congoleños que los mercenarios del rey Leopoldo II mataban como si fueran chimpancés. Existe, no obstante, un tercer destino, el de aquellos que al morir dejan un emblema doble. Así ocurrió en el caso de Paulino Uzcudun, el boxeador más admirado del País Vasco y de España.

El día que Paulino Uzcudun disputó el Campeonato de Europa de los pesos pesados contra el italiano Erminio Spalla, 26 de mayo de 1926, se instalaron altavoces en las calles de San Sebastián para que la gente pudiera seguir la retransmisión radiofónica del combate. En cuanto se proclamó vencedor, «las explosiones de los cohetes despertaron a los pocos que estaban dormidos», según escribió un cronista local. El nuevo campeón viajó poco después a San Sebastián en un Hispano-Suiza descapotable, siendo recibido por más de cien mil personas que le vitoreaban gritando *Gora Uzcudun*, «Viva Uzcudun». Una vez más, el cronista redondeó la noticia asegurando que la alegría fue universal y que a la recepción acudieron todos, «burgueses y obreros, izquierdistas y derechistas, las damas del Náutico y las muchachas de la provincia que trabajan en la capital de sirvientas». A juzgar por las fotografías, Paulino Uzcudun no dejó de sonreír. Su sonrisa no recordaba aún la del orangután.

Se publicaron cromos con su efigie, y se escribieron himnos y coplas en su honor. Llegó el verano, acudió la Corte a San Sebastián, y el rey Alfonso XIII, acompañado de los infantes don Juan y don Gonzalo y de otros muchos principales, se desplazó hasta el caserío natal del campeón. Los zapatos de charol pisaron los campos y los caminos abonados por la bosta de las vacas y de los bueyes, e hicieron honores a la mujer que había sido «capaz de engendrar un luchador tan fuerte como Paulino». La mujer agradeció la visita, y, como no hablaba español y solo podía expresarse en lengua vasca, su hijo tradujo sus palabras. Declaró sentirse alegre y triste a la vez. Alegre por el éxito de su hijo; triste por la ausencia de su marido, que había muerto dos años antes sin llegar a saber que el campeón de Europa, no solo de la provincia, llevaba su sangre.

Decía una de las coplas en honor a Paulino Uzcudun: «*Kontrariyorik emen ez eta zuaz Amerik'aldera; kanpeon zaude Europa'n eta, ekatzu hango bandera*» («Aquí no tienes contrincantes, y debes marchar a América; eres campeón de Europa, tráenos de allí el trofeo»). Fue lo que ocurrió. Antes de que terminara el año 1926, el promotor Tex Rickard, «emperador del boxeo», invitó a Paulino Uzcudun a pelear en Estados Unidos. Tras una escala en La Habana, Uzcudun se estrenó en el Madison Square Garden ganando a Knute Hansen y a Tom Heeney.

Meses más tarde, Tex Rickard le propuso enfrentarse a Harry Wills, la Pantera Negra:

—Ni siquiera Jack Dempsey acepta medirse con él. No quiere arriesgarse a perder ante un negro. Si ganas a Wills te pondrás directamente al nivel de los grandes campeones, entre los mejores del mundo.

Aceptó el desafío, y el día del combate, 13 de julio de 1927, destrozó a su rival en el cuarto asalto. Harry Wills, la Pantera Negra, cayó a la lona de espaldas, con la cabeza casi fuera del *ring*. Paulino Uzcudun lo acompañó al rincón sosteniéndole como un enfermero servicial. Luego volvió al centro del *ring* y se puso a hacer contorsiones. El público le aplaudió sin reservas, y él decidió llevar más allá la exhibición: tras tumbarse en la lona de espaldas, y sin apoyarse en los brazos, se elevó en el aire y logró ponerse de pie, ágil como un gato montés. Decenas de sombreros volaron hacia el *ring*.

Los periódicos que hicieron la crónica del combate destacaron la fuerza de sus puños y la elasticidad de su cuerpo, así como su caballeroso comportamiento. En adelante, tanto en Estados Unidos como en Europa, sería *The Basque Woodchopper,* «el Leñador Vasco», un alias que pronto haría olvidar los que hasta entonces le habían acompañado: el León de los Pirineos, el Toro Español, el Coloso Vasco y otros similares. Poco a poco iba afianzándose su imagen, una de las dos caras de su emblema.

Cada vez era más famoso. El 27 de junio de 1929 se enfrentó a Max Schmeling en el Yankee Stadium, lo que bastó para que al día siguiente el *New York Times* vendiera ciento ochenta mil ejemplares extras. La bolsa que recibía por cada combate fue creciendo. Dieciocho mil dólares, veinticuatro mil, treinta mil. Con aquel dinero podían comprarse veinte casas en el País Vasco.

Pasaron los años y su imagen fue adquiriendo nuevos adornos. Se ponderaban ahora su valentía y su dureza. No había boxeador capaz de dejarle K.O. Su mandíbula era de hierro, o mejor, de piedra, la mandíbula de un *woodchopper* que descendía en línea directa de los hombres de Cromagnon. «Que el K.O. no te sea desceñido, voltaico en la romántica borrasca. ¡Oh, neolítico cráneo aparecido en el umbral de la espelunca vasca!», escribió Emilio Fornet en una oda. La misma idea inspiró al escultor Jorge Oteiza, que realizó su busto dándole rasgos primitivos.

Poseía sin embargo un adorno mejor. Era una víctima. No se hacía justicia con él. Los organizadores de las peleas, por sus intereses en las apuestas o por patriotismo americano, siempre se las apañaban para dar a otros victorias que por derecho le correspondían a él. Los dientes de oro incrustados en su mandíbula de Cromagnon lo atestiguaban: estaban allí en lugar de los que un sucio boxeador llamado Homer Smith le había arrancado de un cabezazo. Con todo, lo peor fue lo ocurrido en el combate contra Jack Delaney, del que saldría el nuevo aspirante al título mundial. El árbitro lo descalificó cuando iba ganando con suma facilidad. «El boxeo americano está repleto de hechos escandalosos —escribió entonces el cronista del *Herald Tribune*—, pero no recuerdo nada peor, nada más escandaloso, increíble y cínico que el comportamiento del árbitro en el combate que ayer disputaron Uzcudun y Delaney...».

Le ocurría una y otra vez, y Uzcudun protestaba con soberbia: «¿Qué debo hacer para ganar un combate en Estados Unidos? ¿Matar al rival?». La prensa española se hizo eco de los hechos y desveló la razón de tanta injusticia. El promotor Tex Rickard le había ofrecido a Uzcudun su apoyo, así como la oportunidad de disputar el Campeonato del Mundo, pero con una condición: debía convertirse en ciudadano americano. Según la prensa de Madrid, la respuesta de Uzcudun fue contundente: «Por nada del mundo dejaré de ser español». La noticia se difundió enseguida, y los militares lo pusieron como ejemplo en sus arengas a los soldados.

En 1931, cuando Jack Dempsey decidió convertirse en promotor y organizar un gran combate en Reno, pensó en él y en Max Baer. Era una gran oportunidad. El propio Dempsey le había garantizado la limpieza del combate: no habría tratos previos. Todos estaban conformes, incluso los dueños de los casinos. «Es mi primera actuación como promotor, y me interesa que sea un gran combate. Por eso voy a arbitrarlo yo, y por eso va a ser a veinte asaltos», le había dicho Dempsey. Él aceptó el desafío. Dejó Nueva York y viajó hasta Steamboat Springs.

El combate se celebró el 4 de julio, con una temperatura de treinta y ocho grados, y asistieron a él más de quince mil personas provenientes de California, Utah, Oregón, Idaho y de la propia Nevada. Entre los aficionados, uno de los grupos más numerosos lo formaban los *basque fellows,* los emigrantes vascos del Oeste americano. En las primeras filas se sentaron los propietarios de los casinos y muchos actores y actrices de Hollywood, entre ellos los más relevantes del momento: Edward G. Robinson, Buster Keaton y los hermanos Marx.

La resina de las tablas de pino de la arena se fue derritiendo debido al calor, pringando los pantalones y los zapatos de los asistentes. Mientras, en el *ring,* Max Baer y Paulino Uzcudun hacían lo posible para terminar cuanto antes el combate, temiendo no ser capaces de aguantar los veinte asaltos. «Los boxeadores pelearon con la fiereza de dos gatos monteses —escribió el periodista del *Nevada State Journal*—. Se desentendieron de todas las reglas del *ring* en su afán por tirar al contrario a la ardiente lona».

En el sexto asalto, Uzcudun estuvo a punto de dejar K.O. a Baer; en el octavo, Baer arrinconó a Uzcudun. A partir de ese momento, el combate se volvió muy igualado. Antes de empezar el vigésimo asalto, se comunicó por los altavoces que el boxeador que obtuviera más puntos en aquella última fase del combate sería declarado vencedor. Sonó el gong final, y Dempsey levantó el brazo de Uzcudun. Los espectadores se pusieron de pie y aplaudieron el esfuerzo sobrehumano de los dos boxeadores.

Era sabido que Max Baer golpeaba más duramente que cualquiera, y que hasta el propio Max Schmeling hubo de ser apartado de sus puños para impedir que lo matara. Se daba por seguro, además, que sería el siguiente campeón del mundo, tal como efectivamente ocurrió en 1934, en disputa con Primo Carnera. Así las cosas, debía de ser verdad lo que tantas veces había proclamado Uzcudun. Estaba al nivel de los mejores pesos pesados.

«*The Basque Woodchopper, one of the best*», titularon los periódicos al día siguiente del combate de Reno. «El Leñador Vasco, uno de los mejores.» El emblema de Uzcudun adquirió más brillo que nunca, y él trató de que perdurara dictando un libro que se publicó a modo de autobiografía (*Mi vida,* Espasa-Calpe, Madrid, 1934). Hablaba en él de su condición de víctima, dando detalles de los combates que le habían robado, y hablaba también de Al Capone, que le recibió varias veces en su casa: «Capone lleva en Florida la vida maravillosa de un auténtico rey. Es un rey que tiene muchos millones, no uno de esos reyes de opereta que siempre andan a falta de dinero. Me tenía una gran simpatía, por tener los *nuts* donde hay que tenerlos, y porque le había hecho ganar mucho dinero con mis combates».

Los dos discursos no casaban bien. ¿Cómo podía ser la víctima de los mafiosos que manipulaban los combates y, al mismo tiempo, amigo del personaje más poderoso de la Mafia? Pero su mente no sabía de contradicciones. Todos sus fracasos eran fruto del juego sucio de los oponentes; los éxitos, en cambio —empezando con la visita del rey Alfonso XIII a su caserío natal y acabando con la acogida de Al Capone—, algo que le llegaba por derecho propio.

En 1935, con treinta y seis años, disputó su último combate americano contra Joe Louis, el Bombardero de Detroit, catorce años más joven que él. Por primera vez en su vida, perdió por K.O. Tomó el barco y dejó Estados Unidos para siempre.

Paulino Uzcudun murió en Madrid el 4 de julio de 1985. El periodista que escribió el obituario (Julio César Iglesias, *El País,* 7 de julio de 1985) recordaba el combate con Joe Louis, asegurando que un hombre nunca vuelve a ser el mismo después de la primera caída. «Paulino Uzcudun no ha muerto el jueves pasado en Torrelaguna. Murió el 13 de diciembre de 1935, hace 50 años, en el Madison Square Garden de Nueva York.» Con finura, el periodista dibujaba la transformación de Paulino Uzcudun: el hombre que había sido tan fuerte como un roble había acabado convirtiéndose, él mismo, en roble.

Siguió, pues, en el olimpo de los campeones, y tampoco su emblema sufrió mella. ¡Qué importaba ser roble o ser el *woodchopper* que tala el roble! En ambos casos, no dejaba de ser un habitante del bosque: un hombre adánico, corajudo, simple, por una parte; por otra, en la peor hipótesis, un king kong, un ser primigenio que conservaba los rasgos del hombre de Cromagnon y que, como el Gran Mono, nunca hacía daño a sabiendas, sino inocentemente.

Existían, no obstante, espacios que Uzcudun había frecuentado y que poco tenían que ver con robles y bosques. Prueba de ello eran las crónicas veraniegas que en los años treinta se publicaban en *El Pueblo Vasco* y otros periódicos: «Paulino Uzcudun y el heredero de la familia Zuloaga llegaron ayer a San Sebastián en un coche deportivo rojo»; «Una nutrida representación de la Corte asistió ayer a la corrida de toros. Les acompañaba el más famoso boxeador de España». Los sitios que frecuentaba, las amistades que cultivaba, la poca relación con su pueblo natal, todo delataba su desapego hacia el bosque que le había formado; como si ya fuera otro, como si Alfonso XIII y los dos infantes se hubiesen llevado consigo el alma del leñador.

La gente que lo conocía desde los tiempos del Campeonato de Europa se dio cuenta de la transformación y empezó a tratarle con frialdad. Se dejaron de cantar los himnos y las coplas que jaleaban su nombre, y los homenajes no se repitieron. Algunos periodistas le atacaban. «Últimamente vemos con mucha frecuencia a Paulino Uzcudun paseando por los jardines de Alderdi Eder o por La Concha —escribió un cronista que firmaba como "Azti" en el periódico *El Sol*—. Nos parece muy bien, pero alguien debería decirle que es una ridiculez caminar a saltitos tratando de imitar a los aristócratas».

Cabía pensar que los niños, en su inocencia, lo querrían; pero no era así. Ni siquiera los que, por vecindad, lo habían conocido personalmente tenían buen recuerdo de él. «No hicimos sino dedicarle homenajes, recibimientos y fiestas. Sin embargo, él nunca nos trajo nada, ni un dulce —escribió Inazio Maria Atxukarro en su libro de recuerdos *Irriparrezko printzak* ("Astillas sonrientes")—. Era bastante seco, lo mismo con los niños que con los mayores. No le salía de dentro traernos esas cosillas que dan alegría. No es de extrañar. Subió de la nada, y solo veía grandezas».

Cuando, el 18 de julio de 1936, el general Franco se rebeló contra la República y dio comienzo la Guerra Civil española, Paulino Uzcudun abrazó la causa con entusiasmo. Hasta aquel momento había buscado la compañía de los aristócratas y de los burgueses; en adelante, sus compañeros serían los militares y, sobre todo, los paramilitares, los falangistas que se inspiraban en las doctrinas de Hitler y de Mussolini.

Pronto destacó en el nuevo espacio creado por la guerra. José Antonio Primo de Rivera, el fundador de la Falange Española, se encontraba en la cárcel de Alicante acusado de conspirar contra la República, y, con la anuencia del general Franco, los falangistas crearon un comando de cien militantes para liberarle. Paulino Uzcudun quiso formar parte de él, y ganó ante sus camaradas la consideración de ser «un campeón del anticomunismo».

La guerra siguió adelante. La prensa fascista publicaba con frecuencia fotografías de Uzcudun. En una de ellas, se le veía disparando con una ametralladora. En los retratos, allí estaba siempre su sonrisa de orangután.

Empezó a tomar parte en las exhibiciones de boxeo para los soldados. En una ocasión, en un campamento de León, peleando con un rival muy inferior del que se reía a carcajadas, un golpe inesperado hizo que se cortara la lengua con los dientes de oro. «¡Cose! ¡Cose!», ordenó al enfermero, viendo que la boca se le llenaba de sangre. En cuanto el enfermero le dio los puntos, volvió al *ring* y ganó por K.O.

Empezaron a correr rumores: que se ofrecía voluntario para los fusilamientos, que se entrenaba en las cárceles utilizando a los presos como *sparring*... Los rumores llegaron a oídos de los niños, y fueron ellos los que, con su miedo, con el mismo miedo que en otras épocas engendró criaturas como el Sacamantecas y otros espectros, crearon y dibujaron en sus cuadernos una nueva imagen: un saco lleno de huesos y calaveras colgando del techo, y entrenándose con él, golpeándolo, un boxeador con cara de orangután.

El dibujo se convirtió en el segundo emblema de Paulino Uzcudun, y desde entonces acompaña al primero, al leñador, como la sombra acompaña al árbol. Irreparablemente, para siempre, *ad eternitatem*.

VIRGINIA CITY. CIUDAD MINERA

Nuestro Ford Sedan subía trabajosamente las pendientes de la carretera de Virginia City, y la hostilidad del entorno minero despertó una voz dentro de mi cabeza: «La especie humana no conoce el miedo —decía la voz—, y al igual que los otros animales, al igual incluso que los insectos, siempre marcha hacia delante impulsada por una idea básica: ¡quiero vivir y durar! ¡Quiero permanecer en el mundo! Miedo debieron de sentir Hosea y Ethan Grosh, los hermanos que descubrieron el enorme yacimiento de plata de Virginia City en 1857, el primero al infectársele una herida y notar los síntomas de la septicemia, y el segundo cuando atravesaba la mortalmente fría Sierra Nevada; miedo debieron de sentir los mineros que trabajaban en el Yellow Jacket cuando el fuego de una explosión empezó a propagarse por las galerías, o el joven bajonavarro de Aldude, Pierre Haran, al entrar a desayunar en un *saloon* y darse cuenta de que un pistolero borracho le iba a disparar. Pero la especie no recoge las flaquezas individuales, y nuevos mineros corren a ocupar el lugar de los caídos, como cebras que buscan hacerse un hueco en la orilla del río».

La voz hablaba desde mi cabeza, pero me parecía que pertenecía a otra persona, como si el magnetismo o alguna otra fuerza física de las montañas de Virginia City hubiese dividido mi ser en dos mitades, la mitad que hablaba y la mitad que escuchaba. Me sentí dentro de un sueño, y para cuando me repuse y volví a la realidad Ángela conducía nuestro Ford Sedan por el centro de la ciudad. La estampa resultaba rara: un vehículo del año 2000 circulando por una calle flanqueada por soportales de madera. De todas formas, la calle que atravesábamos tenía un aspecto más moderno que el de los estereotipados pueblos de las películas del Oeste. Algunas de las casas eran de ladrillo rojo, elegantes; otras, blancas y con balconada, auténticas mansiones. Era de esperar: no estábamos en OK Corral o Shinbone, sino en Virginia City, el lugar más rico de la Tierra en el siglo XIX.

No vimos a nadie en la calle C, la principal, aunque luego, cuando fuimos a dejar el coche, encontramos el aparcamiento casi lleno. Nos dedicamos a pasear, visitando los establecimientos que veíamos abiertos; pero todos estaban vacíos, *desanimados*. ¿Dónde estaba la gente? No sabía qué pensar, y tuve la esperanza de que la voz de mi cabeza me diera alguna explicación, como al subir las pendientes de la 341. Pero la única señal que me llegó fue un dolor sordo. Sentía frío, a pesar de que el termómetro del Visitors Center marcaba cuarenta y nueve grados farenheit, casi diez grados centígrados.

HOTEL SILVER QUEEN

El *hall* del hotel estaba en penumbra, y al principio no vimos a la persona encargada de la recepción, una mujer de más de setenta años de edad vestida con una larga falda gris y un chal de color negro. Se acercó a nosotros y nos dio un folleto en el que, entre otras cosas, se hablaba de la capilla del hotel, ideal para bodas, y de «la noche de los fantasmas», una atracción en la que los recién casados podían participar después de la fiesta. La emoción estaba garantizada: noche tras noche, las voces y las sombras malignas de los espectros se imponían a la paz de las habitaciones y de los pasillos.

—Yo no creo en espectros —dijo Izaskun a la mujer.

«¡Yo tampoco! Pero de alguna forma hay que ganarse la vida.»

La mujer no lo dijo con palabras, pero sí con el gesto.

—Nuestro espectro más famoso es una joven —explicó luego—. Estaba embarazada, y vino al hotel a reunirse con su amante. Pero aquel no dio señales de vida, y la chica se suicidó. Desde entonces anda por aquí. Mucha gente ha podido oír su llanto y sus gemidos.

Sonó en mi cabeza una canción de Doc Watson que trataba, precisamente, de una chica que se quedó embarazada: *«Oh, listen to my story, I'll tell you no lies, How John Lewis did murder poor little Omie Wise...».* «Escuchad mi historia, no os voy a mentir, cómo mató John Lewis a la pobre Omie Wise. "Ven conmigo, mi pequeña Omie Wise, y nos iremos lejos. Nos iremos y nos casaremos, y nadie lo sabrá."» La chica partió tras él, los dos huyeron por el río. Las aguas iban crecidas. «"John Lewis, John Lewis, dime qué tienes en la cabeza. Piensas casarte conmigo, o piensas deshacerte de mí." "Pequeña Omie, pequeña Omie, te diré qué pienso hacer. Pienso ahogarte, deshacerme de ti."»

Mi cabeza no descansaba. A la canción de Doc Watson le siguió un recuerdo de mi infancia. Caminaba con mi padre por un barrio rural llamado Upazan, y vi una abertura en la hierba, una sima. Mi padre me dijo: «Escucha». Al fondo de la sima, veinte metros más abajo, se oía el sonido del agua en movimiento. Un río subterráneo pasaba por allí. «Ahora, mira. ¿Ves aquella casa?», dijo mi padre. Era una casa de paredes blancas y tejado rojo que armonizaba con el paisaje verde. Estaba más o menos a un kilómetro. «Una muchacha que vivía allí se quedó embarazada. Una noche, preparó la cena para sus padres y para sus hermanos, dobló cuidadosamente el delantal y dijo: "Ahora vuelvo". Pero no volvió. Se tiró a esta sima.» Me asomé de nuevo y sentí el frescor que venía de la tierra profunda y, otra vez, el sonido del río. «Lo hizo por miedo. Por culpa de los curas y de los frailes, que confundían a la gente. Quedarse embarazada sin estar casada era en aquella época más vergonzoso que el peor de los crímenes. ¡Qué disparate! ¡Qué atraso, el de esta parte del mundo!»

Unas columnas sostenían el hotel Silver Queen, y de una de ellas colgaban diez o doce serpientes de cascabel disecadas. Sus ojos eran grandes y negros, pero lo que más impresionaba era la boca. En ella almacenaba la serpiente el veneno que destruía los glóbulos rojos de la presa y la dejaba sin oxígeno.

Me llevé la mano a la frente y la noté muy caliente. Tenía fiebre.

Ángela explicaba algo a Izaskun y Sara.

—Cuando Dominique Laxalt visitó su pueblo natal, después de cuarenta años como pastor en Sierra Nevada, se llevó los cascabeles de estas serpientes a modo de trofeo.

En la pared del fondo había un cuadro enorme. Era el retrato de la Reina de Plata, *The Silver Queen,* una mulata cuyo vestido estaba cubierto de monedas de oro y plata.

—La giganta de Baudelaire —dije. Pero la asociación no tenía sentido.

—Las monedas de plata son 3.262, y las de oro 28 —dijo la mujer. Pronunció las cifras con orgullo. Para ella, el trofeo del hotel era aquel cuadro, no las serpientes de cascabel disecadas.

Izaskun y Sara quisieron saber dónde tenía el vestido las monedas de oro.

—En el cinturón —dijo la mujer.

El cinturón era, efectivamente, de color dorado.

La voz resonó de nuevo en mi cabeza.

«¿No es admirable el esfuerzo que realiza la especie por perdurar? —preguntó—. ¿Cómo ha llegado la serpiente de cascabel a desarrollar esa forma suya? ¿Qué inteligencia le ha inculcado la idea de que le convenía moverse a rastras y almacenar veneno en el paladar? ¿Acaso la misma inteligencia le ha puesto el cascabel en la cola, a sabiendas de que la supervivencia exige a veces no atacar?».

No hubo respuesta a las preguntas. Solo un zumbido, como si de mis oídos estuviera saliendo aire.

—¿Qué te ocurre? —preguntó Ángela.

—Necesito un poco de aire. Me voy fuera —dije. Me sentía mareado.

En la calle había cinco hombres charlando animadamente en torno a sus Harley-Davidson. Los cinco superaban los cincuenta años, y vestían cazadoras de cuero negro; no llevaban casco, solo unas bandanas de tela. Las motos, negras y grises, parecían fabricadas con materiales aún más preciosos que la plata. Una de ellas tenía el motor encendido, y de su tubo de escape salía un ronroneo, un sonido hueco y dulce.

Pasé junto a ellos. Hablaban del tubo de escape. Los cinco calzaban botas vaqueras negras con hebillas laterales.

Izaskun y Sara vinieron corriendo tras de mí. Los lugares interesantes de Virginia City se encontraban, al parecer, en dirección contraria a la que yo había tomado.

LA CÁRCEL

Era una casita de piedra, Virginia City Jail. Según un letrero, había sido construida en 1877. No daba mucho miedo; costaba creer que lo hubiera dado nunca. Izaskun y Sara se metieron dentro y se agarraron a los barrotes para que Ángela les hiciera una foto.

BUCKET OF BLOOD SALOON

Fue abrir la puerta del *saloon* y encontrarnos con toda la gente que se echaba en falta en la calle, más de cien personas sentadas a pequeñas mesas delante de una tarima o de pie junto al mostrador. Me llamó la atención, nada más entrar, una mujer ataviada con un sombrero rojo: por el sombrero mismo y porque, a pesar de su edad, más de ochenta años, se balanceaba al compás de la música de la banda que tocaba en la tarima.

Los músicos tenían aspecto de auténticos *cowboys*. Llevaban botas altas de cuero, chalecos, pañuelos y sombreros. Se dirigían al público con un marcado acento del Oeste.

Ángela pidió una cerveza, Izaskun un botellín de agua, Sara una Pepsi. Yo no tenía ganas de tomar nada.

El violinista de la banda se puso a contar una historia: «Un pastor se casó con una jovencita muy fina y delicada y se la llevó a su campamento. En aquel tiempo las ovejas se castraban con los dientes...».

En resumen, aquella muchacha tan fina se ofreció a ayudar en la labor, dando muestras de una habilidad asombrosa. El marido, al verla, dirigía la mirada hacia el bajo vientre y pensaba: ¿estarán seguros mis colgajos?

Los otros músicos acompañaban al narrador con acordes de banjo o guitarra. La gente se reía a carcajadas. También la anciana del sombrero rojo.

Había tres escalones para bajar de la zona del mostrador a la de las mesas, y me senté en uno de ellos. Sentía escalofríos.

Sonó una nueva canción: «*In a cavern, in a canyon, excavating for a mine, dwelt a miner forty-niner, and his daughter Clementine...*». «En una caverna, en un cañón, excavando en busca de una mina, vivían un minero del 49 y su hija Clementine.» El violín recogió al vuelo las voces del público y el estribillo de la canción creció como una ola: «*Oh my darling, oh my darling, oh my darling Clementine!*». La anciana del sombrero rojo se puso en pie para cantar. Muchos de los que escuchaban hicieron lo mismo.

Una camarera vino a pedirme que dejara sitio en las escaleras. Iba y venía sin parar, y yo le impedía el paso.

—Me voy fuera. No me siento bien —dije a Ángela.

—Nos vamos todos, ¿no? —dijo Ángela a las niñas.

Sara prefería quedarse un rato más, y abandonó el *saloon* enfurruñada.

WALGREENS DRUGSTORE

De regreso a Reno, decidimos ir al médico; pero era un objetivo difícil de cumplir a las nueve de la noche de un domingo. Tendríamos que llamar a la casa de seguros, esperar las instrucciones, encontrar el dispensario que nos asignaran... Un camino demasiado largo.

—Podemos pasar por Walgreens —propuso Ángela.

Estuve de acuerdo. Era el establecimiento que me convenía, una mezcla de supermercado y farmacia. Estaba cerca de casa.

La farmacia propiamente dicha estaba en uno de los laterales. Cuando expuse lo que me pasaba a la empleada, ella se acercó a la ventana de una dependencia interior y pulsó un timbre. La ventana estaba protegida con barrotes más gruesos que los de la cárcel de Virginia City.

Un hombre joven vestido con bata blanca salió de lo que, a primera vista, parecía un laboratorio, y vino al mostrador. Cuando le referí los síntomas, me hizo preguntas: ¿tenía problemas de corazón? Los riñones, ¿estaban bien? ¿El hígado? ¿Cuáles eran los antecedentes médicos de la familia? ¿Podía tomarme la tensión arterial? Desapareció en la puerta nada más obtener las respuestas.

Necesitaron diez minutos para preparar la medicina. La empleada del mostrador me la entregó en un frasco cuentagotas. Las instrucciones venían escritas en la etiqueta. Cuatro líneas.

—Diez gotas mezcladas con agua. Cada ocho horas.

—De acuerdo —dije.

—Escúcheme con atención —prosiguió la empleada—. Esta medicina es para usted, no para su familia. En ningún caso para los niños de menos de doce años.

Volví a asentir.

Ya en casa, tomé la primera dosis. El efecto fue casi inmediato. Cuando me metí en la cama, una sensación agradable recorría mi cuerpo y acallaba las voces de mi cabeza excesivamente memoriosa.

EL SUEÑO

Iba por la carretera en una Harley-Davidson, y veía delante de mí a los cinco motoristas de Virginia City. Viajaban a toda velocidad en sus elegantes motos negras y grises. Bajé los ojos hacia la que conducía yo, para ver cómo era, y la juzgué aún más elegante: blanca y gris, con el depósito de gasolina de color amarillo. «Es de plata y oro», me dije. El sonido del motor era dulce.

Los cinco motoristas iban unos cien metros por delante de mí. Aceleré y les alcancé en un par de segundos. De haber sabido qué dirección llevábamos, les hubiera adelantado, pero desconocía cuál era nuestro destino. Lo único que veía claro era que íbamos por un desierto color crema. En el cielo azul pálido, la luna parecía el vilano de un cardo.

Los cinco motoristas se desviaron por un camino de tierra y yo fui tras ellos. El viento trajo el estribillo de la canción: *«Oh my darling, oh my darling, oh my darling Clementine!»*. Me vi de pronto, sin solución de continuidad, en un *saloon*. Era como el Bucket of Blood de Virginia City, pero tres veces más grande. Un violinista interpretaba la canción con brío, y frente a él, la anciana del sombrero rojo bailaba desplazándose de un lado a otro del local y girando como un trompo.

Me desperté bien, sin fiebre. Tomé otra dosis de la medicina de Walgreens y me marché a la Universidad.

—Ayer estuve en Virginia City —le dije a Earle cuando nos encontramos en el puesto de café de la biblioteca—. Vi a gente vestida a la antigua, pero también a esos nuevos *cowboys,* los que montan las Harley-Davidson.

—Ricos que no tienen otra cosa que hacer —dijo él.

Me extrañó su comentario. Al fin y al cabo, su caso era similar. Seguía yendo a la Universidad por capricho.

La media sonrisa apareció en su rostro.

—Yo también soy un rico ocioso. Pero a mí me gustan más los vehículos de cuatro ruedas.

Reí tontamente. Me sentía ligero, alegre.

MENSAJE A L.
RENO, 09-11-2007

«[...] Hace unos días entré en un *saloon* de Virginia City y vi algo que me asombró: una anciana de unos ochenta años con un vistoso sombrero rojo, moviéndose al son de la música *western*. Me pareció una heroína, una *desperada* dispuesta a luchar contra las sombras de una muerte que, por edad, debía de sentir cercana. Era para mí, en ese momento, una Billy the Kid que disparaba, bailaba, contra el traicionero Pat Garrett.

»He empezado a escribir una canción inspirada en la escena, *Clementine*. Te copio los primeros versos:

»"Desde que las mujeres de ochenta u ochenta y cinco años empezaron a vestirse con sombreros rojos, la

Muerte parece más floja, *oh my darling, oh my darling, oh my darling Clementine!...".*»

11 DE NOVIEMBRE. *VETERANS DAY.*
DÍA DE LOS VETERANOS

En la clase de Izaskun no celebraron el día de manera especial y terminaron la jornada igual que siempre, leyendo en voz alta un libro. En la de Sara, en cambio, les pusieron un documental de guerra, y vino a casa con un cuadernillo, obra de una asociación de soldados veteranos.

El cuaderno era poca cosa, una serie de hojas dobladas por la mitad y sin grapar. En la primera página, que hacía de portada, figuraba el dibujo esquemático de un soldado. Además, la bandera de las barras y estrellas. Los niños debían colorearla y poner debajo su nombre.

La segunda página estaba en blanco. En la tercera venía el dibujo de un tanque: «*A tank, an armored combat vehicle*». «Tanque. Vehículo de combate blindado.» El ejercicio era fácil. Había que poner las vocales a dos de los elementos del tanque: *turr_t* y *g_n.* Según se leía en la hoja, la *Army* se componía de soldados entrenados para luchar en tierra.

En la siguiente página se veía un vehículo anfibio, mucho más sofisticado que los que aparecían en los documentales de la televisión. En la siguiente, una nota sobre la función de los guardacostas y el dibujo de un barco. Esta vez, las palabras a completar eran *ste_n* y *b_w,* los términos con que se designan en inglés la parte delantera y trasera de un barco.

En la novena página figuraba de nuevo el soldado de la portada. La leyenda decía: «En el Día de los Veteranos, debemos honrar a los que han luchado en el Ejército americano defendiendo nuestra libertad, y darles las gracias».

La página doce mostraba el dibujo de un águila. Debajo, tres líneas: «En Estados Unidos hay veteranos de muchas guerras: Primera Guerra Mundial, Segunda Guerra Mundial, Guerra de Corea, Guerra de Vietnam, Guerra del Golfo, Guerra de Irak».

En la catorce, el dibujo de un avión y una nota sobre la *Air Force*. En la dieciséis, un submarino. Los niños debían completar la palabra *peri_cope*.

En la página diecisiete no había nada. En la dieciocho, de nuevo, la bandera de las barras y estrellas.

En la página veinte, la última, se recordaba la fecha del *Veterans Day*, 11 de noviembre, y se añadían cinco palabras, relativas todas ellas al uniforme del soldado que se veía en el dibujo: *_elmet; jacke_; ri_le; _ants* y *boo_s*.

VETERANS DAY. NOCHE

Durante la cena, Sara dijo que no le había gustado el documental que les habían puesto en la escuela, porque era de guerra, con muchas explosiones, y porque siempre ganaban los estadounidenses. Yo le leí una noticia que venía en el *Reno Gazette-Journal*. Un soldado había muerto la víspera en Irak, en la provincia de Diyala, muerte que elevaba a 3.861 el número de bajas del Ejército.

MENSAJE A L.

«[...] Te contaba el otro día la escena que vi en el *saloon* de Virginia City, una anciana con sombrero rojo tomando parte activa en un concierto, y la impresión que ello me produjo. Pues, según Mary Lore, la anciana pertenece a la asociación The Red Hat Society, cuyo objetivo es "salvar a las mujeres del aburrimiento universal". Cuenta por lo visto con miles de miembros, y se inspira en los versos de una tal Jenny Joseph: *"When I am an old woman I shall wear purple...".* Lo puedes mirar en la red.

»Cuando la vi en el *saloon* de Virginia City pensé que la mujer actuaba por su cuenta, que era Billy the Kid frente al mundo y a la vida, y la consideré una heroína. Ahora, después de saber lo de esa asociación, la imagen se me ha chafado, y todo el asunto me parece una tontería.»

14 DE NOVIEMBRE. NUEVO INTENTO DE VIOLACIÓN EN COLLEGE DRIVE

Abrí el *Reno Gazette-Journal* por la mañana y leí la noticia de un nuevo intento de violación. No me hizo falta mirar en la red para localizar el lugar de la agresión, porque había ocurrido en nuestra calle, *in a parking lot at 401 College Drive*. El criminal seguía cerca de casa.

Se lo comenté a Dennis cuando fui a la Universidad, y él encontró la noticia en la red.

—Muy cerca de vuestra casa, realmente —dijo.

Le expuse mi preocupación.

—¿No debería la policía enviar una circular y poner a los estudiantes sobre aviso?

Lo pensó durante cinco segundos, con los brazos cruzados y la mano en la barbilla.

—Lo consultaré con Bob —dijo, sentándose ante el ordenador y tecleando.

No había frascos encima del archivador.

—¿Qué ha sido de la araña? —pregunté.

—Era inmortal, y decidí devolverle la libertad —respondió sin dejar de escribir—. La dejé en la colina donde está la cruz grande.

Se refería a la de las luces de neón rosa, al otro lado de McCarran.

Entró un mensaje en el ordenador.

—Bob dice que la policía prefiere no decir nada. Para que no cunda el pánico entre los estudiantes.

—Es el segundo intento en poco tiempo —dije.

—No será el último —sentenció Dennis—. Los violadores y los pederastas no pueden evitar hacer lo que hacen. Solo paran cuando los encierran en la cárcel o cuando los matan.

Me encaminé hacia mi despacho. Había unos cuarenta estudiantes en la biblioteca, la mayoría con la vista puesta en la pantalla del ordenador, algunos de ellos dormidos o a punto de dormirse. Todos parecían tranquilos. Pero ¿lo estarían de verdad? ¿No guardarían en su interior, en algún hueco invisible para los demás, un frasco de vidrio, y en el frasco una araña? ¿Solo me pasaba a mí? No podía dejar de pensar en la noticia del periódico. El criminal merodeaba por College Drive.

LILIANA

La piscina municipal estaba en una zona pobre de Reno, no muy lejos de la Universidad. Tenía unos treinta metros de largo y unos diez de ancho; las paredes, tres de cuatro, carecían de ventanas. En un sitio tan cerrado, el vaho y el olor a cloro producían una sensación de asfixia. Además, había mucho eco. Los chillidos se escuchaban amplificados.

Ajenos a la desagradable atmósfera, los diez o doce niños que participaban en las clases de natación hacían sus ejercicios en el agua. Las instructoras eran dos chicas atléticas. A veces reclamaban la atención de los niños a base de silbidos, como *cowboys* llamando a sus caballos.

Todas las semanas veíamos allí a Liliana. Al principio la llamábamos «la flor rusa», porque era bonita y por su nombre. Luego, «la callada flor rusa». Más tarde, «la deprimida flor rusa». La veíamos cada vez más abstraída. A veces, su hijo la llamaba desde el agua en inglés; ella le respondía en ruso, a media voz. Era alta, rubia. Llevaba el pelo corto, al estilo *garçon*.

Se nos acercó por primera vez la quinta o la sexta semana. Al igual que Izaskun y Sara, su hijo iba a Mount Rose, y quería saber qué opinión nos merecía la escuela. Cuando terminamos con aquel tema, nos preguntó por nuestro lugar de origen. Ella era de Tver, una ciudad situada a doscientos kilómetros de Moscú.

—¿Tver? Yo estuve una vez allí —le dije—. En la época del comunismo. Entonces se llamaba Kalinin.

El autobús que nos llevaba a Moscú se estropeó en los alrededores de aquella ciudad, obligándonos a pasar la noche en la orilla de la carretera, acurrucados en nuestros asientos. A la mañana siguiente, lo primero que vi al despertarme fue una oca blanca que estiraba el cuello con la mirada fija en el autobús. Era la única en aquel punto. Todas las demás, un millar de ocas, se amontonaban medio kilómetro más allá, cubriendo como una tela blanca y movediza los espacios que dejaban tres barracones paralelos. De vez en cuando la tela se agitaba, y algunas ocas volaban hasta el techo de los barracones.

Liliana no mostró ningún asombro por lo que le dije, como si le resultara normal encontrarse en Reno con una persona que conocía Tver.

—Mi ciudad es muy bonita —dijo. Nada más.

Llevaba un jersey de color morado, con el escote en forma de triángulo. En el cuello, una cadena muy fina de la que pendía una cruz ortodoxa rusa. Un adorno de oro.

Nos preguntó sobre las fiestas de cumpleaños. Quería saber si habíamos celebrado alguna durante nuestra estancia en Reno. No, no lo habíamos hecho. Nuestras hijas cumplían los meses de junio y julio.

—El cumpleaños de Misha fue antes de ayer —dijo—. Adorné toda la casa y preparé una tarta, pero no vino ninguno de sus compañeros de clase. Estuvimos toda la tarde solos. Llevo diez años en esta nación, pero todavía no entiendo a los americanos.

Una de las instructoras sujetaba a Misha por las dos manos y lo arrastraba por encima del agua. Su compañera hacía señales al niño para que moviera las piernas. Tendría unos siete años.

—¿Habéis venido para siempre? —nos preguntó Liliana.

—No, solo para este curso —dijo Ángela.

—Si tuviera un buen trabajo en Rusia, volvería allí. Pero no lo tengo, y no me queda otro remedio que seguir entre esta gente.

Algunas de las ocas que había visto en Tver lograban salir del tropel y volar a los tejados de los barracones o hasta la carretera. Pero Liliana no parecía capaz de hacer un esfuerzo similar.

—Está dolida por lo del cumpleaños de su hijo, pero no le va tan mal en Estados Unidos —comentó Ángela cuando salimos de la piscina con Izaskun y Sara—. El diamante engastado en la cruz ortodoxa no parece de bisutería.

20 DE NOVIEMBRE. DÍA DE ACCIÓN DE GRACIAS

Al marido de Mary Lore habían empezado a llamarle Mannix por su parecido con el detective de una serie televisiva, y treinta años más tarde aún conservaba el apodo a pesar de que su poblado bigote y su robustez le hacían parecerse más a un luchador de *catch* que a un detective de pantalla. Todos los años, según dijo Mary Lore cuando nos invitó a la celebración, era él quien se encargaba de asar el pavo del día de Acción de Gracias.

Earle, Ángela y yo estábamos sentados en la galería acristalada de la casa, bebiendo una copa de vino y a la espera de que nos llamaran para sentarnos a la mesa. Mannix se unió a nosotros y nos explicó su receta para preparar el pavo, o, como lo llamaba él, *the bird,* «el pájaro».

—Agua, sal, zumo de manzana, ajo, cáscara de naranja, mantequilla...

Alargaba un dedo por cada ingrediente. Le hicieron falta los de las dos manos.

—La receta es la de siempre. Solo que yo le voy a añadir pimientos rojos antes de servirlo. En casa de Mary Lore lo preparan así, como el pollo en el País Vasco. Los pimientos rojos caramelizados quedan deliciosos.

El olor de los pimientos caramelizados llegaba claramente hasta la galería.

—¿Cuánto ha pesado nuestro pájaro? —le preguntó Earle.

—Siete kilos. Pero tranquilo. Se hará bien. Lleva cinco horas y media en el horno.

Un profesor de la Escuela de Periodismo tocaba el piano en la sala, y Dennis, la sobrina de Mary Lore —cuando se presentó nos dijo que se llamaba Natalie, «como las francesas»— y un amigo suyo con gafas redondas de intelectual estaban de pie alrededor del instrumento. De pronto, se pusieron a cantar: *«Let it be, let it be...»*. Las niñas, que veían la televisión en un rincón de la sala, pidieron silencio. Izaskun y Sara con más vehemencia que las tres hijas de Mannix y Mary Lore.

—Empiezan los fuegos artificiales —dijo Earle mirando hacia el cielo de Reno.

Mary Lore abrió la puerta del jardín. El frío aire de noviembre entró en la galería.

—¡Los que quieran ver los fuegos que salgan fuera!

Ángela me pidió que cogiera los abrigos de las niñas, y fui al colgador de la entrada a por ellos. Dentro de la casa dominaba el olor de la carne asada, por encima del de los pimientos rojos caramelizados. También me llegó el olor a naranja, una pizca.

Al volver, vi a Dennis en la cocina, agachado frente al horno iluminado. Entré a mirar yo también. El pájaro de siete kilos tenía la piel dorada. Los pimientos, los pimientos rojos, rojo oscuro en aquel momento, llenaban dos sartenes enormes. Sobre una pequeña mesa, en la que casi no cabían, había tres tartas, dos de calabaza y la tercera de chocolate, y diez o doce botellas de vino de marcas diferentes.

—¡Perfecto! —exclamó Dennis.

Ángela se asomó a la cocina.

—Hace mucho frío fuera —dijo.

Le di los abrigos de Izaskun y Sara y nos dirigimos al jardín.

Los cohetes los disparaban desde la azotea del casino de mayor altura, el Silver Legacy. Las detonaciones eran muy fuertes, pero las luces, los destellos, apenas destacaban. Había demasiada luminosidad en el ambiente, y demasiado color: el fucsia, el rojo y el verde de los propios casinos.

—Tenían que haber dejado la ciudad a oscuras. De esta forma los fuegos no lucen nada —dijo a mi lado un hombre en el que no me había fijado hasta entonces.

Tenía el físico de un asceta. Estaba muy delgado, y su coronilla parecía tonsurada. Alargó la mano y se presentó:

—Jeff. Soy hermano de Dennis. Tipógrafo. Hasta ahora he estado en la cama, descansando.

Dennis nunca me había hablado de él, y mostré sorpresa.

—Vivo en San Francisco. Además, la verdadera familia de Dennis son los aparatos electrónicos. Es normal que nunca hable de mí —dijo. No bromeaba.

Pensé que, de estar presente, Earle no habría dejado de mencionar las arañas como los otros parientes de Dennis. Pero estaba con Mannix, Mary Lore y el propio Dennis en el otro extremo del jardín.

Ahora disparaban los cohetes con más potencia. En el cielo, en la semioscuridad, se formaban cascadas de luz y flores que se expandían y transformaban como las de los caleidoscopios. Las cascadas de luz eran más bonitas que las flores.

—El término «tipógrafo» es confuso —dijo Jeff—. La mayoría de la gente da ese nombre al encargado de los tipos de letra en una imprenta. Pero también se denomina así al especialista en tipos. Yo pertenezco al segundo grupo.

—Parece interesante —dije.

Jeff no prestaba atención a los fuegos artificiales.

—¿Qué tipo de letra utilizas para escribir en el ordenador? —me preguntó.

—Garamond, Times, Lucida...

—Lucida es una buena letra.

De pronto fue como si dispararan los cohetes con ametralladora. Era la traca final. Dos minutos después, Reno volvía a ser la de siempre: una ciudad de luces blancas en la que Silver Legacy, Harrah's y los otros casinos se elevaban como catedrales. Las niñas empezaron a protestar. Consideraban que los fuegos habían durado poco.

—Yo pensaba que iban a ser más bonitos —insistió Sara al entrar en casa. Iba con Izaskun y con las tres hijas de Mary Lore y Mannix, en grupo. En medio de la sala, la mesa estaba ya preparada, con entremeses y bebidas.

Jeff se sentó a mi lado, Ángela enfrente. En una diagonal, hacia la izquierda, tenía a Dennis; en la otra, hacia la derecha, al profesor de la Escuela de Periodismo que había estado tocando el piano. Cerraban la mesa por aquel lado Natalie, la sobrina de Mary Lore, y su amigo de aspecto intelectual.

Mannix, de pie en la cabecera de la mesa, fue señalando y nombrando uno a uno los entremeses:

—Atún con aguacate, arroz con tomates deshidratados, ensalada de endibias con gorgonzola, jamón español, chorizo español, un poco de hummus...

Señaló las botellas.

—Vino californiano, vino chileno, vino español, francés...

—¿El agua sigue estando prohibida en esta casa, Mannix? —preguntó Earle. Estaba sentado a su izquierda, y a la derecha de Dennis.

—El que quiera agua, limonada o Coca-Cola que se siente a la mesa de las niñas. Y el que quiera pizza, también —declaró Mannix cruzando los brazos y enderezando el cuerpo de forma exagerada, como un luchador de *catch* de comedia.

—No pretendía ofenderte. Si hay que beber vino, se beberá —dijo Earle.

Las niñas se habían sentado a la mesa que había enfrente del aparato de televisión. Mary Lore les estaba repartiendo la pizza. Era de supermercado, calentada en el microondas.

—El pájaro está cogiendo un color precioso —dijo Mannix tras darse una vuelta por la cocina. Su olor llegaba con nitidez a la sala. El de los pimientos rojos, más débilmente.

—¿Qué es lo que te gusta de la letra Lucida? —me preguntó Jeff en cuanto nos pusimos a comer. Yo tenía en el plato una mezcla de atún con aguacate. Él, un poco de jamón.

—La Garamond también me gusta mucho —contesté.

Jeff sacó una libreta del bolsillo de la camisa y dibujó varias letras en una hoja en blanco. Tenía una pluma bonita, negra y con la punta dorada.

—La Garamond y la Lucida parecen idénticas, ¿verdad? —dijo, mostrándome la hoja de la libreta. Había escrito dos veces, en mayúscula y en líneas paralelas, las letras F, H y T del alfabeto—. Pero no lo son —continuó—. Las letras del tipo Garamond son algo más anchas, como se ve claramente en la hache. ¿Lo ves? La hache del tipo Lucida es más erguida. Compara ahora estas dos tes. Las dos pestañas de la barra horizontal de la Garamond son diferentes, una baja en línea recta y la otra se

inclina hacia la derecha. En cambio, las pestañas de la Lucida son iguales, ambas descienden en línea recta...

—Jeff, escucha un momento. Escuchad todos, por
favor. Tengo una idea —interrumpió Mannix. Volvía a estar de pie en la cabecera de la mesa, con las manos en la
cintura.

Jeff cogió la libreta y la guardó en el bolsillo de la
camisa. Ángela, Dennis, Earle, todos los de la mesa dejamos de hablar y prestamos atención. En la sala solo se oía,
débilmente, el sonido de la película que estaban viendo las
niñas. Me pareció que se trataba de *Ratatouille*, la favorita
de Izaskun y Sara aquella temporada.

Mannix expuso su idea.

—Sería una lástima que un día como hoy, en un
banquete como este, las conversaciones se dispersaran, así
que voy a proponeros algo. Hablemos todos de un mismo
tema, de uno en uno. Habla uno y los otros escuchan.

—¿Has pensado el tema? —preguntó Dennis.

—Sí. Se ha pasado toda la tarde dándole vueltas, y
al final le ha llegado la inspiración —dijo Mary Lore. Se
había sentado ya, a la derecha de Mannix y a la izquierda
de Jeff.

Mannix respiró hondo, de forma exagerada, imitando de nuevo las maneras de un luchador de *catch*.

—¡Los olores! —exclamó—. Mientras estaba en la
cocina se me han ocurrido otros temas, el amor, el dinero
y cosas parecidas, pero cuando el pájaro se ha empezado a
tostar en el horno ya no he tenido dudas: ¡los olores! Tenéis que decidir cuál es vuestro olor favorito y exponerlo
ante todos. Empezaremos por mi izquierda. Tú serás el
primero, Bob.

—A tus órdenes —dijo Earle.

Mannix nos sirvió vino. Levantó la copa.

—Vamos a esperar hasta servir el pájaro. Mientras,
podéis hablar de lo que os dé la gana. ¡Feliz cena de Acción
de Gracias! ¡Salud!

Le acompañamos en el brindis y seguimos comiendo.

—Nosotros tendremos tiempo para pensar —dijo Jeff.

Empezando por Earle, y siguiendo el orden marcado por Mannix, yo sería el séptimo en escoger el olor. Jeff, el octavo. Ángela, la tercera.

Los primeros platos del banquete, los tomates deshidratados y el aguacate, el hummus y el queso gorgonzola, apenas tuvieron efecto en mi memoria y solo despertaron vivencias recientes, fragmentos de mi vida guardados en la primera o segunda capa de recuerdos. En cambio, el atún, el arroz, el jamón y el chorizo —mejor dicho, su olor— penetraron más hondo, y los cuatro, en especial el pimentón picante del chorizo, me recordaron las cenas compartidas con otros soldados en el cuartel de Hoyo de Manzanares treinta años atrás, vivencias enterradas en la séptima u octava capa de mi memoria. Pero llegaron, de mano de Mary Lore y Mannix, el pavo asado en el horno y los pimientos rojos caramelizados a fuego lento en la sartén, y los hilos de la cabeza me transportaron directamente a escenas de la duodécima o decimotercera capa, a los años en que mi madre leía el *Reader's Digest*. En aquella época, década de los sesenta, toda mi familia se juntaba en el restaurante de mis tíos para celebrar la comida del día de San Juan. A veces, como en el relato *Abuztuaren 15eko bazkalondoa* («La sobremesa del 15 de agosto») de Joxe Austin Arrieta, la conversación giraba en torno al pasado de la familia, con alusiones más o menos veladas a la guerra; otras veces, como en *La boda de los pequeños burgueses* de Bertolt Brecht, la mezcla de humores y de alcohol provocaba discusiones según avanzaba la comida. En cualquier caso, el banquete nunca era lo que Mannix —o, muchos siglos antes, Agatón— deseaba: la excusa para una buena conversación.

Earle alabó la comida. La carne del «pájaro» estaba deliciosa, y la cáscara de naranja le daba un sabor exquisito. Todos estuvimos de acuerdo y, empezando por Dennis, aplaudimos al cocinero.

—Dejaos de bobadas y empezad con los olores —dijo Mannix.

—Me gustaría ser original, pero he escogido el olor que escogería cualquier habitante de Nevada, el de la artemisa del desierto —dijo Earle.

Recordó a continuación lo que cuenta Monique Urza Laxalt en *The Deep Blue Memory*. El olor a artemisa le había hecho sentirse en casa al volver a Nevada después de una larga estancia en Francia.

—Invitamos a Monique —dijo Mannix—, pero no ha podido venir. Dice que la enfermedad de su hermano es ahora el fuego del hogar, lo que los reúne y mantiene en casa.

—¿De qué hermano habláis? ¿De Bruce Laxalt? ¿El autor del libro de poemas? —pregunté.

—Sí. Está muy enfermo —dijo Mary Lore.

—Compramos su libro en Borders —dijo Ángela.

Mannix hizo un gesto, extendiendo los brazos y poniéndolos en forma de aspa. La conversación no debía seguir aquel rumbo. Miró a Dennis.

—Es tu turno. ¿Qué olor has escogido?

—El que se siente al entrar en un coche recién comprado —contestó Dennis.

Jeff se inclinó hacia mí.

—Sabía que escogería una máquina. Siempre ha sido así. Su afición a los insectos es más circunstancial. Si viviera en San Francisco no la tendría.

Dennis explicó el recuerdo que asociaba al olor. Su madre había comprado un Packard cuando él tenía seis o siete años y, sin aparcarlo siquiera delante de casa, le llevó a dar una vuelta. Había sido un gran momento para él. Un momento de felicidad.

Jeff siguió con aire distraído la explicación. Antes de que su hermano acabara de hablar, sacó la libreta del bolsillo de la camisa y anotó algo.

Era el turno de Ángela.

—Me gusta mucho el olor que deja la lluvia al levantar el polvo de la tierra seca —dijo.

Se refirió a un pequeño pueblo del País Vasco donde pasaba los veranos de niña. Siempre estallaba una tormenta y caía un aguacero durante las fiestas de agosto, cuando más seco estaba el suelo de la plaza. Su preferencia tenía que ver con aquella época de su infancia.

—En Nevada sería un olor raro —dijo Mary Lore—. Aquí no llueve.

—Tampoco hay fiestas en los pueblos —añadió Jeff.

Tomó la palabra el profesor de la Escuela de Periodismo que había estado tocando el piano.

—Yo elijo el mismo que Marilyn Monroe. El perfume de Chanel Nº 5. En serio, me encanta.

Hubo risas en la mesa. Jeff volvió a inclinarse hacia mí.

—Sabía que haría un chiste.

La conversación se desvió hacia Marilyn Monroe. El profesor de la Escuela de Periodismo explicó que la actriz se había referido en su última entrevista a un libro de Rilke, *Cartas a un joven poeta,* y que no era descabellado pensar en ella precisamente como poeta. De haber vivido más, quizás lo habría sido de verdad, no podía saberse. Pasó a hablar, acto seguido, de las letras de las canciones de Bob Dylan. En su opinión, era merecedor del Premio Nobel.

Jeff sufrió un acceso de risa que le sacudió todo el cuerpo.

—Esta gente de la Universidad es un castigo —me susurró al oído.

—Estuvo casada con Arthur Miller, no hay que olvidarlo —dijo Mannix—. Los dos anduvieron por Pyramid Lake mientras rodaban la película aquella de Huston.

—*The Misfits* —dijo el profesor de la Escuela de Periodismo.

—Para mí, acordarme de Monroe es acordarme de Kennedy —dijo Jeff en voz alta—. Marilyn cantando *«Happy Birthday, Mr. President...»* con los muslos y las tetas al aire y Kennedy en la habitación del hotel haciendo tiempo para follar con ella. Tengo entendido que trasladaron a la chica con todas sus tetas y todos sus muslos en un helicóptero. Uno de los momentos más gloriosos de nuestra democracia, sin duda.

Se hizo el silencio en la mesa.

—Voy a aprovechar este *impasse* para meter el pavo en el horno. Se está enfriando —dijo Mary Lore agarrando la bandeja, y la tensión se relajó un poco.

—Jeff, Kennedy no fue solo un crápula. Fue algo más que eso, en mi opinión —dijo Mannix.

Jeff bebió un poco de vino, lo necesario para mojarse la garganta.

—Así es, sin duda. Estuvo a punto de provocar la Tercera Guerra Mundial con el asunto de la bahía de Cochinos.

—Tenemos que cambiar de olor. El de Chanel Nº 5 no contribuye al espíritu del día de Acción de Gracias. Estoy seguro de que Natalie nos propondrá uno más apropiado —dijo Earle.

Hizo un guiño a la sobrina de Mary Lore. Vestida con unos *jeans* ceñidos y una camiseta de tirantes negra, era lo contrario de Liliana, la joven rusa de la piscina. Hablaba con voz fuerte, hacía gestos vehementes.

—¿Sabéis que la han nombrado capitana del equipo de *hockey*? —dijo Mary Lore.

No me extrañó.

—Yo lo tengo muy claro. Me gusta el olor a linimento —dijo Natalie.

Quedamos a la espera de la explicación, pero hizo un gesto que daba a entender que aquello era todo. No tenía nada que añadir.

—Me quedo con ganas de conocer los detalles, Natalie —dijo Earle—. Lo del linimento prometía mucho.

Todos nos reímos, incluido Jeff.

Mannix, Dennis y Ángela estaban retirando de la mesa las cosas que ya no hacían falta, las botellas de vino vacías, los platillos de hummus, el cuenco del queso gorgonzola rallado, las sartenes de los pimientos rojos. Mannix recogió las migas con un aspirador de plástico.

Los hilos de mi cabeza alcanzaron de nuevo la capa de los recuerdos de cuarenta años antes, y volví a ver la mesa del restaurante de mis tíos adornada para la comida del día de San Juan. También en ella había un aspirador para recoger las migas, regalo de nuestros parientes franceses, al igual que los botes de champú Legrain y los platos de cristal transparente Duralex. También había en ella vino, y sidra. Para comer, merluza frita acompañada de trozos de limón. Y en lugar del «pájaro», pollo asado. Los pimientos rojos, iguales en ambos sitios. Pero el ambiente, diferente. Mucho más triste en la mesa de mis tíos a causa del presagio que flotaba en el aire: el destino de José Francisco, el hijo autista de mis tíos, iba a ser trágico.

Ángela se percató de que estaba ausente y me pidió que «regresara» a la cena. Earle, Dennis y Mannix le dieron la razón.

—Mi madre lloró el día que asesinaron a Kennedy en Dallas —dije, como si hubiera estado pensando en ello—. Creía que Kennedy, como ella, era un católico que nunca había pecado contra el sexto mandamiento.

—¡Qué estupidez! —dijo Earle.

Era lo que yo quería decir, pero se me hizo duro oírlo en boca de otra persona.

—Tenía la costumbre de leer el *Reader's Digest*. Por eso tenía esa idea de Kennedy. El caso de mi tía era otra historia. Casi no sabía leer. Seguramente, ni siquiera supo de la existencia de Kennedy.

Jeff levantó el pulgar en señal de aprobación.

—Somos hijos de nuestra época, ¿no es así? —dijo Earle—. Juzgas con demasiada severidad, Jeff.

—Él considera que el quehacer más importante de un hermano mayor es buscarle cinco pies al gato —dijo Dennis. Pretendía ser una broma, y Jeff le dedicó la primera sonrisa de la noche.

Mary Lore trajo del horno la bandeja con lo que quedaba del pavo y lo troceó con el cuchillo.

—Todavía no hemos terminado con los olores —dijo Mannix. Se movía alrededor de la mesa, repartiendo los trozos cortados por Mary Lore. Repetimos todos salvo Ángela.

Mannix se dirigió a la pareja de Natalie.

—Tu turno.

—Me gusta abrir libros nuevos y meter la nariz entre las páginas. Por el contrario, odio el olor de los libros viejos. Muchas veces huelen a tabaco, sobre todo si han estado en bibliotecas privadas. Lo digo por experiencia. Las estanterías del despacho de mi padre estaban repletas de libros, y era un fumador empedernido.

—Gracias, hombre estudioso —dijo Mannix.

—A mí me gusta el olor de la hierba recién cortada —dije yo.

—Pues a mí el de las zarpas de los perros —añadió Jeff inmediatamente—. Os parecerá una elección rara, seguramente, pero es un olor muy bueno. Michael Ondaatje lo dice en uno de sus libros, y yo estoy de acuerdo.

Jeff se llevó la copa de vino a los labios.

—Yo escojo el olor del pan —dijo Mary Lore.

Todos nos quedamos mirando a Mannix.

—Mientras os escuchaba, he cambiado cinco o seis veces de opinión —dijo—. Me gusta el olor del pájaro asado al horno, y me gustan también todos los que habéis dicho vosotros, el del polvo removido por la lluvia, el de la hierba recién cortada, el de la artemisa... ¡todos! Pero voy a escoger el que se me ha ocurrido mientras veíamos los fuegos artificiales: ¡el de la pólvora quemada! Era el que olía de niño cuando tirábamos petardos.

—Prefiero el de las zarpas de los perros —dijo Jeff—. El olor de la pólvora es el olor de la guerra. En Irak, en este mismo instante, será el olor dominante. Aunque, pensándolo bien, las sustancias mortíferas que emplean ahora serán inodoras. Hemos progresado mucho. Matamos mejor.

Se sirvió más vino, e hizo además de brindar antes de beber.

—El que está hoy en guerra eres tú, Jeff —dijo Mary Lore.

—Voy a traer los postres, a ver si podemos hacer las paces —dijo Mannix. Earle le acompañó a la cocina, y volvieron con una tarta de calabaza y otra de chocolate.

Mary Lore trajo platillos y colocó uno delante de cada invitado.

—¿A tus hijas les gusta el chocolate? —preguntó a Ángela.

—Les encanta.

—Entonces, les llevaré a las niñas la mitad de la de chocolate. Jeff, prepara raciones para todos. Te mereces el castigo por estar en guerra.

Mary Lore fue a la mesa de las niñas con la tarta, y Jeff empezó a trocear la otra mitad con la misma concentración que mostraba al escribir las letras. Cada trozo, un triángulo isósceles, era igual al anterior, igual al siguiente. Puso el primero en el plato de Mannix.

—Acepto esta señal de paz con alegría —dijo Mannix. Guiñó el ojo a Earle y a Dennis.

Las manos de Jeff se movían con calma. Dejaba las porciones justamente en la mitad de los platillos. Yo le pedí que me pusiera un poco de tarta de calabaza. No recordaba haberla probado nunca.

¿Estás seguro de la elección? —dijo Jeff.

—¿Es mejor la de chocolate?

Jeff partió por la mitad un triángulo de la de calabaza, y luego otro de la de chocolate. Puso las dos mitades en mi platillo.

—¡Iguales en tamaño! —exclamé—. Seguro que tienen los mismos centímetros cuadrados.

Sonrió.

—También la letra Garamond y la Lucida parecen iguales, pero no lo son.

Mannix estaba de pie, con una copa de vino en la mano.

—Voy a repetirme. ¡Feliz día de Acción de Gracias!

Mary Lore trajo café a la mesa y llenó las tazas. Tampoco era malo el olor del café.

—Otra cosa —dijo Mary Lore—. Los que quieran fumar un cigarrillo con el café no necesitan salir al jardín. No queremos que nadie se congele. Podéis fumar en la galería.

—Hoy voy a fumar —dijo Earle.

—Yo también —dijo Ángela.

—Me apunto. Pero no se lo contéis a mi entrenador —dijo Natalie.

Jeff y yo nos quedamos solos en la mesa. Earle, Mannix, el profesor de la Escuela de Periodismo, Teddy, Natalie y Ángela se fueron a la galería; Mary Lore y Dennis, a la mesa de las niñas. La película había acabado y estaban jugando al Monopoly.

Jeff volvió a sacar la libreta que guardaba en el bolsillo de la camisa y me mostró la frase que estaba escrita en una de las hojas: *The quick brown fox jumps over the lazy dog*. «El rápido zorro marrón salta sobre el perro perezoso.»

—No tiene sentido —dijo—, pero es la frase más utilizada por los que nos movemos en este campo de la tipografía. Tiene todas las letras del alfabeto, y a la hora de probar un nuevo tipo de letra nos permite analizar la impresión general. Hay letras cuyos signos son elegantes y claros tomados de uno en uno, pero que al unirse en una línea producen un efecto desagradable. Hay también letras, como la Braggadocio, que pueden ser adecuadas para rótulos, pero no para un texto de varias páginas.

Con movimientos lentos y precisos, sin una sola vacilación, «dibujó» la frase en el papel: *The quick brown fox jumps over the lazy dog.*

—Esta es la Braggadocio —dijo cuando terminó.

—Me gustaría hacerte una pregunta referente a mi lengua —le dije—. Tiene muchas zetas y muchas kas. También muchas aes. ¿Qué tipo de letra convendría utilizar al escribirla?

—Que haya muchas aes es normal. A la hora de elegir una letra habría que tener en cuenta la zeta y la ka.

Se recostó en el asiento y cerró los ojos. Imaginé su cabeza como un espacio en el que giraban miles de vocales y consonantes blancas. De vez en cuando surgían en él, como en un cielo atravesado por fuegos artificiales, cascadas de palabras, flores caleidoscópicas hechas de zetas y de kas.

Jeff se tomó su tiempo. Estuvo casi un minuto pensando.

—Habría que partir de la letra de Oldrich Menhart —dijo al fin, incorporándose y abriendo los ojos—. Él la diseñó para el checo, pero creo que a tu lengua también le irá bien.

Abrió la libreta y dibujó varias kas y varias zetas de Menhart, en minúscula y en mayúscula. Me pareció que entre ellas había bastante diferencia. Se lo comenté.

—En cierto modo, es verdad lo que dices —respondió—. Las letras de Menhart evolucionaron en el tiempo. Pero siempre llevan su marca.

El profesor de la Escuela de Periodismo estaba tocando el piano. *Imagine.* Los que habían salido a la galería a fumar un cigarro entraron en la sala y se pusieron a cantar: *«Imagine there's no heaven, it's easy if you try...».*

Se me acercó Sara. Traía el abrigo puesto.

—¿Nos vamos a casa? No estoy cansada, pero quiero ver si el mapache ha vuelto al jardín —dijo.

—¿Por qué se te ha ocurrido ahora lo del mapache? —le pregunté—. Hace dos meses que no lo vemos.

Sara se marchó sin responder hacia la mesa donde las demás niñas seguían jugando al Monopoly.

—Se habrá acordado del mapache viendo *Ratatouille* —dijo Jeff. Me alargó una tarjeta—. Aquí tienes mi dirección electrónica. ¿Por qué no me envías un pequeño texto en tu lengua? Lo pondré en la letra de Menhart y te lo devolveré.

La voz de Mannix se escuchaba por encima de todas las demás: *«Imagine all the people living for today...»*.

Me despedí de Jeff y me acerqué a la mesa de las niñas. Era muy tarde. Las dos de la mañana. Al igual que Sara, Izaskun y Ángela querían volver a casa.

JOSÉ FRANCISCO (RECUERDO)

Mi primo José Francisco Albizu murió en el hospital de San Sebastián el 12 de agosto de 1967 como consecuencia de haber ingerido, tres semanas antes, trozos de hierro y clavos que le perforaron la faringe y el estómago. Tenía quince años cuando ocurrió.

Mi madre, en una de sus visitas, le preguntó:

—Pero ¿por qué lo hiciste, José Francisco? ¿Por qué tuviste que tragar esos feos trozos de hierro?

Mi primo respondió con una sonrisa, con la segunda que tuvo en su vida, la que asomó en su rostro al poco tiempo de empezar a tomar las medicinas prescritas por los psiquiatras, un mero rictus; no con la primera, la de su niñez, una sonrisa remota que a mi madre, no sin razón, le recordaba la de la Gioconda.

—No olvidaremos su sonrisa —dijo el sacerdote en el funeral.

Se refería, sin duda, a la sonrisa de la niñez.

Ya fuese la primera sonrisa o la segunda, José Francisco no lograba que durara. Su cuerpo era presa de espasmos: movía la cabeza bruscamente, como un pájaro o una gallina; torcía el tronco a un lado y a otro; sacudía los brazos como quien quiere ahuyentar un enjambre de mosquitos.

Tengo una fotografía tomada el año que murió. Somos cinco chicos en un puente, al lado del restaurante de mis tíos, los padres de José Francisco. Yo soy el mayor, debo de tener dieciséis o diecisiete años, y llevo el pelo peinado a lo Elvis Presley, con fijador, tratando de imitar a un imitador del cantante, un compañero del colegio La Salle llamado Luis. Miro directamente a la cámara, y lo mismo hacen tres más del grupo. José Francisco, en cambio, tiene la cabeza girada, como si buscara algo en el maizal o en la ermita que se ven detrás. Pero allí no hay nada. La ermita, una pequeña construcción de piedra dedicada a San Juan, se encuentra cerrada.

El restaurante de mis tíos, un caserío reformado, hacía las veces de posada, y lo normal, al menos durante la semana, era que los clientes se sentaran a comer a la gran mesa de la cocina. Era un lugar en el que, según oí decir un día al sacerdote del pueblo, «reinaba el buen humor». Pero debía de referirse, también entonces, a la época de la niñez de José Francisco. Luego, el ambiente cambió. Mi tía nunca parecía alegre. Tampoco triste. Tenía la mirada intensa y el gesto serio de una dueña —que lo era, porque era ella la que llevaba el restaurante—, y hablaba poco. A veces reñía a su hijo, pero indirectamente, dirigiéndose a los que comían o cenaban en la mesa, tomándolos como coro:

—José Francisco es malo, un niño malo. Pega a su madre, y ella se pone triste.

Tenía una bella voz, firme y cristalina.

El coro hubiese podido responder:

«Mujer, este niño es como aquellos que en Esparta arrojaban por el precipicio. Pero es de tu misma sangre, y, si fuera necesario, tú lo ocultarías para que no lo apresaran los guardias. No obstante, él te golpea. ¿Por qué resignarte a tu destino? ¿Hasta cuándo vas a aguantar el maltrato?»

Pero los clientes que habitualmente se sentaban a la mesa de la cocina no sabían hablar a la manera trágica, y permanecían mudos ante los lamentos de mi tía.

No había que agarrar del brazo a José Francisco, ni empujarle, ni cerrarle el paso. Pensaba que querían hacerle daño y reaccionaba con furia, a puñetazos y a mordiscos, y se necesitaban dos o tres hombres para reducirlo. A veces, se desentendía de los demás y se agredía a sí mismo. Se lanzaba de cabeza contra la pared, o se revolvía en el suelo hasta hacerse sangre.

Todos estábamos al tanto. José Francisco podía resultar peligroso. Para sí mismo y para los demás. Pero a su madre, mi tía, le costaba admitirlo. Lo trataba como a un niño normal, y, si no obedecía sus mandatos —«Vete al gallinero y trae huevos»—, atribuía el mal comportamiento a la terquedad, o a la vagancia. Un día, enfadada, lo amenazó con el palo de la escoba, y José Francisco la mandó de un empujón contra la pared de la cocina. Mi tía se quedó en el suelo con una costilla rota.

Al principio, hasta que José Francisco tuvo cinco años, la familia pensaba que era sordomudo; pero pronto surgieron dudas. No parecía que el problema fuera solo de oído o de cuerdas vocales. Debía de haber algo más, algo de retraso mental, probablemente, aunque por su aspecto —era un niño alto y rubio, de ojos verdes— costara creerlo. Además, tenía aquella sonrisa, la de la Gioconda.

Cuando cumplió siete años lo llevaron a Madrid. Mi tío conocía allí a un general de la Armada española, de quien había sido asistente durante el servicio militar, y gracias a él consiguieron que José Francisco fuera admitido en la clínica de un médico «muy entendido en asuntos de la cabeza». Luego supe, por un recibo que mi madre guardaba en casa, que aquel médico se llamaba López Ibor, y la clínica, Mirasierra. No era, tal vez, la peor opción en la España de posguerra, donde una mayoría de psiquiatras siniestros, con Antonio Vallejo-Nájera a la cabeza, defendían públicamente el estrecho vínculo entre el marxismo y la inferioridad mental, o la atrofia intelectiva que, por naturaleza, padecían las mujeres desde el momento de su nacimiento; pero, en cualquier caso, resultó una decisión equivocada. Mi tía no hablaba español, y no podía ir a Madrid a hacerle compañía a su hijo; tampoco mi tío, porque aparte de ayudar en el restaurante trabajaba como transportista seis días a la semana; en cuanto a mi madre, aun teniendo estudios y siendo maestra, carecía de mundo, y no habría sabido desenvolverse en una ciudad grande y entre psiquiatras. En tales circunstancias, la familia apenas supo nada del tratamiento al que fue sometido mi primo. Solo que tenía como objeto sacarle de su mutismo y que aprendiera a hablar.

José Francisco pasó cerca de dos meses en Madrid. No aprendió a hablar; solo, *stricto sensu,* una palabra: «atar».

La palabra resultaba extraña en nuestro entorno, porque, como en el caso de mi tía, la mayor parte de la gente del pueblo sabía poco español. Recuerdo, como muestra de aquella situación lingüística, lo ocurrido el día que trajeron el primer aparato de televisión al restaurante de mis tíos. Lo colocaron no en la cocina, sino sobre una repisa de la pared del comedor, a bastante altura, y todos los chicos y chicas de los alrededores nos sentamos delante para ver una película de Tarzán que estaba a punto de empezar: *La senda del terror.* Apareció el primer plano, y una voz repitió el título enfáticamente: «¡¡¡La senda del terror!!!». El chico sentado delante de mí giró la cabeza. *«Zer da "senda"?»,* me preguntó. «¿Qué es "senda"?» En cuanto se lo expliqué, otras cuatro o cinco cabezas se volvieron hacia mí: *«Eta "terror"? Zer da "terror"?».* «¿Y "terror"? ¿Qué es "terror"?» En aquel ambiente, lo de «atar» acentuaba la singularidad de José Francisco.

La manía de atarlo todo era dominante en José Francisco desde siempre. Si se le acercaba alguien con los botones del jersey desabrochados, se ponía nervioso y no paraba hasta atarlos. Si veía al perro de los vecinos suelto, lo agarraba del cuello y lo llevaba a rastras hasta la cadena. Por las mañanas, nada más levantarse, corría al trastero para atar entre sí los cordones de todos los zapatos que encontraba. Al principio, en silencio; después de volver de Madrid, a gritos: «¡Atar! ¡Atar!».

Cuando cumplió catorce años, mis tíos decidieron internarlo en una residencia en San Sebastián para niños especiales. Para entonces, su enfermedad tenía nombre:

—Por lo visto es autista —explicó mi madre en casa, después de acompañar a mi tía a la consulta del médico—. Parece ser que la residencia está preparada para atender a ese tipo de niños.

El comentario de mi padre fue lacónico:

—No sé por qué han esperado tanto.

Mi madre dijo que ya tenían la fecha de ingreso: 25 de junio.

—Supongo que este año no habrá comida —dijo mi padre.

Se refería a la que mi tía preparaba para toda la familia la víspera, día de San Juan, con motivo de la fiesta de la ermita cercana al restaurante.

Pero sí hubo comida. Mi tía no quiso hacer una excepción. Para el mediodía del día 24, unos veinticinco parientes, la mayoría de fuera del pueblo, estábamos repartidos en grupos: los hombres, con copas de vino blanco, de pie alrededor de la radio, oyendo la retransmisión de la final de pelota a mano entre Azkarate y Atano X; las mujeres, de paseo por las proximidades de la ermita, aquel día adornada con flores; nosotros, adolescentes y niños, en la presa del molino, un poco más arriba del restaurante, sentados junto al agua y mirando las postales de cantantes modernos que había traído el primo «francés», Didi, que vivía en Hendaya.

El comedor se llenó de voces cuando nos sentamos a la mesa, y todo parecía indicar que estábamos ante una celebración como la de otros años, no ante la despedida de José Francisco. Mi tía había vestido la mesa —mesa corrida formada por cinco mesas normales puestas en línea— primorosamente. Sobre el mantel de hilo blanco, los platos de porcelana Bidasoa estaban dispuestos en dos filas paralelas, y entre ellas, formando una fila menos homogénea, esperaban las soperas y las fuentes: la sopa de pescado, la ensaladilla rusa, el jamón, las croquetas y los espárragos. Había, además, intercalados entre las fuentes y las soperas, ramilletes hechos con las flores que «habían sobrado en la ermita», según aclaró mi tía a los que bromearon ante tanto «lujo». Las botellas de sidra recién traídas del río relucían junto a las flores.

Al principio, mientras tomábamos la sopa de pescado y comíamos el jamón, las croquetas, la ensaladilla rusa y los espárragos, las conversaciones siguieron su curso, sosegado y banal, solo interrumpido por quienes discutían alguna jugada del partido entre Azkarate y Atano X. Pero llegaron los segundos, el pescado frito y el pollo asado con pimientos rojos, y uno de los tíos de José Francisco, Miguel, comenzó a protestar en contra de la decisión de internar a José Francisco, y el buen ambiente desapareció.

—¿Qué le van a hacer? ¿Lo que me hicieron a mí? —dijo, levantando el plato y golpeándolo con estrépito contra la mesa.

Había elegido la merluza, y uno de los trozos cayó sobre el mantel. Tenía el rostro encendido.

Su hermano, el padre de José Francisco, se giró hacia él:

—¡Estate tranquilo! ¡Lo último que necesitamos aquí es tu bulla!

Miguel lo ignoró, y siguió gritando.

—¡A mí no me hace falta morir para saber qué es el infierno! ¡Lo conocí en el manicomio!

—¡Ya estamos con la historia de siempre! —dijo el padre de José Francisco cruzando los brazos.

—¿Qué dices, Miguel? —intervino mi madre—. ¡El manicomio! ¿Quién quiere llevar a José Francisco a un manicomio? ¡Irá a una residencia para niños especiales!

Pero Miguel no escuchaba, y siguió con sus protestas hasta que mi tía le llamó desde la puerta de la cocina.

—Necesito tu ayuda. No entiendo bien el nuevo horno —le dijo.

Miguel se calló de golpe y caminó sumisamente hacia la cocina.

Un cuarto de hora más tarde, ambos, acompañados de Estepani, la mujer que ayudaba en la cocina, regresaron con tres *soufflés* de chocolate.

—¿Alguien quiere queso? —preguntó mi tía. Todos dijimos que no.

—¿Estás más tranquilo? —preguntó mi tío a su hermano.

Miguel, ocupado en terminar la merluza que quedaba en su plato, no respondió. Mi tía y Estepani volvieron a la cocina. José Francisco estaba allí. Nunca comía con los demás.

La presa del molino estaba rodeada de avellanos, y los jóvenes de la familia fuimos allí, a sentarnos a la sombra del más grande de ellos, nada más tomar el *soufflé* de chocolate. Igual que antes de la comida, el peso de la conversación recayó en el primo francés, Didi. Era la estrella del grupo, por su condición de francés y por su aspecto. Llevaba el pelo «tan largo como las chicas» y vestía camisas de flores. La de aquel día era verde con rosas de color morado.

Didi nos habló de un cantante que acababa de salir en Francia. Se llamaba Antoine, y había obtenido un gran éxito con una canción titulada *Les élucubrations*. Se burlaba en ella de Johnny Hallyday, la estrella del rock francés, y este le había contestado aquella misma semana con una canción titulada *Pelo largo, ideas cortas*. Didi prefería a Antoine. Era más moderno. Decía en su canción que había que vender la *pilule* en Monoprix.

Antoine, Johnny Hallyday, Monoprix, pilule... Aquellos nombres desconocidos se sumergieron en mi mente como las avellanas en el agua de la presa. Por la noche se hundieron aún más, y a la mañana siguiente corrí a hablar con mi madre. Ella y mi tía iban a ir a San Sebastián, acompañadas por mi hermano mayor, para llevar a José Francisco a la residencia.

—Me gustaría que me compraras este disco —le dije.

Escribí los nombres en un papel: Antoine, *Les élucubrations*. Teníamos en casa un tocadiscos, un viejo aparato de la marca Telefunken que Miguel, dueño de un taller de electrodomésticos en el pueblo, nos había regalado después de repararlo, y me acuciaban las ganas de oír la canción.

—No te olvides, por favor —insistí.

Mi madre se enfadó. Iban a hacer el viaje en taxi, y la residencia no estaba en el centro. Además, dejar a José Francisco allí no iba a resultar fácil. Llevaría tiempo. ¿Qué pensaba yo? ¿Que era como dejar un paquete? Seguía de mal humor tras la discusión de la víspera con Miguel.

—¿Me lo traes tú? —le dije a mi hermano mayor.

—Ni hablar —dijo él.

Me llevé un disgusto —«un corte», como hubiese dicho entonces—, pero estaba decidido a seguir el rastro señalado por Didi, y, dos días después de recibir la negativa de mi madre y de mi hermano, fui a San Sebastián en autobús y me dediqué a recorrer las tiendas de música. No pude comprar *Les élucubrations,* porque no se había publicado todavía en España, pero sí una revista, *Fans,* destinada a los aficionados a la música moderna. La abrí, y allí estaban Antoine y Johnny Hallyday cara a cara. El primero con sus largas melenas y sus enormes gafas negras; el segundo, con su tupé estilo Elvis Presley.

Durante las semanas siguientes, la cabeza se me fue llenando de nombres desconocidos, gracias sobre todo a aquella revista, *Fans:* Françoise Hardy, Beatles, Animals, Brincos, Kinks, Jefferson Airplane, Troggs, Donovan, Sirex, Herman's Hermits, Michel Polnareff, The Mamas and the Papas... Al mismo tiempo, el pelo, cómo peinarlo y hasta dónde dejarlo crecer, se convirtió en mi mayor preocupación.

Se aproximaban las fiestas del pueblo, que se celebraban la segunda semana de julio, y vi en el programa, junto a la relación de las orquestas que iban a tocar en los bailes, la convocatoria de un desfile de carrozas y personajes carnavalescos. Decidí hacer una prueba. Compraría una peluca parecida a la cabellera de Antoine y una guitarra de pega, y le pediría a Didi una de sus camisas de flores, difíciles de encontrar en las tiendas de ropa de San Sebastián. Me mostraría así en el desfile y comprobaría el efecto que mi nuevo aspecto causaba en la gente.

Llegó el día, y el fracaso fue total. Justo delante de mí iba un joven vestido de frac, montado en una bicicleta de ruedas desiguales, y fue él quien acaparó todas las miradas y comentarios del público. Además, la mayoría de la gente no acabó de entender mi personaje, porque no habían oído hablar ni de Antoine ni de ningún otro cantante moderno. Lo peor, sin embargo, fue la reacción de los pocos que lo entendieron. Intuyeron que, al contrario que los demás participantes del desfile —piratas, payasos y demás—, yo me tomaba el disfraz en serio. Uno de ellos, el único estudiante universitario que entonces había en el pueblo, esperó a que estuviera a su altura y gritó:

—¡Qué bien hace de moderno! ¡Qué bien!

Los que le acompañaban, chicos todos ellos de cerca de veinte años, se echaron a reír tan ostentosamente que hasta el joven de la bicicleta rara se volvió para mirarles. Fue entonces cuando me di cuenta de que el elogio había sido en realidad una burla, la que se dirige al paleto que quiere disimular su condición. Tan pronto como me alejé del universitario, salí del desfile y me fui a casa.

—¡Cómo te gusta hacer el ridículo! —me dijo mi hermano mayor cuando le conté lo sucedido. Durante las fiestas, él solo salía para asistir a los combates de boxeo o a las carreras de *cross*. El resto del tiempo lo pasaba en el balcón de la parte trasera de la casa, leyendo. El libro que aquel día tenía en las manos era de Dostoyevski.

—¡Déjame en paz! —le dije. Él se rio y me mostró el título del libro: *El idiota*.

—¡Idiota serás tú! —respondí. Él se echó a reír otra vez.

Luis, mi amigo del colegio, me llamaba de vez en cuando por teléfono, y quedábamos en San Sebastián para visitar las tiendas de música. Él compraba muchos discos, porque su padre era militar, coronel del cuartel de Loyola, y manejaba bastante dinero; yo, normalmente, solo uno por semana. El primero que me llevé a casa no fue *Les élucubrations* de Antoine, que seguía sin llegar, sino *San Francisco,* de Scott McKenzie.

Mi amistad con Luis se fue reforzando durante los recorridos por las tiendas, y un día me invitó al baile que él y sus amigos organizaban los domingos. Se reunían, me dijo, unos treinta chicos y chicas, y ponían música de Elvis, Kinks, Beatles, Rolling, Beach Boys, Everly Brothers y de muchos otros grupos. El tocadiscos era de la marca Philips, estereofónico, de gran potencia.

—¿Dónde hacéis los bailes? —le pregunté.

—Conoces el lugar perfectamente. Enfrente de la estación de tren de Loyola.

Había allí un anexo del cuartel, un establo de caballos con un circuito de hípica. A menudo, los alumnos de La Salle que utilizábamos el tren nos veíamos obligados, por los retrasos, a hacer tiempo en la estación, y nos entreteníamos mirando desde el andén a los soldados que acarreaban paja o limpiaban el establo, o contemplando a una amazona que practicaba saltos con un caballo que tenía un rombo blanco en la frente. Efectivamente, conocía el lugar.

—El baile se hace en el establo. Sacamos los caballos y nos metemos nosotros —añadió Luis. Era broma, pero me costó darme cuenta.

Me dio unos golpecitos en la espalda.

—¡Que no, hombre! El baile se celebra en un chalet que hay detrás del establo, yendo hacia el monte. Es el único de la zona. Vienes el domingo sobre las cinco y media y tocas el timbre. Te abrirá una chica.

El domingo siguiente, no a las cinco y media, sino a las cinco, estaba ya en Loyola. Me quedé primero en la misma estación, paseando por el andén; luego, inquieto, tomé el camino del colegio y recorrí en ambos sentidos el tramo hasta donde acababan los muros del cuartel; por último, cuando en mi reloj faltaban tres minutos para la cita, crucé las vías y me adentré en el recinto de la hípica.

Había tres soldados bajo un cobertizo, fumando. El aire era denso, espesado por el olor a estiércol y a animal. Me llegó un resoplido, seguido de un relincho corto, y me acordé del caballo que tenía un rombo blanco en la frente, y de la chica que lo montaba, la amazona que todos los estudiantes que tomábamos el tren seguíamos con la vista desde el andén.

Uno de los soldados tenía un transistor encendido en la mano. Los partidos de fútbol de la tarde de domingo estaban, al parecer, muy igualados, y los locutores chillaban como si la vida les fuera en ello. ¿Dónde estaban las chicas y los chicos del baile? ¿Dónde estaba Luis? Me extrañaba no ver a nadie.

Me acerqué a los soldados.

—¿Por dónde se va al chalet?

Los tres me miraron a la vez. Habían dispuesto unas latas de atún y de mejillones y una barra larga de pan sobre unas tablas que les servían de mesa. En el transistor, dos locutores discutían un penalti.

—No se puede pasar sin permiso del sargento —me dijo uno de los soldados, que llevaba la cabeza rapada. Tenía los dedos pringados con la salsa naranja de los mejillones, y se los chupó sin disimulo.

—Me ha invitado el hijo del coronel —les dije.

—¡¡¡Pues a nosotros el propio coronel!!! —voceó el soldado. Sus dos compañeros se echaron a reír.

Harto al parecer de los gritos del locutor, el soldado apagó el transistor de un manotazo y me ofreció la botella de vino que tenían refrescando en un balde.

—Cruza el establo y verás el chalet enseguida. Pero primero tómate un trago. Tienes que animarte. Si no, te vas a acobardar ante las chicas.

Los otros dos soldados rieron de nuevo. Estaban al corriente de los bailes.

No probé el vino. Les di las gracias y eché a andar deprisa. Oí risas a mis espaldas y, de nuevo, los chillidos de los locutores deportivos de la radio.

El establo estaba formado por dos hileras de cubículos y una calle central. Olía, como en todo el recinto de la hípica, a estiércol y a animal, pero mucho más fuerte. El olor del estiércol era ligeramente agrio; el de los animales —en los cubículos había caballos, no vacas, ni burros, ni gallinas—, dulzón.

Un ruido me hizo mirar atrás. La cabeza de un caballo asomaba por encima del portillo de uno de los cubículos. Tenía un rombo blanco en la frente. Su mirada era blanda.

En la caballeriza, lejos de los soldados, el silencio era total. Me acerqué al caballo del rombo blanco.

—Te he visto alguna vez saltando con esa amazona —le dije.

Había alguien en el establo, fumando un cigarrillo. Primero olí a tabaco rubio, luego vi el humo, luego al fumador.

—Aquí tenemos al estudiante de La Salle que habla con los caballos —dijo. Se acercó y me ofreció un cigarrillo.

Era una marca que yo no había visto nunca. Los cigarrillos eran más largos de lo normal, y venían en una caja elegante de color rojo oscuro.

—Dunhill —dijo, y entonces lo reconocí. Era, como yo y como Luis, alumno de La Salle, pero un año mayor. Primero me vino a la memoria su apodo, que hacía referencia a su defecto físico: Corco, apócope de «corcovado». Tenía el pecho y espalda abultados, y un hombro más caído que el otro. Era alto y muy flaco.

Cogí un cigarrillo. Él me lo encendió con un mechero blanco nacarado.

—Salgamos de aquí. A los caballos no les gusta el olor del tabaco rubio.

—Además hay mucha paja —dije.

Me vino a la memoria su nombre verdadero: Adrián.

—El chalet está ahí —dijo, siguiendo adelante, y nos metimos en un bosquecillo. El sendero, cubierto de gravilla, estaba cuidado.

El chalet parecía una copia del que había en el recinto del colegio, con paredes pintadas de amarillo oscuro y persianas blancas en las ventanas, pero estaba más deteriorado. Las paredes tenían grietas, la hoja de alguna ventana se había salido de sus goznes. Enredaderas marchitas colgaban del balcón.

Al llegar a la puerta vimos otro camino, y en su extremo, a un kilómetro, el edificio del colegio y el chalet adyacente.

—Sí, los dos chalets son idénticos —dijo Adrián, adivinando mi pensamiento—. En un tiempo pertenecieron a la misma familia. Luego los repartieron. Uno para los frailes y otro para los militares.

Dio una calada al cigarrillo y me miró directamente a los ojos, como si esperara un comentario. Pero mi cabeza estaba en otra parte.

—¿Ya ha llegado la gente del baile? —le pregunté.

Adrián pulsó el timbre, que sonó como una campanilla. Luego me dio la espalda y echó a andar en dirección al establo.

Se oyó de pronto la canción que estaba sonando en el baile. Era *Ticket to Ride* de los Beatles.

—¿Tú no vas a entrar? —pregunté a Adrián, que ya se alejaba.

—Primero quiero hablar con los caballos —respondió sin girar la cabeza.

No sabía qué hacer con la colilla del cigarrillo. Al final, la tiré al suelo y la aplasté en la gravilla.

Una chica abrió la puerta.

—Me llamo Cornélie —dijo, tendiéndome la mano. Tenía un marcado acento francés. Era rubia, y llevaba gafas de concha color azul turquesa. Me invitó a pasar con un gesto de la mano.

—¿De dónde eres? —le pregunté, siguiendo sus pasos. El volumen al que ahora sonaba *Ticket to Ride* era el doble de alto, y había que gritar para entenderse.

—De Lyon. Mi padre es el cónsul francés.

Se quitó las gafas azul turquesa y las movió en el aire para indicarme la dirección.

La sala donde tenía lugar el baile estaba llena de gente. Al lado del tocadiscos, tres chicos se movían como si estuvieran tocando guitarras eléctricas, pronunciando la letra de la canción tal como sonaba en el disco: «*Shi's gota tikit to ra', shi's don ker...*». En el aire flotaba el humo de los cigarrillos.

Cornélie iba a explicarme alguna cosa, pero Luis me agarró del brazo y me llevó a conocer a los que, según él, iban a ser mis «rivales». Cinco minutos después me encontraba de nuevo junto al tocadiscos, tratando de retener en la memoria los nombres de aquellos supuestos rivales:

Miracoli, Vergara, Ernesto, Micky, Dublang, López, Álvaro, Miguel Ángel... A los que estudiaban en La Salle Luis me los había presentado por su apellido; a los de otros colegios, por su nombre de pila.

El plato del tocadiscos se detuvo, y con él los que bailaban. Miré los discos. Había muchos.

—¡Cuidado! ¡No te equivoques!

Vergara y López estaban a mi lado. No eran de mi clase, pero los conocía porque eran del equipo de *cross* del colegio. Dos alumnos mimados.

Los discos estaban repartidos en tres pilas. Vergara las tocó como si fueran mazos de una baraja, con la palma de la mano.

—Estos, de seis a siete; estos, de siete a ocho; estos, de las ocho en adelante.

Volvió a tocar las tres pilas de discos.

—Rítmicas, medio rítmicas, lentas.

—Ya entiendo. Cada cual en su momento —dije, aceptando el papel de *disc jockey*. Me sentía bien junto al tocadiscos.

—Los de estas dos pilas se pueden mezclar —dijo López, señalando las dos primeras—. Las lentas, no. Tienen que ir todas seguidas.

Muchos grupos y cantantes eran nuevos para mí. La mayoría procedían de Inglaterra o de Estados Unidos —Black Sabbath, Crosby, Stills and Nash, Roy Orbison—, pero también los había franceses o italianos: Claude François, Adriano Celentano, Bobby Solo...

Vi a Adrián entrar en la sala. Se quitó la casaca granate y la colgó en el perchero. Su chaleco de flores blancas y grises, aunque muy holgado, no conseguía disimular el abultamiento de su espalda y de su pecho.

—Para empezar yo pondría *Pretty Woman* —me dijo, acercándose a la mesa y escogiendo el disco de Roy Orbison de una de las pilas.

Seguí su consejo.

—Dejas que suenen un par de canciones más y luego pones esta, *Mrs. Robinson,* de Simon and Garfunkel. Si te parece bien, claro. Perdona mi intromisión.

Hablaba de una forma muy educada.

—No hay nada que perdonar —respondí, adoptando sus maneras—. La verdad es que no sé muy bien qué canciones elegir.

—Tiene su dificultad. Puede haber canciones rápidas y lentas en el mismo disco. ¿Qué te parece si luego ponemos este?

Sujetaba en la mano un disco de The Mamas and the Papas. Era uno de los que conocía. Luis lo había comprado estando conmigo.

Cuando *California Dreamin'* empezó a sonar en el tocadiscos, Adrián me ofreció otro de sus cigarrillos.

—¿Quieres?

Cogí uno, y me dio fuego con su mechero blanco nacarado. Encendió otro para él.

Pasamos de la primera pila a la segunda. Antes de las ocho, corrieron las cortinas y el salón quedó en penumbra. Luis se acercó a nosotros.

—Es hora de empezar con las lentas —dijo.

Rebuscó en la tercera pila, y me pasó el disco de otro cantante que no conocía. Bobby Vinton.

—La primera canción. *Blue Velvet.*

Adrián dijo que se tenía que marchar y me estrechó la mano.

—Hasta la próxima.

—Tú siempre igual, Adrián —le dijo Luis. Luego se dirigió a mí—: Conoces a Adrián, ¿verdad? Un artista. Lo hace todo bien. El año pasado ganó el concurso de redacción de Coca-Cola... ¡a nivel de España! Este año, el concurso de dibujo de Guipúzcoa. Pero no quiere participar en la competición más importante. No se acerca a las chicas.

Adrián se puso la casaca granate y nos dijo adiós desde la puerta.

—Realmente es una faena haber nacido con esas jorobas —dijo Luis—. Pero es un artista, no te quepa duda. Y de música sabe un montón.

—Ya me he dado cuenta.

Se nos había acercado Cornélie. Me cogió del brazo.

—¿No vas a bailar? No me parece bien que te pases toda la tarde poniendo discos.

Sentí que me sonrojaba.

—Mi último tren pasa a las nueve y diez —le dije.

Cornélie acercó sus labios a mi oído.

—Tenemos mucho tiempo —me susurró.

Creí percibir, junto con su perfume, una brizna del olor dulzón que había notado en el establo.

—Por favor, quita este disco y pon uno más bonito —le dijo a Luis.

—¿Françoise Hardy?

—No, Bobby Solo.

—*¿Se piangi, se ridi?*

—Sí.

Cornélie me llevó hasta el otro extremo de la sala y me rodeó el cuello con los brazos. Yo la agarré de la cintura.

El asunto del peinado pasó a ser crucial para mí. La mayoría de los chicos que iban a los bailes del chalet llevaban el pelo al estilo de los Beatles; también Luis, superada ya la época del tupé y del fijador. Pero en mi caso era difícil. El problema era que, al tener el pelo rizado, se me encrespaba como a Michel Polnareff, cosa que no me gustaba nada. Cuando iba a San Sebastián, merodeaba por las peluquerías, y no solo por las tiendas de discos. Quería encontrar alguna en la que pudieran hacerme un corte moderno.

Una de aquellas veces coincidí con mi madre en la plaza donde paraban los autobuses de mi pueblo. Ella venía de visitar a José Francisco, y enseguida empezó a hablarme de él. Mi primo se comportaba en la residencia igual que en casa. Reunía todos los zapatos que encontraba en las habitaciones y los ataba —«¡atar!, ¡atar!»—, en ocasiones más de diez pares a la vez. Lo más preocupante, sin embargo, era aquella tendencia suya a autolesionarse. A veces le daban verdaderos ataques, y los enfermeros se veían obligados a encerrarlo en una habitación de paredes acolchadas.

El río que discurría paralelo a la carretera solía estar muy sucio debido a los vertidos de las fábricas papeleras. Aquel día, según pude ver desde la ventanilla del autobús, sus aguas fluían cubiertas por una capa de espuma blanca. Mi madre miró hacia aquella espuma y se puso a recitar en voz baja: «Nuestras vidas son los ríos que van a dar en la mar, que es el morir». El único poema que le había oído hasta entonces era una oración que recitaba todas las noches antes de acostarse —«No me mueve, mi Dios, para quererte, el cielo que me tienes prometido...»—, y, desconcertado por su actitud, no me atreví a sacar el tema que me rondaba la cabeza. Aparte del asunto del peinado, quería conseguir un tocadiscos nuevo. El Telefunken de casa era muy viejo y su sonido muy deficiente.

Al cabo de una semana, mientras cenábamos, mi madre dio más detalles sobre José Francisco. Estaba mal. Los médicos de la residencia no sabían qué le pasaba exactamente, pero algo no iba bien. No tenía fuerzas para nada. Ni siquiera era capaz de tenerse en pie.

—Le he visto muy pálido —dijo—. No parece que le duela nada, pero tiene mal aspecto.

—¿Se va a morir? —preguntó mi hermano pequeño.

—Sí, yo creo que sí —respondió el mayor. A veces, acompañaba a mi madre a la residencia. Conocía bien la situación.

—No hables así, te lo pido por favor —le ordenó mi madre.

—Ya sabes que yo siempre digo lo que pienso —le respondió mi hermano mayor.

Como casi siempre que salía el tema de José Francisco, mi padre hizo una alusión a Miguel. Pensaba que, de algún modo, había una relación entre ambos.

—Miguel tampoco es una persona normal, eso lo sabe todo el mundo. ¿Cuánto tiempo lo tuvieron en el manicomio? Casi seis meses, ¿no? —dijo—. Quién sabe... Sin el tratamiento que le pusieron, quizás no habría recobrado la razón. ¿Cómo se llamaba lo que le hicieron, poniéndole un casco en la cabeza?

—*Electroshock* —respondió mi hermano mayor, y en cuanto la palabra salió de su boca apareció mi tía. Tocó dos veces la puerta con los nudillos y se presentó en la cocina.

—Han llamado por teléfono —le dijo a mi madre—. José Francisco se ha puesto peor. Lo han llevado al hospital.

Electroshock. También aquel término se introdujo en mi mente, sumándose al nuevo léxico que había empezado a construir con palabras como Antoine, *pilule*, Monoprix y otras por el estilo. Pensé que, si aprendía a tocar la guitarra y formaba un grupo de música moderna, le pondría aquel nombre. Imaginé incluso la fotografía: cuatro chicos tocando, tres a la guitarra y uno a la batería. En el bombo, aquella palabra: *Electroshock*.

A la mañana siguiente me acerqué al taller de Miguel. Quería tratar con él el asunto del tocadiscos y preguntarle si tenía algún aparato nuevo, pero no estaba trabajando. Lo encontré luego, en la cocina del restaurante, en compañía de Estepani y de unos diez hombres: ellos, sentados a la mesa grande, tomando el almuerzo; ella, de pie, pendiente de los pucheros; Miguel, apoyado en una columna. Al igual que en el banquete del día de San Juan, tenía la cara muy roja. No obstante, su tono de voz era apagado.

—Cuando le llevaron a Madrid, ¿qué ganamos? —preguntó. El internamiento de José Francisco lo desestabilizaba.

Todos los clientes tenían la misma comida delante, huevos fritos con tocino y salsa de tomate. No miraban a Miguel.

—Dos meses en Madrid rodeado de gente extraña, y lo único que aprendió el chico fue esa palabra, «atar». Menuda ganancia —insistió Miguel.

El coro, los clientes, hubiesen podido decirle:

«Y tú, Miguel, ¿qué ganas afligiéndote de esa manera? No puedes hacer retroceder al sol como harías con un reloj de pared moviendo sus agujas. No puedes volver al pasado. Se ha cumplido el destino, y solo te cabe aceptarlo.»

Pero nadie dijo nada. El coro, los diez hombres sentados a la mesa, siguió comiendo el pan, el tocino, el tomate y los huevos fritos en silencio.

—¿Cuántas veces he tenido a ese chico en mi taller? —preguntó Miguel—. Muchas —se respondió a sí mismo—. ¿Y cuántas intentó agredirme o hacerse daño a sí mismo? ¡Jamás!

Me pareció que el monólogo iba para largo. Me despedí discretamente y me marché.

Los nombres nuevos ya no entraban en mi cabeza como avellanas en el agua de la presa, sino como los materiales arrastrados en un desprendimiento de tierras. Además, no me llegaban únicamente de la revista *Fans* o de los programas de radio o de televisión. Algunos, como «Katia», «Candy», «Maribel», «Juana», «Bárbara» o «Cornélie», me llegaban directamente de la realidad. Correspondían a las chicas del chalet. Muchas de ellas eran rubias, y al mismo tiempo de tez morena. Cuando bailaban —al llegar el momento de *Se piangi, se ridi* y de otras canciones lentas—, rodeaban el cuello de su pareja con los brazos. En el caso de Cornélie, se quitaba sus gafas azul turquesa y apoyaba la cabeza en mi hombro.

Un chico nuevo empezó a frecuentar los bailes, Aguiriano. Pertenecía al equipo de *cross* del colegio, como

Vergara y López, y se convirtió pronto en mi compañero de viaje en el tren de vuelta. Era de un pueblo más pequeño que el mío.

—No te puedes quejar. Bailas mucho, y con las que más se arriman —me dijo un domingo por la noche, camino de la estación—. Lo mío, en cambio, es penoso. Vergara no consigue convencer a una sola chica para que baile conmigo, y me tengo que pasar toda la tarde al lado del tocadiscos. Un aburrimiento. Además, Adrián ya no viene, y me vuelvo loco con tantos discos. Nunca sé cuál poner.

Era un chico alto, huesudo. Llevaba un corte de pelo corriente, muy corto, como el de los soldados. Su ropa tampoco le hacía parecer muy moderno.

Hizo un gesto de resignación.

—Es por estos granos de la cara —dijo—. He probado muchas cremas, pero es inútil.

—¿Te gusta alguna chica?

Respondió con rapidez:

—Todas.

Me dio detalles de Katia, Candy, Maribel, Juana, Bárbara, Cornélie y de todas las demás chicas como si hubiera completado una ficha sobre cada una de ellas. Cuando llegó el turno de Cornélie —para entonces íbamos ya en el tren—, me noté tenso. De pronto, la opinión de Aguiriano era de gran importancia para mí. Por lo que pude deducir de sus descripciones de las otras chicas, no perdía el tiempo al lado del tocadiscos. Sus «fichas» eran buenas.

—Cornélie... Pues, no lo parece, con esas gafas tan raras, pero si te descuidas es la más guapa. La he estado mirando muchas veces cuando se quita las gafas, y es guapa de verdad. Y tiene el cuerpo algo pequeño, pero atlético.

—Tienes razón. Su cuerpo es atlético.

—No quiero decir que tenga los músculos muy salientes, ni mucho menos. Maribel, por ejemplo, tiene las pantorrillas prominentes, se le forman bolas, pero a Cornélie no.

—Te entiendo.

Aguiriano dijo algo más, pero nos adentramos en un túnel y el ruido de las ruedas del tren me impidió oírle bien. En cualquier caso, me pareció que era algo acerca de mí.

—¿Qué has dicho?

—Pues eso, que hasta en eso tienes suerte. Cornélie siempre anda detrás de ti. Algunas veces disimula y tontea con López, pero lo hace para darte celos, solo por eso.

—Te fijas mucho —me reí. Estaba encantado.

—¡Para no aburrirme! Si no, ya me dirás. ¡Cuatro horas haciendo guardia delante del tocadiscos!

Aguiriano se bajaba del tren dos estaciones antes que yo. Me apenó despedirme de él.

—¡Y ahora tres kilómetros hasta casa! —suspiró cuando le acompañé hasta la plataforma.

—Anímate —le dije. Me sentía eufórico, superior a aquel Aguiriano que no conseguía atraer a ninguna chica.

—Los tres kilómetros no me importan. Los hago corriendo y me sirve de entrenamiento.

—¿En cuánto tiempo los haces?

—En doce minutos y medio, poco más o menos. Pero porque voy con zapatos y con ropa de calle. Si no, me sobraría con doce.

El tren se había detenido. Nada más poner el pie sobre el andén, Aguiriano echó a correr.

Los bailes del chalet me tenían hipnotizado. Katia, Bárbara, Cornélie, Elvis Presley, Beatles, Antoine, Bobby Solo, Françoise Hardy... Aquellos nombres centelleaban. Eran trozos de cristal bajo el agua.

Mientras, en casa, el único tema de conversación era José Francisco. Mi madre iba todos los días a visitarle.

Luego, por la noche, nos daba las últimas noticias del hospital. Supimos la razón de lo que le ocurría —lo de los clavos y trozos de hierro que se había tragado—; supimos también —lo fuimos sabiendo— que las hemorragias internas no cesaban y que no había posibilidad de intervenir quirúrgicamente. Pronto, la primera semana de agosto, mi madre perdió la esperanza y dejó de hablar. Mi hermano mayor estaba cada día más sombrío, y tampoco hablaba. Mi padre fue al hospital. Mis tíos cerraron el restaurante. El sábado de la semana siguiente, 12 de agosto, los versos del poema que oí recitar a mi madre en el autobús se hicieron realidad: «Nuestras vidas son los ríos que van a dar en la mar, que es el morir».

Asistió mucha gente al funeral. Desde mi puesto en un banco de la segunda fila, a la derecha del altar, vigilé a los de la primera fila, a ver quién lloraba y quién no... Mi tía no lloraba, mi tío sí; mi madre sí, mi padre no; mi hermano mayor no, el pequeño sí; Miguel no, aunque tuviera todo el tiempo la barbilla hundida en el pecho y los ojos cerrados. En un momento determinado, el sacerdote dijo aquello de que nunca olvidaríamos la sonrisa de José Francisco.

En el altar había un cirio encendido cuya llama se agitaba y se calmaba, desfigurándose, perfilándose, volviéndose a desfigurar. En el siguiente nivel, más arriba, los santos y las vírgenes del retablo dirigían sus lánguidas miradas hacia lo alto. Aún más arriba, en el vértice del retablo, había una paloma blanca de escayola con el cuerpo atravesado por rayos de color dorado. Me vino a la cabeza la imagen de Cornélie. Por culpa de las gafas, nadie habría dicho que era la más guapa de los bailes del chalet, pero seguramente tenía razón Aguiriano, era más guapa de lo que parecía a primera vista. Y también era verdad que procuraba mantenerse cerca de mí.

El cementerio estaba en lo alto de una colina, y el cortejo fúnebre empezó a subir la ladera con la misma lentitud y gravedad con que sonaba la campana de la torre de la iglesia. Una vez arriba, cuando nos disponíamos a entrar en el cementerio, nos llamaron a los primos para llevar el féretro a hombros. Yo me situé en la última posición, detrás de mi hermano mayor, a la par de Didi. Poco después, todos los parientes, los que nos reuníamos el día de San Juan y muchos más, formamos un círculo alrededor del hoyo cavado en la tierra, y el sacerdote dio inicio al responso. Observé de nuevo los rostros, quién lloraba y quién no: mi tío, sí; mi tía, sí; mi madre, sí; mi padre, no; Miguel, sí. Y lo que más me sorprendió: Didi y mi hermano mayor también lloraban. Por lo que respecta a mi hermano pequeño, hizo una cosa rara: dio un salto y se metió en el interior del hoyo. Lo sacaron enseguida.

A unos quinientos metros del cementerio había una chatarrería y empezaron a llegar ruidos de golpes, como los de un martillo contra el yunque, arruinando la atmósfera creada por las campanadas de la iglesia. El sacerdote frunció el ceño y calló un momento; pero los golpes arreciaron, y el sacerdote dio fin al responso apresuradamente. Mi tío y mi tía cogieron un poco de tierra, la besaron y la arrojaron sobre el ataúd. Los demás hicimos lo mismo. Se aproximaron los enterradores y procedieron a rellenar el hoyo.

Todos emprendieron la bajada del cementerio al restaurante, y yo también. Pero primero pasé por casa y llamé a Luis para pedirle el teléfono de Cornélie.

—Me parece buena idea —me dijo cuando le expliqué mi propósito—. ¡Por fin te has dado cuenta!

—¿De qué?

Me repitió lo mismo que me había dicho Aguiriano en el tren, como si los dos se hubieran puesto de acuerdo.

—No lo parece, por las gafas, pero es la chica más guapa de las que van al chalet.

Las palabras de Luis galvanizaron todo mi cuerpo, y el cosquilleo se acentuó cuando hice la segunda llamada y oí las primeras palabras de Cornélie al otro lado del teléfono:

—Temía que no llamaras nunca.

Su acento era más marcado que otras veces, como si hubiera estado hablando en francés hasta el momento de mi llamada. Recordé que su padre era el cónsul de Francia.

—¿Dónde quedamos? —le dije.

—¿No quieres conocer a Mademoiselle?

No sabía a quién se refería.

—Te daré una pista —dijo Cornélie—. Tiene un rombo blanco en la frente.

—¿El caballo?

Se reprodujo ante mis ojos la escena que tantas veces había contemplado desde el andén de la estación: una chica a lomos del caballo del rombo blanco, dando vueltas en el circuito de la hípica.

—Entonces, eras tú la amazona.

—Así es. Y tú eras el chico que me miraba, el estudiante que venía de su pueblo en tren —dijo ella con una risita—. Menos mal que Luis estudia en La Salle y te conocía. Si no, no te hubiese podido encontrar.

—Estoy sorprendido.

—No me sorprende que te sorprendas —rio.

—Ahora me tengo que ir —le dije—. Hemos tenido un funeral. Ha muerto un primo mío. De una manera muy trágica.

—¿Sí?

—Sí. Ya te contaré.

Me sentí aliviado. Uno de los problemas con Cornélie era que me faltaban temas de conversación. La muerte de José Francisco me ayudaría en nuestra primera cita.

La gente que había bajado del cementerio se hallaba reunida en el comedor y en la cocina del restaurante de mis tíos. Yo quería juntarme con Didi. Pero estaba sentado a la mesa de la cocina, entre Miguel y mi hermano mayor, tomando caldo y escuchando lo que en aquel momento decía el sacerdote. Trataba de explicar el comportamiento de Dios a todos los reunidos: por qué admitía el Mal, por qué una vida como la de José Francisco, por qué una muerte como aquella, por qué todas las muertes. Pero, como de costumbre, el coro no hizo ademán de responder. Siguieron tomando el caldo con la mirada clavada en los tazones blancos.

Salí del restaurante camino de casa, y me encontré con mi madre y mi tía enfrente de la ermita.

—¿Has tomado caldo? —me preguntó mi tía.

Le respondí que no, y me cogió del brazo.

—Nosotras vamos a tomarlo ahora. Acompáñanos.

Pausadamente, fuimos al restaurante.

Entramos en la cocina. El sacerdote había dejado de hablar y, como todos los de la mesa, parecía concentrado en su plato de carne cocida con pimientos y huevos. Antes de sentarme me incliné hacia mi madre.

—Mañana tengo que ir a San Sebastián.

—¿Por la mañana o por la tarde?

—Por la tarde.

Ella asintió con la cabeza, y puso en mis manos el tazón de caldo que había traído mi tía.

EL HOMBRE Y EL ECO *(THE MAN AND THE ECHO)*

El hombre pregunta al coro: «¿Podría decirse que aquel joven, indiferente a la agonía y posterior muerte de José Francisco, tuvo un corazón de piedra? Yo no lo creo. En aquel momento de su existencia, con diecisiete años, siguió los dictados de Eros y respondió a la fuerza primordial, dormida hasta entonces en sus células... ¿No fue acaso una victoria sobre Tánatos? La vida debe seguir adelante, es ley, ley superior. Una generación sigue a otra. La indiferencia, constitutiva del carácter de los jóvenes, es materia de ese proceso. ¿Qué debía hacer él? ¿Cargar con el peso de la muerte de José Francisco? ¿Por qué dejar que la Muerte tenga tanto poder?».

El hombre pregunta una y otra vez, pero el coro no responde.

MENSAJE A L.
RENO, 09-12-2007

«[...] Hace un par de semanas, al final de la cena del día de Acción de Gracias en casa de Mary Lore, la directora del CBS, nuestra hija menor quiso marcharse a casa cuanto antes, porque quería ver si el mapache había regresado a nuestro jardín. Sin duda, fue un presentimiento. Cuando llegamos a College Drive y salimos a la terraza, allí estaban los dos ojos amarillos del mapache. Llevaba meses sin dejarse ver.

»La temperatura es muy baja estos días. Menos siete, menos cuatro, menos ocho, así todas las mañanas. A veces nieva, aunque no mucho. Es posible que a nuestro mapache le cueste encontrar alimento en estas condiciones, y que la razón de que haya vuelto a nuestra casa sea el corazón ilegal de nuestras niñas, que desoyen las recomendaciones de no dar comida a animales salvajes y nunca han dejado de ponerle galletas junto a la cabaña.

»Yo no tuve presentimientos durante la cena, pero los pimientos rojos caramelizados me revolvieron la cabeza —no el estómago, como a muchos— y me he pasado dos semanas escribiendo acerca de los recuerdos que despertaron en mí. En el texto cito a Adrián, y a aquellos dos señoritos del equipo de *cross* del colegio, López y Vergara. ¿Has tenido noticias suyas? Yo no he vuelto a verles.

»Hoy hemos ido a Borders y he estado hojeando un libro de fotografías titulado *The Way We Were,* editado por la Universidad de Toronto. El libro trata de establecer una comparación, mostrando por una parte la suerte de los soldados canadienses en la Segunda Guerra Mundial, concretamente durante el desembarco de Normandía, y por otra la de las personas de hoy, o de hace pocos años. Se ve por ejemplo una fotografía en blanco y negro de la playa de Dieppe, tomada en 1944: decenas de soldados muertos, tendidos en la arena en posturas que jamás adoptaría un ser vivo. Los tanques arden. Las lanchas de desembarco están medio hundidas en la orilla. A continuación, en la siguiente página, una fotografía de la misma playa de Dieppe, pero sacada en los años ochenta: una familia tomando el sol, una pareja leyendo revistas bajo una sombrilla, niños alrededor de un castillo de arena. En el mar, un grupo de jóvenes jugando con las olas. Después de hojear el libro, pensé: "Eso que llamamos *destino* es una cuestión de calendario. Todo depende de cuál sea la línea gruesa que se cruce con la delgada línea nuestra". Claro, aceptar esta verdad en Reno es fácil. Si estuviera en Irak o en Afganistán, no lo sería tanto.

»Después de volver de Borders he estado leyendo el libro de poemas de Bruce Laxalt. En la cena de Acción de Gracias dijeron que estaba muy enfermo, y el texto que viene en la contraportada lo confirma. El autor confiesa que en 2003 le diagnosticaron ELA, esclerosis lateral amiotrófica. Uno de sus poemas, un poema de amor, se titula precisamente "El día del diagnóstico": "[...] nuestros ojos se juntan tímidamente en una orilla de mar que no esperábamos. En los tuyos, yo veo los días de después; en los míos, tú ves los de antes. Y luego, cada uno en los del otro, ese día, el que unirá y separará nuestros futuros".

»Una anécdota para acabar la crónica de la visita a Borders. Estaba mirando *The Way We Were* y se me ha acercado ese mendigo que, por lo que parece, se refugia allí del frío. Se ha señalado a sí mismo y me ha dicho: "Vietnam, Mekong Delta". Yo le he respondido, no sé por qué, levantando el dedo pulgar de la mano derecha. Él ha reaccionado poniendo el pulgar hacia abajo y exclamando: "¡No! ¡No fue bien! ¡Perdimos!".»

15 DE DICIEMBRE. SE HA PERDIDO UN PERRO

Iba por Washington Street después de dejar a las niñas en la escuela, y me paré a leer un aviso pegado en las farolas. Informaba de la desaparición de un perro: *«Missing dog. His name is Chetos...»*. «Se llama Chetos y tiene once meses. Es un pit bull de nariz azul. Es agradable y dulce. Le echamos de menos y quisiéramos tenerle en casa. Lleva un collar rojo en el cuello, sin chip. Por favor, contacten con nosotros.»

El aviso me afectó. Sabía que el suceso era banal, y sin embargo no me lo pude quitar de la cabeza en todo el día. *«Missing dog. His name is Chetos...»*

17 DE DICIEMBRE. CONVERSACIÓN

Dennis me envió un enlace hacia las diez de la mañana, indicándome que «la araña andaba cerca».

Cliqué en el enlace y apareció una noticia de la edición digital del *Reno Gazette-Journal* en la que se informaba de una nueva agresión sexual. Había tenido lugar cerca de la Universidad. La víctima era una estudiante de veintidós años. El agresor la había obligado a subir a su vehículo y practicar sexo oral.

Fui al despacho de Dennis. Me dijo que Earle había estado hablando con el jefe de policía del campus.

—Están muy preocupados. Se trata al parecer de un violador profesional.

No sabía qué podía significar lo de «violador profesional».

—Por lo visto, se prepara para hacer lo que hace —me explicó Dennis—. Sabe que bastaría un pelo para obtener su ADN, y se rasura el pubis.

No supe qué decir.

—Ah, tengo un mensaje de Jeff para ti —dijo Dennis, tecleando en el ordenador—. Voy a enviártelo a tu dirección. Pide un texto en vasco para ponerlo en un tipo de letra. «Menhart», creo.

—Es verdad. Se lo prometí el día de la cena de Acción de Gracias.

—Le envías el texto, y en paz —dijo Dennis. Luego miró por la ventana y cambió de tono—. En cierto modo, Jeff tiene suerte. Toda su vida gira en torno a las letras. Ellas le aíslan del mundo.

—Pensamos pasar las vacaciones de Navidad en San Francisco —le dije—. A lo mejor le aviso. No estaría mal ver algo fuera de las rutas turísticas.

Dennis se llevó la mano a la barbilla.

—No, no lo hagas —dijo al fin—. Jeff no es de los que llevan a la gente a conocer la ciudad. No sabe comportarse en grupo, ya lo viste en la cena. Además, los niños le estorban.

Levantó la cabeza y me miró sonriente.

—De modo que a San Francisco. Muy buena idea.

—¿Y tú? ¿Vas a ir a alguna parte?

—Bob quiere ir a Tonopah a ver una mina, y voy a acompañarle.

—Parece interesante —dije—. Compré un libro sobre la historia del boxeo, y decía que Jack Dempsey había peleado allí en su época de campeón del mundo. Debía de haber mucho dinero en ese pueblo.

—Ahora es una zona militar. No viven del oro y de la plata, sino del uranio y del plutonio. Es una zona de pruebas para los bombarderos.

Volvió a cambiar de tema.

—Cuidado en el viaje a San Francisco. Atravesar Sierra Nevada en esta época del año puede ser un problema. No os olvidéis de consultar la previsión meteorológica.

—No se nos olvidará —dije.

—Y otra cosa —prosiguió él—. En San Francisco, no dejéis solas a las niñas. También allí habrá arañas. Hay una plaga en Estados Unidos. Quién sabe, quizás sea esa la explicación del éxito de *Lolita*.

23 DE DICIEMBRE. CAMINO DE SAN FRANCISCO

De Reno a San Francisco hay trescientos cincuenta kilómetros, de los que aproximadamente ochenta, los que atraviesan Sierra Nevada, discurren por encima de los dos mil metros de altitud, tanto si uno va por la I-80, pasando por Truckee, como si lo hace por la US-50, bordeando el lago Tahoe, o en tren. Es el tramo que puede resultar peligroso, a causa de la niebla y los golpes de viento; luego, en las proximidades de la primera ciudad californiana, Sacramento, el viaje se vuelve agradable.

Earle nos aconsejó que nos olvidáramos del tren, porque venía desde Chicago y siempre circulaba con mucho retraso.

—Tampoco os recomiendo ir por el lago Tahoe. Es el camino más bonito, pero estamos en diciembre y es una carretera bastante solitaria. Lo mejor es que vayáis por la 80. Si nieva, siempre habrá algún camión que rescate vuestro frágil Ford.

Las palabras «frágil» y «rescate» salieron de su boca ligeramente subrayadas.

Los días anteriores al viaje vigilé la página de la red que informaba de las temperaturas en las proximidades del lago Tahoe. El 20 de diciembre, la máxima fue de cinco grados centígrados, la mínima de nueve bajo cero. El día siguiente, el 21, hizo más frío, y la mínima bajó a menos doce. El 22 de diciembre, víspera del viaje, la mínima fue de siete bajo cero y la máxima, a las doce del mediodía, de seis grados. El pronóstico para el día 23 no era malo. Anunciaban una nueva subida de las temperaturas y cielos despejados. La probabilidad de precipitaciones en forma de lluvia o nieve era remota, de un 0,5 por ciento. Se lo comuniqué a Ángela.

—La lectura de los diarios de Scott te dejó marcado para siempre —me dijo—. Recuerda, nosotros vamos a San Francisco, no al Polo Norte.

El humor de Ángela y el de Earle eran cada vez más parecidos.

Salimos de Reno a las diez de la mañana. Conforme a la previsión, el cielo estaba azul, y el termómetro de nuestra casa marcaba treinta y cinco grados farenheit, unos dos grados centígrados. Cuando entramos en la 80, nos relajamos en los asientos: las niñas enchufaron el reproductor de DVD en el cargador del mechero del coche; Ángela y yo empezamos a beber el *coffee to go* que habíamos comprado en la gasolinera de Virginia Street. Era una alegría sentir en los ojos la luminosidad del día; una alegría, también, alejarse de la araña que merodeaba por nuestra zona.

Subimos las primeras pendientes y llegamos a la frontera entre California y Nevada. Solo controlaban los vehículos que transportaban plantas o animales y pasamos enseguida, parando apenas un instante. Los semáforos que indicaban el riesgo de nevadas estaban en verde.

Para nosotros —no tal vez para los habitantes de hace seiscientos mil años, pero sí para nosotros—, el mundo físico es siempre, o nos parece, subalterno, un mero soporte, la superficie que necesitamos para sembrar el maíz o la patata y para abastecer una industria, o bien, en otro orden de cosas, una materia dúctil susceptible de transformarse al compás de nuestros sentimientos, volviéndose triste cuando estamos tristes —«¡Oh, cielo gris!»— o alegre cuando estamos alegres —«¡Oh, rayo de sol!»—. Pero esta visión, que está presente en el mito —«Adán, tú serás el centro de la creación»— y que se materializa en los paisajes amenos de Europa, resulta insostenible en Nevada, donde las montañas y los desiertos proclaman orgullosamente su poder: «Estamos aquí, somos seres violentos; no estamos a vuestra merced, sois vosotros los que estáis a la nuestra». Quizás por ello los indios paiute y los washoe llamaban Manitu a la naturaleza, considerándola un dios, algo remoto, ajeno.

Percibimos la fuerza de Sierra Nevada nada más empezar a ascender por la 80, pero percibimos también, durante algunos kilómetros, la protección que nos ofrecía la carretera. Nosotros estábamos a un lado, junto con los demás coches y camiones; los precipicios, las rocas, la nieve, las laderas y las cimas de las montañas quedaban al otro lado, *sujetos* por la valla metálica.

La impresión de seguridad, de estar protegidos, duró hasta que llegamos a la altura de Truckee. A partir de aquel punto —algunos vehículos tomaron la salida para el pueblo, otros la que se dirigía al lago Tahoe—, los precipicios, las rocas, la nieve, las laderas y las cimas de Sierra Nevada se instalaron en nuestro Ford y en nuestras mentes, absolutamente, sin dejar espacio para nada más. Nos callamos todos, también Izaskun y Sara, que hasta ese momento habían estado insistiendo para que les dejáramos poner una película.

A dos mil metros de altitud, la carretera no tenía dos tramos iguales. Giraba a la izquierda, a la derecha, de nuevo a la izquierda, bajaba un poco, volvía a subir, una y otra vez. A ambos lados, hileras de pinos, la mayoría de ellos dañados; algunos, no pocos, caídos sobre la nieve. A lo lejos, decenas de montañas de blancura reluciente. Más lejos aún, el cielo abierto, una gran claridad. Allí estaba el océano Pacífico.

—En 1856, un grupo de más de cien personas, el Donner Party, intentó pasar por aquí, queriendo llegar a California, pero se encontraron con un tiempo horrible y perdieron el camino.

Era Ángela, hablándonos de la historia de Sierra Nevada, pero me pareció que era la Montaña quien se expresaba a través de ella.

—Cuarenta y tres personas murieron de frío y hambre. ¿No habéis visto hace un momento la señal de Donner Pass? Es por aquella gente.

Un águila planeaba en el cielo azul.

—En 1956, dos pastores vascos murieron en esta misma zona. Los sorprendió una nevada y no pudieron escapar. Los encontraron junto a los cadáveres de las dos mil ovejas que cuidaban, que también murieron congeladas. ¡Un verdadero banquete para los buitres!

La Montaña enviaba a Ángela mensajes cada vez más sombríos.

—Las historias de algunos pastores vascos que anduvieron por aquí son ejemplares. La de Dominique Laxalt, la de los Barinaga, los Bidart, los Eiguren..., historias ejemplares de verdad. Pero otros no fueron muy inteligentes. El otro día encontré en el archivo de microfilms una noticia publicada en 1914 en el *San Francisco Star*. Hablaba de tres pastores vascos que regresaron a Francia para combatir en la Gran Guerra. Acabarían gaseados en Verdún, seguramente.

—*What a stupid thing to do!* —exclamó Izaskun desde el asiento trasero. Después de cuatro meses en la escuela Mount Rose, se expresaba en inglés con facilidad.

—Seguro que los convenció algún cura —dije.

Tenía en mente una obra teatral de Piarres Lafitte, *Egiazko argia*, «La luz verdadera», escrita contra los que cruzaron los Pirineos y huyeron a España para no tener que ir a Verdún o a Salónica durante la Primera Guerra Mundial. El protagonista, que ha abandonado a su mujer moribunda para marchar al frente, y una vez allí ha perdido la vista por culpa del gas, sufre una crisis de fe. Desesperado, intenta suicidarse, y, no contento con ello, tiene el atrevimiento de criticar a Dios, a Francia y, lo que ya es el colmo, ¡a los curas! Al final, sin embargo, por mediación del seminarista Domingo, y no queriendo truncar la ilusión de su hijo por hacer la primera comunión, recupera la fe y, sollozando, hace una declaración que merecería ser incluida en la antología de las grandes majaderías de la literatura universal: «Estoy ciego, Domingo, pero como a todo vasco, me ilumina la luz verdadera, me ilumina la fe».

Comenzamos a bajar el puerto. Primero suavemente, luego por pendientes prolongadas, perdiendo más de cien metros de altura por minuto. En los bordes de la carretera los álamos sustituyeron a los pinos.

—Sí, seguro que fue cosa de los curas —dijo Ángela—. Presionaban a los jóvenes emigrantes haciéndoles sentirse culpables por haber abandonado a su madre allá en su pueblo natal, e instándoles a volver. No lo hacían siempre con el fin de llevarlos a la guerra, evidentemente. Muchos pueblos pequeños del País Vasco se estaban quedando sin jóvenes, y querían impedirlo.

—También lo hacían por otro motivo —dijo Izaskun desde atrás—. Los curas le tenían un miedo atroz al sexo, y pensaban que en América los jóvenes se iban a aficionar a los burdeles.

Los niños no tienen el oído de los perros, pero poco les falta. Lo que Izaskun acababa de decir era un fragmento de una conversación que Ángela y yo tuvimos en la cocina de College Drive mientras ella y Sara leían en la terraza del jardín.

Las curvas de la carretera parecían ahora rampas. Pronto, tras descender unos cientos de metros más, la Montaña nos liberó. Los precipicios, las rocas, la nieve, las laderas y las cimas salieron de nuestro Ford. Nuestras mentes pudieron empezar a pensar en otras cosas.

—¿Cuándo vamos a ver la película? —preguntó Sara intentando sacar ventaja de la nueva situación.

Había un área de servicio al borde de la carretera. Tenía gasolinera y restaurante. Ángela condujo el coche hasta allí.

—Primero vamos a parar a comer unos sándwiches.

Desde el aparcamiento del área de servicio se divisaba la llanura de Sacramento. Tenía sed, y saqué una botella de agua del maletero antes de entrar en el restaurante. No pude beber, el agua se había convertido en hielo. *Souvenir of Sierra Nevada.*

SAN FRANCISCO

En los pasillos del hotel Rex había citas literarias pintadas en la pared. La que figuraba en el espacio entre las puertas de nuestras dos habitaciones era de Jack London: *«I would rather be ashes than dust! [...] I would rather be a superb meteor, every atom of me in magnificent glow, than a sleepy and permanent planet. The proper function of man is to live, not to exist».* «¡Preferiría ser ceniza que polvo! [...] Preferiría ser un espléndido meteoro, puro resplandor cada uno de mis átomos, que un soñoliento y permanente planeta. La función propia del hombre es vivir, no existir.»

—Me gusta —dijo Izaskun.

—A mí no —respondí como pude, mientras arrastraba la maleta más pesada a la habitación.

VÍSPERA DE NAVIDAD

El termómetro del hotel marcaba sesenta y un grados farenheit, más o menos dieciséis grados centígrados. El viento tenía poca fuerza. El cielo estaba azul. El sol se veía limpio, sin neblina. Nos montamos en un barco de turistas que recorría la bahía y pasamos por debajo del Golden Gate.

—El primer barco europeo que cruzó este estrecho fue el paquebote *San Carlos*. En 1775, concretamente —dijo Ángela, que aquellos días leía documentos de los primeros exploradores de California—. Su capitán era Juan Manuel de Ayala y Aguirre; el piloto, Juan Bautista Aguirre; el capellán, Vicente de Santa María. Todos vascos.

—¡Qué bien! —dijo Izaskun.

—Vicente de Santa María anotó en su diario algunas palabras de la lengua que hablaban los nativos de la bahía. Al cielo lo llamaban *carac*. Al sol, *gismen*.

Carac lucía tan azul como a primera hora de la mañana; los rayos de *gismen* se reflejaban en los espejos de los vehículos que cruzaban el Golden Gate.

LLAMADA A MI MADRE

La señal del teléfono del hotel era muy clara, y oí la voz de mi madre como si se encontrara en la habitación de al lado. Sonaba alegre.

—Te llamo desde San Francisco —le dije—. Hemos venido aquí a pasar las vacaciones de Navidad. Y vosotros, ¿qué tal estáis? ¿Qué tal la Nochebuena?

—Bien, ¿qué vas a decir? Tus hermanos prepararon una cena bastante buena. Comimos, primero..., espera que me acuerde, ¡ah, sí! Croquetas, primero croquetas, luego gambas, luego paté, luego...

—Todo muy rico, supongo. Pues nosotros no hicimos nada especial.

—¡Espárragos! Comimos espárragos. Y luego...

—¿Besugo, tal vez?

—Espera que me acuerde...

El silencio se prolongaba demasiado, y me puse a hablar:

—Pues nosotros acabamos de desayunar y ahora vamos a dar un paseo. Ayer visitamos el barrio chino. Nos sorprendió muchísimo, todo el mundo hablaba en chino. Entramos en una tienda y no podíamos entendernos. Solo hablaban chino. Un lugar muy extraño. A Sara y a Izaskun les dio un poco de miedo.

—Pero ¿dónde dices que estáis? ¿En China? Yo creía que estabais en otro sitio.

—Las niñas me están haciendo gestos. Quieren montar en el tranvía y me están llamando.

—¡Ajoarriero! —exclamó mi madre—. ¡Comimos ajoarriero!

—Muy bien.

—Bien, sí, pero yo me fui a la cama enseguida. Además, esos hermanos tuyos siempre están discutiendo de política. Yo ya se lo digo, que la política es una asquerosidad, pero es inútil. Siempre discutiendo de política. Me aburren.

DE PASEO

Por la mañana fuimos a Sausalito. Estaba tristón. No se veía a nadie por la calle, y en el puerto no había un solo yate *habitado*. A las dos de la tarde cogimos el ferry *Golden Gate* para regresar a San Francisco.

Delante del banco donde nos sentamos Sara y yo iban dos hombres de mediana edad, de talante serio.

—Hay que reconocer que la recepción de los textos literarios es completamente heterofántica —le oí decir a uno de ellos—. Depende casi en su totalidad de los elementos biográficos y anecdóticos.

Vestían americanas de color negro y camisas blancas con cuello mao y eran españoles. Los imaginé en un *college* de California.

—¿Qué se recuerda de Raymond Chandler? Que se surtía de un montón de cajas de whisky antes de ponerse a escribir. ¿Y de Allen Ginsberg? Que escribió «Howl» ciego de marihuana, bencedrina y no sé cuántas drogas más. De Kerouac, más o menos lo mismo. Y que escribió *On the Road* en un rollo de papel, no en folios.

—Lo mismo se decía de Juan Benet. Lo del rollo de papel causaba mucha admiración en los ambientes literarios de Madrid.

Ángela e Izaskun iban de pie en la proa y nos hicieron un gesto para que nos juntáramos con ellas. No lo pensamos dos veces.

Por la tarde, paseamos por el embarcadero y visitamos el Aquarium: pulpos, tiburones, medusas, tortugas y peces, miles de peces. En el exterior, leones marinos amontonados en los pontones del malecón 39, tomando el sol y revolcándose. De vez en cuando se zambullían en el agua como sin querer, dejándose caer con torpeza. Los turistas se reían a carcajadas y hacían fotos, miles de fotos.

Al salir del malecón nos cruzamos con los dos profesores españoles.

—Por poner otro ejemplo: ¿qué sabe la gente de Borges, aparte de que Perón le nombró «inspector de gallinas»?

No pude oír bien la respuesta, pero me pareció que fue «nada».

LA ISLA DE ALCATRAZ

Izaskun le dio unos golpecitos en el brazo a Ángela cuando la voz de los auriculares explicó que la isla de Alcatraz debía su nombre al capitán Juan Manuel de Ayala y Aguirre, «el primer europeo que cruzó el estrecho hoy conocido con el nombre de Golden Gate». Mostró la misma actitud cómplice y alegre mientras visitábamos las diferentes zonas de la prisión: «Ah, sí, ya sé quién fue Al Capone, lo leí en un libro». «Ah, sí, conozco la historia del preso que cuidaba pájaros.» Por el contrario, Sara parecía asustada. Me agarró de la mano en cuanto enfilamos las galerías de celdas.

—¿Está aquí el que cogieron en Reno? —me preguntó. En algunas celdas había muñecos, y ella les miraba de reojo.

—¿A quién cogieron en Reno?

Respondió lo que yo sospechaba.

—Aquel hombre gordo de la cabeza redonda. El que estaba en el restaurante Taco's.

Ella no llevaba auriculares, y yo me quité los míos.

—Esta cárcel es un museo. Hace mucho que no entra ningún preso aquí —le expliqué.

No era totalmente cierto. Acababa de enterarme, precisamente por los auriculares, de que Robert Kennedy clausuró la prisión en 1961. No hacía tanto tiempo. En cualquier caso, Sara pareció tranquilizarse. Siguió agarrándome de la mano, pero sin hacer presión.

Oí decir en una ocasión a L. que durante la temporada que pasó en la cárcel todo le resultaba insoportable, pero que lo peor era el ruido: los golpes contra los barrotes, los pasos de los guardias, los gritos de los presos, las sirenas, los avisos de los altavoces, el silbato... Aquel día, en Alcatraz, lo único que se oía era el murmullo de los turistas. Un esnob habría dicho que no era mejor que los ruidos de la cárcel; pero sí, era muchísimo mejor.

Seguimos caminando por una galería de la prisión hasta llegar a una de sus atracciones más populares, la celda del preso AZ85, Al Capone. Encima de la puerta colgaban dos fotos del mafioso, de frente y de perfil.

—El amigo de Paulino Uzcudun —dije. Pero Ángela e Izaskun tenían puestos los auriculares y no me oyeron.

—¡Me aburro! ¿Cuándo nos vamos a marchar de aquí? —preguntó Sara.

—Dentro de cinco minutos estamos fuera —le dije. Yo también empezaba a aburrirme.

—Lo que no puede ser es que manipule a medio departamento para traer a su amiguito —oí a mis espaldas. Eran los dos profesores españoles. Habían cambiado de tema, pero no de tono.

—Lo que pasa es que hay mucha gente en el departamento que todavía no tiene plaza. Esos no moverán un dedo. Por ellos, que venga el amiguito y que venga María Santísima.

Buscando la salida, nos topamos con la tienda de *souvenirs* y entramos a comprar postales. Una de ellas, de color sepia, mostraba a un grupo de presos. El pie de foto decía: *Hopi Prisoners on the Rock*. En la mesa exhibidora había un libro con la misma imagen. La contraportada explicaba que los hopis, contrarios al cambio cultural que el Gobierno de Washington trataba de imponer a los nativos, se opusieron frontalmente a que los agentes gubernamentales se llevaran a sus hijos a remotas escuelas de blancos, y que para zanjar el conflicto diecinueve jefes fueron apresados y encerrados en Alcatraz durante un año.

30 DE DICIEMBRE. VUELTA A RENO

En la sierra, la nieve llegaba al borde de la carretera y su blancura resultaba cegadora, insufrible sin gafas oscuras. La música que habíamos escuchado hasta entonces, la de los recopilatorios de Jefferson Airplane y de The Mamas and The Papas que compramos en San Francisco, no encajaba con el nuevo paisaje y acabamos quitándola. La montaña callaba, la nieve callaba, debíamos corresponder a aquel silencio con el nuestro.

Nos detuvimos en Truckee y paseamos por la calle principal, llena de comercios destinados a la venta de ropa y utensilios para deportes de invierno. Entramos en una papelería y, siguiendo nuestra costumbre, compramos postales. Una de ellas mostraba la fotografía de uno de los túneles del ferrocarril que atraviesa Sierra Nevada.

«El sexto túnel fue el más difícil de construir en todo el trayecto —decía la nota de la postal—. Más de dos mil trabajadores chinos cavaron durante dieciocho meses para abrirlo, de 1866 a 1867».

Eché una ojeada a la revista de la Truckee-Donner Historical Society. Según el epígrafe de uno de los artículos, Truckee contó con uno de los mayores *chinatowns* de todo el Oeste, pero fue completamente destruido en el curso de los violentos motines antichinos de finales del XIX.

Al volver al aparcamiento me fijé en un cartel del tablón de anuncios. Mostraba una foto de Charles Coogan, el campeón de *snowboard* asesinado en Reno el día de Halloween. Convocaba a un homenaje que había tenido lugar un mes antes, y estaba ya ajado.

31 DE DICIEMBRE. DE NUEVO EN COLLEGE DRIVE

Hacia las diez de la mañana, la nieve arreciaba sobre Reno. Izaskun y Sara se pusieron a hacer un bizcocho; Ángela decidió pasar al ordenador las fotos de San Francisco; por mi parte, inicié la lectura de los libros que a última hora compramos en la librería City Lights, *Howl* de Ginsberg, *On the Road* de Kerouac y una autobiografía de Bob Dylan en la que elogiaba a Kerouac por citar lugares desconocidos y de nombre raro como Truckee.

Hacia las once, tal vez atraído por el olor del bizcocho en el horno, el mapache se arrimó a la ventana de la cocina, y por un momento todos abandonamos nuestro quehacer para verlo de cerca. Tenía algo de perro y algo de gato, pero su mirada era más fría, más salvaje.

LLAMADA A MI MADRE

—Otro año que acaba.

—¡Parece mentira! —exclamó mi madre.

—Sí, el tiempo pasa sin que se dé uno cuenta. Se acabó el 2007.

—¡Parece mentira!

—¿Qué vais a cenar hoy? ¿Qué han preparado mis hermanos?

—Algo han preparado, sí. Y ese otro, ya sabes, el mayor... El mayor ha traído un ramo de flores enorme. Ahora lo tengo en la cocina. No sé qué flores son, pero las hay de todos los colores: blancas, rosas, amarillas, rojas, unas jaspeadas...

—Se va a poner Ángela, y luego Izaskun y Sara.

—Las hay también moradas, rosas, amarillas... Es increíble cuántos colores hay en ese ramo. ¿Y la manía que tiene ese con las flores? Eso también es increíble. ¡Me gustaría saber lo que gasta en flores!

NOCHEVIEJA

Hacia las siete de la tarde oímos zapatazos en el porche de College Drive. Alguien se sacudía la nieve. Abrimos la puerta y allí estaba Dennis. Llevaba una gorra impermeable roja y una gabardina muy bonita del mismo color.

—Vengo a comer el bizcocho —dijo.

—Entonces como el mapache —le dijo Sara.

—Ha sido él quien me ha contado lo del bizcocho. Lo sabes, ¿verdad? Hablo con los mapaches. Es una cuestión de telepatía.

—No te creo. Lo has adivinado por el olor —le dijo Sara.

Izaskun suspiró ostensiblemente.

Íbamos a cenar en casa de Bob Earle, y Dennis traía un *tupper* grande en una bolsa de papel.

—He preparado pollo asado al estilo mexicano. Os gustará. Y esto, ¡más todavía!

Sacó un DVD del bolsillo de la gabardina: *Pirates of the Caribbean 3. At World's End.*

—¡La nueva! —gritaron Izaskun y Sara al unísono.

Dennis levantó el pulgar. Luego se dirigió a mí:

—Antes de subir a casa de Bob tenemos que enviarle un mensaje a mi hermano. Insiste en tener un texto en vasco para probar cómo queda con la letra Menhart. Ya te lo dije, Jeff solo piensa en letras. Incluso en Nochevieja.

Lo había olvidado por completo. Dudé.

—Nos llevará un minuto. Escoge cualquier texto y ya está.

Al final, enviamos dos: una página del ensayo sobre la emigración vasca que estaba escribiendo Ángela y el comienzo de un texto mío sobre Paulino Uzcudun.

LA CENA

El menú de la cena: para empezar, jamón de importación que Earle había comprado en Tom's Food Boutique, ensalada de berenjenas de Mary Lore y croquetas de gambas preparadas por C., el amigo de Monique Laxalt. Como plato principal, el pollo asado al estilo mexicano de Dennis y rosbif relleno de queso Philadelphia preparado por Mannix en la cocina de Earle. De postre, el bizcocho de Izaskun y Sara y helados. Para beber, vino de California, cervezas Sierra Nevada, Gatorade y agua.

El plato que cosechó mayor número de alabanzas fue el rosbif de Mannix.

—No tiene ningún misterio. Es la cosa más fácil del mundo —explicó—. Primero, se coge el queso y se mezcla con mostaza, perejil y pimienta negra. Luego, se hacen unos cortes en la carne, procurando mantener la forma de la pieza, y se rellenan con la masa. Se funde la mantequilla en una sartén, se pone la carne a dorar, se mete en el horno a 150 o 160 grados y en menos de media hora ya está.

—Eres un artista, Mannix —dijo Earle—. Has de saber que siempre tendrás el horno de mi casa a tu disposición.

—Todos los hornos del mundo son mis amigos.

Hicimos el primer brindis de la noche. Izaskun y Sara fueron en busca de la perra de C. al coche que este tenía aparcado frente a la entrada, y la trajeron completamente empapada. Era una border collie de cuatro o cinco años. Se llamaba Blue.

—No quería entrar en casa. Se ha puesto como loca, corriendo de aquí para allá, y luego le ha dado por comer nieve —dijo Sara.

C. fue a la cocina y regresó con un recipiente con agua.

—Tiene sed, seguro.

Blue empezó a beber en cuanto el recipiente estuvo en el suelo.

—Bob, ¿tienes una toalla vieja para secar a Blue?

—Coge cualquiera del baño —le dijo Earle.

Cinco minutos después, Izaskun y Sara estaban tumbadas entre cojines delante de la televisión, viendo *Pirates of the Caribbean 3*. Entre ambas, Blue descansaba acurrucada. Las hijas de Mannix y Mary Lore cenaban aquella noche en casa de sus abuelos.

LA SOBREMESA

C. llamó por teléfono a Monique Laxalt para desearle un feliz año nuevo y preguntarle cómo se encontraba aquel día su hermano Bruce. A continuación, nos fuimos turnando todos para saludarla. Earle y Mary Lore hablaron largo tiempo con ella.

—Hace no mucho, Bruce jugaba conmigo al *squash*. Ahora no es capaz de llevarse la taza de café a los labios —dijo Earle.

Mannix sacudió la cabeza.

—Lo de ese chico es tremendo.

C. cogió un libro de la biblioteca de Earle y fue a sentarse en el sofá. Era un ejemplar de *Songs of Mourning and Worship,* el libro de poemas de Bruce.

—Lo tenemos en casa —dije.

C. buscaba un poema.

—Se titula «Christmas Letter» —dijo. Luego lo leyó en alto: *«Where are you today, old friends still-living and this long year's New-wandering ghosts...»* «¿Dónde estáis hoy, viejos amigos que todavía vivís y vosotros, los nuevos espíritus errantes de este largo año? [...] Supongo, David, que estarás en la mesa de la casa de Beth, en Oregón, lejos del estanque de Nevada donde en julio aventaste las cenizas de tu querida Helmi...»

—Me he acordado del título y he pensado leerlo para todos —dijo C.—. Pero es demasiado triste. No podemos entrar en el nuevo año con este poema.

Siguió leyendo el libro.

—Estas líneas del final creo que vienen bien —dijo, y nos pasó el libro para que las leyéramos.

«Hace un rato una borrasca ha golpeado la isla, una de las tormentas que, afortunadamente, han puesto fin a la sequía. Las cisternas están de nuevo rebosantes, el cielo ha devuelto purificada el agua que tomó del mar.»

—Es muy apropiado —dije—. Hay una relación entre el tiempo y el agua. Con el año nuevo, agua nueva en las cisternas.

Teníamos a Dennis delante con dos bolsas de palomitas en las manos. Se dirigió a Ángela.

—¿Se las llevo a Izaskun y Sara?

—Como quieras —dijo Ángela.

Se alejó rápidamente al rincón donde las niñas veían la película. Izaskun y Sara alargaron los brazos para coger las bolsas. Blue alzó la cabeza expectante, pero rechazó de inmediato la palomita que Sara le acercó a la boca.

VICTOR Y LA NIEVE (RECUERDO)

Ángela y yo viajábamos de Burdeos a Montpellier por una carretera entre montañas, cuando el motor del coche empezó a boquear y a perder potencia. Poco a poco, superando con dificultad —y con angustia— cuestas y curvas, logramos llegar a un pueblo situado en una ladera. Leímos su nombre en una señal oxidada: Saint-Sernin-sur-Rance.

Había un taller en la entrada del pueblo, y aparcamos frente a la puerta con lo que Ángela definió como «el último suspiro del motor». Luego, cuando empecé a dar explicaciones al mecánico y pronuncié la palabra «potencia», él respondió sin dejarme terminar la frase, «¡pistones!», como en un concurso de preguntas y respuestas.

—También puede ser la bujía. En cualquier caso, volved dentro de tres horas —dijo.

Era un hombre agradable. Echó un vistazo al reloj de pared del taller y nos preguntó si queríamos pasar la noche en el pueblo. En caso de que así fuera, él podía recomendarnos una pensión buena y barata. Faltaban unos minutos para las cuatro de la tarde.

Aquella temporada, otoño de 1992, Ángela y yo vivíamos a unos cien kilómetros de Montpellier, en un pueblo llamado Brissac. Más exactamente, a unos siete kilómetros del pueblo, en Mas de la Croix, una granja con habitaciones para personas que deseaban aislarse para trabajar. Ángela estaba traduciendo *The Sound and the Fury* de William Faulkner —que luego se publicó con el título de *Hotsa eta Ardaila*—, y yo escribía la novela *Gizona bere bakardadean*, «El hombre solo». Si nos poníamos en camino a las siete, para las diez estaríamos en casa.

Respondimos al mecánico que no nos hacía falta la pensión, y nos fuimos a dar una vuelta por el pueblo.

La luz de la tarde, intermedia, ni fuerte ni débil, hacía que las líneas de las montañas se recortaran con nitidez en el cielo revuelto. Pero el paisaje era poco atractivo. El bosque se volvía ralo en las inmediaciones del pueblo, y había laderas en las que abundaba la maleza. Las casas solo eran bonitas en la parte baja, un viejo barrio de aspecto medieval. Muchos tejados eran de color gris oscuro, de pizarra.

Seguimos la carretera y llegamos hasta un monumento de piedra y ladrillo que parecía representar un animal. Pero nos fijamos mejor y no se trataba de un animal, sino de un ser humano, de un niño de melena abundante en posición cuadrúpeda. La placa decía: *«Ici fût chassé l'enfant sauvage dit Victor de l'Aveyron»*. «Aquí fue cazado el niño salvaje llamado Victor de l'Aveyron.» Indicaba también el año en que ocurrió el hecho: 1799.

Fue tan grande la emoción que me produjo el monumento que corrí a un *tabac* y compré un taco de postales del pueblo y una pequeña guía de cuarenta páginas. Luego me dediqué a sacar fotos de una de las calles del barrio antiguo, escenario del apresamiento del muchacho, y recogí como recuerdo algunas pequeñas piedras del lugar.

Ángela estaba sorprendida viéndome actuar como si Saint-Sernin-sur-Rance fuera para mí un lugar radicalmente propio. Pero no era exactamente así. Mi reacción se debía a una lectura que me había dado mucho que pensar, la del informe que el doctor Jean Itard escribió sobre el niño «cazado» en el pueblo donde estábamos, *Mémoire et rapport sur Victor de l'Aveyron*.

A los amigos que habían leído el *rapport* siguiendo mi consejo les costaba comprender el valor que yo le otorgaba. Les hablé, para explicarme, de la escuela de mi infancia en Asteasu, donde no había niños salvajes, pero sí *betizuak*, «esquivos», niños que casi nunca iban a la escuela y parecían ajenos a nosotros. Tal vez, decía a mis amigos, relacionaba la historia de Victor de l'Aveyron con los *betizuak* y con mi propia infancia, y por eso me afectaba tanto. Con todo, no estaba seguro de que fuera la verdadera explicación.

Victor de l'Aveyron: un niño que había crecido sin influencia alguna de la sociedad y que compartía algunos rasgos con los animales. No era capaz de hablar. No sentía el frío y el calor como los humanos, y era, por ello, capaz de pasar directamente del fuego de la cocina a la orilla de un estanque helado y de quedarse allí durante horas. No se ponía enfermo, no conocía los catarros. Tampoco el dolor. Su sensibilidad estaba abotargada.

Los esfuerzos del doctor Itard por educar al niño se prolongaron durante siete años. Su objetivo era enseñarle a hablar, convertirle en un ser humano mediante la palabra. Pero Victor no progresó. No conseguía aprender los nombres de las cosas. Cuando oía la palabra *livre,* él imaginaba un libro determinado, el ejemplar que el doctor había utilizado como muestra; no captaba el concepto abstracto. Por lo general, se mantenía inactivo. Se sentaba frente a la ventana de su habitación y pasaba allí las horas, balanceando el cuerpo sin parar.

Pero hubo una excepción.

«Una mañana de invierno —escribe el doctor Jean Itard en su diario—, habiendo caído una gran nevada en las últimas horas de la noche, he aquí que se despierta de repente con un grito de alegría, abandona su lecho, corre a la ventana, se dirige a la puerta, se revuelve impaciente y agitado de una parte a otra, y al fin, medio desnudo todavía, se escapa hasta el jardín; allí da rienda suelta a su alegría con nuevos, penetrantes alaridos, se revuelve en la nieve, la acumula entre sus manos, y por fin come de ella hasta saciarse, con avidez indescriptible».

La nieve interrumpe la rueda del tiempo, se interpone como un acontecimiento en la larga serie de hechos comunes; de ahí proviene su fuerza. Todos acusamos su impacto, y los niños de una forma especial. Pero ¿Victor de l'Aveyron? ¿De dónde su euforia? ¿Por qué razón?

La nieve, por una parte; por otra, un niño salvaje, un *enfant sauvage.* ¿Y en medio? En medio, nada. Ninguna idea, ninguna influencia de la tradición, ninguna asociación del hecho natural con un paisaje pintado por Brueghel o con un poema chino anterior a Cristo. Tampoco recuerdos que ligaran la nieve con las Navidades de la infancia ni nada parecido. Solo dos lados, dos extremos: la nieve con su fuerza, y el espíritu inocente o, si se quiere, vacío, de Victor. Y, sin embargo, alaridos de alegría...

Escuché decir una vez al filósofo Agustín García Calvo que la emoción no era posible sin una idea previa, y que, por ejemplo, no sentiríamos nada especial ante la muerte de nuestro padre o de nuestra madre de no tener previamente los conceptos de «padre» y «madre». Pero la reacción mostrada por Victor ante la nieve pone en entredicho la universalidad de tal afirmación.

6 DE ENERO. EL CISNE Y DENNIS

El cisne se encontraba en la orilla de Manzanita Lake, el estanque del campus. Al percatarse de nuestra presencia enderezó el cuello y ladeó la cabeza, vigilante el ojo negro sobre su pico color naranja; pero pronto perdió el interés por nosotros y se alejó hacia la orilla opuesta.

Aparte del suave deslizamiento del cisne, no había otra señal de vida en el campus. No se veía a ningún alumno. Tampoco a policías, aunque uno de sus vehículos estaba aparcado cerca, al lado de la Escuela de Minas. Los patos, treinta patos, o cuarenta, descansaban encogidos en la hierba, listos para dormir. La calma parecía excesiva para la hora, las seis de la tarde, pero, como dijo Ángela, había días así en Reno.

—Mirad, es Dennis —dijo Sara.

Estaba a unos veinte metros de nosotros, con su gabardina y su gorra rojas.

—¿Adónde vais? ¿A la pista de hielo? —preguntó acercándose.

—Fuimos el otro día. Izaskun se resbaló y se cayó —explicó Sara.

—¡No te ha preguntado eso! —protestó Izaskun.

Dennis se dirigió a Ángela.

—¿Qué tal un nuevo intento?

—Me parece bien. Tenemos tiempo.

—Estoy de acuerdo. No somos patos para irnos a la cama a las seis de la tarde —dijo Izaskun.

La pista de hielo al aire libre estaba en la orilla del río Truckee, cerca del Monumento a los Soldados Caídos. Empezamos a bajar por Virginia Street y, al pasar por encima de la 80, un camión tráiler pintado con las barras y las estrellas de la bandera nos saludó tocando la bocina. Sonó tan fuerte como la de un transatlántico.

—¡Todavía dura el espíritu navideño! —exclamó Dennis.

—Lo malo es que el lunes tenemos que volver a la escuela —dijo Sara.

7 DE ENERO. DE VISITA EN EL MUSEO PAIUTE

Cogimos el Ford Sedan y fuimos a Pyramid Lake por la 447. Llegamos a Nixon y aparcamos delante del Paiute Tribe Museum & Visitors Center, a la entrada del pueblo.

Tampoco allí había ni un alma. La única presencia —presencia hosca— era la del viento. Nos enredaba el pelo y zarandeaba la bandera colgada de un mástil. Las primeras crestas del desierto eran de un color parduzco; las de más atrás, blancas.

El edificio del museo era bonito, de formas geométricas, irregular, con una planta de no más de trescientos metros cuadrados. La placa de la entrada informaba de que era obra del arquitecto hopi Dennis Numkena.

Dos fotografías me llamaron la atención entre todos los documentos y artefactos que se exhibían en las vitrinas. La primera era del guerrero Numaga; la segunda, de la educadora Sarah Winnemucca. Numaga había liderado a su pueblo el año de la Guerra Paiute, 1860, ganando la batalla que tuvo lugar precisamente allí, en Pyramid Lake. En cuanto a Sarah Winnemucca, era la autora del primer libro publicado en Estados Unidos por una *native american* (*Life Among the Piutes,* Boston, 1882), y, además, la activista más importante en la lucha por los derechos de los paiutes.

En la vitrina dedicada al siglo xx, varias imágenes parecían proceder de documentales sobre la Segunda Guerra Mundial: un paiute con una radio de campaña; soldados paiutes junto a una señal de carretera con el nombre de Normandie; un grupo más numeroso rindiendo honores a la bandera de barras y estrellas.

Antes de salir del museo compramos un ejemplar de la última edición del libro de Sarah Winnemucca. Seguía sin haber nadie en los alrededores. El único coche del aparcamiento era nuestro Ford Sedan.

—Nixon no parece muy animado —dijo Ángela—. Mejor que vayamos a Suttcliffe y tomemos algo en el Crosby Bar.

Cogí el volante, y le pedí a Ángela que nos leyera un pasaje del libro.

«Nací en alguna parte hacia 1844, pero no estoy segura del año», leyó Ángela. Era maravilloso que Sarah Winnemucca hablara a través de ella después de más de un siglo, y que Izaskun, Sara y yo pudiéramos escucharla teniendo a la vista el lago azul turquesa y el desierto ocre y blanco, el territorio paiute que había defendido Numaga.

«Era una niña muy pequeña cuando los primeros hombres blancos aparecieron en nuestro país. Vinieron como leones, sí, como rugientes leones, y así han continuado hasta ahora, y yo nunca olvidaré la primera vez que llegaron. Mi pueblo estaba esparcido por todo el territorio que ahora se conoce como Nevada. Mi abuelo, jefe de toda la nación paiute, acampaba cerca del lago Humboldt con una pequeña porción de su tribu cuando una partida fue vista yendo hacia el este desde California. En cuanto le llegó la noticia, mi abuelo preguntó: "¿Qué aspecto tienen?". Le dijeron que tenían pelo en la cara, y que eran blancos, y él dio un salto y juntando las manos gritó: "¡Mis hermanos blancos! ¡Los hermanos blancos que tanto tiempo he esperado han llegado por fin!".»

—No quiero oír esta historia —dijo Sara.

—¿Por qué? —le pregunté.

—Porque será muy triste —dijo ella.

Ángela me hizo un gesto. Sí, la historia de Sarah Winnemucca tenía las trazas de ser triste.

Llegamos a Sutcliffe y entramos en el Crosby Bar. La camarera de Idaho nos saludó alegremente. Llevaba una insignia con la imagen de Obama.

—¡Vamos a ganar! ¡Seguro! —exclamó—. ¡Va a ser el próximo presidente de Estados Unidos!

11 DE ENERO. EL SOLDADO DAVID J. DRAKULICH

La noticia venía en el *Reno Gazette-Journal*. El soldado de veintidós años David J. Drakulich, miembro del Ejército desde 2004, había resultado muerto en Afganistán.

Se recogían las declaraciones de los miembros de su familia. Su padre: «Hace cuatro años vino y me dijo, "papá, voy a ser miembro del comando del aire". Me dejó destrozado. Mi hijo no conocía el miedo. Sabía muy bien lo que hacía».

Su madre: «Amaba su patria y dio su vida por ella. Lo queremos mucho».

Su hermana: «Ha ido directamente al cielo, estoy convencida».

Según la misma noticia, los Drakulich, una familia repartida por toda Nevada, eran abogados, profesores o empleados del sector inmobiliario. El soldado fallecido tenía planeado seguir con sus estudios a partir de abril, una vez terminada su misión en Afganistán.

El padre mostraba una fotografía enmarcada. Era un montaje: en primer plano, un retrato de su hijo vestido con el uniforme de gala; al fondo, el mismo chico bajando en paracaídas.

12 DE ENERO. LAS CARTAS

—Bob, tienes una carta de Obama en College Drive. Va a visitar Reno de nuevo, y le gustaría que asistieras al mitin.

—Quédate con la invitación. Tengo dos más en casa. Y otra de Hillary Clinton.

14 DE ENERO. BARACK OBAMA HABLA DE NUEVO

Fuimos al pabellón deportivo del equipo de baloncesto de la Universidad a escuchar a Barack Obama. Allí estaban de nuevo sus seguidores, la mayoría jóvenes de menos de veinticinco años, y allí estaba, también, el mensaje principal de la campaña: *Change! Change! Change!* Imposible no verlo, porque lucía en todas partes; no en todos los colores —los únicos colores políticos posibles en Estados Unidos son los de la bandera—, pero sí en todos los tamaños, tapando incluso los símbolos del Wolf Pack, el equipo de baloncesto. *Change! Change! Change!* ¡Cambio! ¡Cambio! ¡Cambio!

Barack Obama se presentó con su sonrisa, su camisa blanca y su traje negro, dejando a sus seguidores con el «corazón partío». Se sentía, casi físicamente, la simpatía reinante en el pabellón, los hilos que salían de los cuatrocientos o quinientos seguidores y llegaban hasta el candidato; hilos invisibles, más delgados aún que los que las arañas tejen entre las ramas de un arbusto, pero capaces de aupar al candidato hasta el cielo.

«¿Hasta dónde puede llegar Barack Obama?», preguntaban a su contrincante, Hillary Clinton, en la revista *Newsweek*. «Yo creo que su límite es el cielo. En el futuro, naturalmente», respondía ella.

Pero los seguidores reunidos en el pabellón del Wolf Pack, los trabajadores —*rednecks*— que le aplaudían y le reían las bromas, los estudiantes que miraban hipnotizados el armonioso movimiento de sus manos de zahorí, no querían esperar, deseaban que el futuro se cumpliera enseguida, en el mismo 2008. *Change! Change! Change! Obama for President!*

La reunión no fue, sin embargo, del todo similar a la que tres meses antes se había celebrado en el Grand Sierra Resort. La diferencia más evidente —dejando a un lado las medidas de seguridad, antes casi inexistentes y ahora notables, como de aeropuerto— fue la participación de la mujer de Obama, Michelle, que habló de la negritud y de la cuestión racial. La diferencia más sutil, la visibilidad del emblema de la campaña, que ahora era absoluta, y que indudablemente —ya lo pensé la primera vez— era de inspiración oriental, conceptualmente idéntica a la bandera del Japón: en la base, líneas horizontales blancas y azules figurando un «mar»; sobre dicha base, saliendo del «agua», un sol blanco; alrededor del sol, un semicírculo de color azul, el cielo. *The rising sun,* el sol naciente.

Imaginé a David Axelrod, responsable máximo de la campaña de Obama, sopesando si convenía fortalecer el mensaje del emblema con la canción *The House of the Rising Sun,* versión de Doc Watson para el Oeste, versión de Eric Burdon & The Animals para el Este. Pero no, no se podía. La Casa del Sol Naciente había sido, como Mustang Ranch, un burdel.

18 DE ENERO. HILLARY CLINTON EN EL GRAND SIERRA RESORT

Éramos más de mil personas en el Grand Sierra Resort, buscando todos un lugar desde el que poder ver y oír bien a Hillary Clinton en su primera y única actuación de campaña en Reno. Había un centenar de sillas para las personas de la tercera edad, y un gran espacio desnudo para los que debíamos seguir el evento de pie.

Nos colocamos primero en un costado de la sala, detrás de la zona para discapacitados. Pero el sitio era inapropiado, porque estorbábamos a los que llegaban en silla de ruedas, y nos movimos hacia el escenario donde se agrupaban los militantes de Nevada que colaboraban en la campaña, el coro de Hillary Clinton.

Se nos acercó una mujer de la organización.

—Si queréis subir al escenario, podéis hacerlo —dijo.

Un pequeño salto hacia arriba y ya estábamos en el coro como unos militantes más. El espacio reservado a la oradora, la tarima desde la que iba a hablar, quedaba justo delante de nosotros, a una distancia de dos metros. Dominábamos, además, toda la sala, las mil cabezas de los asistentes. Un punto de observación privilegiado.

A primera vista, parecía la reunión anual de los profesores o de los trabajadores sociales de Nevada, organizada por alguna asociación pundonorosa aunque de pocos posibles. Ningún diseño escenográfico especial; focos, los justos; dos banderas enormes, pero no de satén como la del mitin de Barack Obama en otra sala del mismo Grand Sierra Resort. Únicamente dos excepciones en aquel ambiente discreto: las cámaras de televisión y una alfombra cuadrada roja con el nombre de pila de la candidata, «Hillary». Pero el número de cámaras, de periodistas, era reducido, y la alfombra roja resultaba muy pequeña para la sala. «Sabré lo que te espera cuando vea tu vestido», dice un antiguo poema persa. A juzgar por el vestido que veíamos, estábamos ante una perdedora.

No había mucho movimiento. Un par de jóvenes —no estaban todos con Obama— repartían pósters con los eslóganes de la campaña: *Solutions for America, Hillary for President*. El mensaje de las camisetas era diferente: *Ready for Change*.

Avisaron por megafonía que la candidata venía de Las Vegas con retraso, y un murmullo de voces se apoderó de la sala. Miré a los asistentes que estaban en la primera fila: siete de cada diez eran mujeres de apariencia feminista. Los hombres, algo mayores, tenían el sello de los progresistas de los años setenta.

—Por una vez, los sociólogos tienen razón —dijo Ángela.

Los sociólogos decían que, efectivamente, serían las feministas y los progresistas de la tercera edad quienes votarían a Hillary Clinton, llevándola a la nominación y a la presidencia de Estados Unidos. Esa fuerza y, además, la de los hispanos, porque Bill Clinton había sido para ellos «el primer presidente que supo hablar español».

Como una pompa se hinchaba el murmullo de la sala, como una pompa se vaciaba cada vez que sucedía algo. Pero muy pocas cosas sucedían. Trajeron un atril y pareció, así lo pensaron muchos dejando al momento de hablar, que la candidata iba a llegar en un instante; pero no. Un poco más tarde, un afroamericano elegantemente trajeado atravesó el escenario corriendo y, de nuevo, la gente se puso alerta; pero, como en el soneto, «fuese y no hubo nada». Eran las cinco de la tarde. Una hora de retraso.

En el escenario, delante del coro, se sentaban dos músicos. Uno de ellos, con un *foulard* y una gorra *béret* que le hacían parecer francés, se dirigía de vez en cuando al público:

—¡Hillary Clinton está de camino! ¡Hillary Clinton, la primera mujer presidente de Estados Unidos!

Los seguidores le respondían agitando las pancartas y aplaudiendo. Estaban impacientes, pero no enfadados.

—¿Por qué no tocáis algo? —gritó alguien.

Sonaron un par de canciones tradicionales, y una mujer puesta de pie delante de la zona de discapacitados tradujo la letra al lenguaje de los sordomudos. Se le acercaron dos hombres, como si quisiesen hablar con ella, pero iban a recoger el atril que se había colocado minutos antes en la tarima de la oradora.

Sonaba la quinta o sexta canción cuando los aplausos y los gritos arreciaron, tapando casi por completo la música, y todos los asistentes se pusieron de puntillas mirando hacia la puerta de entrada. Dos pancartas que mostraban la bandera de Estados Unidos y la de Turquía enlazadas se elevaron por encima de todas las demás: *Turkish Americans with Hillary*. Los músicos dejaron de tocar. Los flashes de las máquinas fotográficas llenaron la sala de chispazos. Hillary Clinton entró a paso rápido, deteniéndose un par de veces, solo unos segundos, lo justo para saludar a algún conocido de los que formaban el coro. Cuando subió a la tarima, aplaudió a los que le aplaudían. Otro gesto de los progresistas de los años setenta.

Vestía un traje negro y una blusa azul clara de cuello redondo. El general retirado que la acompañó en la entrada hizo la presentación con gran convencimiento: conocía a Hillary desde hacía tiempo, y sabía de su gran capacidad. Por fin una mujer iba a sentarse en la Casa Blanca.

Hillary Clinton se valió de la cita de un político del pasado para la introducción de su discurso y habló de las nuevas generaciones. A la hora de hacer un cambio era forzoso pensar en los hijos y en los nietos, porque era su futuro lo que estaba en juego. A continuación, trató los temas principales de la campaña, brevemente, pero con calma: la educación, la guerra, la situación de los veteranos, el sistema de salud.

—¿Cuántos de vosotros conocéis a alguien que no tenga seguro médico? —preguntó a los asistentes, como en una asamblea. Se alzaron cientos de brazos—. ¿Y cuántos de vosotros conocéis a alguien que tenga problemas con su casa de seguros?

Nuevamente, cientos de brazos arriba.

Una mujer del público sufrió un mareo y se cayó redonda al suelo. Alguien puso una botella de agua en manos de Hillary Clinton. Ella pidió que se la pasaran a la mujer desmayada.

—A mí me sucedió lo mismo en un museo de Florencia, mientras contemplaba el *David* de Miguel Ángel —dijo luego.

El comentario, la referencia a Europa y a una obra clásica, fue apropiado. No podía ser de otra manera. De los dos candidatos en liza, Barack Obama era la opción romántica; ella, la clásica o, si se quiere, la prerromántica, al modo de Miguel Ángel.

Todos los candidatos políticos del mundo saben de la existencia de críticas contra su persona o su trabajo, y Hillary respondió a una de ellas al retomar su discurso.

—Dicen que mi plan de salud no era bueno. ¡Claro que no era bueno! ¡Lo sé muy bien! ¡Por eso me he pasado catorce años pensando en la forma de mejorarlo!

Su tono fue más amargo al referirse a los que la acusaban de estar relacionada con los *lobbies* de Washington. ¿Acaso no eran sus contrincantes tan *washingtonianos* como ella? Por poner un caso —no citó el nombre, pero tampoco hacía falta, porque estaba en los periódicos—, ¿quién había apoyado a Obama en Nevada? Pues un conocido *lobbyist*.

Una gran oradora, Hillary Clinton. Los otros candidatos, y sobre todo Barack Obama, cosechaban quizás más aplausos; ella, más silencio, más respeto. Los reunidos en el Grand Sierra Resort percibían la profundidad de sus palabras y la escuchaban sin pestañear. «Sabré lo que te espera cuando vea tu vestido»... Pero las cosas no siempre ocurren como en los poemas. A juzgar por su vestido, Hillary Clinton parecía una perdedora; pero, después del discurso, nadie se acordaba de él.

«La realidad es importante», escuché decir una vez al helenista Rodríguez Adrados. En esencia, era el mensaje de Hillary Clinton. Puestos a elegir, mejor un presidente clásico que uno romántico.

COMIDA EN EL CASINO HARRAH'S

Fui con Dennis y Mary Lore al casino Harrah's, y Earle nos guio al comedor destinado a los socios. El local era elegante: maderas nobles, moqueta, lámparas, espejos. El hombre que se sentaba a la mesa de al lado, de unos ochenta años, vestía un traje de terciopelo negro y llevaba un Certina de oro en la muñeca. La comida estaba a la vista, como en un *self service,* pero la servía un camarero.

Antes de sentarnos fuimos al *poker-room,* y uno de los hombres que jugaban a las cartas se levantó de la mesa de tapete verde para venir a saludarnos.

—Mi hermano pequeño —dijo Earle haciendo las presentaciones—. Como veis, juega al póquer. Un auténtico hombre de Nevada.

Todos le estrechamos la mano.

—¿Perdías o ganabas? —le preguntó Earle.

—Como auténtico hombre de Nevada, no diré nada sobre ese particular —respondió el hermano. Nos dirigió un saludo y volvió a la mesa de juego.

Durante la comida, la conversación giró en torno a los acontecimientos políticos que acababan de tener lugar en Reno, las visitas de Barack Obama y Hillary Clinton, y pronto saltaron a la vista las discrepancias entre Mary Lore y Dennis. Mary Lore estaba a favor de la candidata, porque era mujer y porque su capacidad para gobernar estaba fuera de toda duda; Dennis, a favor del candidato, un soplo de aire fresco en la tosca política estadounidense. Earle, que siguió la discusión entre ambos con su media sonrisa, no se pronunció.

Les hablé del desmayo de la mujer en el Grand Sierra Resort, y de la reacción de Hillary Clinton contando lo que le había pasado a ella en Italia.

—¿Qué contó de Italia, concretamente? —preguntó Earle.

Le di los detalles. Él se rio abiertamente.

—Son bastantes los americanos ricos que se desmayan ante una escultura de Miguel Ángel. Es un asunto de *glamour*. No es lo mismo que desmayarse en una gasolinera de Virginia Street.

—Obama no se adorna con cuentos así —dijo Dennis.

A Mary Lore no le gustó aquello.

—Claro, Obama prefiere citar a Martin Luther King. Él le llama «Doctor King», no sé por qué razón. Supongo que para presentarse como su discípulo y ganar votos.

—En cualquier caso —dijo Earle—, el desmayo de Hillary sería ligero, un desvanecimiento imperceptible para el ojo ajeno.

—¿Me estás diciendo que mintió en el Grand Sierra Resort? —Mary Lore se estaba enfadando.

—Os voy a dar un dato que os asombrará —dije yo, interrumpiendo—. Si no estoy muy equivocado, fui testigo del desmayo de Hillary en un viaje que hice con mi madre a Italia. Fue hace diez años.

Se nos acercó el camarero. Earle y yo pedimos café, Mary Lore y Dennis té verde.

—Voy a fumarme un cigarro-puro mientras escucho el segundo cuento de Italia —dijo Earle. Subrayó ligeramente lo de «segundo».

El camarero nombró una media docena de marcas. Solo reconocí una de ellas, «Cohiba».

—Tráigame uno que sea pequeño. El que quiera —dijo Earle.

Cinco minutos después los cafés y el té estaban sobre la mesa, y Earle fumaba un purito. Olía muy bien.

—Así que, cuando se desmayó Hillary en Italia, tú estabas presente. Con tu madre, además —dijo.

—Creo que sí —dije—. En aquel viaje pasaron bastantes cosas.

—¿Por qué no las cuentas? Nosotros no tenemos prisa —dijo Dennis—. Y tú tampoco, creo. Me he encontrado con Ángela en la Universidad. Iba a llevar a Izaskun y a Sara a una fiesta de la escuela.

La narración me llevó un cuarto de hora.

—Deberías escribirla —me dijo Mary Lore al terminar.

—La tengo escrita —dije.

Earle se levantó de la mesa, y todos con él. Saludamos desde la puerta a los que estaban jugando al póquer.

—Ha sido una comida muy amena —dijo Earle cuando salimos a Virginia Street.

VIAJE A ITALIA (RECUERDO)

Éramos cuarenta y dos personas, treinta y ocho jubilados y cuatro jóvenes o medio jóvenes, y viajábamos a Italia en autobús. Las circunstancias eran, por decirlo con un calificativo popular, bastante complicadas, ya que no éramos todos de la misma nación, sino, en orden alfabético, de Barcelona, Guipúzcoa y Madrid. «¿Cómo puede gobernarse bien un país con trescientos tipos de queso?», preguntó en una ocasión, suspirando, Charles de Gaulle. «¿Cómo puede gobernarse bien un Recinto Reducido de 12 × 2,5 × 3 metros que transporta tres nacionalidades?», me pregunté yo. Fue, sin embargo, una pregunta retórica. Estábamos al principio del viaje, atravesando —Cannes abajo, Mónaco arriba— territorio francés libre de túneles, y la ruta era agradable.

Pero dejamos atrás Ventimiglia, entramos en Italia y allí estaban los túneles esperándonos. Cuando nos topamos con el vigésimo, la nación catalana dejó escapar su primera queja:

—¿Es que no vamos a parar nunca? —preguntó Eugeni, un jubilado—. En estos asientos tan incómodos nos vamos a quedar agarrotados.

En el Recinto Reducido de 12 × 2,5 × 3 metros viajaba un responsable, un joven recién casado que iba acompañado de su esposa. Tenía al parecer un oído finísimo y, aunque se sentaba en la primera fila, y Eugeni de la mitad para atrás, reaccionó inmediatamente:

—Eugeni, ya sé que tanto túnel cansa —dijo, agarrando el micrófono—. Yo he pasado cien veces por aquí, y sé lo que es esto. Pero pronto acabarán los túneles, y nos encontraremos en uno de los lugares más bellos del mundo.

A las palabras del responsable les siguieron las de su esposa:

—*Eugeni, et ve de gust un albercoc?* —preguntó, alzando la mano para mostrar un albaricoque. Eugeni respondió afirmativamente y, pasando de una fila a otra, el albaricoque llegó a sus manos.

El conductor era una persona tenaz y pisaba el acelerador con determinación; pero los túneles eran también tenaces, y no acababan nunca. El ambiente del Recinto Reducido se fue enrareciendo, y el primer conflicto entre naciones no tardó en estallar.

—¡Claro! ¡Si no nos hubiésemos retrasado tanto en Barcelona! —refunfuñó un madrileño de pelo blanco que iba sentado en la zona media.

—Pero la cuestión es que nos hemos retrasado, y ahora estamos obligados a continuar sin hacer ninguna parada —remató la mujer de pelo rubio claro sentada a su lado, probablemente su esposa.

—¡Ya! ¡Vosotros hubieseis preferido que pasáramos todos por Madrid! —replicó Eugeni, el elemento más dinámico del Recinto Reducido—. ¡Madrid! ¡Madrid! *N'estic fart de Madrid!*

Los madrileños no se amedrentaron.

—Puede usted decir lo que quiera de Madrid. Nosotros somos de la provincia, concretamente de Tres Cantos.

Los miembros de la Minoría Vasca nos mantuvimos en silencio.

Alguien sopló un par de veces el micrófono. Era de nuevo el responsable, el recién casado, el marido.

—¡Ni Barcelona ni Madrid! ¡Italia! —exclamó—. Estamos a ochenta kilómetros de Génova y ya se han acabado los túneles. Para celebrarlo, voy a poner música italiana ahora mismo. ¡Adriano Celentano! *¡Azzurro!* ¡Azul!

Dicho y hecho, la canción llegó a las cuatro esquinas del territorio de $12 \times 2,5 \times 3$ metros: «*Azzurro, il pomeriggio è troppo azzurro e lungo per me...*». «Azul, la tarde es demasiado azul y larga para mí...»

Los miembros de la Minoría Vasca valoramos positivamente la elección. *Azzurro* ha sido siempre una de mis canciones favoritas.

—De todas formas, ese señor de Madrid tiene un poco de razón, ¿no te parece? —dijo mi madre a mi lado—. Nos hemos alargado mucho en Barcelona.

Aprobé aquella concesión al centralismo con voz queda. Era el momento de Adriano Celentano:

«Azzurro, il pomeriggio è troppo azzurro e lungo per me...»

A la izquierda de la autopista, más allá de las hondonadas llenas de invernaderos, el Mediterráneo parecía de tinta, azul espeso, *azzurro*. Sobre sus aguas, como briznas oscuras, se divisaban las barcas de pescadores; en el cielo, como briznas amarillas, unas diez estrellas desperdigadas. La noche descendía lentamente.

—¿Veis el mar? —preguntó por el micrófono el responsable cuando Adriano Celentano se hubo callado—. Pues seguid disfrutando de la vista mientras escucháis la siguiente canción.

La música volvió a apoderarse del Recinto Reducido: *Sapore di mare, sapore di sale...*

—A ver si va a resultar que este chico es psicólogo. Ha resuelto muy bien la situación —dijo mi madre—. Yo, si tuviera menos años, estudiaría Psicología. De joven me gustaba la Química, pero ahora prefiero la Psicología.

—No quiero molestaros, ahora mismo me callo —dijo el responsable, el recién casado, el presunto psicólogo—. Pero tenéis que saber lo que dice la próxima canción: «*Se piangi, se ridi, io sono con te...*». Es decir: «Si lloras, si ríes, yo estoy contigo». Es una canción preciosa, amigos. ¡Cerrad los ojos y escuchadla!

De los altavoces emergió la voz de Bobby Solo: «*Se piangi, amore, io piango con te, perchè tu fai parte di me...*». Hacia el mar, las estrellas asomaban en el cielo, pero las barcas de pescadores habían desaparecido.

Me levanté para dirigirme por el pasillo hacia el núcleo más privado del Recinto Reducido, y examiné al pasar el ambiente que reinaba en los asientos. Todas las naciones estaban tranquilas, con los ojos cerrados, dormidas o medio dormidas. La única excepción era una mujer de Madrid que tenía un rostro peculiar, escultórico, de piedra. «*Se piangi, se ridi, io sono con te*», repetía Bobby Solo, pero a ella le importaban poco los sentimientos del cantante.

—Esta canción no vale nada. Es pésima —dijo la mujer cuando nuestras miradas se encontraron. También su voz era de piedra, piedra metalizada. El acento era de Lavapiés o de algún otro barrio castizo de Madrid. Esbocé una sonrisa y seguí adelante.

Me costaba conciliar el sueño, y me puse a mirar por la ventanilla. Las luces de Génova no estaban lejos. Me vino a la memoria un poema escrito por un hombre nacido en aquella ciudad, Eugenio Montale, líneas inolvidables para mí desde que las leí en la traducción de Francisco Ferrer Lerín: «Habría querido sentirme áspero y esencial, como los guijarros que tú devuelves comidos por la sal; brizna fuera del tiempo, testimonio de una voluntad fría que no cambia». Según iba rememorando el poema, sentí el mar cerca de mí, y me fui fijando en los guijarros mojados que las olas depositaban en la arena —un guijarro, otro, otro más—, hasta que me quedé dormido.

El trecho más largo del viaje ya estaba hecho, y los cuarenta y dos individuos del Recinto Reducido de 12 × 2,5 × 3 metros nos sentíamos contentos y felices en el Duomo de Pisa. El sol ocupaba el lugar de las estrellas melancólicas; el cielo azul, el de la noche. Ante nosotros, en la hierba joven, se alineaban tres edificios de mármol blanco. El que se alzaba justo enfrente de nosotros era *il campanile,* la torre más famosa del mundo.

—*Quina meravella, Déu meu!* —exclamó Eugeni.

—¡Verdaderamente maravilloso! —convino el madrileño de la provincia, el de Tres Cantos.

Todo estaba dicho, y los demás nos quedamos callados.

Sonó de pronto una voz de piedra, piedra metalizada:

—¡¡¡Qué desilusión!!!

Las palabras penetraron en el silencio como una daga.

—¡¡¡Qué desilusión!!! —se oyó de nuevo. Reconocí el acento. Era de Lavapiés, sin duda alguna.

La mayoría de los miembros del Recinto Reducido giraron la cabeza.

—En las fotos parecía algo, pero ¡no tiene nada que ver! —dijo la mujer. Los viajeros de las tres naciones nos miramos, mudos.

—¡Vamos todos! —exclamó alguien con brío. Era el responsable, el recién casado, el presunto psicólogo—. La escalera interior de la torre tiene 294 peldaños. Subamos hasta el punto donde solía situarse Galileo.

Eugeni sacudió la cabeza.

—No sé si voy a ser capaz de subir tanto. Uno ya no es joven...

—Si Galileo Galilei pudo hacerlo, ¿por qué no usted, Eugeni? —le animó el responsable.

Un miembro de la Minoría Vasca se separó sin avisar del grupo y trotó hacia el pie de la torre.

—¿Por dónde se entra? ¿Por ahí? —preguntó. Sin duda alguna, era mi madre.

—¡Sí! —respondió el otro miembro de la minoría, corriendo tras ella. Sin duda alguna, era yo.

La mayoría de los viajeros del Recinto Reducido se puso por fin en movimiento, y al cabo de unos minutos nos encontrábamos todos en el punto escogido por Galileo para sus experimentos.

—Se ponía aquí y arrojaba cosas al vacío: objetos de acero, de madera, de oro... —explicó el responsable—. Se figuraba que los más pesados caerían antes, pero no. Llegaban al suelo a la vez.

Todos dirigimos la mirada hacia aquel suelo, pero no vimos objeto alguno, ni de acero, ni de madera, ni de oro. Sí vimos, en cambio, a la Mujer de Piedra. Estaba sentada en un banco hecho de su misma materia.

Al día siguiente paramos en Lucca para dar un paseo y almorzar. Nos pareció una ciudad hermosa y alegre; pero, como nos indicó el responsable, carecía de edificios u obras artísticas excepcionales, y era mejor explorarla al gusto de cada cual, sin un itinerario marcado. No obstante el consejo, el grupo se mantuvo unido los primeros minutos, debido a que Eugeni hizo una pregunta a la Mujer de Piedra, y nadie del Recinto Reducido quiso perderse la respuesta.

—¿Qué tiene usted en contra de la torre de Pisa, si puede saberse?

Esa fue la pregunta.

—Mire, señor Eugeni —comenzó la Mujer de Piedra con marcado acento de Lavapiés—. Yo no tengo nada contra esa torre. Pero permítame que le haga una pregunta: ¿ha visto usted alguna película en su vida?

Arrinconando por un momento las divergencias identitarias, el matrimonio madrileño, de la provincia, de Tres Cantos, se puso a favor del representante catalán.

—¡Por favor! Pero ¿usted qué se cree? ¿Que en Barcelona no hay salas de cine?

De la boca de la Mujer de Piedra salió una voz fría, más metalizada que nunca.

—Ya sé que en Barcelona hay muchas salas de cine. Por si le interesa, le diré que hay cerca de doscientas veinte salas repartidas en toda la provincia, y cerca de setenta en la capital. Pero yo no me refería a eso. Lo que quería preguntarle al señor Eugeni era si había presenciado alguna vez el rodaje de una película.

Las campanas de Lucca empezaron a repicar con gran estrépito, y la conversación quedó interrumpida. Pero se restableció el silencio, y la Mujer de Piedra prosiguió su argumentación:

—Pues resulta que yo sí. He trabajado toda mi vida en el mundo del cine y he sido testigo de muchos rodajes. ¿Y saben lo que les digo? ¡Que todo es mentira! ¡Mentira! La gente ve un naufragio en la pantalla, pero ese naufragio lo ha hecho el director en una palangana con un barco de juguete. Y la torre esa de Pisa la ponen en las fotos no sé cómo, y luego...

Tenía la intención de seguir escuchando, pero el otro miembro de la Minoría Vasca, sin duda alguna mi madre, se alejaba velozmente hacia un punto indeterminado de la ciudad, y me vi obligado a marchar tras ella.

Llegamos a Florencia al atardecer, y el responsable nos aconsejó aprovechar las últimas horas del día para visitar la ciudad por libre. Nosotros, la Minoría Vasca, escogimos la orilla del río Arno para pasear, sabedores de que al día siguiente visitaríamos todo lo demás —las plazas, las iglesias, los museos— en compañía de las otras nacionalidades del Recinto Reducido.

Caminamos tres o cuatro kilómetros por una orilla, y otros tantos por la otra. Corría la brisa, y yo creí oír, sentir, como una brisa aún más dulce, el famoso verso: *«Tanto gentile e tanto onesta pare la donna mia...»*.

Regresamos al hotel hacia las doce de la noche. Esperando el ascensor, distinguimos dos sombras en el *hall*. Eran los recién casados, el responsable y su esposa. Estaban sentados en un rincón, uno frente al otro, cariacontecidos. De repente, el hombre hizo un gesto brusco. Gesto por gesto, la respuesta de la mujer fue igualmente brusca.

—Creo que se han enfadado —dije.

—Las parejas de ahora no saben aguantar. Por eso hay tantos divorcios —sentenció mi madre.

En el canal deportivo de la televisión ofrecían la repetición del partido entre la Fiorentina y el Sampdoria. Era un partido duro. Passarella, el defensa que jugaba en el ala izquierda de la Fiorentina, cojeaba ostentosamente, y no tardó en pedir el cambio y retirarse a la banda. Fue entonces cuando se produjo la sorpresa. El sustituto que saltó al campo en lugar de Passarella era un miembro de la Minoría Vasca, sin duda alguna mi madre. Arrancó desde atrás con el balón, pero cuando iba a adentrarse en el área contraria un defensa del Sampdoria, sin duda alguna la Mujer de Piedra, se le plantó delante. «¡Ni un paso más!», dijo con acento de Lavapiés el defensa del Sampdoria, la Mujer de Piedra. Me desperté sudando. La televisión estaba encendida. El Sampdoria ganaba dos a cero.

A la mañana siguiente, el responsable nos condujo a las inmediaciones de la catedral e hizo que nos colocáramos delante de la Puerta del Paraíso del baptisterio de San Juan.

—Admirad el trabajo de orfebrería del gran Ghiberti. No hay en el mundo puerta más hermosa que esta. Observad los detalles de cada uno de los paneles.

Algunos miembros del Recinto Reducido se acercaron a la puerta, pero el grupo estaba fragmentado. Unos miraban para otro lado, hacia la catedral; otros, mi madre la primera, caminaban hacia *il campanile*.

—¿Qué me dice, Eugeni? —preguntó el responsable.

—Me he dejado las gafas en el hotel, pero sí, la puerta parece bonita —dijo Eugeni.

Quienes permanecíamos al lado del baptisterio miramos inquisitivamente a la Mujer de Piedra. Ella sostuvo la mirada durante cinco largos segundos. Luego vino el suspiro. A continuación, el resumen de lo que había estado pensando.

—Parecen cromos. Nada del otro mundo.

Alcé la mirada hacia el cielo y mis ojos tropezaron con una cabeza cubierta con un pañuelo verde que asomaba en lo alto del *campanile*. Era, sin duda, la cabeza de mi madre.

Galleria degli Uffizi, Ponte Vecchio, Piazza della Signoria, Santa Croce, Le Cappelle Medicee... Visitamos todo aquello y más en nuestro recorrido de cinco o seis horas; pero los cuarenta y dos miembros del Recinto Reducido teníamos el espíritu encogido. Sentíamos sobre nosotros el peso de una losa, y los más apesadumbrados de todos eran el hombre de Tres Cantos y Eugeni.

—¿Qué dirá ahora esa tía ceniza? —se preguntaba constantemente el hombre de Tres Cantos.

—Sin gafas no veo nada —decía constantemente Eugeni.

Estando en la Galería de los Uffizi, delante de *La Annunciazione* de Leonardo, el responsable reaccionó. Dijo, dirigiéndose a Eugeni en voz alta:

—Deme la tarjeta de su habitación. ¡Voy en un momento y le traigo las benditas gafas! —seguidamente, habló para todo el grupo—: Dentro de veinte minutos, todos en la puerta de salida. Nos quedan por ver dos cosas maravillosas: los frescos de Fra Angelico y el magnífico *David* de Miguel Ángel.

—*Molt be* —dijo Eugeni, animado ante la perspectiva de recuperar las gafas. El responsable desapareció por las escaleras del palacio de los Uffizi.

—¿Dónde estará su mujer? No la he visto en todo el día —se preguntó mi madre.

Contra lo que cabía esperar, el día fue a peor. En el convento de San Marcos, delante de otra *Annunciazione*, obra esta vez de Fra Angelico, la Mujer de Piedra actuó de nuevo. Esperó hasta que la mayoría del Recinto Reducido estuvo en silencio, y justo entonces, en el instante en que el responsable iba a dar su explicación, expresó su parecer en tres palabras:

—Muy visto, ¿verdad?

Su desprecio cayó como cae un pedrusco en las aguas de un estanque.

—¿Por qué no se habrá quedado esta señora en Lavapiés? —dijo el hombre de Tres Cantos.

—Pues yo diría que las alas del ángel son muy bonitas —afirmó Eugeni, armado ya de gafas.

—Preciosas. Parecen las alas de una mariposa —añadió mi madre.

Pero no era fácil olvidar las palabras de piedra, piedra metalizada, y salimos hacia la Galería de la Academia, a visitar el *David* de Miguel Ángel, con el ánimo irritado.

La escultura, de mármol blanco, estaba en una sala pequeña. Hacía mucho calor, y cuando entramos los cuarenta y dos miembros del Recinto Reducido la temperatura subió un par de grados. El ambiente, físicamente desagradable, agravó la irritación que la mayoría llevaba dentro, y sobre todo la del hombre de Tres Cantos, que tenía ya las mejillas encendidas, la mirada sombría, el mentón proyectado hacia delante. El enfrentamiento parecía inminente. Pero, de repente, una mujer que estaba contemplando la escultura sufrió un desvanecimiento y cayó al suelo. Se produjo un revuelo, y —misterios de la mente humana— todos los miembros del Recinto Reducido se olvidaron de su problema y se relajaron.

Tres hombres corpulentos ayudaron a ponerse en pie a la mujer. Era menuda, de pelo rubio, y en la solapa de su traje lucía una insignia con la bandera de Estados Unidos. ¿Hillary Clinton y sus guardaespaldas? No pude confirmarlo, pues otro asunto reclamó mi atención. Dicho brevemente, el Enemigo Público de Piedra acababa de aprovechar el silencio que se había apoderado de la sala para manifestar claramente su opinión:

—Es mucho más pequeño que en las fotos. ¡La misma historia de siempre!

El responsable se puso pálido, pero no se desvaneció.

—A este chico no lo veo nada bien —dijo mi madre—. Además, su mujer no ha aparecido en todo el día. ¡Sería el colmo que se separaran estando recién casados!

Se rio alegremente, como ríe a veces la gente conservadora de cierta edad ante las tonterías de los jóvenes.

Cuando volvimos al hotel, encontramos a la mujer sentada en una butaca del *hall*, leyendo una revista. Llegó su marido, el responsable, y se besaron afectuosamente.

—¡Menos mal! —dijo mi madre.

En cualquier caso, llegados a aquel punto del viaje, después de Pisa, Lucca y Florencia, mi madre era presa de una preocupación que trascendía la problemática de los matrimonios modernos.

—Qué cosas tan hermosas estamos viendo, ¿verdad? —dijo. Íbamos camino de la habitación.

—¡Y las que todavía veremos en Roma! —le dije.

—En el País Vasco no tenemos esculturas y cuadros de esta categoría, creo yo. Eso me da un poco de pena, si quieres que te diga la verdad.

—Este lugar es único en el mundo. Hasta los estadounidenses tienen que venir aquí para ver las esculturas de Miguel Ángel —dije, saliéndome por la tangente.

Al doblar el pasillo, nos encontramos de frente con el responsable y su mujer. Habían subido por las escaleras. Sus caras eran luminosas, y se agarraban de la cintura.

—En Roma nos espera la *Pietà,* la obra más maravillosa de Miguel Ángel —nos dijo el responsable, el marido, el del oído fino, al cruzarse con nosotros.

—No se van a separar. No en este viaje, al menos —dije.

Nos encontrábamos frente a la *Pietà.* El cuerpo de Jesús en el regazo de su Madre, su brazo derecho colgando inerte, la cabeza caída hacia atrás; su Madre, con la frente baja y la palma de la mano izquierda extendida. Las formas que Miguel Ángel extrajo de un bloque de mármol blanco de los Alpes.

Era muy temprano, y los viajeros del Recinto Reducido éramos prácticamente los únicos visitantes en la basílica de San Pedro. El silencio reinante solo se veía interrumpido esporádicamente por algún susurro o por el ruido de unos tacones en el suelo de mármol. Hasta el órgano callaba. Todos mirábamos la escultura. Atentos. O, mejor dicho, expectantes.

No hubo, sin embargo, rechazo, pedruscos, dagas, exabruptos, sino un balbuceo, el gemido de alguien pugnando por articular unas palabras:

—Pero esto..., esto...

Era la Mujer de Piedra. No hallaba las palabras. Algo le obstruía la garganta. Le dimos tiempo, que dijera lo que tenía que decir.

—¡Esto es la perfección suma, *endesdeluego*! —exclamó al fin.

De repente, la música del órgano fluyó por toda la basílica. No fue un aleluya, pero sí una melodía graciosa, digna de los pájaros que revoloteaban en la bóveda.

—*L'art ha triomfat!* —exclamó Eugeni.

—¡En toda regla! —añadió el madrileño de Tres Cantos.

—Bien está lo que bien acaba —remató mi madre.

La mayoría del Recinto Reducido pensó que la visita a la basílica de San Pedro y la emoción demostrada ante la *Pietà* ponían punto final a la historia de la Mujer de Piedra. Pero, por decirlo en estilo periodístico, el último capítulo estaba por escribir. Nos aguardaba la sorpresa más grande. Se produjo cuando dejamos Roma y nos fuimos a Asís, el país de Francisco.

El santuario de San Francisco de Asís se encuentra en un alto desde el que se abarcan los campos y las colinas de muchos kilómetros a la redonda. El verano de nuestra visita, los campos estaban amarillos; los olivos, en hileras, frondosos y verdes; los bosques lejanos, negros. El día era soleado.

Visitamos la iglesia y la tumba, contemplamos los frescos de Giotto y Cimabue y salimos al atrio. Era ya la hora del atardecer, el sol resplandecía en el horizonte. El responsable —el marido nuevamente feliz— aprovechó el momento para subir de un salto al pretil y llamar nuestra atención. Un joven fraile, un individuo esmirriado, hizo lo mismo y se colocó a su lado.

—Le he pedido un favor a Giovanni —dijo el responsable—. Con su ayuda, vamos a recitar todos juntos el «Cántico del Hermano Sol» que Francisco compuso en este mismo lugar. Giovanni lo entonará en italiano y yo lo iré leyendo en español. Tengo la traducción en la mano.

Viajeros de otros Recintos Reducidos se acercaron a nuestro grupo. La mayoría eran italianos. Al final éramos unos ochenta, colocados delante de Giovanni y el responsable.

—*Altissimu, onnipotente, bon Signore...* —empezó Giovanni, cruzando las dos manos en el pecho. Por enésima vez en aquella colina, las primeras líneas del canto llegaron a los oídos de los creyentes y de los no creyentes.

Como en una letanía, los italianos sumados a nuestro grupo repetían cada frase. A continuación, el responsable nos leía la traducción.

Laudato sie, mi' Signore cum tucte le Tue creature, spetialmente messor lo frate Sole [...] Laudato si', mi Signore, per sora Luna e le stelle...

«Alabado seas, mi Señor, con todas tus criaturas, especialmente el Hermano Sol [...]. Alabado seas, mi Señor, por la Hermana Luna y las Estrellas...»

El joven Giovanni entonó las últimas líneas del himno: *Laudato si', mi Signore, per sora nostra morte corporale, da la quale nullu homo vivente po' skappare...*

El sol desapareció en el horizonte. En la carretera no circulaban coches. Un burro avanzaba al paso por una vereda acompañado por un muchacho.

Oí sollozos a mi lado. La Mujer de Piedra tenía los ojos llenos de lágrimas.

—Pero, Concha, no llores —le dijo alguien, no sé quién.

El llanto no cesó. El grupo no sabía qué hacer, y permaneció inmóvil hasta que el responsable dio las gracias al fraile y, bajándose del pretil, se encaminó con su esposa colina abajo.

—Ahora, ¡todos a cenar! —exclamó.

—Se quedó viuda hace seis meses —me informó al pasar por mi lado. Luego se acercó a ella, a Concha, y le recitó el menú que nos esperaba en...

... Pero no. No sucedió de esa manera. No acabó así la visita que hicimos a Asís. El responsable organizó la lectura del «Cántico del Hermano Sol», y trajo al fraile llamado Giovanni al pretil del atrio de la basílica; pero la Mujer de Piedra no se dejó ver por allí, ni tampoco contó nadie que hubiera enviudado recientemente ni nada similar. Aquel final fue una fantasía fabricada en la cabeza del segundo miembro de la Minoría Vasca, sin duda alguna por mí.

La Mujer de Piedra no cambió. Permaneció idéntica a sí misma, como una verdadera piedra. Su reacción ante la *Pietà* fue una excepción. El día de la visita a Asís —lo supe más tarde— prefirió quedarse en el hotel porque el pueblo le pareció «una birria».

BRIANNA DENISON

De todas las noches que pasamos en Reno, ninguna nos pareció más profundamente silenciosa que la del 19 de enero de 2008. El aparcamiento de la Universidad estaba vacío. Tampoco había coches en nuestra calle, College Drive. El Terrace, un bar donde los sábados ponían música y se hacían barbacoas, permanecía cerrado, sin una luz.

—Creo que hay una fiesta en la parte baja de la ciudad. Todos los estudiantes deben de estar allí —dijo Ángela.

Teníamos la costumbre de dar un paseo después de cenar, desde nuestra casa hasta el estanque del campus de la Universidad. Pero aquella noche no fue posible. Las niñas se negaron a salir.

—¿No quieres ver el cisne? —pregunté a Sara.

—No —dijo.

—¿Por qué?

—Es que parece que va a pasar algo. Da miedo —se adelantó a responder Izaskun.

Pensamos después, al leer el *Reno Gazette-Journal* del lunes 21 de enero, que se trató de una premonición. La noticia venía en portada: Brianna Denison, una joven de diecinueve años que estudiaba en la Universidad californiana de Santa Barbara pero que había vuelto a Reno, su ciudad natal, para la fiesta de *snowboarding* Swat 72, había sido raptada de la casa de unas amigas justo aquella noche silenciosa del sábado.

El periódico mostraba un pequeño plano del lugar del rapto. La casa estaba al lado de la nuestra, en el cruce de Sierra Street y College Drive. De puerta a puerta, cincuenta o sesenta metros.

El artículo aportaba otros detalles. La muchacha, una preciosa *petite* de unos cuarenta y cinco kilos de peso y un metro cincuenta de estatura, había sido raptada después de asistir a un concierto en el parque del río Truckee, mientras dormía en un sofá a pocos metros de la entrada de la casa. El criminal, que, según la policía, habría actuado solo, abrió la puerta y, sencillamente, se la llevó. Las amigas de la muchacha, en las habitaciones de al lado, no oyeron nada. El perro de una de ellas, que también estaba en la casa, no ladró. Cabía pensar que todo ocurrió por azar, ya que la puerta de entrada tenía un panel de cristal que dejaba a la vista el interior, y hacía plausible la hipótesis de que el *predator,* viendo a la muchacha desde la calle, decidiera en ese mismo instante cometer el crimen. Sin embargo, la policía consideraba más probable que el criminal se hubiera fijado en la víctima con anterioridad, quizás en el hotel-casino Sands Regency, donde ella había comido algo después del concierto, y la hubiera seguido.

El martes hubo más información. La policía relacionaba el rapto con los dos intentos de violación, uno de ellos consumado, que habían tenido lugar anteriormente en las proximidades de la Universidad. En ambos casos, las víctimas fueron, como Brianna, muchachas jóvenes de poca envergadura física, *petites*. El periódico repetía la información publicada cuando sucedieron los hechos: la primera agresión se había producido el 22 de octubre de 2007 en el Whalen Parking Complex; la segunda, el 13 de noviembre, en el *parking lot* del 401 de College Drive.

—Estamos en su territorio —dije a Ángela.

—En medio —dijo ella, y los dos miramos por la ventana hacia la casa del secuestro. Era bonita, y estaba recién pintada de color rojizo.

Nos envolvió una membrana tensa, que capturaba y ampliaba cada ruido, cada movimiento: las sirenas de la policía, el aleteo de los helicópteros de vigilancia, los controles en las salidas de la autopista, los interrogatorios en plena calle y en los domicilios. En los alrededores de la escuela de Izaskun y Sara, habitualmente solitarios, había ahora policías que parecían sacados de la reserva. No eran las únicas personas armadas. Algunos padres acudían a buscar a sus hijos con la pistola al cinto.

De noche, yo sentía una vibración, el efecto de todos los acontecimientos del día, y me costaba dormir. La policía había comunicado que era probable que el criminal siguiera haciendo su vida de siempre en la zona que iba desde North Virginia Street hasta el parque Rancho San Rafael y desde la circunvalación McCarran hasta la 80. Como había dicho Ángela, College Drive quedaba en medio.

Con el insomnio, mi percepción variaba. Miraba hacia el jardín y descubría de pronto que los árboles que había detrás de la cabaña formaban un pequeño bosque, lleno de sombras y escondrijos; miraba hacia la casa de Earle y caía en la cuenta de que las ventanas que daban a College Drive correspondían a las habitaciones de los invitados, no a la cocina ni a la sala de estar, y que difícilmente podría advertir él nada en caso de que el *predator* decidiera visitarnos. Por otra parte, las ventanas de la habitación de las niñas quedaban a menos de dos metros del suelo. Y lo más importante: Izaskun medía 1,60 y pesaba 48 kilos. Era una adolescente que acababa de dejar la niñez, pero podía pasar por una *petite*.

Ángela y yo fuimos de las primeras personas interrogadas por la policía. ¿Habíamos visto algo raro la noche del 19 al 20 de enero? No, no habíamos visto nada raro esa noche, pero sí por la tarde. Un hombre bien vestido había bajado de una limusina y había tirado una maleta de cuero a uno de los contenedores de basura de la calle.

—¿A cuál de ellos, exactamente? —preguntó uno de los agentes saliendo al porche. Se lo señalé.

La policía volvió una segunda vez. Yo abrí la puerta en albornoz y con la cara llena de espuma de afeitar, pensando que se trataría de Ángela, y me sentí tan turbado que no supe qué decían hasta que Izaskun y Sara me lo tradujeron. Venían a registrar la casa. Les hice pasar y ellos se repartieron entre el jardín, la cabaña del mapache y el sótano.

—Bien hecho —dijo uno de los policías al ver que los ventanucos del sótano, a ras de tierra, estaban cubiertos con hojas de periódico y de revistas. Había sido idea de Mary Lore. Sabía que Izaskun y Sara estudiaban y jugaban allí, y pensaba que el criminal podría verlas desde el corredor que unía el jardín con College Drive, siempre solitario.

Febrero llegó con frío y cielos grises, muy raros en Nevada. El día 2 nevó. El 3 fue un día radiante, azul. El 4 volvió a nevar. Ajeno a las variaciones meteorológicas, el *Reno Gazette-Journal* continuó informando puntualmente de las averiguaciones de la policía: las manchas de sangre de una de las almohadas que había utilizado Brianna Denison pertenecían a la propia muchacha, y no servían para aislar el ADN del criminal. La labor de búsqueda marchaba ahora en otra dirección. La policía estaba interrogando a los criminales que no tenían cuentas pendientes con la justicia pero que en el pasado habían cometido violaciones o actos de pederastia. Se pedía a la población que colaborara, pero que no llamara a la policía por nimiedades. Las excesivas llamadas obstaculizaban la investigación.

La vibración afectaba ya a toda la ciudad. Las estudiantes que debían volver a sus casas de noche lo hacían en los taxis que la Universidad ponía a su disposición. Los carteles con la fotografía de Brianna Denison y un lazo azul colgaban en los supermercados, en los semáforos de las calles, en los puentes y en las orillas del río Truckee. Se repartieron también reproducciones del retrato robot del criminal, realizado a partir de las indicaciones de las estudiantes que habían sido asaltadas con anterioridad al rapto: un rostro simiesco, de hombre prehistórico, difícil de encajar en un rostro real. ¿Se puede reconocer realmente a alguien sin saber cómo es su mirada o cómo es su voz? Yo veía el retrato robot cada vez que pasaba por la biblioteca, y pensaba que no. Sin mirada, sin voz, miles de cuerpos podrían intercambiarse.

—Estoy completamente de acuerdo —dijo Dennis cuando se lo comenté—. Podría coger ese retrato robot y crear cien caras diferentes con el ordenador.

El día 7 subió la temperatura, y los tochos de nieve de las zonas umbrías se derritieron y llenaron las calles de charcos. El día 8 heló, y la membrana que envolvía la ciudad pareció perder su capacidad de vibrar. Calma chicha, atonía. Siguieron más días fríos, más heladas. La ciudad parecía tener un solo habitante: él. Se movía libremente, haciendo su vida normal, yendo a trabajar, quizás a dar clases en la Universidad, y volviendo a dormir a su casa. Además —una de las estudiantes asaltadas antes que Brianna Denison dio el dato meses atrás, y el periódico lo recordaba ahora—, se trataba de un violador profesional que, como también dijo Dennis, se rasuraba el pubis para evitar que un pelo u otra sustancia orgánica delatara su ADN.

El día 12 fue diferente. Sara se resbaló en la escalinata de casa cuando salíamos para la escuela, dándose un golpe en la cabeza que, al principio, pareció tener alguna gravedad. Se dormía camino del centro médico de McCarran, y durante todo el trayecto estuvimos hablándole a gritos para impedirlo. La angustia de los días siguientes —la niña estuvo en observación durante cuarenta y ocho horas— nos libró de la situación que estábamos viviendo. El miedo por lo que le pudiera pasar a Sara era mayor que el que nos inspiraba él.

El día 16, hacia las cinco de la mañana, recogí el ejemplar del *Reno Gazette-Journal* que el repartidor dejó en el porche y fui a leerlo en la cocina. La noticia ocupaba casi toda la primera plana. Brianna Denison había aparecido estrangulada en un descampado cercano al aeropuerto.

La ciudad sufrió una sacudida. Las sirenas sonaban continuamente. Pero no hubo nada. Pronto quedó claro que la única esperanza era que lo volviera a intentar —los violadores siempre lo intentan de nuevo— y que la víctima tuviera la oportunidad de utilizar contra él un espray de pimienta o de dispararle con un revólver. En su defecto, solo la delación podría detenerle.

No podíamos abandonar Reno. Izaskun y Sara debían seguir en la escuela hasta acabar el curso; Ángela, en la Universidad. Como declaró Adam Garcia, el jefe de policía encargado del caso, debíamos seguir adelante, pero sin dejarnos arrastrar por una falsa sensación de seguridad. La vigilancia constante era necesaria.

REPASO Y RESUMEN DE LO SUCEDIDO LOS DÍAS POSTERIORES AL SECUESTRO DE BRIANNA DENISON

NIEVE

Nevó en Reno durante los tres días siguientes al secuestro, el 20, el 21 y el 22 de enero. Cada copo que caía era como una palabra, siempre la misma, la que más se oía en todas partes: «*Rape! Rape! Rape!*». «¡Violación! ¡Violación! ¡Violación!» La insistencia me daba dolor de cabeza. Una mañana observé huellas de mapache en la capa de nieve que cubría la terraza de nuestra casa, y tuve durante unas horas, hasta que Ángela me tranquilizó, el convencimiento absurdo de que el ejemplar que vivía en nuestro jardín se había vuelto rabioso. Me preguntaba, además, sobre la forma en que nos defenderíamos si el criminal nos atacaba de noche, y decidí guardar debajo de la cama un palo de esquí que encontré en el sótano.

Cuando dejó de nevar quedó un vacío, como cuando se para un motor y su zumbido desaparece del aire.

EL HELICÓPTERO

El helicóptero empezó a dar vueltas por el cielo de Reno en cuanto mejoró el tiempo. Se le oía en muchos momentos del día, y también por la noche.

Pasé por el CBS, y encontré a Mary Lore muy abatida.

—La matará. Estoy segura —dijo.

Cuando fui a tomar café al puesto de la entrada de la biblioteca, repetí aquel comentario a Earle y Dennis.

—No es cosa del futuro —dijo Earle—. Esa chica ya está muerta.

—Bob, no hay que perder la esperanza —dijo Dennis, y se le enrojecieron los ojos.

Les pregunté sobre el helicóptero de vigilancia.

—Yo creo que están buscando el vehículo —dijo Earle.

—Seguramente —dijo Dennis—. En cualquier caso, hay mucha información en la red. La gente está dando pistas. No hay que perder la esperanza.

AGENTES ESPECIALES

Un aviso publicado en el *Reno Gazette-Journal* del 23 de enero informaba de la llegada desde Chicago de agentes especializados en delitos sexuales.

Volvió la nieve. Nevaba en la ciudad, en Sierra Nevada, en el desierto. El frío entraba por los resquicios de las puertas y de las ventanas.

BOLETÍN DE LA POLICÍA DE RENO

Ocho días después del secuestro, el 28 de enero de 2008, la policía de Reno publicó un boletín, una única hoja en color, muy bien editada, en papel de calidad. Llevaba una fotografía de Brianna Denison, y se pedía a la población que colaborara en la tarea de buscar al criminal. Se informaba, además, de que el raptor de Brianna y el autor de la agresión sexual que el día 16 de diciembre de 2007 había tenido lugar en Terrace Drive eran una y la misma persona, y que por lo tanto existía una muestra de su ADN.

«Es un dato muy a tener en cuenta, porque, al tratarse de una muestra válida, cualquier persona que sea puesta bajo nuestra tutela puede ser declarada inocente o culpable de una forma fácil, discreta y definitiva.»

El boletín lo completaban las descripciones del sospechoso y de la víctima.

DESCRIPCIÓN DEL SOSPECHOSO

White male, approximately 28-40 years old... Varón de piel blanca, de edad entre los 28 y los 40 años, algo más de 170 centímetros de altura, el vientre ni muy grande ni muy firme, pero tampoco muy blando, ombligo «hacia dentro», pubis afeitado, vello en los brazos, el pelo de la cara ligeramente largo, más suave bajo el mentón.

DESCRIPCIÓN DE LA VÍCTIMA. BRIANNA ZUNINO DENISON

19 years old, 60", 98 lbs, long dark brown hair, blue eyes... 19 años, 152 centímetros de estatura, 44 kilos, pelo marrón oscuro, ojos azules, un *piercing* en el lado derecho de la nariz, una cicatriz en la rodilla izquierda. La última vez que fue vista llevaba una camiseta blanca de tiras con alas de ángel dibujadas en la espalda y pantalones de chándal de color rosa.

ZAPATO DE NIÑO

El boletín de la policía añadía un detalle a la descripción del vehículo del criminal. Una de las víctimas anteriores había visto un zapato de niño en el suelo, debajo del asiento del copiloto.

MENSAJE A L.

«[...] Qué fácil es todo en el cuento del zapato de cristal, ¿verdad? "El gentilhombre hizo sentar a Cenicienta y, acercando el zapato a su pie, vio que este calzaba a la perfección. Grande fue el asombro de las dos hermanas y más grande aún cuando Cenicienta sacó de un bolsillo el segundo zapato, que se calzó en el otro pie." Fuera del cuento, sin embargo, las cosas son difíciles. Si la policía encontrara el zapatito que fue visto en el vehículo del criminal y recorriera Sparks y Reno probándoselo a todos los niños, el resultado sería una lista inútil de mil o más direcciones. En la realidad no hay magia.»

RESPUESTA RÁPIDA DE L.

«Sé bien que no hay magia. Estaba tomando una nueva medicina contra la diabetes, supuestamente milagrosa. Pero no me hace ningún efecto, y los médicos me han aconsejado que la deje. Pero tranquilo. Me dicen que pronto van a salir más medicinas, y que alguna de ellas me hará bien.»

LOS PRIMEROS SOSPECHOSOS

Según el *Reno Gazette-Journal,* se había realizado la prueba de ADN a treinta y cuatro hombres que tenían antecedentes por delitos sexuales y vivían cerca de la Universidad. Al resultar infructuosas, las pruebas iban a continuar, ampliando el universo de los posibles criminales a todo Reno y Sparks. Se iban a llevar a cabo colectas en los partidos de fútbol y de baloncesto para hacer frente al gasto que ello suponía.

El periódico publicaba fotos tomadas en diferentes puntos de la ciudad. En ellas, pancartas y lazos azules con mensajes dirigidos al criminal: *«Bring Bri back».* «Devuélvenos a Bri.»

LA APORTACIÓN DE DENNIS

Estábamos los cinco, Mary Lore, Earle, Dennis, Ángela y yo, tomando un Combo en el comedor de la Universidad. Mary Lore se sentía deprimida. Habían pasado dos semanas desde el secuestro de Brianna Denison, y los lazos azules que colgaban en todas partes le parecían cada vez más tristes. El criminal seguía libre. No parecía fácil de atrapar.

—Lo cogerán, seguro —dijo Earle—. Por el zapatito, creo yo. La madre de ese niño tendrá sus sospechas. No todos los hombres andan con el pubis afeitado.

—Quizás sepa la verdad, pero no querrá denunciar a su pareja —dijo Mary Lore.

Earle no estuvo de acuerdo.

—La persona que es cómplice de un secuestro puede pasarse la vida en la cárcel. Supongo que esa mujer hará sus cálculos. Si quiere vivir con su hijo, no le queda otro camino que la denuncia.

—Puede que la mujer sea sumisa, y que no se atreva —dijo Ángela.

Earle hizo el gesto de cortarse el cuello.

—Más vale que se atreva. Se juega la cabeza.

Comenté lo que le había escrito a L. Cenicienta había contado con la ayuda del hada madrina, pero la policía de Reno se tenía que valer por sí misma.

—Yo ya he hecho mi aportación —dijo Dennis. La palabra que empleó en inglés fue «*contribution*».

Nos quedamos a la espera de sus explicaciones. Él dudó.

—Adelante, Dennis. Estás entre personas maduras —dijo Earle—. Para ser más exacto, con tres personas maduras y un viejo.

—La idea me vino de algo que leí en *Lolita* —dijo Dennis—. El pederasta de la novela contrata los servicios de una prostituta con aspecto de niña. Pensé que quizás hubiera prostitutas así en los burdeles de Nevada. Y, efectivamente, ofrecen ese servicio. Contratan a prostitutas *petites,* de más de dieciocho años pero con cuerpo de niña. Para atraer a los pederastas, se supone.

Hizo una pausa.

—Brianna es, o era, una *petite.* Y la chica que violó el año pasado, lo mismo. A ese tipo le gustan así.

Me dirigió la mirada.

—Igual que a Humbert Humbert.

—También yo estoy leyendo *Lolita* —dije.

—Bien, pensé que un tipo así frecuentará los burdeles y que elegirá prostitutas con aspecto de niña. Si es así, las cámaras de los burdeles lo habrán grabado más de una vez. Le dije a la policía que debería analizar esas imágenes y preguntar a las prostitutas. Si recuerdan a un tipo con el pubis afeitado, por ejemplo. Se lo tomaron con mucho interés.

—Una buena idea, Dennis —le dijo Mary Lore, y todos estuvimos de acuerdo.

Earle me habló al oído.

—Si la policía actuara de esa manera, le pasaría como con el zapatito. Tendría una lista de cientos de hombres.

Dennis quiso saber lo que me estaba diciendo. Earle le pasó la mano por el hombro.

—Le he dicho que las prostitutas suelen tener mala memoria cuando hablan con la policía.

—¡Qué deprimente es todo esto! —exclamó Mary Lore, y con aquellas palabras dimos fin a la comida.

SALMO 37

El 3 de febrero fue domingo. Hacia las nueve de la mañana tocaron la puerta de nuestra casa de College Drive, y pensé, porque era temprano para un día de fiesta —Izaskun y Sara estaban todavía en la cama—, que se trataba de una nueva visita de la policía. Al abrir, me encontré con dos jóvenes. Uno de ellos tendría unos treinta años, su compañero unos veinte. Ambos eran de piel muy blanca y muy rubios. Iban vestidos con traje negro y camisa blanca, sin corbata, y traían una Biblia en la mano.

Ángela fue la primera en saludarles. Les preguntó por el objeto de su visita.

—Queremos que nos den permiso para leer el salmo 37 —dijo el mayor de los dos. Luego, cuando asentimos, indicó a su compañero que abriera su Biblia y leyera. La página estaba señalada con una cinta roja.

La lectura duró un par de minutos. Cuando acabó, el mayor volvió a dirigirse a nosotros.

—Lean el salmo 37 todos los días. Si lo leemos muchos muchas veces, la Violencia y el Mal desaparecerán del mundo.

Hablaban y se movían con gravedad.

No teníamos una Biblia en College Drive, y cuando se marcharon consultamos en el ordenador la traducción al castellano del salmo indicado. El inglés de los jóvenes predicadores se nos había hecho difícil.

«No te impacientes a causa de los malignos, ni tengas envidia de los que hacen iniquidad. Porque como hierba serán pronto cortados, y como la hierba verde se secarán. Confía en Jehová, y haz el bien, y habitarás en la tierra, y te apacentarás de la verdad.»

Así comenzaba el salmo 37 en español.

17 DE FEBRERO. ANUNCIO

Reno Gazette-Journal: «Saturday afternoon Reno Police announced...».

«La policía de Reno anunció el sábado por la tarde que el cuerpo hallado el viernes en un terreno industrial corresponde a Brianna "Bri" Denison. La víctima fue secuestrada en una casa próxima a la Universidad el pasado 20 de enero.»

MENSAJE A L.
RENO, 18-2-2008

«[...] Lazos azules en Reno en honor a Brianna Denison. También nosotros nos los hemos puesto.

»Ayer habló la tía de la asesinada en nombre de la familia:

»"No cejaremos hasta encontrar a ese bastardo. Esto no tenía que haber ocurrido. Es el momento de la caza del hombre. Yo tengo la convicción de que alguien le conoce. Quizás nunca le haya resultado sospechoso, pero la gente debe estar alerta, debe vigilar a los maridos, novios, hermanos, sobrinos y vecinos."

»En otras declaraciones, la familia afirmaba que el asesino se había equivocado de persona y de estado. Quieren decir que los Denison son una familia importante, y que la pena de muerte sigue vigente en Nevada.

»... ¡Ay, L.! Es posible que muchos tuerzan el gesto ante el crudo deseo de venganza de la familia, porque desde el punto de vista intelectual el sufrimiento-viga del prójimo resulta invisible, o parece poca cosa en comparación con nuestro sufrimiento-paja. Pero, teniendo en cuenta que la madre de Brianna habló una y otra vez en la televisión del estado y de todo el país implorando clemencia al secuestrador, y que lo único que ha recogido la familia después de casi un mes de agonía ha sido un cuerpo tirado como un escombro, ¿qué se puede esperar? ¿Qué piensas tú?»

RESPUESTA DE L.

«King Kong debe morir.»

EL TABLÓN DE ANUNCIOS DE LA OFICINA DEL CBS

Dennis y Mary Lore estaban de pie frente al tablón de anuncios de la oficina, leyendo un recorte sacado de la página de obituarios del *Reno Gazette-Journal.* Lo habían adornado con un lazo azul.

Los dos tenían los ojos enrojecidos.

—Perdona —dijo Mary Lore al verme—. Es muy conmovedor.

En contra de lo que suponía, el obituario no tenía que ver con Brianna Denison. Rememoraba a Patricia Ann Marini, una mujer que en la foto aparentaba unos cincuenta años de edad, bastante guapa, de mirada franca, con ojos que se adivinaban verdes. Leí las fechas que venían bajo la imagen y supe que había muerto diez años antes, el 2 de febrero de 1998.

—No era pariente de ninguno de nosotros. Lo he puesto aquí porque el poema que le dedica su pareja es muy hermoso —dijo Mary Lore.

—Alguien debería escribir algo así para Brianna —dijo Dennis—. Pero, al parecer, nadie piensa en ella. Pensamos solo en su asesino.

El poema dedicado a Patricia Ann Marini lo firmaba Kef y ocupaba una columna entera del periódico. Contaba, en forma de carta, una pequeña historia sucedida dos meses antes de la muerte de ella. *«Christmas 1997. I gave you a mauve Moleskine journal with a red woven silk bookmark...»* «Navidades de 1997. Te regalé un pequeño cuaderno Moleskine de color malva con un señalador rojo de seda. Pensamos que si anotábamos en él nuestras ideas, nuestras emociones y momentos, nuestros sueños, sería agradable leerlos la víspera de Navidad de 2007...»

El deseo no pudo hacerse realidad, por la casi inmediata muerte de Patricia Ann Marini, y el cuaderno malva estuvo perdido hasta que, precisamente en la fecha que ellos habían tenido en mente, la Navidad de 2007, reapareció por azar. Kef encontró en sus páginas paisajes que Patricia había dibujado con lápices de pastel, y una firma suya trazada con tinta azul muy viva. Además, una promesa de amor: *Love forever, Christmas 97.* Decía Kef que, a veces, después de apagar la lámpara, los rayos de la luna creaban sombras de terciopelo azul en las paredes de la habitación, y que él, entonces, pasaba despacio su dedo por encima de la firma de Patricia. El cuaderno tenía ahora un uso: *«In it now, I write my dreams, my memories —those silent ships in sail».* «Ahora escribo en él mis sueños, mis recuerdos: silenciosas embarcaciones a vela.»

—Compara lo que has leído con la despedida que le dedican a esta otra Patricia —dijo Dennis.

Justo debajo del obituario de Patricia Ann Marini se leía el de una mujer llamada Patricia Susek. Cinco líneas, unos cuantos nombres, dos fechas y una nota en la que se avisaba de que el funeral sería privado.

No dije nada, y Mary Lore interpretó mi mutismo como una censura.

—Estamos deprimidos con lo de Brianna —dijo—. Por eso nos fijamos en obituarios y cosas tristes.

—Pues lo que siento yo es miedo —dije.

—Ahora mismo no hay tanto riesgo —dijo Dennis—. Pasarán un par de meses antes de que el asesino intente algo de nuevo. Sabe que la policía lo busca por todas partes.

Lo de la policía era verdad. Ponía controles incluso en College Drive.

—Siempre cogen a los criminales, y también esta vez lo cogerán —dijo Mary Lore.

—¿Cómo analizarías tú el poema de Kef? —preguntó de pronto Dennis.

Llevábamos tratándonos cerca de seis meses, y aquella era la primera vez que me preguntaba algo relacionado con mi trabajo literario. Él era un experto en informática, capaz de solucionar cualquier problema que le plantearan los estudiantes. Quizás quería saber si yo tenía su misma competencia en mi campo.

Traté de darle la explicación que me pedía. El poema —dije— situaba a Patricia Ann Marini en un entorno noble, relacionándola con un cuaderno Moleskine de color malva y un marcador rojo de seda, con dibujos de flores y sombras de terciopelo, con una noche de luna llena, y embellecía así la imagen última de la persona querida. Y ¿no era tal embellecimiento una acción que se repetía una y otra vez desde el comienzo del mundo?

Cuando el disco lanzado por Apolo golpeó accidentalmente a Jacinto en la cabeza y lo mató —así lo contaba Luciano—, el dios hizo que de las gotas de sangre derramadas naciera la delicadísima flor que lleva su nombre. Pero también en la historia, no solo en el mito, se manifestaba la intención embellecedora que sigue a la muerte. Cuando enterraron a Lawrence de Arabia, colocaron en el cinto de su sudario la daga de oro que le había sido regalada en La Meca. Y en los funerales de Eva Perón, ¿cuántas orquídeas negras hubo? ¿Cuántas coronas?

El poema de Kef prefería, antes que el oro o las flores, los objetos íntimos, cotidianos, y hacía con ellos un trabajo de ikebana acorde con el espíritu de Patricia Ann Marini. Y nada más. Ninguna esperanza. Kef no levantaba los ojos al cielo como los que, al igual que las hermanas de Lázaro, creen en la resurrección. Ninguna invocación. Ninguna petición. Ninguna mención a Dios. En esa nada, en esa soledad, ¿qué eran sus deseos y sueños tras la muerte de la mujer amada? Kef decía: *«Those silent ships in sail»*, «silenciosas embarcaciones a vela». Me venía a la mente un verso de Hopkins: *«Our prayer seems lost in desert days, our hymn in the vast silence dies».* «Nuestra oración parece perderse en los días desiertos, nuestro himno muere en el vasto silencio.» Las palabras de Kef albergaban más verdad que las metáforas cristianas. Después de la muerte, nada. Solo, a veces, unas flores, un cuaderno, un poema, alguien que guarda el recuerdo del que se ha ido.

Dennis estaba con los brazos cruzados, la mano izquierda en la barbilla.

—Has hablado de «una noche de luna llena». ¿Cómo sabes que lo era?

En un primer momento no supe a qué se refería. Tuve que volver a leer el poema antes de darle mi explicación:

—Kef dice que algunas noches, después de apagar la lámpara, los rayos de la luna crean sombras de terciopelo en las paredes de la habitación. Yo creo que eso no sería posible si la luna no estuviera llena o casi llena. No habría suficiente luz.

—Tienes razón. Ahora lo veo claro —dijo Dennis.

Mary Lore estaba pensativa.

—Tendrías que escribir un artículo para el *Reno Gazette-Journal* —dijo.

—No me siento capaz. Solo se me ocurren cosas siniestras.

—La situación es siniestra, de eso no cabe duda —dijo Mary Lore—. Si no cogen pronto al asesino, vamos a volvernos locos.

—Yo al menos sí —dijo Dennis.

LA VIDA NO DEJA UNA SOLA PREGUNTA
SIN RESPUESTA (SOLO HAY QUE DARLE TIEMPO)

Estaba dormido, y la imagen de una casa solitaria tomó forma en mi mente. Parecía estar situada en el desierto, junto a un camino abandonado. Frente a su puerta se alzaba un árbol igualmente solitario. Pendían de sus ramas nidos de madera para los pájaros.

Advertí la figura de un extraño. Vestía un capote negro, y una amplia capucha le tapaba la cabeza y el rostro. Se inclinaba hacia delante al caminar. Era muy alto. Un gigante, comparado con cualquier persona normal.

El extraño se aproximó a la casa y empezó a registrarlo todo con los movimientos de un policía o de un investigador. En ese momento me fundí con él, como si me hubiera metido en su interior. Veía con sus ojos, caminaba con sus pies.

Avancé hasta el pie del árbol con el extraño, y pude ver de cerca los nidos de madera. Eran unos veinte, tal vez más. A tono con el ambiente del lugar, parecían abandonados, cubiertos por entero de telarañas, con hierbajos amarillentos que salían de sus rendijas. Muchos de ellos tenían la puertecilla lateral torcida, desencajada.

Gotas diminutas de rocío salpicaban las telarañas, y se me ocurrió que podría escribir sobre ellas y su aspecto de brocado, y quizás también sobre la flor de pétalos amarillos que acababa de ver cerca de la casa abandonada. El poema reflejaría la pugna entre mi cabeza, que me desaconsejaba tratar temas tan anticuados, y mis sentidos, que, tal vez con mayor fuerza, intentaban convencerme de que las flores y las telarañas merecían un poema.

El extraño era insensible a la belleza, y cada vez que abría una de las puertecillas de los nidos rompía a manotazos las telarañas empapadas de rocío. Me figuré que habría actuado igual de haberse tratado de auténticos brocados con perlas y diamantes. Casey Jones era un hombre despiadado.

El nombre, Casey Jones, irrumpió en el sueño sin mediar presentación, y en un primer momento me sorprendió. Me era completamente desconocido. Sin embargo —«a la velocidad del sueño», podría decirse—, se me antojó aceptable. «O sea —me dije a mí mismo—, que el hombre que se oculta bajo el capote y la capucha se llama así, Casey Jones».

Salí fuera del cuerpo del extraño, mis ojos no eran ya sus ojos. Volvía a verlo como al principio, a veinte o treinta metros de mí, debajo del árbol.

Uno de los nidos llamó su atención y, poniéndose de puntillas, atrajo hacia sí la rama que lo sostenía y sacó lo que había dentro. Acto seguido, se giró y me lo mostró. Era una carta de la baraja. El as de diamantes.

El extraño se echó a reír, y fue como si su carcajada se tornara aire y sacudiera los nidos del árbol. «O sea, que Casey Jones se ríe así», me dije. El ochenta por ciento de mi cabeza permanecía bajo el dominio del sueño, y no tenía dudas. Daba crédito a lo que veía, como si la escena fuera real.

El extraño, Casey Jones, dijo algo, pero no pude oírle bien. El viento soplaba cada vez más fuerte, el ruido de las ramas se sumaba al de las hojas. Él echó a andar y se plantó delante de mí:

—Mi hermano Ophelion y yo habíamos atravesado ya los nueve círculos de diferente arena que rodean Etiopía —dijo.

Palabras incomprensibles para cualquiera, pero no para mí. Las había colocado como epígrafe en un libro de poemas que escribí en mi juventud.

Las ramas y las hojas de los árboles aullaban ahora como coyotes. Casey Jones se reía de nuevo, y su aire de mofa era cada vez más insolente.

—¡Cuánto hablabas del desierto en tu juventud sin haberlo visitado nunca! ¡Cuánto! Aburrías a todo el mundo. Que si tenías ganas de huir al desierto, que si los poetas libres no pueden vivir en la corte... ¿Y qué desierto tenías en mente? ¡El de las películas de Hollywood!

El extraño no tenía rostro. Lo único que se veía dentro de la capucha era un hueco negro.

—Lo que dices es verdad —respondí.

Me vino a la memoria una imagen de la película *Lawrence de Arabia*. Un hombre de ojos muy azules en un Land Rover; un hombre moreno a lomos de un camello, con un fusil en el regazo. Peter O'Toole, Omar Sharif. Alrededor, un desierto dorado.

—¡Recoge ahora la respuesta que te da la vida! —dijo el extraño—. ¿No decías que anhelabas el desierto? ¡Pues aquí lo tienes! ¡Todo para ti!

Me arrojó el as de diamantes a la cara. Intenté girar la cabeza para esquivar la carta, pero me golpeé la frente contra algo duro, el borde de una roca.

Miré a mi alrededor. El extraño tenía razón. Me encontraba en el desierto, en la zona de la mina abandonada de Berlin, más allá del edificio donde se exhibía el fósil del ictiosauro. Tenía a mi lado a Bob Earle. Estábamos atados el uno al otro. Un extremo de la cadena se nos enroscaba en la muñeca, mientras el otro desaparecía bajo tierra.

—Tiene razón Casey Jones, la vida acaba respondiendo todas las preguntas. Solo hay que darle tiempo —dijo Earle con un desánimo que no era propio de él.

Miré a mi alrededor. El Chevrolet Avalanche atravesaba la llanura cubierta de artemisa sin levantar polvo. Más allá, en el cielo de Fallon, los aviones del Ejército hacían acrobacias como en una exhibición.

«Ahora lo entiendo», pensé. «El preso de la barbita y su compañero nos robaron el vehículo y nos dejaron encadenados.»

—¿Cómo vamos a salir de aquí? —pregunté a Earle. Los pies también los tenía atados, y no podía moverme.

—¿Que cómo vamos a salir? De ninguna manera. Nos convertiremos en desierto.

Giré la cabeza buscando a Casey Jones. Pero se había esfumado.

—Y ese Casey Jones, ¿quién es? —pregunté.

—Un pájaro —me dijo Earle.

La respuesta me pareció absurda, pero, efectivamente, había un pájaro delante de mí. Al instante, me desperté en la pequeña habitación de College Drive. Izaskun dormía tranquilamente en la otra cama. Al otro lado del cristal de la ventana, torciendo la cabeza y mirándonos, había un *bluebird,* el primero del año en nuestro jardín.

WOLF PACK VS. HOUSTON COUGARS

Se iba a disputar un partido de baloncesto en el Lawlor Center entre el Wolf Pack y el Houston Cougars, y fui a verlo con la familia Laxalt y otros amigos. A pesar de tratarse de un torneo y no contar para la liga universitaria de la NCAA, el pabellón estaba abarrotado. Habría más de diez mil espectadores.

El azul marino del Wolf Pack y el azul claro de las cintas y lazos en recuerdo de Brianna Denison eran los colores dominantes. Antes de que se iniciara el partido se hizo una colecta.

—Ninguna de las pruebas de ADN que la policía ha realizado hasta ahora ha conducido a nada —me explicó Monique Laxalt—. El asesino de Brianna no es un depredador sexual fichado en Nevada. Eso quiere decir que hay que seguir haciendo pruebas en los estados de los alrededores. Y para eso hace falta dinero.

Me acordé de que Ángela, Izaskun y Sara estaban solas en casa, y fue como si a los otros espectadores también les hubiese asaltado el mismo temor al king kong de Reno, porque todos enmudecieron por un momento y el pabellón quedó en silencio; pero empezó el partido, estallaron los gritos, se puso el Houston Cougars cinco puntos por delante, y los oídos y los ojos nos transportaron enseguida a otro territorio. Segundos después, el único jugador blanco del Wolf Pack logró un triple, y todos rompimos a aplaudir con entusiasmo.

MOMENTO

Estaba cenando en un local de la zona alta de Virginia Street, contemplando desde la ventana las montañas del lado del desierto. La luz del sol del atardecer se posaba alternativamente en una cumbre u otra, como si el haz lo dirigiera una linterna. Iluminaba primero una, tiñéndola de tonos rosas y naranjas pálidos; al instante un cambio, y los tonos rosas y naranjas se desplazaban a la cumbre de al lado. Se me ocurrió que un niño habría dicho que el sol andaba a saltos de una montaña a otra, y quise comprobarlo con Izaskun y Sara. Pero, para cuando regresaron de la fiesta de cumpleaños de una de las hijas de Mary Lore, el sol se había asentado en una cumbre lejana. Parecía haberse quedado allí para siempre, sin fuerzas para saltar de nuevo.

Un avión salió del aeropuerto y se elevó sobre la ciudad trazando una diagonal. El cielo tenía bordes de color cobre, y el avión no era más que un trocito de espejo en la inmensidad.

CONVERSACIÓN EN EL TANATORIO (RECUERDO)

Nosotros, los tres hermanos, estábamos en la sala de espera del tanatorio; nuestro padre, en una pequeña habitación aparte, metido en el ataúd y con un rosario en las manos. Se nos acercó un empleado con una carpeta que parecía la del menú de los restaurantes, con fotografías de ramos, coronas y cestas de flores, cada cual con su respectivo precio.

—No nos hacen falta —dijo mi hermano.

El empleado vestía como un *maître,* con traje negro, y su aspecto general recordaba el de los galanes otoñales del cine de los años cincuenta: pelo ondulado peinado con fijador, cejas bien perfiladas, ojos azules, dentadura perfecta. De haber resucitado mi padre y haberlo visto, habría hecho una broma. Por ejemplo: «Todavía no he llegado al cielo y ya empiezo a ver ángeles bonitos».

—¿Es que tienen otra idea? —preguntó el empleado.

—Soy dueño de un negocio de flores —respondió mi hermano mayor—. Yo me encargo.

No era cierto lo que acababa de decir. Tenía negocios, el más relevante una compañía de alquiler de coches de lujo, pero ninguno relacionado con las flores. Era su estilo: cuantas menos explicaciones, mejor.

El empleado se marchó, y volvimos a quedarnos solos en la sala, aguardando la llegada de las visitas. Al poco rato, mi hermano menor se levantó y entró en la habitación donde yacía nuestro padre. Salió enseguida.

—¿Qué pinta ese rosario en sus manos? ¿Quién ha tenido la brillante idea?

—Nadie —respondí—. Será la costumbre.

—Qué costumbre ni qué...

Terminó la frase con una maldición, sin importarle el crucifijo que colgaba de la pared de la sala. Me imaginé a Jesús moviendo severamente el dedo índice para censurar aquella forma de hablar. Me entró la risa, y me tapé la cara.

—Hay que quitarle ese rosario. ¡Inmediatamente!

Mi hermano menor salió en busca del empleado.

—¡Revolución en el tanatorio! —exclamó el mayor.

—¿Qué flores vas a llevar a la iglesia? —le pregunté.

—Jacintos.

Nuestro padre se llamaba Jacinto.

—Es lógico, si lo piensas.

A mi hermano mayor le gustaban las flores de una forma especial, y siempre organizaba sus vacaciones en torno a ellas. Se iba a Saint-Pierre o a alguna otra isla fluvial a pasar una semana fotografiándolas, o hacía *tours* para visitar los mejores jardines botánicos del mundo. Cuando Ángela publicó un artículo sobre Atanasio Echeverría, un dibujante que participó en una de las expediciones botánicas del siglo xviii al norte de América, mi hermano consiguió una copia de una de sus ilustraciones en el Real Jardín Botánico de Madrid y se la regaló.

Mi hermano menor regresó a la sala acompañado por el empleado del tanatorio.

—Comprendo su punto de vista, pero no podemos retirar el rosario de sus manos ni aun queriendo. Lleva demasiadas horas muerto. Habrán oído hablar del rígor mortis... —dijo el empleado angelicalmente. No hacíamos más que causarle problemas, pero, al parecer, él sentía aprecio por nosotros.

—Si no hay otro remedio... —dijo mi hermano menor.

—Por otra parte —prosiguió con cierta vacilación el empleado, el ángel—, los dedos de la mano derecha de su padre no estaban muy presentables, y me ha parecido conveniente disimularlos un poco.

Nuestro padre, Jacinto, tenía las puntas de los dedos pulgar y medio de la mano derecha cortados. Dos pequeños accidentes en la carpintería.

—Marcas de su oficio. Nada de lo que avergonzarse. Al contrario —dijo mi hermano menor.

—Lucha continua, revolución permanente —dijo el mayor discretamente.

—Yo respeto su punto de vista, por supuesto, pero si deseaban algo ajeno a la religión, lo mejor hubiera sido hacerlo todo de esa manera, el negocio completo, y organizar el funeral y demás actos fuera de la iglesia.

«El negocio completo»... Cuando se marchó el empleado, no pude contener la risa. Luego fue mi hermano mayor el que se echó a reír. Enseguida, el menor. La expresión nos resultaba cómica, lo mismo que la repentina severidad del ángel.

—Tenemos que tranquilizarnos —dijo mi hermano menor, callándose—. Pronto empezará a venir gente.

El aviso fue oportuno. Al cabo de diez segundos entraron nuestros tíos con sus hijos, la familia Albizu al completo. Nos besamos, y la mayoría pasaron a ver a nuestro padre. Los tres hermanos y nuestra tía nos quedamos en la puerta.

—¿Qué tal está María? —nos preguntó. Los de su familia llamaban así a mi madre, María, y no Izaskun.

—Está bien, pero no ha querido venir. Irá al funeral —le dijo mi hermano mayor.

—¿Os acordáis? Antes nos juntábamos todos el día de San Juan para una comida. Ahora, en cambio, no nos vemos. ¿Qué ha pasado?

Nos quedamos callados. Fue como cuando José Francisco aún vivía. Nuestra tía preguntaba al coro con su hermosa voz, pero el coro no era capaz de responderle.

Un hombre corpulento, calvo, entró en la sala.

—Este era el mejor amigo de mi padre —le dije a mi tía—. Fue el último que le hizo reír.

—Le conté la broma que le hicieron unos jóvenes bastante gamberros a un pobre leñador —dijo el hombre, a la vez que me daba la mano.

—Hay mucho joven gamberro, desde luego —dijo mi tía, y pasó a la habitación donde yacía mi padre.

—¡Qué le vamos a hacer! —le dije al amigo de mi padre.

—A todos nos tocará estar aquí. Si no es hoy, mañana. Pero hay una cosa que debes tener clara. Tu padre se ha marchado a ese otro barrio después de haber vivido más feliz que el sah de Persia.

VUELVE EL ASUNTO DE STEVE FOSSETT
15-2-2008

Los restos de Steve Fossett y de su avión Citabria seguían sin aparecer, y un juez de Illinois lo declaró oficialmente muerto. La noticia se publicó en todos los periódicos.

—La pena es que no se puede preguntar a las alimañas dónde se lo comieron —dijo Earle cuando hablamos de ello.

Enseguida aparecieron en la red los *llena-vacíos* con sus preguntas: «¿Cómo es posible que un piloto tan preparado como Fossett muera de esa forma tan estúpida?». «¿Por qué tanta prisa en declararle muerto?» «¿Qué intereses se esconden tras esta declaración oficial?»

Pasaron los días, y las hipótesis de los *llena-vacíos* se fueron volviendo cada vez más atrevidas. Uno de ellos, que firmaba con el nombre de Oxo, escribía:

«El día que desapareció, Fossett llevaba un millón de dólares en un maletín. ¿Para qué necesitaba tanto dinero en un vuelo de rutina? ¿No sería acaso para pagar a los alienígenas? Según ha declarado alguno de sus allegados, Fossett andaba preocupado por estar haciéndose viejo y por el aburrido futuro que le esperaba y deseaba comprar la inmortalidad a los alienígenas.»

«Es verdad», respondía Moon Cat. «Pero, según el doctor Mattriss, los alienígenas que más abundan en el desierto de Nevada son los cuneiformes carnívoros. Si Fossett se encontró con ellos, y no con los que venden la inmortalidad, ya se lo habrán comido.»

El tercer *llena-vacíos* firmaba como American Soldier.

«Estoy de acuerdo con algunas de las opiniones que se están dando aquí, y con otras no estoy de acuerdo. Es verdad, el problema de Fossett era la edad. Se veía a sí mismo a punto de perder el vigor físico, y no lo podía aceptar. Normal: era un hombre que tenía más de cien récords mundiales. Le parecía penoso seguir viviendo como un abuelito y morir en la cama. Anhelaba una muerte heroica. Por eso salió en su Citabria del Hilton Ranch y se dirigió al Área 51. En esa zona no caben bromas. Si un avión entra en ella, se le dispara un misil y asunto concluido. Así murió Fossett. Los restos de su Citabria estarán prensados y convertidos en chatarra en algún almacén del Área 51.»

Comenté lo que había leído cuando me reuní con Earle y Dennis en el puesto de café de la entrada de la biblioteca.

—Si tuvieran que pagar por cada comentario lo que nosotros vamos a pagar por este café, no tendrían tanta fe en los alienígenas —dijo Earle—. Es lo malo de la fe. Es gratis.

Dennis levantó un dedo como los estudiantes cuando quieren preguntar algo en clase.

—Tienes razón, Bob, pero el caso de Fossett es especial —dijo—. Nunca se ha visto por aquí algo parecido. Lo buscaron ocho aviones C-130 de la Civil Air Patrol y tres helicópteros, más de mil horas de vuelo en total. Además, las patrullas del National Guard rastrearon la sierra durante más de tres semanas, y los internautas también trabajaron lo suyo con los programas de teledetección... De modo que, sí, serán falsas las informaciones sobre los alienígenas, pero en el caso de Fossett quedan muchas cosas por aclarar.

Earle se dirigió al estudiante que atendía el mostrador.

—Nuestros cafés los pagará Dennis, ¿de acuerdo? Le he notado un atisbo de fe, y no puede salirle gratis.

El estudiante no podía saber de qué le estaban hablando, pero soltó una carcajada.

SEGUNDO SUEÑO

Igual que en el sueño de dos semanas antes, el extraño iba ataviado con un capote negro y una capucha que le ocultaba el rostro. Estaba sentado en una roca redonda, encogido sobre sí mismo. Pensé, por su postura, que se sentía enfermo, y miré alrededor por si veía a alguien que pudiera socorrerle. Me di cuenta entonces de que la roca redonda se hallaba en el lago Tahoe, en medio del agua azul. ¿Dónde estaba el barco blanco que recorría el lago y que podría transportar al enfermo? No había ni rastro de él.

Dirigí de nuevo la mirada hacia el extraño, y advertí que se había incorporado.

—¿Estás mejor, Casey Jones? —le pregunté.

—¿Casey Jones? ¿Qué dices, hombre? —exclamó él, quitándose la capucha. Tenía delante de mí a Bob Earle.

Farfullé unas palabras de disculpa. Pero él parecía estar pensando en otra cosa. Le noté un aire triste.

—Pasa el tiempo, y los temas fundamentales empiezan a aflorar como afloran las boyas que han estado enredadas bajo el agua —dijo—. ¿Sabes cuál es uno de esos temas? ¿El más importante, seguramente?

Hice un gesto. No, no lo sabía.

—¡Fausto!

—¿Fausto?

—Sí. Fausto. El de Goethe, no el de Marlowe. ¿No te lo has planteado a tu edad? —se sorprendió—. Te voy a ser franco: ¡yo entregaría mi alma a Mefistófeles a cambio de la juventud! ¡Ahora mismo!

Un recuerdo subió desde el fondo de mi conciencia como las boyas enredadas que él había mentado. Vi a Earle en un parque solitario de Reno, sentado en un banco de madera. A su lado, vestida con un traje negro de falda corta, se sentaba Natalie, la sobrina de Mary Lore que había cenado con nosotros el día de Acción de Gracias, la capitana del equipo de *hockey* de la Universidad.

—Bob, ¿me permites cambiar de metáfora? —le pregunté—. Me gustaría valerme de la tierra y olvidarme de las boyas y del agua.

—No tengo nada en contra de la tierra —dijo él, y extendió los brazos como si quisiera abarcarlo todo. Nos encontrábamos ahora en un huerto que parecía abandonado. Las raíces, las malas hierbas, los pedruscos lo cubrían todo.

—Bob, ¡no esperes encontrar monedas de oro bajo la tierra común y corriente! —exclamé con una vehemencia que ni yo mismo esperaba—. Cava un hoyo en este huerto, cava mil como los topos, ¿qué crees que encontrarás? ¿Monedas de oro? ¿Amor? No, Bob. Bajo la tierra solo encontrarás tierra. ¡De verdad, Bob, no te enamores de Natalie! ¡La historia de Fausto es un cuento! *Os vellos non deben de namorarse!*

—¿*Os vellos non deben de namorarse?* ¿Qué lengua es esa? —me preguntó él.

—Gallego —respondí—. Es el título de una pequeña pieza teatral de Castelao. Koldo Izagirre la tradujo al vasco.

La conversación había tomado un giro absurdo, incluso para un sueño. Me obligué a despertar. Estaba en la casa de College Drive. Eran las siete de la mañana. Izaskun dormía arrebujada en el edredón. En el jardín, los primeros *bluebirds* de la mañana alborotaban entre las ramas. El mapache estaba bajo uno de los árboles, mirando hacia arriba.

INDIAN TERRITORY MAP

En la Universidad y en la escuela de las niñas las vacaciones de primavera estaban cerca, y preguntamos a Earle qué viaje nos recomendaba hacer. No lo dudó un instante. Debíamos visitar el llamado Indian Territory.

Le mostramos la guía de Nevada que compramos en Textbook Brokers para que nos señalara el itinerario en uno de los mapas que incluía.

No quiso ni abrirlo.

—No, no. Necesitamos un buen mapa de carreteras, y los mejores son los de la AAA, la Asociación del Automóvil de América. Hay uno que abarca todo el Indian Territory.

—Lo compraremos —dijo Ángela.

—No se pueden comprar. La AAA los regala a sus socios.

—Nosotros no somos socios —le dije.

—Pero yo sí. Podemos ir ahora mismo. La oficina está a diez minutos.

Fui con él. Recorrimos cinco o seis millas por la 80 y llegamos a un complejo de oficinas, comercios y restaurantes. El aparcamiento era muy amplio, y estaba lleno de carteles publicitarios. Uno de ellos, de enorme tamaño, mostraba la imagen de una modelo de pelo rubio corto con un sujetador de color azul. Las letras de una marca de lencería cruzaban su vientre. Era Liliana, «la flor rusa» de la piscina. Una cadena de oro le rodeaba el cuello. Como colgante, en lugar de la cruz ortodoxa, el logotipo de la marca de lencería.

Earle se percató de que le prestaba mucha atención.

—Es guapa, sin duda —dijo.

—Se llama Liliana.

Íbamos a pie hacia la oficina de la AAA. Me agarró del hombro.

—¡Cuidado, amigo! *Os vellos non deben de namorarse!*

Lo dijo con acento americano, pero claramente.

—¿De dónde has sacado eso? ¿Desde cuándo hablas gallego? —le pregunté.

—No te sorprendas. En mi época de universitario estudié un poco las lenguas de la Península Ibérica.

Más que sus conocimientos, lo que me tenía perplejo era la coincidencia entre mi sueño y la realidad. Pero estábamos ya dentro de la oficina de la AAA, y no se lo comenté.

Había docenas de mapas de carreteras de Estados Unidos sobre una mesa, y Earle escogió varios después de mostrar su carnet de socio. Uno de ellos llevaba el título de *Indian Territory Map*.

—Este es estupendo —dijo—. Comprende cinco estados.

Cuando retomamos la 80 —los casinos de Reno quedaban a nuestra derecha, sombríos, sin luces en las paredes—, pensé que tal vez no fuera fácil vivir en Reno para un hombre de alrededor de setenta años, por mucho que fuera rico y estuviera en plena forma.

—*Os vellos non deben de namorarse!* —dije.

—¡Qué gran verdad! —Earle se rio.

—¿Puedo decir una cosa rara?

—Adelante.

—Bob, un pensamiento me ronda la cabeza desde la cena del día de Acción de Gracias.

Estábamos ante la salida que desembocaba en Virginia Street. Tres minutos más y llegaríamos a la Universidad.

Earle permaneció atento.

—Mannix nos pidió que citáramos los olores que más nos gustaban. Y una de las personas que estaba sentada a la mesa escogió el del linimento. La chica que juega al *hockey* en el equipo universitario, la sobrina de Mary Lore...

—Natalie —remató Earle. Dejó escapar un gesto de sorpresa—. ¿Cómo lo has adivinado?

—Por tu reacción en el momento en que ella pronunció la palabra «linimento». Mannix puso cara de disgusto. Tú no. Todo lo contrario.

—Solo me cabe concluir que posees los poderes de un alienígena. Cuando regreses al Área 51 saluda a tus hermanos de mi parte.

En el aparcamiento de la Universidad había un espacio reservado a los profesores que habían ocupado una cátedra. Earle aparcó allí.

—No se lo cuentes a nadie, XY120. Ni siquiera por telepatía —dijo cuando se calló el motor. Y a continuación, marcando mucho las erres—: Es amor prohibido.

MARCANDO EL MAPA

Desplegamos en la mesa del despacho el mapa del territorio indio, el *Indian Territory Map*. Era grande, de metro y medio de lado. Earle cogió un rotulador negro y empezó a trazar el itinerario del viaje mientras nos iba dando explicaciones.

—Saliendo de Reno, por el camino de siempre, llegáis a Carson City. Seguís por la 95, pasando por Tonopah, y a la altura de Goldfield si os apetece os desviáis para saludar a los alienígenas del Área 51. Podéis pasar la noche aquí, en Beatty. La segunda noche aquí, en Las Vegas. Continuáis hacia Mesquite, de allí a Utah, luego hacia Arizona, hasta llegar a Kayenta...

Mencionó muchos nombres más. Iba marcando con el rotulador negro las carreteras y los lugares donde nos convenía pasar la noche.

MENSAJE A L.
BEATTY (NEVADA), 19-03-2008

«[...] Hoy hemos recorrido quinientos kilómetros por el desierto, desde Reno hasta Las Vegas, y ahora nos encontramos en un pueblo llamado Beatty. La temperatura, a las cinco y veinte de la tarde, es de veintiocho grados centígrados. Según el recepcionista del motel, no es para quejarse, sobre todo si se piensa en lo que puede ser esto en verano. Death Valley, el Valle de la Muerte, situado muy cerca de aquí, ostenta el récord mundial de calor. En una ocasión, la temperatura alcanzó los sesenta grados.

»El hotel tiene dos plantas, pero la primera es en realidad un casino, con máquinas tragaperras en los laterales y tres mesas de póquer en medio. Estaba lleno de gente cuando hemos llegado. Algo más vacío cuando he subido a la habitación.

»Ahora estoy solo, y desde la ventana veo a Ángela, Izaskun y Sara. Están en el *jacuzzi* que hay en el patio interior. Es una piscina mínima, el espacio justo para que puedan entrar las tres a la vez.

»Durante el viaje, al pasar de la 50 a la 95, dejando atrás Fallon, hemos divisado hileras de pequeñas cúpulas. Parecían burbujas cristalizadas que acababan de brotar de la tierra. Esperaba algo raro, inusual, porque Earle me había contado que esta zona de Nevada alberga el arsenal más grande del mundo, y que en las cuevas artificiales subterráneas se esconden armas y bombas de todo tipo, nucleares, de plutonio y a saber de qué otras materias; pero no tenía en la mente nada semejante a aquellas hileras. Solo imágenes de satélite que Dennis había sacado de la red para que yo las viera. Dianas gigantes y pistas para aviones trazadas en el suelo del desierto.

»Avanzábamos kilómetros y más kilómetros, y el número de cúpulas no disminuía. Toda la zona estaba vallada, y en el borde de la carretera se repetían las prohibiciones militares: *Warning. Restricted Area. Warning. No Trespassing. Warning. Military Installation. Photography of this Area is Prohibited.* Intimidaban.

»A falta de unos cien kilómetros para llegar a Beatty, tres aviones han emergido del fondo del desierto: cuchillos voladores. Un segundo después ya habían desaparecido, y teníamos delante, en la orilla de la carretera, como si los aviones lo hubiesen depositado allí, un yate de color blanco. La imagen me hubiera producido malestar —como dice Francis Bacon, las imágenes absurdas son insoportables para la mente— de tratarse de un barco de verdad. Pero no, lo habían acondicionado como vivienda. Un hombre con pantalón corto de color rojo y camiseta de tirantes tendía la ropa en cubierta.

»No sé cuántos kilómetros hay de Beatty al Área 51. Unos cien, poco más o menos. Parece ser que desde que se hizo la película *Independence Day* son muchos los turistas que viajan hasta allí con la esperanza de encontrarse con un platillo volante o con algún hombrecillo cabezón escondido en una quebrada. La mayoría, sin embargo, prefiere visitar Death Valley. Nosotros también. Mañana temprano saldremos para allá, sin olvidarnos de las gorras, ni de untarnos bien de crema. Sobre todo las orejas.»

MENSAJE A L.
LAS VEGAS (NEVADA), 22-03-2008

«[...] Ahora estamos en Las Vegas, en el hotel Excalibur. Con sus minaretes rojos y azules en forma de cucurucho, pretende imitar los castillos medievales de los cuentos de hadas. El casino de la planta baja es enorme, y por él se desplazan, tan rápido que parece que vayan en patines, los empleados uniformados que ofrecen entretenimiento a los clientes. En cuanto consigues librarte de uno, viene el siguiente y te somete a placaje: "¿Cómo está usted, caballero? Échele una miradita a esto. No encontrará usted otro espectáculo de este nivel en toda Las Vegas".

»De paseo por Las Vegas Boulevard, nos han dado una hoja publicitaria, una simple fotocopia en blanco y negro. El título: *Things To Do With Children*. Las Vegas también piensa en los niños, aunque, claro, piensa más en otras cosas. Diez minutos después de recibir la fotocopia, estando solo en la acera —las niñas y Ángela habían ido a ver las góndolas del hotel The Venetian—, se me ha acercado otro repartidor de publicidad y me ha entregado un folleto, *Las Vegas Sundown:* dieciséis páginas en color y unas cincuenta fotos, todas ellas de chicas. Ahí están Susie, Brandi, Amy, Celeste, Angel & Robin ("alumnas de un *college"),* Nissi, Roxy, Candy, Kiki y muchas otras, todas semidesnudas. "Chicas de verdad. Directamente a su habitación. Fiestas de recién casados. *Parties* privados." Ahí están, asimismo, Tina y Amber, "para los que no se conforman con una"; dos chicas que en la foto no aparentan más de doce años.»

MENSAJE A L.

SPRINGDALE (UTAH), 23-03-2008

«[...] Anoche bajé al casino del hotel Excalibur a tomarme un whisky, y se me acercó un hombre. Tendría unos cincuenta años y era de aspecto rudo, con algo de tripa y unos brazos musculosos. El aliento le olía a alcohol.

»—¿No me conoces? —preguntó.

»A juzgar por su acento, era de algún lugar cercano a mi pueblo natal. Se quitó la visera que llevaba. Tenía el pelo rizado.

»—Eres fontanero, ¿verdad? —le dije. Acababa de reconocerle. Había trabajado en una reforma de la casa de mis padres.

»Levantó el dedo pulgar.

»—¿Qué haces aquí? —le dije.

»—Hemos venido de vacaciones.

»Me señaló un grupo de hombres al otro extremo de la barra.

»—Todos fontaneros —explicó. Luego llamó al camarero y levantó mi whisky—. Tráigale otro a este.

»Me contó su plan. Guardaban el dinero de los descuentos que les hacían los mayoristas y luego, una vez al año, organizaban "un bonito viaje"; un viaje *Candy, Roxy, Susie.*

»Di un trago al segundo whisky.

»—Y la familia, ¿qué dice?

»—¿La mujer? —precisó él.

»Empezó a responder, pero se calló, y fue hasta donde estaban sus amigos. Volvió con una cámara de fotos.

»—Tenemos cientos como estas —me dijo pulsando un mecanismo de la cámara. Las fotografías empezaron a correr en la pantallita de la máquina.

»No habían sido tomadas en Las Vegas, sino en lugares más religiosos. En buena parte de ellas, el grupo de fontaneros posaba delante o en el interior de iglesias coloniales. Reconocí la basílica de Santa María de Guadalupe.

»—México D. F. —dijo él.

»El plan era sencillo. Primero, efectivamente, iban a México, y se quedaban dos días "sacando fotos a lo bestia". Luego volaban a Las Vegas y se pasaban cuatro días "a todo follar". El séptimo día regresaban a Madrid, tras hacer escala en Atlanta.

»No daba crédito a mis oídos.

»—¡Viva la Virgen de Guadalupe, madre de la coartada! —exclamé, alzando mi whisky para brindar. La broma no le hizo gracia.

»—Yo tengo fe de verdad, ¿eh? —me advirtió. Pensé que iba a enfadarse, pero la cosa no fue a más—. Las flaquezas que tuvo el presidente de los Estados Unidos con Monica bien se las puede permitir un fontanero, ¿no? —argumentó—. ¡Eso también es democracia!

»—¡Viva Clinton! —exclamé. Sin duda, el segundo whisky estaba haciendo su trabajo.

»Coincidió que el camarero estaba justo enfrente, y me sonrió de forma abierta.

»—Bien dicho, señor. El mejor presidente para los latinos, sin duda.

»Cuando subí a la habitación las niñas estaban viendo una película, y Ángela leía sentada en una butaca. Sobre su cabeza colgaba un cuadro grande con la imagen de Merlín.

»—Hay mucho que aprender en Las Vegas —le dije.

»—¿De los arquitectos? —preguntó, sin levantar la cabeza del libro.

»—No, de los fontaneros.

»Con la ayuda de los dos whiskies y del chiste, me dormí felizmente.

»Ahora estamos en un pequeño pueblo llamado Springdale, en territorio mormón. Mañana visitaremos el Parque Nacional Zion.»

MENSAJE A L.
TORREY (UTAH), 26-03-2008

«[...] El paraje donde nos encontramos recibe el nombre de Capitol Reef National Park. Trae a la memoria un jardín zen, con rocas pulidas por el agua y el viento y senderos amenos de color arena.

»Hemos caminado mucho, en un sube y baja continuo, contemplando aquí un arco de piedra, allá un torrente, más allá un vistoso conjunto de árboles silvestres. Por suerte, no hemos visto hasta la vuelta el cartel oficial del parque, que explicaba cómo actuar en caso de encontrarse con un puma.

»Antes de abandonar el parque, paseando por una pequeña carretera, hemos oído pisadas. Eran ciervos corriendo en tropel entre los árboles. Luego nos hemos encontrado con una cabaña de madera. Hemos mirado por la ventana y dentro había pupitres. Una placa informaba de que se trataba de una escuela construida por los pioneros mormones.

»He sentido ganas de llamar a mi madre, porque me he acordado de la "escuela" donde enseñó ella, un caserío de Asteasu; pero he pensado que no se acordaría de nada y le iba a crear confusión, y lo he dejado.

»Mañana, rumbo a Arizona. No se ve a nadie por aquí. De vez en cuando nos encontramos con un matrimonio de unos setenta y cinco años. Nos han contado que empezaron a recorrer Estados Unidos con su *roulotte* hace medio año, y que piensan seguir así mientras tengan salud.»

MENSAJE A L.

KAYENTA (ARIZONA), 27-03-2008

«[...] El viaje de hoy, de Torrey a Kayenta, ha sido una prueba para los nervios. Por nuestra culpa. Teníamos que haber parado a repostar en el primer pueblo, Hanksville; pero eran las siete de la mañana, las niñas dormían en los asientos traseros, y hemos decidido continuar. No nos ha resultado sospechoso que hubiera dos gasolineras enormes en un sitio como aquel, un pueblo de mala muerte, y hemos pasado de largo haciendo bromas sobre el consumismo de los estadounidenses. Una estupidez. Las gasolineras estaban allí por la sencilla razón de que los cuatrocientos kilómetros que hay hasta Kayenta son puro desierto, tal vez el desierto más desierto de todo el Oeste.

»Tras dejar la UT-24 en Hanksville, hemos tomado la UT-95. Primero, nada. Los avisos de costumbre al borde de la carretera: "¿Ha revisado su coche antes de salir?". "¿Ha comprobado el estado de los neumáticos?" "No viaje sin agua, por favor." Las niñas dormían, y Ángela y yo hemos permanecido mudos. Fuera no había rastro de nada.

»Ha transcurrido media hora, y la carretera continuaba desierta. Ha transcurrido una hora, y lo mismo. Por primera vez, he mirado el marcador de gasolina.

»—¡Qué lugar tan solitario! —ha dicho Ángela en voz baja.

»Otra media hora. He examinado el mapa que nos dio Earle y he observado que a mitad de camino el río Colorado se ensanchaba, y que al llegar a Glen Canyon parecía formar un lago. Era probable que, como en Pyramid Lake, hubiera allí un área de servicio, un restaurante, una gasolinera, algo parecido al Crosby Bar. He encontrado en el mapa un punto que alimentaba mi esperanza: Fry Canyon Store. He vuelto a mirar el marcador de gasolina. Quedaba la mitad del depósito, o algo menos.

»Hemos continuado otros veinte minutos a sesenta y cinco millas por hora. Nadie. Cinco minutos más tarde, un camión grande en dirección contraria. Nos ha saludado, le hemos devuelto el saludo.

»—Yo creo que el tráfico tiene que empezar a notarse. Estamos muy cerca de Glen Canyon —le he dicho a Ángela.

»Otra media hora. Era inútil forzar los ojos. No se veía ningún vehículo. Y al llegar a Glen Canyon, nueva desilusión. Era como una foz, y la carretera lo rodeaba serpenteando. Diez minutos después, al pasar por encima del río Colorado, hemos visto dos camiones de transporte de arena en una explanada de color naranja. Era una señal de vida, algo objetivo. He prestado atención. Según el mapa, estábamos cerca de Fry Canyon Store. La aguja de la gasolina bajaba de la mitad.

»*"No services."* He visto el cartel de lejos. No había gasolinera en Fry Canyon Store. Era una cabaña, sin ventanas.

»Ángela y yo hemos empezado a lanzarnos reproches, levantando algo la voz. ¿Por qué no habíamos repostado en Hanksville? ¿No habíamos visto en el mapa de

Earle que la carretera UT-95 discurría por un espacio en blanco?

»He vuelto a mirar el mapa. Una superficie sin puntos ni nombres atravesada por una gruesa raya azul, el río Colorado, y por nuestra carretera, subrayada por Earle con rotulador.

»—Cuando hemos pasado por Hanksville no nos preocupaba el viaje —he dicho a Ángela—. Nos preocupaba el sueño de Izaskun y Sara.

»—Al menos no se están dando cuenta de nada. Menos mal —ha dicho Ángela, de nuevo en voz baja. Eran las diez menos veinte. Hacía dos horas y media que las niñas dormían sin interrupción.

»He hecho cálculos con un lápiz. Según la escala del mapa, había una localidad bastante grande, Mexican Hat, a unos ochenta kilómetros de Glen Canyon.

»—Llegaremos fácil. Creo —el "creo" sobraba, me he dado cuenta nada más decirlo.

»Otra media hora. La única diferencia, que el desierto no era tan riguroso y que, por decirlo con las palabras de Daniel Sada, iba tomando poco a poco el aspecto de un decorado. Árboles sueltos, matorral.

»—No entiendo por qué no hay tráfico —ha dicho Ángela—. Si Mexican Hat es un pueblo, ¿dónde están los coches y los camiones de la gente que vive allí?

»No tenía respuesta. No obstante, los árboles eran cada vez más numerosos a ambos lados de la carretera, y no era difícil imaginarse un lugar habitado allí delante, con sus casas, su río, su iglesia tal vez, y su gasolinera.

»Llevábamos tres horas en la carretera cuando ha aparecido el bosque, una franja verde en el límite del desierto arenoso. Poco después, un cruce. Hemos leído con detenimiento lo que decía la señal: a la izquierda, siguiendo por la UT-95, se encontraban Blanding y Monticello; a la derecha, por la UT-261-S, a cincuenta y seis kilómetros, Mexican Hat.

»La carretera se ha estrechado al entrar en el bosque y ha empeorado. Si la UT-95 era de tercera, la UT-261-S parecía de quinta.

»—Si no fuera por la señal, pensaría que esta carretera no va a ninguna parte —ha dicho Ángela. Efectivamente, recordaba esos "pasillos" entre árboles que utilizan los camiones forestales.

»Unos diez kilómetros más adelante, la claridad se ha hecho mayor.

»—Parece que aquí se acaba el bosque —he dicho.

»En ese mismo instante, hemos visto una señal de tráfico: "30 m/h". Era el límite de velocidad. Ángela ha frenado, pero con gesto escéptico. La carretera era una recta.

»—Será por el asfalto —he comentado—. Está muy agrietado.

»Cien metros más, y otra señal: "15 m/h". El bosque era ahora más ralo, y el ambiente más alegre, porque el sol iluminaba las ramas altas de los árboles. Ángela y yo nos mirábamos sin saber qué decir. El estado de la carretera era malo, pero no como para ir a menos de quince millas por hora.

»De pronto, hemos visto un cartel escrito a mano: SLOW, PLEASE!!!

»Nos hemos bajado del Ford Sedan para ver qué teníamos delante. Nada, delante no teníamos nada. Solo aire. Estábamos en un balcón de montaña, en lo alto de una de esas paredes que suben los escaladores. La UT-261-S se interrumpía allí, y continuaba doscientos metros más abajo.

»Hemos dado unos cuantos pasos para examinar el tramo en vertical. El camino que unía la UT-261-S de arriba con la UT-261-S de abajo estaba excavado en la roca y era de piedra, de unos tres metros de ancho. He contado siete curvas desde el borde de la cima. Al fondo, como un insecto muerto, había un coche con las ruedas al aire.

»Suele decirse que en las situaciones difíciles, en las batallas, cuando uno se ve en peligro, alguien se adueña de nosotros como en una posesión, y se pierde la individualidad. Según mi corta experiencia, ese "alguien" que se apodera de nosotros es un autómata. Viendo que no nos quedaba otro remedio que bajar por la cortada, he cogido el volante como un autómata y he conducido —como un autómata— por el camino de piedra.

»A mitad de la pendiente, Izaskun y Sara se han despertado.

»—¿Qué pasa? ¿Dónde estamos?

»—¡Callaos! —les hemos gritado.

»Pero, al final, no ha sido tan difícil. Cuatro minutos y ya estábamos abajo.

»Hemos salido del coche para echar un vistazo a la pared de roca. No se distinguía el camino. Sara ha sacado fotos, e Izaskun ha aplaudido el comportamiento de nuestro Ford Sedan.

»El autómata de mi interior se ha esfumado cuando nos hemos vuelto a poner en marcha, y la cabeza se me ha llenado de imágenes angustiosas: nuestro Ford Sedan encontrándose en la pendiente con otro coche que subía, sin sitio para los dos; una enorme piedra en medio del camino, y nosotros parados, sin poder avanzar ni echarnos atrás; el Ford Sedan patinando en una curva y saliéndose del camino... Imaginando lo que nos podía haber pasado, he perdido concentración, y ha cogido el volante Ángela.

»Continuábamos en el desierto, por la UT-261-S, pero era un tramo bastante más "decorado" que los anteriores. Enfrente, no muy lejos, se veían rocas de formas caprichosas. Una de ellas se asemejaba a una figura ataviada con un poncho y un sombrero mexicanos: Mexican Hat. Veinte minutos más y estábamos en la gasolinera del pueblo.

»Nos ha atendido una mujer navajo. Sin preguntar, ha llenado el depósito hasta arriba.

»—Nos quedaba gasolina para otros cincuenta kilómetros —me ha dicho Ángela—. La de reserva y algo más.

»Te escribo esto desde Kayenta, el centro de la reserva navajo. Ángela y las niñas han bajado a la piscina
del motel. Quería tomarme una cerveza, para celebrar el
final feliz de nuestro viaje y quitarme de encima el calor,
pero la camarera me la ha negado sin mirarme siquiera.
En la reserva navajo no sirven bebidas alcohólicas. Y aquí
me tienes ahora, delante del ordenador, tomándome un
refresco.»

MENSAJE A L.
ET IN ARCADIA EGO: **LA MUERTE**

«[...] Una imagen: el guía navajo conduce el jeep
tranquilamente por las pendientes de arena, y tú vas admi-
rando las formaciones rocosas. De repente, al otro lado de
una duna, ves una pequeña garganta; al fondo de la garganta, una balsa de agua cristalina. En la orilla de la balsa, bajo un sauce frondoso, un topo muerto.»

MENSAJE A L.
ET IN ARCADIA EGO: **LA VIOLENCIA**

«[...] No sabíamos que entre los navajos se considera de mala educación dar explicaciones si no se han pedido, y durante la primera parte del recorrido apenas hemos
recibido información de nuestro guía, únicamente los
nombres turísticos de las formaciones rocosas: Totem,
Three Sisters y otros parecidos. Después de un rato en silencio, Ángela le ha hecho una pregunta acerca del sistema
educativo, si los navajos pueden cursar estudios en su lengua. El guía ha respondido que eso era posible en la escuela infantil. Yo he hablado entonces de las protestas de los

hopis para impedir que se llevaran a sus hijos a las escuelas de los blancos, y de la foto de los jefes encarcelados en Alcatraz. El guía ha sonreído abiertamente y, ayudándose de las manos, nos ha explicado la relación entre las dos tribus: *"Navajo and Hopi, enemies!"*.

»En un momento del trayecto hemos notado que el guía se ponía tenso, y que lanzaba miradas al espejo retrovisor. Al poco tiempo, nos ha adelantado un Chevrolet de la Navajo Nation Police. He pensado que estaría prohibido llevar a los visitantes en el asiento del copiloto, donde él había colocado a Sara, y que su reacción se debía a esa circunstancia.»

30 DE MARZO. EL MONSTRUO

Regresamos del viaje por la 95, la misma carretera que a la ida, y paramos en la gasolinera de Tonopah. Cuando, tras pagar en la oficina, volví al Ford Sedan, tanto Ángela como las niñas tenían caras raras y miraban de reojo hacia un auto. Miré yo también y vi al monstruo.

Era un hombre con la cabeza completamente tatuada. Las rayas blancas y parduzcas que cubrían su rostro formaban arabescos y otros dibujos geométricos. Tenía los pómulos hinchados y redondeados; la boca, saliente; la melena, rubia; las orejas, puntiagudas. Por encima de los detalles, su aspecto era el de un animal salvaje.

Se trataba, al parecer, de un monstruo amable. Le contó algo a la chica de la gasolinera, y ella se rio.

THE CAT MAN

Bastó una palabra sobre lo que había visto en la gasolinera de Tonopah para que Dennis identificara al monstruo.

—*The Cat Man!* —exclamó—. Como Fossett, también él ha logrado batir una marca mundial. Por lo visto, ningún ser humano ha cambiado su cuerpo tanto como él. Silicona, tatuajes, cirugía, *piercing*... Se ha hecho de todo.

Una hora más tarde, Dennis me envió varios enlaces sobre el Hombre Gato. No me impresionó tanto en las fotos, pero, en cualquier caso, eran tremendas. Parecía medio gato o medio tigre. Según su ficha biográfica, era un *native american*, de la tribu de los hurones.

DE NUEVO EN RENO

Nos sentimos felices de estar en nuestra casa de College Drive después de haber recorrido cinco mil kilómetros de carretera. Si es verdad, como dice Eric Havelock en su libro *The Muse Learns to Write,* que todo lo que es agradable en esta vida está relacionado con el ritmo, a nosotros nos vino bien la rutina de Reno. Veíamos al mapache donde siempre, junto a la cabaña; por las mañanas, oíamos a los *bluebirds;* en la Universidad, Earle, Dennis y Mary Lore seguían siendo los mismos; en la escuela, Izaskun y Sara tenían los mismos quehaceres que antes del viaje. Sin embargo, nuestra felicidad distaba de ser completa. La parte oscura de la vida de Reno persistía. Me lo recordó Mary Lore cuando pasé por el CBS a saludarla. Sí, ella y Mannix estaban bien, y las niñas lo mismo, pero...

—No cogen a la araña. Y han pasado casi dos meses desde que mató a Brianna. Seguro que está preparando un nuevo crimen. Es angustioso.

Adiviné, por la forma en que lo dijo —«no cogen a la araña»—, que ella y Dennis habían hablado mucho del tema durante las vacaciones.

En el porche de la casa encontré diez o doce ejemplares del *Reno Gazette-Journal* que el repartidor había ido apilando allí durante nuestra ausencia. Los miré por encima, y me topé de nuevo con el caso de Brianna Denison. *Et in Arcadia ego:* la violencia, la muerte.

9 DE ABRIL. UNA NOTICIA DEL *RENO GAZETTE-JOURNAL*

«Una mujer de 35 años, madre de cuatro niños, ha sido conducida a prisión acusada de abandono, después de que la policía descubriera a los niños en su casa jugando con cuchillos y herramientas.

»Detuvieron a la mujer mientras trabajaba en el turno de tarde en Wal-Mart.

»Los niños, de 6, 7, 9 y 13 años de edad, han sido llevados a una casa de acogida para casos urgentes.

»Según ha comunicado la policía, la casa se encontraba en un estado lamentable, con comida podrida y ropa sucia por todas partes. Los niños dormían en jergones, acostándose con las navajas y los cuchillos.»

FUNERAL POR UN SOLDADO
MUERTO EN IRAK

Estaba despierto en nuestra casa de College Drive. Volvía a dormir mal. Me despertaba en la oscuridad y oía pasos, golpes en los cristales de una ventana, el chirrido de la manilla de una puerta, y me incorporaba en la cama pensando: «¿Quién anda ahí?». Pero no andaba nadie, no pasaba nada. La casa estaba silenciosa. También la ciudad. Lo mismo aquel día, 17 de abril de 2008: Ángela dormía; Izaskun y Sara dormían. Todo estaba bien. El asesino de Brianna Denison no había vuelto a atacar. Se decía que quizás estuviera en Seattle, donde, al parecer, se había dado un caso idéntico al de Reno: rapto y estrangulamiento de una *petite*.

Oí llegar al repartidor del *Reno Gazette-Journal*. Recogí el periódico y fui a leerlo en la mesa de la cocina. Antes de sentarme, busqué al mapache con la mirada, en la oscuridad, entre las sombras de los árboles. Estaba allí, en su puesto favorito, junto a la cabaña. Su presencia resultaba ahora tranquilizadora. Era una señal de normalidad.

La noticia principal del *Reno Gazette-Journal* de aquel 17 de abril tenía como protagonista al sargento del Ejército Timothy Smith, muerto en Irak a causa de la explosión de una mina anticarro. Su cadáver había llegado ya a su pueblo natal, South Lake Tahoe.

«Fallen soldier returns with honors», decía el titular. «Soldado caído vuelve con honores.»

Una foto grande mostraba los detalles. Al fondo de la imagen, las crestas de la sierra, cubiertas de nieve. En primer plano, el féretro, una bandera estadounidense ondeando al viento, una decena de soldados en posición de firmes, y un avión completamente blanco en medio del aeródromo. Había dos fotografías más: la que mostraba el llanto de Lola Calderón, antigua compañera de escuela del fallecido, y la del propio Timothy Smith. «Nunca olvidaré el color rojo brillante de su pelo», decía Lola Calderón. Hablaba luego de lo bromista y bienhumorado que había sido Timothy, una «persona reidora y feliz». Sin embargo, el retrato mostraba a un muchacho triste, de mirada retraída.

En el monolito del centro de Reno, donde se habían ido grabando los nombres de los *nevadans* caídos en Afganistán y en Irak, habría ahora uno más, el suyo. Iría debajo del nombre del paracaidista David J. Drakulich y de los de los soldados que cerraban la lista cuando yo los copié en el cuaderno: Raul Bravo, Anthony J. Schober, Alejandro Varelo, Joshua R. Rodgers y Joshua S. Modgling.

En el periódico, en negrita, venía un aviso: los funerales se celebrarían a las once de la mañana del día siguiente, viernes 18 de abril, en la Sierra Community Church de South Lake Tahoe.

Hablé con Ángela y, veinticuatro horas más tarde, dejé a las niñas en la escuela y salí hacia South Lake Tahoe. Una hora de camino en un coche normal; hora y media en nuestro Ford Sedan de segunda mano.

El motor de los coches sufre mucho en la subida a la sierra. La carretera es estrecha, y parece muy poca cosa en comparación con las rocas y peñascos que la flanquean, y cosa más pequeña aún, obra débil, obra provisional, cuando se observa el cielo y se recuerda que de allí cae la nieve que, durante muchos días de invierno, la entierra a cuatro o cinco metros de profundidad. Los abetos dan fe de dónde reside la fuerza: muchos están tronchados y parecen quemados, como si hubiesen sufrido un bombardeo; otros, a más altura, muestran el color oxidado de los vegetales afectados por el hielo.

En primavera la nieve caída parece sin embargo amable, y cubre laderas donde los niños de la zona, con anoraks y gorros, se familiarizan con el esquí o con la tabla de *snowboard*. De lejos, cuando se perciben las manchitas de color y su constante movimiento, la escena parece extraña, discordante con la sierra monótona, la sierra oscura; pero se vuelve real en el momento en que, a través de las ventanillas abiertas del coche, comienzan a oírse los chillidos y las risas.

Pensé en aquel momento, al pasar por delante de los niños, que la escena podría ser convertida en poesía siguiendo la tradición de los haikus, al estilo quizás del poemita de Masaoka Shiki: «En medio del estanque, recobra la vida, una hierba.»

Haciendo la transposición debida, el poema podía quedar así: «Niños en la nieve. Vuelve la vida a la sierra triste». Era una de las posibilidades. Otra, relacionar los sonidos ambientales, el de los niños y el de los *bluebirds,* las urracas vocingleras. En tal caso, el poemita sería: «Chillidos en los árboles y en la nieve. Urracas y niños».

Con todo, el camino hacia Lake Tahoe ofrece otros asuntos a quien lo recorre con el ánimo de escribir un texto. Uno de ellos, probablemente el principal, empieza a desvelarse cuando se repara en que la línea que corta la sierra a media altura, y que parece hecha con regla y lápiz, es sencillamente la vía del primer ferrocarril transcontinental de los Estados Unidos, construido en los años sesenta del siglo xix; una obra gigantesca, monstruosa, que acabó con la vida de miles de emigrantes chinos. Resulta imposible observar la raya o pasar al lado de la vía y no acordarse del poema de Bertolt Brecht:

«Tebas, la de las Siete Puertas, ¿quién la construyó? En los libros figuran los nombres de los reyes. ¿Arrastraron los reyes los grandes bloques de piedra? Y Babilonia, destruida tantas veces, ¿quién la volvió a construir otras tantas? [...]»

Las narraciones oficiales sobre el ferrocarril explican exhaustivamente el proyecto de la Union Pacific y de la Central Pacific, las compañías que financiaron y organizaron la obra, haciendo especial hincapié en la ceremonia celebrada en Promontory, Utah, el 10 de mayo de 1869, cuando la locomotora que procedía del oeste y la que venía del este se encontraron de frente y se colocó el llamado Golden Spike, el clavo de oro, el último de la vía; pero nada dicen, en cambio, de los emigrantes chinos que se encargaron del peor tramo, el de la sierra, el de los túneles de acceso a Truckee. En la foto que recoge la ceremonia del Golden Spike o clavo de oro, se ven las locomotoras y la botella de champán, se ven sombreros de copa, sombreros vaqueros y gorras, pero ningún casquete chino.

En general, nunca se dice nada de los que más sufren. O se dice algo, pero con engaño, suavizando, sin mención a lo espantoso de su historia. Una de las fotos que ilustran la historia del ferrocarril transcontinental, sombras negras en paisaje blanco, lleva un pie que dice: «Trabajadores del ferrocarril chinos realizando sus labores en la nieve». Podían haberlo puesto en forma de haiku: «Nieve blanca, raíles negros. Los chinos laboran». De este modo habría quedado aún más suave, al nivel, por ejemplo, de la representación que puede contemplarse en el Museo Histórico de Carson City: un poblado chino en miniatura, una especie de belén en el que los niños juegan, los ancianos cuidan sus pajaritos, las mujeres cocinan o recogen flores, los hombres pasean por la vía del tren ya terminada.

La verdad es otra, sin embargo. El hielo que congela los abetos congela también a las personas. Los novelistas chino-americanos que, como Hong Kingston, están llevando a cabo la revisión de la historia del Oeste americano, lo dicen: eran infinidad los trabajadores de la vía que se quedaban sin nariz o sin dedos. Además, para mayor dureza, les estaba prohibido hablar entre ellos, incluso en inglés. Pero a nadie importaba, ni siquiera a los partidos y sindicatos socialistas, porque los chinos eran considerados una subespecie humana y habían sido apartados de la sociedad por la Exclusion Act de 1867.

Beau comme le premier jour, bello como el primer día del mundo, de la creación. Es la idea que viene a la mente cuando por fin, después de más de una hora de ascensión, se abre el panorama y aparece el lago, Lake Tahoe. Los abetos esconden los caminos próximos a su orilla: al agua azul le siguen las montañas cubiertas de nieve. Podría ser considerado un paisaje de postal, pero tampoco: el espacio es inmenso, y las máquinas fotográficas resultan allí cacharritos. Por un instante, da la impresión de que es precisamente la inmensidad lo que se va a imponer en el espíritu; pero no, lo que triunfa es la primera idea, la que nos hace suspirar y decir *beau comme le premier jour,* bello como el primer día. Todo parece inocente, primordial, como si al cruzar la sierra se cruzara también la frontera del tiempo, hacia atrás, hacia el paraíso.

No es una ilusión, propiamente, pero sí una realidad efímera. En cuanto se dejan las últimas estribaciones de la sierra y, ya en Incline Village, se entra en la carretera que bordea el lago, aparecen una tras otra las salpicaduras del mundo. Un panel informa de la presencia de osos y de pumas. Otro, de la proximidad del rancho La Ponderosa, escenario donde se rodó la serie de televisión *Bonanza*. Luego vienen las mansiones construidas en la orilla del lago, y más tarde, tras un trecho deshabitado de varios kilómetros, las casitas prefabricadas con camionetas de tercera o cuarta mano aparcadas a la puerta. Más allá, las urbanizaciones que se extienden por las laderas de la sierra y desaparecen entre los abetos.

Las salpicaduras del mundo se vuelven más turbias cuando se llega a South Lake Tahoe. En 1963 se produjo allí un secuestro: uno de los hijos de Frank Sinatra fue sacado a la fuerza de su habitación en el hotel-casino Harrah's, y no fue liberado hasta que, un par de semanas más tarde, su padre pagó el rescate. En 1991 hubo un segundo secuestro. La niña Jaycee Lee Dugard, de once años de edad, esperaba el autobús de la escuela cuando un hombre la obligó a meterse en una furgoneta. Su padre adoptivo, que no se había alejado mucho de la parada, se dio cuenta de lo que sucedía y corrió a salvarla, pero la furgoneta arrancó a toda velocidad y desapareció de su vista.

El día del funeral por el sargento Timothy Smith, 18 de abril de 2008, todavía quedaban carteles con la fotografía de la niña y la información de que llevaba diecisiete años desaparecida. El caso me resultaba conocido, porque se había vuelto a citar tras lo ocurrido con Brianna Denison.

Me costó encontrar la Sierra Community Church, porque la iglesia era pequeña y quedaba oculta entre los árboles, y cuando por fin llegué solo faltaban unos minutos para que comenzara el funeral. En el cruce de la calle, los bomberos habían formado un arco de honor con las grúas de dos camiones. Policías vestidos de gala cubrían la zona. Más numerosos, los Patriot Guard Riders esperaban junto a las Harley-Davidson, provista cada motocicleta de un mástil y de una bandera estadounidense. Frente a la puerta principal de la iglesia, una doble fila de cadetes montaba guardia con los fusiles en alto.

En el lateral de la iglesia habían instalado una mesa larga con fotografías del fallecido, y allí esperaban los asistentes, algunos sentados en sillas de tijera, la mayoría de pie. Calculé cien personas. El berrido de algún niño, el canto agrio de los *bluebirds;* no se oía nada más. Los altavoces adosados a las columnas del porche de aquel lado de la iglesia estaban desconectados.

Una limusina blanca pasó lentamente bajo el arco de los bomberos. Detrás venía una segunda limusina, igual de larga, igual de blanca. Los policías se cuadraron, los Patriot Guard Riders ordenaron sus filas. Un hombre muy alto, con traje negro y melena, salió a la mitad de la calle sollozando y haciendo aspavientos. Parecía trastornado. Una mujer lo cogió del brazo y lo reintegró al grupo.

Sacaron el féretro de la primera limusina. De la segunda bajó la familia: los padres, los hermanos, la esposa y el hijo, un niño de unos dos años de edad. Los cadetes de la puerta principal saludaron militarmente y la comitiva entró en la iglesia. De los altavoces surgió la música de un armonio. Luego, una voz melodiosa: «Nos hemos reunido aquí para dar el último adiós a un héroe americano, el sargento Timothy Michael Smith». Siguieron varios discursos. Primero hablaron los compañeros de la escuela, mal, chillando histéricamente; luego sus hermanos, muy conmovidos; a continuación, con gran serenidad, un compañero de batallón venido de Irak expresamente para la ceremonia.

El hombre alto de traje negro y melena no podía controlar los sollozos, y se acercaba una y otra vez a uno de los altavoces, como si quisiera beber de aquel cáliz, del dolor de aquellas voces. Su actitud debía de resultar molesta para el resto de los asistentes, pero nadie le llamó la atención.

Volvió a hablar el sacerdote de la voz melodiosa, repitiendo una y otra vez, como un estribillo, las tres palabras claves de la ceremonia: *«Honor, Duty, Sacrifice»*. «Honor, Deber, Sacrificio.» A veces, melodía sobre melodía, le acompañaba el armonio. Siguieron otras voces, otros discursos, entre ellos el de un general. Pero, debido a mi mal inglés, me resultaba fatigoso seguir escuchando, y decidí acercarme a la mesa donde habían colocado las fotografías.

En muchas de ellas, Timothy Smith aparecía junto a su madre, una mujer sorprendentemente joven, bien parecida. En otras, en bastantes, posaba con el niño, en el *pickup* familiar, en la playa del lago, en la fiesta de Navidad, vestido de Papá Noel. Solo sonreía con verdadera alegría en dos de ellas: en una en la que abrazaba a su madre, y en la única en que posaba con su esposa. De todos modos, la foto central era otra, la del día de la graduación en la Escuela Militar.

Cogí un par de recordatorios de la mesa. Uno de ellos reproducía las fotos y contenía un poema titulado *«Through the Eyes of a Child»*, «A través de los ojos de un niño»: *«There is a time in our lives, when we must face the facts...»*.

«Hay un tiempo en nuestras vidas en que debemos hacer frente a los hechos y mirar hacia nosotros mismos, porque no hay vuelta atrás. Todos podemos aprender la lección de los pequeños. Cuando parecen no saber nada es cuando empiezan a saberlo todo. Tienen rostros maravillosos. Así que echa una mirada a la vida cuando las cosas no han ido bien, mira a través de los ojos del amor, desde la cara de un niño.»

El segundo recordatorio era el oficial, e incluía la biografía militar de Timothy Smith, sus medallas y méritos y, en el dorso, en letras grandes, un texto titulado «The Soldier's Creed», «El Credo del Soldado»: *I am an American Soldier. I am a Warrior and a member of a team. I serve the people of the United States...*».

«Soy un Soldado americano. Soy un Guerrero y un miembro del equipo. Sirvo al pueblo de Estados Unidos y vivo según los valores militares. Para mí, la misión será siempre lo primero. Nunca aceptaré la derrota. Nunca cederé. Nunca abandonaré a un compañero caído. Soy disciplinado, mental y físicamente fuerte, entrenado y competente en mis tareas y ejercicios guerreros. Mis armas, mi equipamiento y yo mismo estamos siempre a punto. Soy un experto y un profesional. Estoy preparado para desplazar, hacer frente y destruir a los enemigos de los Estados Unidos de América en combate conjunto. Soy el guardián de la libertad y del estilo de vida americanos. Soy un Soldado americano.»

Toda ceremonia supone una cesura, un corte, una interrupción en la corriente de la vida. Las horas que, en general, tanto se parecen, las horas monótonas que punto a punto forman una línea de dibujo geométrico, sin gracia ni sorpresas, sufren de pronto una transformación, y todo es distinto. Una persona anónima se convierte en el centro de atención, en héroe, en ser superior, ser sin fondo, ser irreal. A su alrededor, el mundo cambia: los relojes marchan más despacio, serenamente; la palabra y el silencio se combinan de una forma nueva. *«Honor»*, dice el sacerdote, y hace una pausa. *«Duty»*, dice. Pausa. *«Sacrifice»*, dice. Pausa. Y ahí siguen las limusinas blancas, los policías y bomberos vestidos de gala, las Harley-Davidson relucientes de los Patriot Guard Riders, los cadetes de cara de niño con sus armas. Extra-tiempo, extra-espacio. El trastornado de traje negro y melena no tiene fuerza suficiente para soportar la situación y solloza. Pero no es el único.

Yo pensaba en la falsedad de los poemas de los recordatorios. El primero, sentimental, abogaba por una vía de consuelo que, en realidad, era una contravía: «[...] Echa una mirada a la vida cuando las cosas no han ido bien, mira a través de los ojos del amor, desde la cara de un niño». Pero el niño real, el hijo de Timothy Smith —Riley, según se decía en el mismo recordatorio—, acabaría convirtiéndose en un símbolo viviente, constante, de la tragedia. Además, en el mejor de los casos, ¿cómo se mira desde los ojos de un niño cuando ya no se es niño? Solo en el tiempo irreal de la ceremonia podían tener sentido aquellas palabras.

En cuanto al segundo texto, hablaba de la violencia y de la muerte con soberbia. «Estoy preparado para desplazar, hacer frente y destruir a los enemigos de los Estados Unidos de América en combate», decía. Y añadía: «Soy el guardián de la libertad y del estilo de vida americanos. Soy un Soldado americano». Aquellas palabras eran como las limusinas aparcadas junto a la iglesia, blancas, elegantes, grandes; pero, como los vehículos, contenían sobre todo cadáveres y sufrimiento.

Guardé los recordatorios en el bolsillo, y me aparté de la iglesia caminando hacia el aparcamiento. Había allí, justo al lado de un recipiente para las basuras especialmente diseñado para que no pudieran abrirlo los osos, un enorme cartel que indicaba la conducta que había que seguir en caso de producirse un encuentro fortuito con el plantígrado: *«Do not panic! Don't approach it! Leave it alone!»*... «¡No se asuste! ¡No se acerque! ¡Déjelo solo! Si el oso gruñe, chasquea las mandíbulas, golpea el suelo o lo araña, si empieza a bufar y a embestir, ¡está usted demasiado cerca! ¡Atrás!»

Seguían más consejos y explicaciones, pero dejé de leer. Me había venido a la memoria un poema que leí en un programa de radio con ocasión del atentado del 11 de marzo de 2004 en Madrid:

«La vida es la vida, y no sus resultados. No la casa grande en lo alto de la montaña, ni las coronas y medallas, áureas o de imitación, que ocupan las estanterías. No es solo eso la vida. La vida es la vida, y es lo más grande. El que la pierde, lo pierde todo.»

Me sentí orgulloso de aquellas líneas. Me parecían más realistas, más verdaderas que el credo militar o la poesía sentimental de los recordatorios. Pero, de pronto, desfallecí. No por haber visto un oso, sino porque acababa de imaginarme a mí mismo recitando aquello en el funeral de Timothy Smith: «La vida es la vida, y es lo más grande. El que la pierde, lo pierde todo». ¿Qué ocurriría cuando los altavoces difundieran aquellas palabras? Causarían consternación. Me vino a la mente una segunda imagen: el hombre alto de traje negro y melena, el trastornado que no había dejado de llorar desde el inicio de la ceremonia, se abalanzaba sobre mí y me golpeaba. Luego venía la policía en traje de gala y me llevaban detenido ante la severa mirada de los Patriot Guard Riders.

Pensé: «Harían bien, tendrían razón». Por muy verdadero que fuera mi poema, no tendría otro efecto que el de aumentar el dolor, sin aportar, además, ningún conocimiento. «La vida es la vida, y es lo más grande. El que la pierde, lo pierde todo.» Los familiares de Timothy Smith habrían dicho: «Ya lo sabemos. Lo sabe todo el mundo. Es una obviedad que no hace falta repetir». Un miembro de los Patriot Guard Riders habría remachado el clavo: «¿Sabe lo que le digo? Que un poema que no vale para un funeral no vale para ningún sitio». Se habría acercado el trastornado de traje negro y melena: «Mire, amigo. Un poema circunstancial no tiene por qué valer para un libro. Pero un poema que ha merecido estar en un libro debe valer para cualquier circunstancia». Por fin llegaría un policía vestido de gala: «Más vale que se dedique a otra cosa».

Me sentí mal. No por la visión de lo que podía haber sucedido de haber lanzado el poema por los altavoces de la pequeña iglesia de la Community Church de South Lake Tahoe, sino por ser de repente consciente de que, efectivamente, había lanzado aquello de que «la vida es la vida, y es lo más grande; el que la pierde, lo pierde todo» por un altavoz cien mil veces más potente, en la radio, en un programa de gran audiencia. Quizás me había traicionado un deseo de contundencia, de énfasis; quizás se había metido en el poema, como el aire en un neumático, la ligereza, la tonta arrogancia de quien está seguro de tener razón.

Una descarga de fusiles me rescató de mis pensamientos. Era la salva en honor del soldado caído. No hubo aplausos; quizás sí una corneta, o alguna otra música breve. Vi que una comitiva, encabezada por los cuatro cadetes que llevaban el féretro, entraba en el aparcamiento, y me retiré unos metros, hacia los árboles.

Los cadetes introdujeron el féretro en la limusina blanca, suavizando el rigor militar de sus movimientos. De cerca, me parecieron aún más jóvenes que cuando llegué y los vi en la puerta de la iglesia. Quizás tuvieran dieciocho o diecinueve años. Dos de ellos eran extremadamente rubios y de piel muy blanca, como suelen serlo los mormones; el tercero, de rasgos latinos; el cuarto, pelirrojo, igual que el propio Timothy Smith.

Junto a la segunda limusina, los familiares lloraban abrazados. Todos salvo uno, porque Riley, el niño, no lloraba.

Se oyó el estruendo de las Harley-Davidson, y los Patriot Guard Riders ocuparon la calle y formaron el séquito de honor de las dos limusinas blancas. Alguien dio la salida, y la comitiva se puso en marcha haciendo alarde de banderas, como en un desfile. Volvió a pasar por debajo del arco de los bomberos y desapareció.

En el silencio de los alrededores de la Community Church quedaron en suspensión, como motas de polvo, las plegarias, los llantos, las palabras del funeral. Una mujer comenzó a recoger los recordatorios y las fotografías de la mesa. Dos hombres se encargaban de plegar las sillas y de llevarlas a una camioneta. Uno de ellos era el trastornado de traje negro y melena, que ahora parecía abrumado y se encorvaba como un anciano. Aparecieron, saliendo de entre los árboles, dos empleados de mantenimiento con sus buzos color naranja. Al pasar junto a mí, el más viejo de los dos señaló el cartel donde se advertía de la presencia de osos y me preguntó en broma: «Qué, ¿ha aparecido alguno?».

Dejé atrás South Lake Tahoe sin poderme quitar de la cabeza la voz aterciopelada del sacerdote, escuchando una y otra vez las tres palabras: *Honor, Duty, Sacrifice;* escuchando también, incluso con más fuerza, sus pausas, sus silencios. Si era un hombre que, como escribió Stephen Spender en las páginas de *Un mundo dentro del mundo,* «había hecho un viaje de ida y vuelta», un hombre que había tomado posiciones tras un viaje hasta las profundidades de la vida, profundidades que lo mismo enseñan el valor del canto de un pájaro —incluso el de los *bluebirds*—, que ofrecen la visión del alma monstruosa de los depredadores humanos, secuestradores de niñas o de muchachas... entonces, era imposible que no se diera cuenta de la insensatez de aquellas tres palabras en el funeral de un hombre de veinticinco años, padre de un niño de dos, soldado muerto en una guerra como la de Irak, calificada por muchos de inmoral. Si ese era el caso, si conocía la verdad y, a pesar de todo, había decidido seguir con el estribillo —*honor, duty, sacrifice*—, su forma de actuar me planteaba un problema que no sabía cómo resolver.

Paré un momento en lo alto de Incline Village. El cielo estaba azul, el lago también. Del muelle de South Lake Tahoe salía, justo en aquel momento, el barco blanco para los turistas, el único que surca el lago.

De nuevo al volante, traté de encontrar un arreglo a lo que, definitivamente, ya me parecía un mal poema. Pensé cambiar «el que pierde la vida, lo pierde todo», por «el que quita la vida, lo quita todo»; pero tampoco. Un poema no podía tener el espíritu de los perritos que siguen a cualquiera que les silbe o les dé un trozo de galleta. Con el cambio, los asistentes al funeral habrían interpretado el poema como un reproche a los insurgentes de Irak, que le habían quitado la vida a Timothy Smith; pero en otras circunstancias, leído en una ciudad de Irak, la interpretación habría sido inversa. Se habría entendido como un reproche a Timothy Smith y a los demás soldados americanos. Un poema perrito-que-sigue-a-la-galleta, en suma.

Las pendientes y curvas que horas antes habían recalentado el motor de mi coche hacían la conducción difícil y eran, además, metáfora de lo que me estaba ocurriendo con el poema: curva a la derecha, curva a la izquierda, precipicio al frente, bache, curva a la derecha. Frené, es decir, decidí: el poema se iría a la basura en cuanto llegara a casa y encendiera el ordenador.

Cuando bajé de la sierra y entré en la autovía de Reno me acordé de una canción que aprendí en un pueblo de Castilla: «Anoche fui al baile por bailar y no bailé; perdí la cinta del pelo, mira qué jornal gané». Pensé que me servía para expresar lo que sentía, e improvisé una versión: «Crucé la sierra oscura por crear y no creé; perdí el poema que tenía, mira qué jornal gané».

FUNERAL POR UN PASTOR VASCO

El principal parque de Reno se llama Rancho San Rafael, aunque en él ya no quedan vestigios del antiguo rancho al que debe su nombre. Cuenta con un *arboretum*, parques infantiles, estanques, áreas de pícnic y zonas de vegetación agreste. En él se alza, asimismo, en un pequeño alto, la escultura que Néstor Basterretxea dedicó a los pastores vascos, *Bakardade*, «Soledad». El monumento es al mismo tiempo un *memorial place* que recuerda, en placas de bronce, los nombres de cientos de pastores vascos que vivieron y murieron en el Oeste americano.

Empezamos a ir al parque una o dos veces por semana en cuanto llegó la primavera. Normalmente era C., el amigo de Monique Laxalt, quien proponía el paseo, pidiendo «ayuda» a Izaskun y Sara para sacar de casa a la border collie, Blue. Íbamos andando al parque, cinco minutos a paso normal, y nos juntábamos allí con Earle, Mary Lore y Mannix para hacer todo el circuito, aproximadamente una hora de caminata. Dennis, que al principio solía acompañarnos, dejó de hacerlo tras la llegada a Reno de un antiguo compañero de estudios que había venido de Chicago para ayudarle en la mejora del sistema informático de la Universidad.

Al día siguiente de volver de South Lake Tahoe aproveché el paseo por el parque para hablar de la experiencia vivida en el funeral del sargento Timothy Smith. Éramos, además de Izaskun y de Sara, cuatro: C., Ángela, Earle y yo mismo.

—Pues aquí también se va a celebrar un funeral. Por un pastor vasco. Mañana —dijo C. cuando terminé de hablar. Su tono fue intencionadamente enigmático.

Earle se sorprendió.

—¿Aquí? ¿En el monumento?

—Y sin curas.

—¡Lo nunca visto! —exclamó Earle.

—Antes no pasaban estas cosas —dijo Ángela—. No había pastor que no fuera creyente.

C. no respondió enseguida. Había despertado nuestra curiosidad, y le encantaba.

—Voluntad del fallecido —dijo al fin.

—Lo habrán matado, ¿no? —preguntó Earle—. La comunidad vasca, quiero decir. Por no tener fe.

Blue corrió hasta nuestros pies en busca del palo que le habían lanzado Izaskun y Sara. Pero C. lo cogió antes. Durante un rato, hizo esperar a la perra. Luego, cuando Blue empezó a ladrar, lanzó el palo con todas sus fuerzas. Cayó dentro de un arbusto.

—No habría sido tan fácil matarlo —dijo C.—. Era un gigante, por lo visto. Me lo ha contado Mary Lore. Trabajaba en el rancho de su familia.

—Matar a un hombre siempre es fácil. Sobre todo en Nevada —dijo Earle—. Acordaos de lo que le pasó a Ringo Bonavena, el boxeador, en el Mustang Ranch. Un tiro de pistola, y al otro barrio. Y Bonavena era un peso pesado que había ganado más de cincuenta combates.

—Entonces, se parecía a nuestro pastor —dijo C.

—¿Por qué lo dices? ¿Era boxeador? —le pregunté.

—No, no era boxeador. Pero era muy conocido en los burdeles, y no solo en el Mustang Ranch. La información no me la ha proporcionado Mary Lore, es demasiado discreta para eso.

La parte del parque Rancho San Rafael que se extendía hacia la montaña quedaba al otro lado de la circunvalación McCarran, y nos dirigimos hacia allí porque Izaskun y Sara querían ver al búho «que vivía en un árbol». Lo habían visto una vez, y desde entonces insistían en ir a visitarlo, aunque casi siempre fuera en vano.

Atravesamos el túnel subterráneo de McCarran y continuamos por un sendero. Izaskun, Sara y Blue iban por delante, corriendo, y no pararon hasta llegar a una arboleda. Había un charco, formado por un riachuelo, y Blue se metió en el agua atropelladamente, salpicando los arbustos y la hierba de alrededor. Justo en el mismo momento, Izaskun y Sara se pusieron a gritar. Habían encontrado lo que buscaban.

El búho se puso nervioso. Movía la cabeza, daba pequeños pasos en la rama. Blue no paraba de ladrar. Sara aplaudía.

Una vigilante, que venía tras nosotros, nos adelantó y fue hasta el charco a pedirles a las niñas que se callaran. Izaskun y Sara obedecieron de inmediato, pero Blue

se excitó aún más ante la presencia de la mujer uniforma-
da y redobló sus ladridos. C. silbó, y la perra corrió hasta
nosotros.

—¡Quieta! —le dijo C., y la perra se tumbó.

—Si no le dejáis en paz, el búho se enfadará y se
marchará del parque —dijo la vigilante a Izaskun y Sara.
Era una mujer de unos cincuenta años, con el pelo muy
corto. En la camisa azul cielo del uniforme llevaba una
placa con su nombre: Dorothy.

—Sería una pena que el búho se marchara, Dorothy —dijo Earle—. Pero que se marcharan los gansos, no
tanto. No digo todos. No me importaría que quedaran un
par de ellos.

Dorothy respondió con un humor que no esperábamos.

—*I agree, sir!* —dijo con una carcajada. «Estoy de
acuerdo, señor.»

Los prados y los caminos de Rancho San Rafael
deberían ser una delicia para el paseante. Pero no todos lo
son. Por culpa de los gansos. La colonia instalada en el
parque, formada por más de cien ejemplares, lo llena todo
de excrementos. En algunas zonas es imposible avanzar
sin pisar alfombras, alfombras blandas.

—Earle, no toda la culpa es de los gansos. También es tuya. Creo que eres el único que viene a este parque con zapatillas blancas —le dijo C. después de que se
marchara la vigilante.

No eran solo las zapatillas. Earle iba vestido de
blanco de arriba abajo. Aparentaba cincuenta años, no los
setenta que tenía.

Earle no siguió la broma. Le interesaba más el funeral del pastor.

—Las cenizas se esparcirán a las seis de la tarde en
el monumento. Luego cenaremos en casa de Mary Lore y
Mannix —dijo C.

—¿Todos? —le preguntó Ángela.

—Seremos unos diez. Y en la ceremonia, poco más o menos los mismos.

A la ceremonia acudió más gente que la calculada por C., unas veinte personas. El propietario del rancho donde trabajaba el pastor llegó acompañado de Mary Lore, portando el pequeño cofre con las cenizas, y ambos se encargaron de aventarlas en los alrededores de la escultura *Bakardade*, «Soledad». El espacio que Blue había recorrido la víspera en busca del palo que le lanzaban Izaskun, Sara o C. fue el de la tumba del pastor.

Mary Lore mencionó el nombre del fallecido, Policarpo Aguirre, al inicio de la ceremonia, y cedió la palabra al ranchero, que comenzó su intervención con una frase no muy afortunada: *«Apur bat ulerkaitza da hainbeste andrakaz ibilitako gizonak inor ez izatea hemen beragatik negar egiteko...»*. «Cuesta entender que un hombre que tantas mujeres frecuentó no tenga hoy aquí a nadie que llore por él.»

No tenía razón. Había una niña de unos doce o trece años que estaba llorando. Me fijé en el hombre que la abrazaba. Era alto y completamente calvo. De vez en cuando me lanzaba una mirada. Algo en él me resultaba familiar, y traté en vano de recordar de dónde o de qué le conocía.

Junto a Mary Lore se encontraba su sobrina Natalie, muy elegante, con un vestido gris perla; a su lado, el chico de aspecto intelectual que la acompañaba en la cena del día de Acción de Gracias; a continuación, Earle y el profesor de la Escuela de Periodismo que tocaba canciones de los Beatles, ambos con traje oscuro y camisa blanca. El traje le sentaba mejor a Earle. El resto de la gente que había acudido al funeral formaba un grupo delante del monumento. La mayoría tenía aspecto de campesinos, y parecía de origen mexicano.

La intervención en inglés del propietario del rancho fue más larga que la que había realizado en lengua vasca. Llevaba cinco minutos hablando, y no tenía visos de que fuera a acabar. Izaskun y Sara se estaban aburriendo.

—¿Por qué no han traído a Blue? —preguntó Sara.

—A un funeral no se traen perros —respondió Izaskun.

—No veo a Mannix, y tampoco a C., ni a Dennis —le dije a Ángela.

—Se han quedado preparando la cena. Me lo ha dicho Mary Lore.

El hombre calvo miraba a Ángela sin ningún disimulo.

—¿Conoces a ese hombre de ahí delante, el que está al lado de la niña alta que llora? —le pregunté.

Ángela dijo que no.

Acabó el propietario del rancho, y tomó la palabra un miembro del grupo de mexicanos:

—Pedimos a Dios de todo corazón que acoja en su seno a nuestro compañero Policarpo. Dicen que pecó mucho contra el sexto mandamiento. Nosotros no lo sabemos. Lo que sí sabemos es que no pecó contra ninguno de los otros nueve, y que durante todo el tiempo que estuvo en el rancho fue un compañero bueno y generoso.

De vez en cuando, algunas personas que paseaban por el parque subían hasta el monumento. En cuanto se percataban de la ceremonia, se daban la vuelta y se iban por donde habían venido, en dirección al *arboretum,* evitando los estanques. Los gansos también hacían acto de presencia y pasaban casi continuamente por encima de nosotros, de dos en dos o de tres en tres. En el aire parecían más bonitos, más limpios.

Acabó la ceremonia, y Mary Lore y el ranchero dieron las gracias a todos los asistentes. Entonces pude ver bien al hombre que abrazaba a la niña. Llevaba una chaqueta de terciopelo verde oscuro que, aun siendo muy ancha, muy floja, no ocultaba su cuerpo deforme. Tenía joroba, el pecho era abultado. Sus piernas eran demasiado largas en proporción al resto del cuerpo. Casi no tenía dudas, y las pocas que tenía, que pudiera tener, se disiparon cuando lo vi caminar hacia mí. Traía un paquete de Dunhill en las manos.

—¿Te apetece fumar? —preguntó.

—¡Adrián! ¿Qué te ha traído aquí?

De cerca, su mirada me hizo retroceder cuarenta años, al día en que lo conocí en los establos de la hípica de Loyola. Se pierde el pelo, surgen arrugas y bolsas en la piel, las cejas se desbaratan; la mirada, sin embargo, perdura. Puede ser más oscura, más dócil, más clara, más dura, pero en lo fundamental —tras el decorado— es la misma con dieciséis años que con cincuenta.

—El pastor fallecido era el padre biológico de Nadia, por eso hemos venido. Yo soy su otro padre. El padre cultural, por decirlo de alguna forma.

Al igual que la mirada, tampoco la voz cambia con el tiempo. No en lo fundamental. Al oír la de Adrián, lo vi de pronto tal como era cuando llevaba el pelo largo. En cuanto a su sonrisa —«el padre cultural, por decirlo de alguna forma»—, me pareció más sosegada que la que recordaba.

Encendió un cigarrillo, e hizo un gesto a su hija.

La niña tenía cierto parecido con «la flor rusa», Liliana, que veíamos en la piscina. Un aire eslavo.

—¿Qué tal estás, Nadia? —la saludó Ángela.

Era casi tan alta como la propia Ángela o Natalie. Sus ojos estaban enrojecidos por las lágrimas.

—Triste, pero bien. Gracias —dijo. Su voz era dulce.

Después de cenar, Adrián y yo salimos al jardín con los *gin-tonics* que nos había preparado Mannix y nos sentamos a conversar en las butacas de mimbre. El resto de los que habían asistido a la ceremonia estaban en la galería formando dos grupos. A la izquierda, en torno a una mesa rectangular, Ángela, el ranchero, Earle, Natalie, su amigo de aspecto intelectual, el profesor de la Escuela de Periodismo y el propio Mannix; a la derecha, jugando a las cartas en una mesa redonda, Izaskun, Sara, Mary Lore y sus tres hijas, Nadia y Dennis. El amigo de Chicago de Dennis, un hombre de barba negra, estaba con ellos, y cada vez que nuestras miradas se cruzaban me dirigía una sonrisa. El único que faltaba del grupo de amigos era C.

Era una noche templada, peinada (como dice el poema: «el viento peina la noche con su peine invisible») por la brisa procedente del desierto. Los casinos, con rojos, fucsias y verdes más apastelados que otros días, parecían de caramelo. En aquel momento, Reno era, de acuerdo con el epíteto que se le adjudica en *Lolita,* una ciudad melancólica.

Estuvimos un rato observando como policías a la gente de la galería. Todos parecían muy contentos. El que más hablaba, como siempre, era Mannix. El ranchero también intervenía mucho en la conversación. El profesor de la Escuela de Periodismo, bastante, pero parecía sentirse más cómodo hablando de tú a tú, a veces con el ranchero, otras veces con Natalie. Earle guardaba silencio y jugueteaba con su vaso.

Ángela dejó su puesto y se acercó a la mesa donde Mary Lore, Dennis y las niñas jugaban a las cartas. Natalie también se levantó y se puso a hablar con Mannix. No llevaba el vestido gris perla del funeral, sino un ceñido traje de cuero rojo con una blusa negra y zapatos con tacón de aguja del mismo color.

—*Sexy girl* —dijo Adrián cuando la vio ponerse en pie.

C. apareció en la puerta de la galería, sujetando a Blue por el collar.

—Prefiere estar fuera. No os molestará —dijo, soltándola. Al instante, la oímos resollar. La llamé, pero no quiso quedarse a nuestro lado.

Mannix se acercó a nosotros.

—Unos mapaches tienen su madriguera en un agujero de uno de esos árboles. Blue los huele, por eso está excitada —dijo.

Miró a Adrián.

—¿Qué te ha parecido mi *gin-tonic*?

—El mejor que he bebido en mucho tiempo.

—Pues, a cambio, dame un Dunhill, por favor.

Los tres cogimos cigarrillos, y Adrián nos los encendió. Su mechero era el mismo que utilizaba en los tiempos del colegio, de color blanco nacarado.

Blue estaba agazapada junto a un grueso árbol del jardín. Miraba hacia arriba.

—Los mapaches están justo en un agujero del tronco —dijo Mannix—. Tres crías y su madre. Mucho tendría que saltar Blue para alcanzarlos.

Empezó a alejarse hacia la galería. Sujetaba el cigarrillo Dunhill como si fuera un objeto delicado, con las yemas de los dedos pulgar e índice.

—Si quieres, siéntate con nosotros —le dije.

—No, voy adentro. Alexander está intentando arreglar un problema que tengo con el ordenador, y voy a ver qué tal va. Os dejo tranquilos.

Alexander era el amigo barbudo de Dennis.

Blue siguió a Mannix, y nada más entrar en la galería corrió hacia las niñas. Sara le dio un abrazo.

Adrián seguía observando al grupo que se sentaba en torno a la mesa rectangular. De repente, me agarró del brazo.

—Mira con disimulo. Hay mucho movimiento debajo de la mesa.

Earle tenía la pierna alargada en diagonal, queriendo tocar la de Natalie, y lo mismo hacía, desde su silla, el profesor de la Escuela de Periodismo. Sentado entre ambos, ajeno a semejantes maniobras, el joven de aspecto intelectual le explicaba algo a la joven.

Earle y el profesor de la Escuela de Periodismo retiraron las piernas de golpe. Adrián dejó escapar una risa, una carcajada que parecía querer decir «qué mundo tan absurdo, qué gente tan absurda». Era su forma de reír desde la época del colegio.

—Buscaban la pierna de Natalie, y al final se han tocado el uno al otro —dije.

Esta vez nos reímos los dos. Adrián encendió otro cigarrillo y se quedó mirando hacia la mesa donde estaban las niñas.

—La atracción por las chicas es bastante vulgar, muy diferente a la que sentimos hacia los hijos. Yo quiero mucho a Nadia, y le pongo mis discos. Le gustan los Beatles. Sobre todo *Yellow Submarine*. Pero yo prefiero *In My Life*.

Empezó a cantarla en voz baja: «*There are places I'll remember all my life though some have changed, some forever not for better...*». «Hay lugares que recordaré toda mi vida, aunque algunos hayan cambiado, algunos para siempre, no para bien...»

—Preciosa canción, sin duda —dijo—. La comprendo mejor ahora que en los tiempos del colegio.

—Yo también.

Alzamos los *gin-tonics* y brindamos. Los vasos se rozaron apenas.

—El otro día visité a L. en el hospital —dijo Adrián—. Está muy mal.

Esperaba la noticia desde hacía tiempo, y aun así me afectó.

—Desde que estoy en Reno le he escrito con frecuencia.

—Lo sé. Me contó que tus correos le entretienen mucho. ¿Te responde?

—A veces. Muy brevemente.

—No tiene fuerzas. Cuando lo vi en el hospital apenas podía sostenerse en pie.

Blue volvió a aparecer en el jardín. Pasó corriendo por delante de nosotros y se plantó junto al árbol de los mapaches. Le gritamos cuando se puso a ladrar y se calló enseguida.

La oscuridad era ahora más densa, y las luces de colores de los casinos destacaban más. Adrián hizo un gesto. No quería seguir hablando de L. Yo tampoco. Nos costaba mucho.

—Mi casino favorito es el verde esmeralda —dije, señalando el Silver Legacy.

—Si te apetece podemos ir a jugar un poco.

Me resultaba imposible. El asesino de Brianna seguía en libertad, y no quería dejar a Ángela y las niñas solas en casa. La policía nos recordaba casi semanalmente que no debíamos bajar la guardia.

—Prefiero que desayunemos juntos mañana. Ahora es muy tarde. Hora de retirarse.

Como si quisieran darme la razón, el grupo de la mesa rectangular de la galería empezó a levantarse. C. salió al jardín.

—Blue. Nos vamos. ¡Da las buenas noches a los mapaches!

—¿En qué hotel estáis? —pregunté a Adrián.

—En el Ascuaga's Nugget. El ranchero también se aloja allí. Era hermanastro del padre biológico de Nadia.

—Se me ocurre una idea, Adrián. Mañana por la mañana recojo a Nadia en el hotel y la llevo a College Drive para que esté en casa con Izaskun y Sara. Luego tú y yo nos damos una vuelta por la orilla del Truckee. Me tienes que hablar de Nadia. Todavía no me has contado nada.

Justo en ese momento, las tres niñas se acercaron a nosotros. Aunque Izaskun y Sara eran altas, Nadia les sacaba un palmo.

—¿Puede venir Nadia mañana a nuestra casa? —preguntó Izaskun—. Es domingo, y tenemos todo el día libre.

—Ese plan está hecho —le dije.

—¿Qué tal estás? —le preguntó Adrián a Nadia.

—Muy bien —respondió Nadia con su voz dulce.

LA HISTORIA DE ADRIÁN Y NADIA (SEGÚN EL RELATO ESCUCHADO EN LA ORILLA DEL RÍO TRUCKEE)

El árbol deforme estaba junto a una presa del río Obaba, y allí tenía su centro exacto el territorio del joven Adrián, el hijo del propietario de la serrería más grande de Guipúzcoa. Existían en su vida otros lugares importantes, como el colegio La Salle de San Sebastián, la Escuela de Ingenieros de Bilbao o el hospital de Barcelona en el que le habían operado varias veces durante su adolescencia, pero su memoria los evitaba con la misma destreza con que la mano prudente evita los clavos que sobresalen de la tabla. En cuanto a los lugares más cercanos, los restaurantes del pueblo o el cine que quedaba a tres kilómetros de su casa, únicamente los visitaba a primera hora de la mañana o a última de la tarde, cuando menos probabilidades tenía de encontrarse con gente. Apreciaba a sus vecinos y disfrutaba sentándose con ellos para beber una cerveza o tomar un café; pero prefería la soledad. Muchas veces, estando en el restaurante o en el cine, sentía la necesidad de acercarse a su Lugar Central y salía hacia allí con la menor excusa.

Se sentía unido al árbol deforme desde su primera niñez. Concretamente, desde el día que, habiendo ido a nadar a la presa, uno de sus compañeros de escuela se lo señaló y le dijo:

—¿Lo ves, Adrián? ¡Parece tu hermano!

A él, que entonces debía de tener cinco años, la comparación con el árbol le había parecido un elogio, un reconocimiento de su singularidad, y con esa idea y ese ánimo continuó hasta que, diez años más tarde, consciente ya de su joroba y de su cuerpo deforme, de lo que aquello socialmente suponía, decidió alejarse de aquel «hermano», de la serrería y de la presa del río Obaba, y convertirse en un adolescente estrafalario que quería no solo vivir como Oscar Wilde, sino también ser enterrado como él, «con un traje de terciopelo verde». Pero pasó aquella época, pasaron seis años más, y un pequeño incidente, en sí mismo banal, cambió de nuevo el sentido de su vida. Un día que marchaba hacia la Escuela de Ingenieros de Bilbao, vio en el suelo, junto al estanque de un parque, una golondrina caída, y le pareció un pájaro dandi, preparado para su entierro a lo Oscar Wilde, con una casaca de seda mitad azul mitad blanca. Pero cuando fue a cogerlo con la mano, la golondrina tuvo un estremecimiento. No estaba muerta, sino imposibilitada de emprender el vuelo a causa de la longitud de sus alas, que tocaban el suelo. La recogió con cuidado y la lanzó al aire, hacia el estanque. La golondrina, el pájaro dandi, voló por encima del agua y desapareció.

Fue una señal para él. No la respuesta a un enigma, ni la resolución de un problema de matemáticas, sino —así lo quiso entender— una orden, el mandato que, a través de aquel mensajero, le enviaba una fuerza superior. Debía cambiar. Las casacas y sombreros que se ponía para vestir no eran convencionales; tampoco lo eran el tabaco que fumaba, Dunhill, o la música que escuchaba, la de The Doors o la de Kraftwerk; pero, particularidades coreográficas aparte, su vida seguía el mismo libreto que la de cualquier otro estudiante. Y no podía ser. Él era diferente. Era deforme, jorobado. Y estaba caído. Sabía que sus compañeros de la Escuela de Ingenieros le llamaban Joro —«jorobado»—, un equivalente al mote con que le nombraban en el colegio La Salle, Corco —«corcovado»—. Era una locura tratar de vivir entre gente normal. La gente normal tenía alma de gallina, y era doloroso vivir oyendo sus cacareos.

Miró alrededor. No muy lejos, sobre un cable eléctrico, se alineaban cientos de golondrinas. Se iban. Y también él. También él se iría. No iba a quedarse en Bilbao a terminar el cuarto año de carrera. Volvería al pueblo, a la serrería, donde el árbol, a su Lugar Central.

L., su mejor amigo desde la época del colegio La Salle, comprendió y apoyó su decisión, quizás porque también él había sufrido burlas por su aspecto físico, en su caso por ser de pequeña estatura; pero fue una excepción. La mayoría de los que tenían trato con él intentaron disuadirle, y más que nadie Beatriz, la hija del contable de la serrería.

—Me han dicho que vas a dejar la escuela para dedicarte a la madera. Espero que la noticia sea falsa —le dijo cuando llegaron las vacaciones de Navidad y pasó a verle. Ambos habían crecido juntos en la casa que sus respectivos padres habían construido dentro de los límites de la serrería, y le hablaba a Adrián con confianza casi fraternal.

—La noticia no es falsa. Llevo más de un mes aquí. No volveré a Bilbao.

—Indudablemente, estás sufriendo una regresión. Me parece increíble, la verdad. Ya sé que volver a la infancia puede tener su gracia, pero es imposible. No te tomes el trabajo en balde.

Adrián miró por la ventana hacia la explanada donde se secaban los troncos de haya y de roble. No deseaba discutir aquel asunto con Beatriz.

—¿Te acuerdas del árbol deforme, el que está donde la presa? —dijo al fin.

—Claro que me acuerdo. ¿Cómo quieres que no me acuerde?

El árbol y la presa quedaban río arriba, a unos trescientos metros de la serrería, pero él no recordaba haberla visto nunca allí. Beatriz y las otras chicas del pueblo tenían otros lugares de juego, la mayoría de ellos en el barrio alto, donde la iglesia.

—Voy a aprender el oficio de mi padre. Luego construiré un pabellón al lado del árbol y me dedicaré a cosas especiales. Haré juguetes y muebles pequeños.

—Así que es verdad —suspiró Beatriz—. Cuando era pequeña soñaba que los dos estudiaríamos juntos y que luego nos casaríamos. Ahora tengo la sensación de que me he adelantado, y no me gusta.

Los dos tenían la misma edad y habían compartido curso hasta que las estancias en el hospital de Adrián los habían separado. Beatriz era ahora médico, y estaba a punto de casarse con un compañero de facultad.

—No hagas teatro, Beatriz. Está bien que tú vayas por delante —dijo él. Quería cambiar de tema.

—No entiendo tu decisión —insistió ella—. Tu padre me ha dicho que tus notas siguen siendo buenas. Además, no tienes salud para dedicarte a la madera.

—Ya te he dicho que me dedicaré a trabajos especiales. No voy a cargar camiones.

—De todas formas, yo no haría un pabellón en ese sitio. Hay mucha humedad, y no te conviene.

Adrián pensó que a partir de aquel momento Beatriz solo le hablaría como médico. La necesidad de dejar la conversación se volvió urgente.

—No lo entiendes. Quiero estar allí. Los deformes deben estar con los deformes.

Se arrepintió de sus palabras nada más decirlas. Las menciones a su salud le habían puesto nervioso.

—La broma no tiene gracia, Adrián. Y, por favor, no te dejes llevar por la autocompasión. Es un sentimiento bastante repugnante, a mi entender.

De niños, cuando se enfadaban y empezaban a insultarse, ella le llamaba «pecho de pollo». Le pareció que la actitud que mostraba ahora era igual de agresiva.

—Déjame en paz, Beatriz. Te has vuelto una pesada.

—Perdona, Adrián —le dijo ella dándole un beso en la mejilla.

Adrián era hijo único, deforme de nacimiento. Sus piernas eran muy largas, y alargados eran también, algo caballunos, su cuello y su cabeza; pero la parte central de su cuerpo era corta y abombada. Se comentaba en el pueblo que, por estar la casa principal en obras, la madre de Adrián había pasado los nueve meses del embarazo en un piso cuya cocina quedaba justo encima de la máquina aserradora, sometida a una vibración casi continua, y que de ahí vino el problema, del daño que aquella vibración había ido haciendo al feto. Sin embargo, él prefería la versión de los médicos de Barcelona, que achacaban su deformidad a la enfermedad que acabó llevándose a su madre a la tumba. No hubo negligencia. La culpa la tuvo la maldad pura y ciega de la naturaleza, que nunca cuenta a sus hijos de uno en uno, sino por miles, por millones, y no conoce el sufrimiento.

La segunda versión tampoco era definitiva —los médicos de Barcelona hablaban únicamente de probabilidades—, pero él la defendía con gran convicción durante las celebraciones de Navidad o en las fiestas del pueblo, cuando su padre, empujado por los recuerdos, y quizás también por los licores, comenzaba a gimotear y a repetir que toda la culpa había sido suya:

—¿Cómo pude permitir que se pasara los nueve meses allí, en aquella cocina? ¿Cómo no me di cuenta?

—Siempre estás igual, padre. Pero no tienes razón. La vibración de la máquina aserradora no tuvo nada que ver —insistía Adrián, y todos los que en aquellas fechas se sentaban a la mesa, el padre de Beatriz y tres o cuatro trabajadores veteranos de la serrería, asentían con firmeza y le daban la razón—. Además, ¿qué importa? —continuaba él—. Te he dicho mil veces que mi deformidad no me afecta. ¿Me he quejado alguna vez?

Los comensales volvían a darle la razón, y su padre acababa por enjugar sus lágrimas. La escena, siempre idéntica, se repetía cada año.

El buen ánimo que mostraba Adrián ante su padre no era fingido. Como miembro que era de una familia importante, propietaria de la serrería, su posición en el pueblo había sido, al comienzo de su vida, extraordinaria. Sus compañeros de escuela veían en él a un niño rico, pero también, y sobre todo, al dueño y señor del mejor campo de juegos de todos los alrededores, y aceptaban su liderazgo a cambio de poder andar entre las montañas de serrín o con las hachas que servían para desbrozar los árboles recién traídos del bosque. Con el tiempo, la serrería no perdió valor, porque los castillos de tablas o las pilas de troncos eran lugares inmejorables para fumar los primeros cigarrillos o para los primeros escarceos amorosos; hasta los bailes que de vez en cuando tenían lugar en el pueblo se celebraban allí, tras una de aquellas murallas de madera, con la orquestina subida a un camión «ciempiés» de los que transportaban los troncos por los caminos forestales. Por otra parte, pasaba largas temporadas en el hospital, y, tal como le explicó Beatriz al volver de su primera operación en Barcelona, también aquello le daba cierto prestigio.

Su madre había muerto cuando él contaba nueve años. Días antes, le llamó a su lado y volvió a insistirle, por última vez, en lo extraordinario de su posición en el pueblo, en la vida, en el mundo:

—Adrián, tú piensa siempre en lo afortunado que eres, piensa que lo que tienes de bueno es mucho y que lo que te pueda tocar de malo nunca podrá vencerlo. Los que se burlan de ti por tu defecto físico no son nada a tu lado. Tú eres mucho más rico y más inteligente que ellos. Además, tienes un rostro bello. Tu mirada es muy noble.

Él se quedó callado, y ella le hizo una comparación que él podía entender bien, porque hacía referencia a uno de los juegos de la serrería:

—¿Lográis vosotros mover a Tártaro? No, ¿verdad? Pues con tu Bien pasará lo mismo.

Llamaban Tártaro a uno de los trabajadores de su padre, un gigante cuyo peso no bajaría de los ciento veinte kilos y que medía más de dos metros. Solía colocarse en la parte posterior de un carro, haciendo que tocara el suelo, y mientras tanto ellos, Adrián y cuatro o cinco niños más, se colgaban de la pértiga que había quedado mirando al cielo y trataban inútilmente de levantarle.

El ejemplo puesto por su madre en el lecho de muerte quedó fijado en su memoria, y lo recordaba cada vez que se veía en una situación difícil, cuando caía enfermo, o cuando alguien, voluntariamente o no, hacía burla de su aspecto.

«Esto no desequilibrará mi balanza», pensaba. «Tártaro no se moverá.» Era una fórmula, una suerte de conjuro.

Con el tiempo, la parte mala de su balanza creció mucho más de lo que había supuesto en un principio, cuando todavía no era del todo consciente de las consecuencias de su condición; pero él siguió manteniéndose firme en todas las situaciones, en el colegio La Salle, en el hospital de Barcelona, en los primeros años de universidad. El recuerdo de su madre le sostenía, le ayudaba a seguir adelante. Pero no todo eran triunfos. Algunos golpes eran fuertes, y ni siquiera con aquel contrapeso conseguía equilibrar la balanza, no al menos en un primer momento. Así le ocurrió al recibir la última mala noticia relacionada con su deformidad: no podría tener descendencia. Se lo dijo un médico de Bilbao al que había acudido cuando cursaba el tercer año en la Escuela de Ingenieros:

—Hay un problema en su órgano reproductor. Siento decirle que por ahora no tiene solución, ni farmacológica ni quirúrgica.

La decisión de abandonar los estudios y volver al pueblo, a la serrería, al Lugar Central, la había tomado entonces. Fue una reacción al dolor causado por la noticia. Se sentía capaz de enfrentarse a los ataques y burlas de las personas, podía poner en la balanza el Bien que neutralizaba aquel Mal y seguir adelante; pero no podía enfrentarse una vez más, continuamente, al Mal de la naturaleza. Sin embargo, su reacción no fue inmediata. No quiso huir a su territorio, a su centro, como un Quasimodo triste. Volvería, sí, pero con el ánimo de quien pretende conquistar otro lugar, presumiblemente más grato; volvería para vivir y triunfar. Lo haría cuando estuviera mentalmente preparado, cuando la balanza estuviera más equilibrada.

Le llevó un año, más de un año. Luego, el día del encuentro con la golondrina caída en el parque, tras su mensaje, se sintió preparado. Era el momento de regresar.

Cuando comenzó a trabajar en la serrería y a hacerse cargo de algunas responsabilidades que hasta entonces habían sido de su padre, la vida del joven Adrián cambió completamente. Un día iba a los Pirineos con los leñadores, y pasaba semanas enteras organizando su trabajo en el bosque; otro, acompañaba a su padre y al padre de Beatriz, el contable, a comprar una nueva máquina; otro más, dirigía la construcción de un cobertizo en aquel Lugar Central de su territorio, al lado de la presa y del árbol deforme, y comenzaba a estudiar la forma de hacer muebles y juguetes.

Fue una nueva época para él. La vida parecía ahora consumir más tiempo, como si fuera fuego y el tiempo leña seca; como si el calendario marchara a saltos y pasara de golpe de junio a setiembre, o de noviembre a marzo. Los acontecimientos se precipitaban: supo que Beatriz estaba esperando un bebé, luego que ya lo había tenido y que era niña, un poco después que la criatura había cumplido tres meses y que él estaba invitado al bautizo.

El banquete se celebró en un restaurante del pueblo, y él acudió con una muñeca en el bolsillo de su chaqueta.

—Es muy bonita —le dijo Beatriz al recoger el regalo—. ¿La has hecho tú?

—Solo lo que es de madera. Todavía no he aprendido a coser.

—Pues es muy bonita. De verdad. Muchas gracias.

Beatriz parecía distinta, como si de su cuerpo hubiese salido una segunda muchacha, más pequeña y pálida que la anterior, y mucho más alegre. Su presencia resultaba benéfica, y todos los asistentes al banquete respondían a su influencia riendo y haciendo bulla, contentos de estar allí. El propio padre de Adrián se mostraba animado, con un humor muy diferente al que acostumbraba tener en las celebraciones.

—Hijo, ya hace tiempo que trabajamos juntos, y hasta ahora no ha habido ningún secreto entre nosotros —le dijo cuando llegaron los cafés, guiñando un ojo al padre de Beatriz—. Pero, al parecer, las cosas están cambiando. Me ha dicho un pájaro que estás llevando madera a la presa. Y tu padre sin saber nada, como un tonto.

Su padre fumaba un puro muy delgado y seguía con fingida atención las evoluciones del humo.

—Ese pájaro que te ha ido con el cuento, ¿es muy grande? ¿Como de dos metros de altura y ciento veinte kilos de peso? —preguntó Adrián sin cambiar el gesto.

—Tienes razón. Me lo ha dicho Tártaro. Y menos mal. De lo contrario seguiría *in albis*.

—Ya hablaré con él. Le diré que los vecinos deben ser más discretos.

El gigante que años atrás jugaba con él seguía trabajando en la serrería y tenía su vivienda a unos cien metros del árbol deforme, en una cabaña del bosque. No tenía casa en el pueblo, y prefería gastar el dinero del hostal en mujeres, tal como él mismo confesó a Adrián un día que se cruzaron en el camino. No hablaba por hablar: sus correrías nocturnas eran famosas. A Adrián le costaba creer que los dos Tártaros, el de su infancia y el que tenía por vecino en su territorio, pudieran ser la misma persona.

—Estás comprando cerezo y nogal, ¿no es así? —insistió su padre.

Era verdad. Llevaba un tiempo examinando y comprando aquellas dos clases de madera, y tenía diez troncos en la presa. Había leído en un libro que el nogal se volvía morado con el agua, y el cerezo granate.

—Creo que voy a construir un pabellón donde ahora tengo el cobertizo, un pequeño taller —dijo después de un rato—. Me gusta hacer muebles y juguetes como la muñeca que le he traído a Beatriz. Pero solo en las horas libres. Por capricho.

Su padre volvió a guiñar el ojo al contable.

—A tu madre no le gustaría saber que gastas el dinero en caprichos. Y lo peor es que estás comprando nogales de baja calidad. La próxima vez, que te acompañe Tártaro. Él te enseñará a distinguir el nogal bueno del malo.

Terminaron el banquete con el mismo humor. Luego, a propuesta de su padre, todos los invitados marcharon hacia la casa de la serrería para continuar allí la celebración.

Adrián llegó después que los demás, porque Beatriz había olvidado la muñeca en el restaurante y tuvo que ir a buscarla. La circunstancia —banal en sí misma, como el encuentro con la golondrina del parque— iba a resultar decisiva para el equilibrio de aquella balanza interior donde cada cierto tiempo medía su Bien y su Mal.

Al llegar a casa, empujó la puerta entreabierta y se dirigió hacia la sala, donde estaba la gente; pero antes de llegar a ella giró sobre sus pasos y miró dentro de su habitación para identificar el bulto que había visto sobre la cama. La confirmación fue inmediata: allí estaba, envuelta a medias en una toalla blanca, la niña recién bautizada. Movía sus piececitos con extrema lentitud, y sus ojos, aún azulados, observaban el techo.

Lo comprendió enseguida. No era Beatriz, sino ella, la niña, la presencia benéfica que él y todos los invitados habían percibido durante el banquete, y ahora era su habitación la que parecía más luminosa y tranquila que nunca. Se sentó con cuidado en el borde de la cama y sus pensamientos, que él no quería forzar ni dirigir, fueron acompasándose con el movimiento de los piececitos del bebé. Pensó Adrián:

«Así es como se propaga la vida, así es como desaparecen el dolor y la desgracia, así se vence a la muerte, con el trenzamiento continuo de las generaciones, con los cuerpos que salen de otros cuerpos. Esta sería también mi salida, participar en este juego y dar un salto hacia la salud, anular de esa manera el salto que antes, conmigo o con mi madre, se dio en sentido contrario; pero también esa gracia se me niega, porque soy impotente y no puedo tener descendencia.»

Salió de su ensimismamiento y se encontró con los ojos de la niña, que le miraba y parecía decirle: «Aquí me tienes, soy una maravilla, no he nacido de ti». Sintió entonces que su balanza interior se desequilibraba de nuevo; que el golpe que había recibido en una consulta de Bilbao volvía a doler.

—Gracias por cuidarla. No encontraba su ropa —oyó de pronto. Era Beatriz, que acababa de entrar en la habitación—. ¡Ha llegado la hora del baño, pequeña! —exclamó luego, levantando a la niña por encima de su cabeza.

—Te hemos quitado la cama, Adrián, pero no te preocupes. Ahora la dejaremos libre y podrás echarte —dijo el padre de Beatriz desde la puerta.

—No pensaba echarme —dijo él.

—¿Has encontrado la muñeca, Adrián? —le preguntó Beatriz antes de alejarse con la niña—. ¿Sí? Pues dámela ahora mismo para que la meta en mi bolso, por favor. No quisiera olvidarla de nuevo.

Adrián sacó la muñeca del bolsillo y se la entregó.

A la fiesta del bautizo le siguieron unas semanas de tiempo lento, y Adrián comenzó a sentirse desasosegado. Quería que las horas y los días continuaran consumiéndose como la leña seca, que el calendario no dejara de dar saltos, que la vida discurriera con rapidez, de acción en acción, sin pensamiento, sin recuerdos, sin la imagen del bebé que había visto sobre su cama. Pero no lo lograba. En ocasiones, como cuando era más joven, bajaba a los restaurantes del pueblo o iba al cine; pero la lentitud del tiempo persistía, y él se sentía cada vez peor.

Afortunadamente, su padre rescató un viejo proyecto y le pidió su colaboración.

—¿Ves esto? —le dijo. Tenía delante un taco de carnicero lleno de grietas y muy mermado—. Es de encina, pero aun así no es lo suficientemente duro. El hacha de cortar carne lo hace papilla en un par de años.

—Desde luego, está muy estropeado —admitió Adrián palpando el taco—. ¿En qué estás pensando?

Sabía que la idea de su padre no sería ninguna tontería. Era, en muchos sentidos, un hombre vulgar, pero tenía muy buena cabeza para el negocio de la madera.

—Los carniceros están hartos. Si preparáramos un buen taco, nuestra serrería echaría humo. Lo venderíamos en España y en Francia. ¿Por qué no tratas de inventar algo? Haz todas las pruebas que quieras.

Adrián pasó el verano y el otoño informándose, estudiando, viajando a Francia y otros países europeos a fin de ver los diferentes tipos de taco, y su afán acabó introduciéndose en todos los resquicios de su vida, hasta en los sueños; más tarde, durante el invierno, fueron los primeros modelos y las primeras pruebas los que le sacaron de sí, llevándole a un terreno donde únicamente se hablaba de fallos y de correcciones; en primavera, llegó por fin el éxito —un taco extraordinario hecho a base de miles de astillas encoladas y prensadas—, y todo fueron celebraciones y preparativos, compra de nuevas máquinas, reuniones y campañas publicitarias. Poco después, cuando el verano estaba a punto de volver, Adrián tuvo la sensación de estar en medio de una hoguera donde el tiempo se volatilizaba como una pavesa, y de encontrarse, él también, medio volatilizado; olvidado no solo del bebé tumbado sobre la cama, sino de todo; olvidado incluso de su Lugar Central y de su proyecto de construir allí su pabellón para sus propios trabajos. Decidió detenerse. Llamó a Tártaro y le propuso salir los domingos a comprar los árboles que necesitaba para hacer muebles y juguetes. Se trataba, sobre todo, de encontrar buenos nogales.

—Sabía que me lo pedirías —dijo Tártaro—. Tu padre me habló del asunto.

—¿Podrás ayudarme? —le preguntó.

Tártaro asintió.

—Los domingos por la mañana no suelo salir de la cabaña, porque me quedo durmiendo para reponer las fuerzas que gasto los sábados por la noche. Pero de aquí en adelante saldré. Yo respeto mucho a tu padre. Si me pidiera ponerme patas arriba, me pondría.

En cierto modo, hablaba como un niño.

El secreto de los nogales era fácil de aprender. Consistía en introducir en su base un berbiquí y comprobar cuánto tardaba en salir la viruta oscura, casi negra, señal inequívoca de calidad. Pero, a pesar de no necesitarle, Adrián prefería hacer sus excursiones y sus compras en compañía de Tártaro. Visto de cerca, viendo su espalda cuando marchaban por una senda de la montaña, o las venas de su cuello cuando arrastraba un tronco o una piedra, o la forma en que movía el hacha, con qué facilidad, como una ramilla, aquel hombre resultaba impresionante. Dos metros de estatura, ciento veinte kilos de peso; pero no era un buey humano. Se movía rápido, sus gestos eran precisos.

A Tártaro le gustaba hablar, y su conversación giraba casi siempre en torno al sexo. Contaba hazañas que a Adrián, en cierta lógica, le parecían concordantes con el tamaño de sus manos o el grosor de las venas de su cuello, pero que no por eso dejaban de asombrarle. ¿Asombrarían también a aquellos cuya vida fuera más normal que la suya, a los casados, a los que tenían una amante, a los que frecuentaban los burdeles? Él estaba seguro de que sí.

—Solo piensas en mujeres —le repetía Adrián. Era una forma de sobreponerse a lo que iba escuchando.

La respuesta de Tártaro era siempre la misma.

—¿Y qué puedo hacer? Si no tuviera tanta leche me quedaría tranquilo en la serrería y trabajaría cuarenta días seguidos. Pero la leche me vuelve loco.

Un domingo, a principios de julio, Adrián notó a Tártaro muy callado. Ni una sola historia, ni un solo comentario en un trayecto que, por estar los nogales en un barrio de montaña, les llevó más de una hora. Y lo mismo durante la prueba de calidad de los árboles.

—¿Cuánta leche tienes tú? ¿Mucha o poca? —le preguntó de pronto cuando ya volvían a casa.

—Poca —acertó a decir Adrián.

—Pues da gracias a Dios. Nunca serás tan desgraciado como yo. Nunca vivirás en una cabaña ni te dispararán como me dispararon a mí. Casi me matan.

Adrián desconocía aquel hecho, pero recordó haberlo visto una vez con muletas.

—El problema de ahora es distinto, pero igual de grave —continuó el gigante—. He pedido permiso a tu padre para marcharme de la serrería una temporada. Me ha dicho que sí, que me fuera tranquilo. Tu padre es un buen hombre.

—Así que te marchas —dijo Adrián sorprendido—. No sabía nada.

La respuesta de Tártaro le sorprendió aún más.

—Tengo unos primos que viven en Nevada. Tienen un rancho con más de tres mil ovejas. Si Dios quiere, el domingo que viene comeré con ellos.

El pabellón que Adrián levantó en su Lugar Central contaba con una pequeña vivienda —sala, dormitorio y cocina— al lado del taller, y en ella solía quedarse a dormir las veces que se demoraba con alguna pieza. Cuando la noche era calurosa, Adrián desdeñaba el pabellón e iba a tumbarse donde el árbol deforme, y se quedaba allí durante horas, muy quieto, escuchando su propia respiración y escuchando los otros sonidos, el del agua al escapar por los resquicios de la presa, el de las hojas de los árboles, el canto de los sapos, el de los pájaros nocturnos del bosque. Pero, de todos aquellos sonidos, solo uno penetraba hasta la profundidad de su mente: el canto de los sapos. «¡Oh!», decían los sapos, «¡Oh!-¡Oh!», y a Adrián le parecía que algo les había impresionado mucho y que no podían dejar de exclamar, «¡Oh!-¡Oh!» una y otra vez, y que las estrellas parecían seguir el mismo compás, que se encendían y apagaban al ritmo del «¡Oh!-¡Oh!» de los sapos. El canto penetraba aún más en su interior, y Adrián veía entonces con toda claridad la balanza de su Bien y de su Mal. Veía que la parte positiva de su balanza estaba llena, más llena que nunca gracias al éxito de su proyecto, al taco de carnicero que había ideado. Pero aquello no bastaba. Nada podía consolarle de la desgracia que la hija de Beatriz había puesto de manifiesto. Resultaba muy duro quedar apartado de la marcha de la vida, del juego de las generaciones. ¡Cuánto le habría gustado a él coger los troncos que tenía en el agua de la presa y hacer con ellos muebles para luego ofrecérselos a una mujer como Beatriz! ¡Y elegir las tablas más finas para hacer con ellas una cuna! «¡Oh!-¡Oh!», seguían cantando los sapos, «¡Oh!-¡Oh!», y Adrián se levantaba del suelo y se iba a dormir al pabellón.

Una noche especialmente calurosa, Adrián oyó un sonido distinto. Detrás de él, en el camino que conducía a la cabaña de Tártaro, alguien había pisado una rama seca y la había roto.

—¿Ya has vuelto? —preguntó incorporándose. No podía ver nada.

Hubo más ramas rotas, y los crujidos adquirieron la cadencia de unos pasos. Muy pronto, Adrián distinguió una sombra.

—¿Dónde está? —preguntó la sombra. Era una mujer, y tenía acento extranjero.

—¿Se refiere a Tártaro? —preguntó. Conocía la respuesta, pero necesitaba tiempo para hacerse cargo de la situación.

—¿Dónde está? —repitió la mujer.

—Se ha ido a Nevada —respondió Adrián.

La mujer soltó un grito, una palabra incomprensible. Una maldición, seguramente.

—Aquí no se ve nada. Mejor que vayamos dentro. Estaremos más cómodos —dijo él.

Entraron en el pabellón y se sentaron en la sala de la entrada.

La mujer era joven, de aspecto vulgar, y estaba embarazada. Le dijo a Adrián que era rusa y que trabajaba en un bar cercano a la autopista.

—Tártaro era mi amante. Un hombre muy testarudo. Se empeñaba en no tomar precauciones, y al final pasó lo que tenía que pasar —explicó la mujer sentándose en la sala del pabellón y encendiendo un cigarrillo. Parecía cansada, pero no especialmente preocupada—. De todas formas —continuó—, no he venido por razones sentimentales. Estoy en este país sin papeles, y necesito dinero para tener el bebé.

—¿Por qué no abortó? —preguntó Adrián.

—Por los papeles. Pensé que si tenía el bebé Poli se casaría conmigo y conseguiría la nacionalidad.

Le hizo gracia el nombre que le daba a Tártaro, Poli.

—Se llama Policarpo, pero todos le llaman Poli —dijo ella adivinando sus pensamientos—. Por cierto, mi nombre es Nadia —añadió, tendiéndole la mano.

—El mío, Adrián.

Se dieron la mano. La mujer apagó su cigarro en un platillo que había sobre la mesa baja de la sala y le pidió un vaso de agua.

—¿De río o de botella? —preguntó él.

—De botella.

—Yo voy a prepararme un *gin-tonic*. ¿Quiere otro?

La mujer dudó. Miró el reloj de su muñeca.

—Es un poco tarde, entro a las once y media —dijo—. Ahora trabajo en la barra, por el embarazo. Estoy de ocho meses.

Hizo el gesto de espantar una mosca.

—De todas formas, voy a tomármelo —añadió.

El acento era malo, pero se expresaba bien.

La luz fluorescente de la cocina del pabellón transformaba los ingredientes del *gin-tonic* a medida que los iba sacando del frigorífico: los botellines de Schweppes produjeron destellos; los cubitos de hielo se volvieron de cristal; el color verde de la botella de Tanqueray adquirió un tono esmeralda; el amarillo de las cáscaras de limón, un brillo de cera.

Enfrió primero los vasos moviendo en su interior los cubitos de hielo; luego vertió la ginebra; a continuación, la tónica. De pronto —estaba restregando las cáscaras de limón en el canto de los vasos—, le sobrevino una idea, y con la idea, un plan.

Pasó uno de los *gin-tonics* a la mujer y se sentó delante de ella. Los dos tomaron un sorbo.

—El mejor que he probado en mucho tiempo —dijo ella—. Los del club donde trabajo perforan el estómago.

—¿Qué va a hacer con el bebé, Nadia? ¿Lo quiere? —preguntó Adrián.

La mujer encendió su segundo cigarro.

—Aunque lo quisiera, no podría quedármelo —dijo—. También yo me voy a ir a Estados Unidos. Dicen que allí tratan bien a los rusos.

El humo del cigarrillo se disipaba antes de llegar al techo. Al otro lado de la ventana, la oscuridad era total. Era una noche sin luna.

—Entonces, usted y yo vamos a hacer un trato —dijo Adrián—. No saldremos de aquí hasta ponernos de acuerdo.

Las palabras salieron de su boca atropelladamente, y le produjeron un gran alivio. El primer paso estaba dado.

Después de aquella noche, el tiempo pareció detenerse. Los días, las horas y los minutos ya no eran leña seca, eran piedra, y no ardían, no se consumían. Adrián, que descuidaba los trabajos de la serrería y se pasaba el día de un lado para otro, no lograba dormir, y se sentía cada vez más cansado; no obstante, seguía adelante con el plan que se había trazado tras su conversación con Nadia. Un día visitaba a su abogado; otro, redactaba un escrito en el que reconocía ser el padre de la criatura que aquella mujer iba a dar a luz; otro más, visitaba el consulado ruso y recogía los documentos que hacían falta para casarse por poderes con una mujer «residente en Rusia». Acompañaba a Nadia a la clínica donde iba a dar a luz y pagaba por adelantado parte de los gastos de quirófano. Trataba de llevar a cabo el plan igual que su taco de carnicero, uniendo mil astillas y procurando que todas estuvieran bien encoladas y prensadas; pero ahora trataba con personas, y los cálculos no podían ser exactos. De vez en cuando, se encerraba en el pabellón y se esforzaba en perfeccionar un mueble o en buscar una nueva expresión para sus muñecas; pero pronto lo dejaba todo para tumbarse al pie del árbol deforme y esperar la llegada de la noche. Y la noche llegaba, pero los sapos no cantaban. El otoño se acercaba, cada vez hacía más frío.

Una mañana de setiembre, cuando ya empezaba a pensar que todo su plan era una quimera, vio que su padre venía hacia el pabellón. En su mano derecha, como si fuera un pañuelo, traía un papel.

—Han dejado un bebé en nuestro portal. Según este documento, es hija tuya —le dijo su padre cuando los dos estuvieron frente a frente.

Adrián comprobó que en el escrito había dos firmas. Nadia había cumplido su palabra.

—De modo que es niña —dijo riendo—. Pues muy bien. La hija de Beatriz ya tiene una amiga.

Caminaban ambos hacia la serrería, cuando le asaltó la duda.

—¿Está sana? —preguntó.

—Está perfectamente, y es muy grande —respondió su padre.

Cuando llegaron a la serrería, Adrián subió corriendo la escalera y entró en casa. La niña recién nacida estaba donde un día estuvo la hija de Beatriz, tendida sobre su cama, envuelta en una tela con florecillas y otros motivos folclóricos eslavos. Un recuerdo que Nadia había querido dejar a su hija.

La niña tenía la piel rojiza y arrugada, y estaba dormida.

—Hola. ¿Qué tal estás? —le preguntó Adrián cogiéndole la mano. La niña le apretó con fuerza—. ¡Muy bien! ¡Serás muy fuerte!

Su padre estaba en la puerta de la habitación.

—¡Mejor! —exclamó—. En el futuro podrá arrastrar troncos, como Tártaro.

Empezaba a entender lo ocurrido.

CABALLOS SALVAJES

Earle y Dennis habían entrado en las oficinas de la mina para una consulta, y yo les esperaba dentro del Chevrolet Avalanche. El cielo estaba azul; el desierto era ocre, rojizo en las colinas redondeadas; el viento pasaba sobre los arbustos como un cepillo, frotándolos y limpiándolos.

El cielo, el desierto, la tibieza de la cabina del Chevrolet Avalanche, las tres cosas me reconfortaban. Frotaban y limpiaban mi mente, deshaciendo los restos del malestar que me había producido la visión de una serpiente de cascabel una hora antes, mientras caminábamos entre las rocas adornadas con dibujos hechos por los indios miles de años atrás, los petroglifos.

Como le ocurrió a Sara cuando se cayó por las escaleras de College Drive y se golpeó la cabeza, no podía aguantar el sueño. Poco a poco iba desvaneciéndose en mi memoria la imagen del reptil a un metro de mi zapato. Cerré los ojos...

Abrí los ojos. Pegados al morro del Chevrolet Avalanche, había dos caballos salvajes mirándome. Estaban muy quietos. Uno de ellos tenía un rombo blanco en la cabeza, como el caballo de la hípica de Loyola que solía montar Cornélie. ¿Dónde estaría Cornélie? Hacía muchos años, quizás treinta, que no sabía de ella. Me vino una imagen: la cabeza del animal asomando por encima de uno de los portillos de la cuadra, y una figura cerca, fumando un cigarrillo: Corco, Adrián.

El segundo caballo era negro, como el que se electrocutó en mi pueblo. Pero el de mi pueblo era mucho más grande, un percherón. Sus huesos seguirían en la heredad de detrás de mi casa natal. Antes, heredad. Ahora, un aparcamiento.

Había más caballos salvajes a unos trescientos metros de donde estaba. Uno de ellos comenzó a escapar al galope, como en la película de Marilyn Monroe y Clark Gable, pero sin que le siguiera ningún cazador. Ahora solo los cazaban en las reservas de los paiutes y de otras tribus indias.

Las tribus indias: paiutes, comanches, sioux, cheyenes, kiowas, apaches, arapahoes, navajos, oglagas, iroqueses, dakotas... Estaba leyendo su historia en el libro de Dee Brown *Bury My Heart at Wounded Knee,* y me parecía todavía más triste que el relato de Sarah Winnemucca. Daban ganas de llorar por Crazy Horse, Sitting Bull, Cochise, Jerónimo y por todos los indios que perdieron la guerra contra los blancos y, después de ocho mil años —algunos petroglifos tienen ocho mil años de antigüedad—, fueron expulsados de su territorio.

Cuenta Dee Brown en un pasaje dedicado a Crazy Horse que este mundo era para aquel jefe la sombra de otro, del mundo real, y que cuando marchaba a Black Hills y entraba en él en sueños, veía a su caballo bailando y dando giros en el aire, como si estuviese loco. De ahí su nombre, Crazy Horse; de ahí, igualmente, su extraordinaria capacidad para la guerra, pues en sus sueños, en el mundo real, veía y aprendía las formas de luchar contra los blancos.

También yo quería entrar en el mundo real, y por un momento lo logré. Los dos caballos salvajes que estaban frente al Chevrolet Avalanche se pusieron a girar como en un carrusel, y con ellos el de Cornélie, el caballo negro de Franquito y otros caballos que formaban parte de mi pasado. Pensé —solo por un momento, ya lo he dicho— que aquella era la imagen de mi vida, y que me sería fácil poner junto a los caballos, o en su lugar, criaturas humanas: la mujer que leía el *Reader's Digest,* el hombre que en el hospital se sentía enjaulado como un mono, José Francisco, Didi, Adrián, L., yo mismo, Ángela, Izaskun, Sara... Una vuelta, dos vueltas, tres, cuatro, y así hasta que el carrusel se parase. Pero ¿dónde estaba el centro? ¿Dónde el eje en torno al cual giraba todo?

Los dos caballos salvajes seguían quietos, mirándome. Abrí la ventanilla del Chevrolet Avalanche y, como hacía la madre de José Francisco, mi tía, con los que se sentaban en su cocina, me dirigí a ellos como a un coro:

—Decidme, caballos. ¿Alrededor de qué eje giramos? ¿Qué es lo que le da un orden, una unidad, a nuestra vida?

—Silencio, por favor —dijo Dennis. Estaba junto al vehículo, con Earle.

Horas antes, cuando nos adentramos en el desierto y Earle propuso desviarse hacia donde pastaba una manada de caballos, Dennis se había opuesto terminantemente. Eran salvajes. Les debíamos respeto. Eran un símbolo vivo del Oeste americano.

Ahora mostraba conmigo la misma actitud.

—Tendrás que obedecerle —dijo Earle—. Los caballos son sagrados aquí. Como las vacas en la India.

Earle estaba contento. Lo había estado mientras contemplábamos los petroglifos, y también luego, después de ver la serpiente de cascabel, conduciendo hacia la mina de plata. A veces, dejaba su media sonrisa y reía abiertamente.

—De modo que hablas con los caballos —me dijo al entrar en el Chevrolet Avalanche—. Creía que solo pasaba en las películas.

—Me estaba despidiendo. No creo que vuelva por aquí —dije.

Cuando Earle encendió el motor, los dos caballos dieron un respingo, pero no se movieron.

—Sabemos que la despedida está cerca —dijo—. Por eso, vamos a ir ahora a Virginia City. Dennis y yo queremos hacerte un regalo. Un recuerdo de Nevada. Una serpiente de cascabel disecada.

Esta vez fue Dennis el que se rio.

Nos pusimos en marcha con mucho cuidado, sin asustar a los caballos salvajes. Teníamos una hora hasta Virginia City. En aquella zona del desierto no había caminos.

—Esas serpientes dan miedo incluso disecadas —dije.

Lo que en realidad tenían en mente era un par de botas de cuero. Dennis me lo confesó enseguida, cuando pasábamos por la zona de los petroglifos.

—Te compraremos unas botas especiales, si quieres. Como las que se compró Ringo Bonavena —dijo Earle.

Lo veía tan contento a Earle que pensé en Natalie. *Os vellos non deben de namorarse...* Pero tampoco Castelao acertaba siempre.

—¿Conoces la historia de Bonavena en Nevada? —me preguntó Earle.

—Sé que lo mataron aquí, nos lo contaste el otro día.

—Compró unas botas especiales en la tienda donde vamos ahora. Tenían un compartimento en el que se podía guardar una pistola pequeña.

Aquello me asombró.

—Yo no conozco esa historia —dijo Dennis.

—¡Qué ignorantes sois! —exclamó Earle. Estaba verdaderamente contento. *Le rire était dans le coeur,* la risa estaba en su corazón.

RINGO BONAVENA Y LOS ÁNGELES
FANTASÍA (VERSIÓN DE BOB EARLE)

Ringo Bonavena se compró unas botas vaqueras en Virginia City, y andaba noche y día con ellas. De día en Mustang Ranch, subiendo y bajando las enmoquetadas escaleras del burdel, quitándoselas únicamente cuando era necesario; de noche, por las calles de Reno, de casino en casino, exhibiéndolas ante los jugadores de póquer. Cuando terminaba la jornada, volvía a Mustang Ranch, a dormir en la *roulotte* que tenía aparcada allí. Dejaba las botas vaqueras en una repisa, se tumbaba en la cama y soñaba con ángeles. Es cosa sabida: los boxeadores suelen tener sueños inocentes.

Bonavena no estaba en Reno por azar, con el solo objeto de subir y bajar las escaleras de Mustang Ranch, sino porque el dueño del burdel, Joe Conforte, había comprado su contrato y era su nuevo patrón. No le pagaba muy bien, sesenta mil dólares por combate; pero tampoco él estaba, con treinta y tres años, en su mejor momento. Sí, quizás, para subir y bajar escaleras, pero no para el boxeo. En febrero de 1976, en una pelea disputada en el mismo Reno, derribó dos veces a su rival, Billy Joiner, pero no fue capaz de dejarle K.O.

De noche, mientras dormía, uno de los ángeles, el de la guarda, le decía:

—Vuelve a Argentina, donde tu madre. Ya has peleado bastante.

Tradicionalmente, los ángeles siempre han tenido razón, y también el que le hablaba en sueños la tenía. Bonavena llevaba disputados sesenta y ocho combates desde el día en que se hizo profesional en el Luna Park de Buenos Aires y había obtenido cincuenta y ocho victorias, cuarenta y cuatro de ellas por K.O. Al palmarés había que añadirle el recuerdo, bello recuerdo, de los combates contra Muhammad Ali y Joe Frazier. Dicho de otra manera, tenía dinero y tenía fama. ¿Por qué no volver donde su madre? Normalmente, los boxeadores sienten un gran amor por sus madres, y él no era una excepción.

—Todavía no —le susurró Bonavena a su ángel de la guarda, sin despertarse del todo—. Amo a Annie. Se me rompería el corazón si tuviera que alejarme de ella.

El ángel de la guarda aceptó la razón sin rechistar. Que fuera lo que Dios quisiera. Pero un demonio, el encargado del orden en Mustang Ranch, no fue de la misma opinión. Se llamaba Ross Brymer. Acudió al despacho de Joe Conforte y le dijo:

—El argentino quiere follar gratis con Annie.

Traduttore, traditori. Las delicadas palabras de Bonavena no merecían una traducción tan ruda.

Como empresario que era, Joe Conforte amaba la paz sobre todas las cosas, porque la paz era, junto con su capacidad de innovación, lo que convertía a Mustang Ranch en el mejor burdel del mundo. Pero Ross Brymer era un hombre tenaz, y le habló como un hijo, con dureza:

—Joe, me da pena ver lo que está sucediendo. Has sido uno de los pioneros de esta nación, y no hay burdel que se precie en el mundo que no imite a Mustang Ranch. Pues escúchame, Joe. Este toro argentino es insaciable. No se conforma con Annie. Ahora quiere a Mamy. ¡A tu mujer, Joe! Si no haces algo, los que ahora te llaman «padre de la prostitución legal en Estados Unidos» empezarán a llamarte «Cornudo Joe», o lo que es peor, «Gallina Joe».

Lo de la gallina se lo dijo con toda intención. Muchos recordaban en Estados Unidos que Bonavena había llamado «gallina» a Muhammad Ali. Le gustaba aquel insulto.

—Joe, échalo de aquí —resumió Ross Brymer—. Que salga de los terrenos de Mustang Ranch. Odio ver su *roulotte* aparcada en nuestra entrada.

Es difícil saber lo que pasó por la mente de Joe Conforte ante aquella demanda, porque sus genuinos pensamientos solían estar como la aguja en un pajar, escondidos entre mil tonterías insustanciales; pero, probablemente, pensó en Mamy y en Annie. Entre las dos mujeres había una diferencia de edad de casi cuarenta años. ¿Abarcaría Bonavena semejante arco cronológico?

El sonido del teléfono interrumpió sus pensamientos. Era Mamy, le llamaba desde el Harrah's.

—Joe, me voy a Los Ángeles con Ringo. Quiero enseñarle la ciudad.

Joe Conforte hizo un chiste antes de colgar.

—Está bien, cariño, pero no le enseñes nada más.

Joe Conforte se vio en un dilema. Si accedía a los deseos de Ross Brymer y expulsaba de Mustang Ranch a Bonavena, Mamy se molestaría mucho, y Mamy era insustituible, no había en todo Estados Unidos una administradora de burdel tan eficaz como ella. Pero, por otro lado, tampoco podía molestar a Ross Brymer. Él era el «hombre» de Mustang Ranch. Bueno con los puños, bueno con la pistola, corajudo, leal, y capaz además de coger la guitarra y entretener a los clientes. En cierto modo, también era insustituible.

—Ross, ya sé que con la llegada de Ringo las cosas se han salido de madre —dijo al fin—. Hasta hace poco tú eras el gallo de este corral, y ahora te has quedado un poco atrás. En cierto modo, es normal, Ross, tienes que comprenderlo. Ringo es un hombre que plantó cara a Muhammad Ali y a Frazier. Solo por eso ya merece algo. Pero, por otro lado, te doy la razón. Ringo estaría mucho más cómodo en una habitación de Harrah's que en esa *roulotte*. Y en Argentina, no digamos. Es hermoso estar al lado de la *mamma*.

Ross Brymer se llevó la mano al sombrero. Había oído todo lo que tenía que oír. Estaba ya en la puerta del despacho, cuando Joe Conforte volvió a hablarle:

—Otra cosa, Ross. Me ha dicho Annie que Ringo tiene una pistola pequeña. Pero no sabe dónde la guarda. Le registra la ropa, y nada. No aparece.

Ross Brymer torció el gesto.

—La pistola pequeña no es problema. El problema es su pistola grande.

No siempre era tan grosero y, según algunos clientes del burdel, interpretaba las canciones tradicionales del Oeste tan bien como Doc Watson; pero la nueva situación de Mustang Ranch le sacaba de quicio.

Los ángeles, sobre todo los de la guarda, lo escuchan todo, lo comprenden todo, y el que protegía a Ringo quiso informarle de la conversación entre Conforte y Brymer. Pero no pudo. Ringo andaba con Mamy por Los Ángeles, y, paradójicamente, aquella ciudad no era un buen lugar para los de su clase. En una palabra: no consiguió comunicarse con él.

A la vuelta de Los Ángeles, Ringo dejó a Mamy en brazos de Joe Conforte y se fue al otro extremo del arco cronológico. Pero Annie no era la de antes. Estaba nerviosa, preguntona: «¿Cuándo te enamoraste por primera vez?».

«¿Cuántos años tenías cuando hiciste el amor por primera vez?» «¿Es bonito Buenos Aires?» «¿Llamas a tu madre por teléfono?» «¿Conoces Francia?» «¿Dónde sueles llevar esta pequeña pistola?» Las cinco primeras preguntas eran paja. La sexta, aguja.

—La llevo metida en mi bota derecha —respondió Ringo.

—No es posible —rio Annie.

Ringo le enseñó la bota. Tenía un bolsillo interior donde la pistola encajaba perfectamente.

Una de aquellas noches, la *roulotte* se incendió y quedó calcinada.

—Es igual. Me compraré otra —dijo Ringo.

Sin embargo, el ángel de la guarda se quedó preocupado. El mensaje del fuego era claro: «¡Fuera de aquí! ¡Aléjate de Mustang Ranch! ¡Último aviso!».

Los ángeles de la guarda disponen, también ellos, de un sistema de protección. Son vigilantes vigilados, consejeros que reciben consejo, y forman entre todos una serie infinita, A1, A2, A3, A4, A5, A6, A7... El de Ringo —pongamos que era el A212— consultó entre sus compañeros sobre las medidas que convenía tomar en aquella grave situación. Le contestó enseguida el amigo que más cerca tenía en la serie infinita, el A162.400.

—No puedes hacer nada —le dijo—. Ringo es un luchador, un hombre sin miedo. Recuerda que llamó gallina a Muhammad Ali. Para él, ser gallina es lo peor del mundo. No tengas duda. Volverá a Mustang Ranch y seguirá jugando con Annie y con Mamy, y lo hará con más arrogancia que nunca.

Aquella noche, A212 se acercó hasta la habitación donde dormía Ringo. Desde la quema de la *roulotte,* tenía habitación en el Harrah's.

—Ringo —le dijo—. Compra una pistola como es debido y llévala en la cintura o en el sobaco. Esa miniatura de pistola que llevas en la bota no te sirve para nada.

Ringo prestó atención.

—Mañana mismo compraré una en la tienda de armas que hay junto al hotel —prometió al ángel de la guarda antes de volver a dormirse.

Por la mañana, A212 consultó de nuevo con su compañero. A162.400 se mostró escéptico:

—Ringo estaba dormido, y le pareció una buena idea lo de ir armado como Billy the Kid. Pero ya no se acordará.

A162.400 tenía razón. Ringo se levantó tarde y pasó todo el día jugando al póquer. Luego, por la noche, se fue a Mustang Ranch en una de las limusinas del casino. Cuando llegó, dio una propina de cien dólares al chófer y se puso a caminar en busca de Mamy y Annie.

Brymer le disparó desde la puerta del burdel. Declaró en el juicio que no tuvo intención de matar a nadie, y que fue la reja de la puerta exterior la que desvió la bala hasta el corazón de Ringo. No pudo alegar defensa propia, porque ¿qué defensa hace falta ante una persona que lleva una pistolita en la bota? Le condenaron a unos cuantos meses de prisión, negándole la absolución que pedía el abogado de Mustang Ranch.

Trasladaron el cuerpo de Ringo a Buenos Aires, y fueron más de cien mil las personas que pasaron por el estadio Luna Park para rendirle el último adiós. Su ángel de la guarda, A212, estaba impresionado con el gentío.

—Me trae a la memoria aquel otro que mataron en la cruz hace dos mil años —dijo a su compañero A162.400—. Aquella muerte también fue especial.

—Eso me parece una exageración, A212 —respondió su compañero.

—Quizás sí, A162.400, pero, en cualquier caso, lo de este chico ha sido una pena.

7 DE MAYO. LOS GASTOS DE LA BÚSQUEDA DE STEVE FOSSETT

En el *Reno Gazette-Journal* venía un artículo sobre Steve Fossett al hilo de las declaraciones que Jim Gibbons, el gobernador de Nevada, había hecho a *Las Vegas Review-Journal*. Al parecer, el gobernador tenía la intención de pasar una factura de 687.000 dólares a la viuda del «rico aventurero» Steve Fossett por los gastos que su búsqueda había supuesto para la Guardia Nacional de Nevada y para la Patrulla Civil del Aire.

Las declaraciones crearon polémica. «Nosotros no le cobramos a nadie, ni al rico ni al pobre», respondió el director de la Sección de Emergencias, Frank Siracusa. «Usted se pierde, y nosotros nos esforzamos en encontrarle. Este servicio se paga con los dólares de los contribuyentes.»

El artículo informaba de que el magnate hotelero Hilton, dueño del rancho del que había salido Fossett para su último viaje, había hecho una donación de 200.000 dólares para ayudar a cubrir los gastos. En la red, la mayoría estaba con Frank Siracusa. Uno de los pocos que se mostraban de acuerdo con Jim Gibbons era muy agresivo: «¿Por qué debemos pagar nosotros la búsqueda de un tipo adicto a la adrenalina?».

Según el artículo, el fondo del asunto era económico. El estado de Nevada tenía problemas de presupuesto a causa de los recortes.

LLAMADA DE TELÉFONO

Llamé al móvil de mi hermano mayor porque era día de hospital para mi madre, pero se puso ella. Oí su voz y, al mismo tiempo, la bocina de un camión. Iban en coche.

—¿Quién es?

Su voz sonó excesivamente melodiosa, como si pensara que era un niño quien llamaba.

—Soy yo —le dije.

—¿Desde dónde llamas? —dijo después de un silencio.

—Estoy en el despacho de la Universidad. Vais en coche, ¿verdad?

—En coche, sí. No sabes cuántos camiones se ven en esta carretera.

—¿Puede ponerse mi hermano? Solo un momento.

—¡Patinter!

—¿Le puedes pasar...?

—¡Transportes Azpiroz! ¡Transportes Mitxelena! ¡Autocares...!

Se quedó dudando. La voz de mi hermano se metió en el teléfono.

—¡Se está enrollando con los camiones! ¡Llama más tarde!

—¡Bengoetxea! ¡Autocares Bengoetxea! —gritó mi madre—. ¡Lo acabamos de pasar! ¡Vamos muy rápido!

—Muy bien. Ya llamaré luego.

—Sí. Llama cuando quieras. Adiós.

12 DE MAYO. SIETE LLAMADAS TELEFÓNICAS

Me llamaron mis dos hermanos, Adrián, otros tres amigos de la época del colegio y un médico. El mismo mensaje, todos: «L. ha muerto hoy».

SUEÑO QUE SIGUIÓ A LA MUERTE DE L.

Soñé que estaba en un vertedero inmenso, con porquería y escombros que formaban colinas e incluso montañas. Las bolsas de basura se contaban por miles.

Había una zona que era azul, y que de lejos parecía un lago; pero al acercarme observé que seguía tratándose de bolsas de basura, solo que estaban mejor ordenadas que las demás y eran muy nuevas, de plástico brillante. Una persona iba abriéndolas y examinándolas, aunque sin hurgar demasiado en el contenido. No hablé con él, porque, por capricho del sueño, siempre me quedaba a unos cincuenta metros de distancia. Aproveché la ocasión para, también yo, examinar el contenido de las bolsas.

«¡Están llenas de metáforas!», pensé con sorpresa. La idea era absurda, pero yo veía las bolsas, veía el contenido, y todo me parecía real.

Las metáforas carecían de la consistencia de unas peladuras de patata o de un cartón de leche; tampoco tenían una forma definida. Pero, a pesar de su carácter inefable, yo las asociaba sin dificultad a cosas y seres de la naturaleza. En varias de las bolsas que abrí, me parecieron hormigas; en otras, caballos; en algunas más, árboles. Y las había que parecían libros, casas o, incluso, murallas.

Me daba cuenta de la imposibilidad de que en un continente tan limitado como una bolsa pudieran caber elementos diez, cien o mil veces más grandes; pero no me importaba. Me importaban las metáforas.

Contemplé las que eran como hormigas y las que eran como caballos, también las que eran como árboles, libros, casas o murallas, y pronto me di cuenta de que, independientemente del tamaño o de la forma, todas hablaban de la vida después de la muerte. Escuché entonces una voz que decía:

«Cuando llegó Jesús, se encontró con que Lázaro llevaba ya cuatro días en el sepulcro.»

Giré la cabeza y vi que se trataba del anciano al que antes no había podido acercarme. Había sacado un libro de la bolsa de basura y lo tenía abierto ante sus ojos.

—Permítame seguir con la historia de Lázaro —dijo.

El anciano leyó en voz alta:

«Dijo Jesús: Quitad la piedra. Le responde Marta, la hermana del muerto: Señor, ya huele; es el cuarto día. Le dice Jesús: ¿No te he dicho que, si crees, verás la gloria de Dios?

»Quitaron, pues, la piedra. Entonces Jesús levantó los ojos a lo alto y dijo: Padre, te doy gracias por haberme escuchado [...]. Dicho esto, gritó con fuerte voz: ¡Lázaro, sal fuera! Y salió el muerto, atado de pies y manos con vendas y envuelto el rostro en un sudario. Jesús les dice: Desatadlo y dejadle andar.»

El anciano caminó hacia una zona donde las bolsas parecían especialmente azules, y me asombré yo mismo, autor del sueño, creador de las imágenes que, en una suerte de circuito cerrado, volvían una y otra vez a mí, al ver que no se trataba exactamente de bolsas, sino de contenedores que tenían forma de botes de yogur.

—De yogur griego —especificó el anciano—. Se trata de otra clase de metáforas.

Arrancó la tapa de uno de los contenedores y sacó de allí no lo que yo esperaba, una crema blanca, sino una muralla.

Una nueva transformación, y la muralla se convirtió en libro.

—Voy a leer el pasaje que trata de los funerales de Patroclo —dijo el anciano.

Observé que se parecía mucho a un profesor que tuve en mi juventud, el primero que me habló de la literatura antigua y me aconsejó leer la *Ilíada*.

El anciano concentró su mirada en el libro y se puso a leer:

«Aquiles se durmió, porque se había fatigado mucho en la batalla. Entonces vino a encontrarlo el alma de Patroclo, semejante en todo a este cuando vivía, tanto por su estatura y hermosos ojos como por las vestiduras que llevaba; y poniéndose sobre la cabeza de Aquiles, le dijo estas palabras: "¿Duermes, Aquiles, y me tienes olvidado?

[...]. No dejes mandado, oh, Aquiles, que pongan tus huesos separados de los míos, ya que juntos nos hemos criado [...]; que una misma urna, el ánfora de oro que te dio tu madre, guarde nuestros huesos".»

El anciano caminaba ahora con rapidez, sorteando los contenedores con forma de botes de yogur, y de vez en cuando se giraba hacia mí y me informaba de su contenido.

—Aquí se guardan las metáforas coránicas —dijo parándose.

Al instante, un joven salió de entre los contenedores y se puso a caminar junto al anciano. Llevaba turbante y parecía un paje. Sin detenerse, moviendo los brazos como un actor, comenzó a recitar:

«Y dice el Corán: En el paraíso habrá ríos de agua incorruptible, ríos de leche de sabor inalterable, ríos de vino delicia de los bebedores y ríos de miel límpida. Allí habrá toda clase de frutos y perdón procedente de su Señor» (Cor., XLVII, 15).

Los contenedores se convirtieron en casas, y los tres —el anciano, el paje y yo— caminamos por una calle recta hacia un arco. Lo atravesamos y salimos a una explanada que, por su enorme extensión y el color rojizo del suelo, me recordó el desierto de Arizona. Había allí miles de camiones, muchos de ellos parados y con el motor en marcha, otros más en movimiento, aproximándose, alejándose, cruzándose. Sobresaliendo de la explanada, en lo alto de una roca de forma caprichosa, un panel tan grande como cien pantallas de cine decía: ZONA DE CARGA Y DESCARGA DE METÁFORAS.

Me acerqué a un hombre que vestía un mono amarillo reflectante y que se movía de un camión a otro con carpeta y bolígrafo, y le pregunté, para asegurarme, cuál era la carga que llevaban los vehículos.

—Por lo visto no es usted de aquí —respondió sin mirarme, mientras apuntaba en un impreso los datos que le había dado uno de los conductores. Luego añadió—: Todos los camiones que aparcan aquí transportan metáforas sobre el más allá. Y, la verdad, últimamente no damos abasto. Por lo visto, se está muriendo mucha gente.

El hombre se acercó a la cabina de un segundo camión y volvió a hacer su apunte. Parecía hiperactivo. Hablaba deprisa, y no dejaba de moverse.

—¿Ve aquella flota de color blanco? —dijo, señalando hacia una hilera de camiones pintados del color que en la vida real suelen tener las naves que viajan por el espacio sideral—. El género que llevan es el de la reencarnación. Por lo visto, cada vez hay más demanda. ¿Sabe usted lo que es la reencarnación?

Seguía moviéndose, yendo de un camión a otro, de una cabina a la siguiente. Me costaba seguirle, me fatigaba.

—Pues la reencarnación es la teoría esa de que el alma va saltando de un cuerpo a otro, o sea, que nunca deja de vivir. El otro día me contaba un camionero la historia de un chico americano. Por lo visto, tenía pruebas de que en una vida anterior había sido marinero y de que su fallecimiento había ocurrido en el hundimiento del *Titanic*.

Hizo una parada, encendió un cigarrillo y continuó:

—También me contaron la historia del general George Smith Patton. Por lo visto, un admirador le dijo: «General George Smith Patton, usted debería haber luchado con Napoleón». Y el general George Smith Patton respondió: «¿Acaso tiene dudas? Luché a su lado en Waterloo». Lo entiende, ¿no? Lo que quiso decir el general George Smith Patton fue que en una vida pasada había sido soldado de Napoleón.

El hombre se sentó en un banco de piedra. Dio una calada al cigarrillo, exhaló el humo y exclamó:

—Le diré la verdad. Me gusta ese nombre. ¡George Smith Patton!

—Lo comprendo —dije.

—Por lo que he leído, fue un gran general. Dicen que mereció el Premio Nobel de la Guerra —dijo.

Miré alrededor. Me pregunté por el anciano que me había leído los pasajes de Lázaro y de la *Ilíada*, y por el paje del turbante. Habían desaparecido.

Me vi de pronto, como por ensalmo, sin que mediara ninguna ascensión, en un alto desde el que se divisaba parte de la explanada, la Zona de Carga y Descarga de Metáforas. Mi primera impresión se confirmó: lo que tenía delante se parecía al desierto de color rojizo y rocas caprichosas que había atravesado con Ángela, Izaskun y Sara. Solo que no era una inmensidad vacía y solitaria, sino una inmensidad llena de camiones que se acercaban, se alejaban, se cruzaban levantando nubes de polvo. ¿Cuántos camiones había? ¿Cuántas toneladas de metáforas? ¿Cien mil camiones? ¿Dos millones de toneladas de metáforas? Me vino a la memoria el famoso verso: «No sabía que la muerte tuviera tanto dominio».

El hombre del mono amarillo seguía fumando.

—Si algún día me caso y tengo familia —dijo—, me gustaría que uno de mis hijos fuera la reencarnación del general George Smith Patton.

Deseaba cambiar de conversación, y le señalé uno de los andenes de la explanada. Había allí cientos de palés cargados de libros, listos para ser transportados. Me fijé mejor y vi que los volúmenes eran muchos, pero el libro uno y el mismo.

—¿Qué libro es? —pregunté.

Tuve la esperanza de que se tratara de una antología en la que quizás figurase un poema de John Donne que me gustaba mucho, *«Death Be not Proud»*. «Muerte, no te envanezcas, pues aunque se te juzgue poderosa y temible, no lo eres...»

—¿John Donne? Pues la verdad es que no me suena —dijo el hombre del mono amarillo. Seguía fumando. Su cigarrillo parecía interminable—. Debe de estar en la zona antigua del vertedero, o quizás en el sector M7, el de las metáforas minoritarias. Hay gente a la que le parece mal que se guarden allí, en una zona tan inaccesible, pero las cosas son como son. Las historias como la del general George Smith Patton gustan más, y es normal que estén en primera línea.

Sentí algo de asfixia, y quise moverme y caminar hacia el desierto, llegar hasta el horizonte donde se unían la tierra rojiza y el cielo azul, más allá de los camiones, más allá de la Zona de Carga y Descarga de Metáforas. Pero no podía.

—Me ha preguntado usted por el libro que va en esos palés. Pues se titula *Vida después de la muerte*. Ahí es donde viene la historia del general...

—¡Comprendo! —dije, y di un salto. Por fin había recuperado el movimiento.

—Por lo visto se vende mucho —continuó él—. El mes pasado, veinte mil millones de ejemplares. Y también se vende mucho otro que estamos cargando en los camiones, *La cuarta dimensión*. Por lo visto, en el 6 del 6 del 2006 se abrió la puerta cristalina de la conciencia crística y heterofántica, un pasillo intergaláctico por el que empezó a fluir la Gran Energía...

—¡Su cigarro es de los que no se terminan nunca! —le interrumpí.

—¡Por lo visto es un cigarro eterno! —dijo él, lanzando al aire una bocanada de humo.

Por lo visto, por lo visto... No podía soportar tanta repetición, y me desperté.

Lo que al principio fue un sueño, una divagación confusa de las que, mitad imagen, mitad pensamiento, surgen en situaciones de duermevela, se convirtió en algún momento en visión febril, en pesadilla.

Traté de encontrar una explicación a las imágenes que acababa de ver.

«Es por el viaje de Torrey hasta Kayenta —me dije—. El sueño ha recreado el paisaje que atravesamos. También ha influido la noticia de la muerte de L., porque me pasé horas tratando de buscar metáforas para escribir algo en su memoria».

Mientras pensaba, tuve la impresión de encontrarme en una habitación del hotel Best Western de Kayenta. Miré por la ventana y advertí que mi ordenador seguía en una de las mesas de la entrada, junto a una lata de refresco. Sin duda, volvía a estar soñando, porque era imposible que el ordenador y la lata estuvieran allí. Era imposible asimismo que aquello fuera Kayenta, porque hacía más de un mes que habíamos regresado a nuestra casa de College Drive. Pero de nada sirvió la reflexión. No pude seguir pensando con lucidez. Caí de nuevo en el sueño.

El hotel de Kayenta era de una sola planta, y sus sesenta habitaciones formaban una U. En el espacio interior de la U, el hotel tenía una piscina rodeada de toldos y tumbonas azul turquesa, el color preferido de los navajos. Por un momento, como si me hubiera elevado en el aire como un pájaro, lo vi todo desde arriba: el hotel, la piscina, los toldos, las tumbonas y, a unos trescientos o cuatrocientos metros, en la base de una colina, un bosquecillo verde, el único que crecía en los alrededores de Kayenta.

Oí los chillidos de mis dos hijas, y las imaginé chapoteando en la piscina, felices de darse un baño en un lugar tan caluroso como Kayenta. También yo me sentía feliz de ver que todo estaba bien. No habíamos tenido ningún percance con nuestro Ford Sedan, y sobre todo, no nos habíamos despeñado en la cortada que tuvimos que bajar para llegar a Mexican Hat.

Los chillidos de las niñas se hicieron aún más alegres. Izaskun gritó «¡al ataque!» en plan general Patton; mi hija menor estalló en carcajadas. También Ángela gritó, pero solo una vez; luego se oyó un chapuzón.

—No puedo salvarte. Iría contra las reglas —dijo alguien.

«Es la voz de L.», pensé.

Tuve la sospecha de que teníamos una cita en el hotel, y que se me había olvidado. De cualquier modo, L. estaba allí. Tenía que salir de la habitación para reunirme con él.

Miré el reloj. No eran las ocho o las nueve de la mañana, como yo creía, sino las seis menos cuarto de la tarde.

Izaskun preguntó a L. si vivía en Kayenta.

—No —dijo él—. Vivo en el sur de Arizona, en una ciudad que está junto a Phoenix, Tempe.

Mi hija le preguntó sobre su trabajo.

—Doy clases de Física en la Universidad Estatal de Arizona. Mi especialidad es la óptica —respondió L.

—¿Por qué tienes la nariz tan aplastada? —preguntó de pronto Sara.

—¿Y a ti qué te importa? —le dijo Ángela.

L. se rio.

—Por una pelea, o mejor dicho, por veintitrés peleas. Durante un tiempo fui boxeador profesional. Me hacía llamar Lawrence.

Conocía bien toda la historia. Sucedió en nuestra época del colegio La Salle. Se organizó un baile de disfraces en Loyola, en el chalet de la hípica, y la mayoría nos vestimos con pelucas, camisas de colores chillones y gafas de espejo, al estilo de los cantantes que entonces nos gustaban. Al final de la tarde, ocurrió algo imprevisto: se apagaron las luces, y en la sala entró una figura vestida de blanco de los pies a la cabeza y con un velo que le cubría el rostro. Parecía enteramente un beduino, y la tela blanca —supe luego que estaba impregnada de fósforo— relucía y formaba un aura a su alrededor. Nosotros —Katia, Maribel, Cornélie, Luis, López, Vergara y todos los que habíamos estado bailando— nos quedamos hipnotizados, mirando a la figura fosforescente. Entonces apareció Adrián. Esperó a que el murmullo de la sala cesara, e hizo la presentación: «Señoras y señores. Hoy es un día especial. Lawrence de Arabia nos ha querido honrar con su presencia. Rindamos honores al héroe del desierto». Cornélie y las demás chicas aceptaron el juego y empezaron a hacer reverencias y a saludarle admirativamente. Pero los chicos, una vez superada la sorpresa del primer momento, se pusieron agresivos, y López, el del equipo de *cross,* le arrancó el velo que le cubría el rostro. Todos vimos entonces que se trataba de L., un chico de madre inglesa que estudiaba en La Salle, el mejor amigo de Adrián. «¡Qué poco te gusta que las chicas hagan caso a otro, López!», le reprochó Adrián. López iba disfrazado de Johnny Hallyday, con una peluca rubia rizada, y tenía a su lado a una chica que se parecía a Sylvie Vartan. Se dirigió a L. señalando a su amiga: «Tendrías que ir como ella, con minifalda». Alguien encendió la luz. El tocadiscos se puso en marcha, precisamente con una canción de Sylvie Vartan. Adrián y L. se marcharon del chalet.

Al día siguiente, en el patio del colegio, López subió el tono de sus insinuaciones. Se acercó a L. contoneándose y dirigiéndole palabras ofensivas, qué tal querida Lawrence, qué tal el agujerito de tu culo. L. se abalanzó sobre él, y todos pensamos que López le daría una paliza, porque le sacaba más de diez centímetros de altura y porque, como corredor de *cross,* estaba físicamente preparado; pero ocurrió lo contrario. López no acertó a darle un solo puñetazo. L. los esquivaba casi sin moverse de su sitio, con movimientos de cintura. Pronto, López empezó a atacar atropelladamente. L. le dio cuatro puñetazos seguidos: dos en el estómago y dos en la cara, uno-dos, uno-dos, y López cayó al suelo cuan largo era. Cuando se levantó, se marchó de allí a trompicones. Los chicos que habían formado un corro para ver la pelea se pusieron a aplaudir.

El nombre de L. sonó en los altavoces del colegio. «Que suba inmediatamente al despacho del prefecto.» La voz era del mismo prefecto. Repitió la orden varias veces.

Adrián y yo, y también algún otro alumno, protestamos: ¿por qué llamaba a L., si la culpa había sido de López? L. no merecía un castigo, porque era legítimo responder a puñetazos a los insultos graves. En aquel momento, estábamos seguros de que habría castigo. Le quitarían un punto en conducta a L. Como mínimo.

Diez minutos después, vimos que L. marchaba hacia la puerta del colegio con sus carpetas y sus libros. «¡Le han echado!», exclamó Adrián. Fuimos corriendo donde él.

L. nos saludó riendo. No iba a haber castigo por la pelea. Al contrario.

—El prefecto me ha preguntado dónde he aprendido a boxear —nos informó—. Le he dicho que mi tío fue boxeador en Inglaterra, y que aprovecha las vacaciones para enseñarme.

Aquello era nuevo para Adrián y para mí. Sabíamos que su madre era inglesa, nada más.

—Me ha dado permiso para salir antes —prosiguió L.—. Quiere que vaya donde Paco Bueno y le pregunte si me puedo entrenar en su gimnasio. Dice que no ha habido en España un boxeador más técnico que él, y que sería un buen maestro para mí.

Se despidió de nosotros y se marchó cuesta abajo, hacia la parada del autobús.

En aquel momento nos pareció cosa de broma; sin embargo, la visita de L. a Paco Bueno resultó decisiva. Anduvo como boxeador *amateur* en España, y luego, al tener también la nacionalidad británica, como profesional en el Reino Unido y en Europa. Cuando se retiró, los periódicos deportivos dijeron que le habían faltado cinco centímetros para ser un campeón. L. medía solo 1,62.

Se levantó un poco de viento, y los toldos que rodeaban la piscina de Kayenta empezaron a palmotear. Izaskun, que acababa de participar en un proyecto educativo sobre la ciencia en la escuela Mount Rose, preguntó a L. sobre el tema que le preocupaba aquellas últimas semanas: el origen de la especie humana. Al parecer, había mucha gente en Estados Unidos que no aceptaba la teoría del mono que acaba convirtiéndose en ser humano. Su profesora de la escuela no compartía esa actitud acientífica, y ella tampoco. ¿Qué opinión le merecía a él?

El viento me impidió oír la respuesta de L. Lo que sí oí, porque el viento amainó enseguida, fue la nueva pregunta de mi hija mayor: ¿Le había gustado la película *2001: una odisea del espacio*? Ella no había entendido bien la primera parte. En realidad, no había entendido bien ninguna de las partes, y lo único que le había gustado había sido la muerte de HAL 9000 mientras cantaba la canción *Daisy Bell*.

—Yo puedo cantar esa canción. La he aprendido en la escuela —dijo Sara.

Izaskun no estaba dispuesta a perder protagonismo y siguió hablando. Realmente, le fastidiaba no entender lo que el director de *2001: una odisea del espacio* había querido decir en la primera parte, porque tenía que ver con la evolución del ser humano.

Sara se puso a cantar: *«There is a flower within my heart, Daisy! Daisy! Planted one day...»*.

—¡No es esa la parte que canta el ordenador moribundo! —la interrumpió Izaskun. Luego se apresuró a explicar lo que le preocupaba.

En la película se veía pelear a unos hombres que parecían monos, y uno de ellos cogía un hueso largo de un esqueleto para lanzarlo contra otro, y de pronto el hueso daba un giro y se convertía en platillo volante.

—¡Sin ninguna evolución! —exclamó.

«There is a flower within my heart, Daisy! Daisy!...», siguió cantando Sara, aunque sin convencimiento.

—Yo creo que la escena es exacta y verdadera —dijo L.—. Comparado con el tiempo transcurrido desde los monos-monos hasta el momento en que los semimonos aprendieron a utilizar las piedras, los palos o los huesos como arma, el siguiente tramo de tiempo, hasta los platillos volantes, ha sido un instante.

—Mi cumpleaños es el 2 de julio —dijo Sara.

—Lo que pasa es que tenemos que ser exactos y verdaderos en todo —dijo Izaskun, ignorando a su hermana—. Tendríamos que saber qué diferencia hay entre los monos-monos y los semimonos.

Me pareció que era el momento de interrumpir la reunión y saludar a L. Caminé hacia el toldo azul turquesa bajo el que se sentaban. El sol amarilleaba todo el cielo de Arizona.

Nos abrazamos y nos quedamos frente a frente, estudiándonos. Me costó reconocerle. Estaba muy delgado, y llevaba gafas de color café que tapaban el azul de sus ojos. Además, tenía un cigarrillo entre los dedos. L., que siempre había andado con los fumadores del colegio, nunca había sido él mismo fumador.

Atardecía en el desierto de Arizona, y me encontré caminando junto a L. hacia el bosquecillo que estaba a unos cientos de metros del hotel. Al llegar, vi que se asentaba en un cañón, y que los árboles tenían más altura de la que había supuesto. Entre los árboles, en una zona de piedrecillas y musgo, había un manantial, un charco de agua cristalina.

—Parece un jardín —dijo L.

Tenía razón, porque además de musgo y árboles había flores: flores amarillas, flores blancas.

Bajamos por un sendero hacia aquella parte del cañón y vimos, junto al manantial, un topo muerto. No había en él señal de violencia, y daba una impresión de paz:

un animalito dormido al que el sueño había sorprendido al ir a beber. La brisa movía ligeramente las hojas de los árboles, y solo parecía soplar para que él durmiera mejor. L. dio una calada al cigarrillo y lo tocó con la punta de un pie. El topo no se movió.

—Su sueño es muy profundo —dijo—. Vamos a velarlo.

Nos sentamos en el tronco de un árbol caído, a unos dos metros de él, y nos quedamos mirándole.

—No resucitará —dije—. Seguro que en la tradición literaria de los topos existe un libro que habla de la historia de un topo llamado Lázaro, y de cómo un día murió y luego volvió a la vida. Y seguro que, ahora mismo, en este mismo cañón, la familia y los amigos de este topo estarán escuchando esa historia y otras que continuamente distribuyen los camiones de la Zona de Carga y Descarga de Metáforas. Pero las metáforas poco pueden hacer frente a la muerte. No es posible coger la luna con la mano.

—¡Valga la metáfora! —dijo L. sin dejar de mirar al topo.

Seguía fumando, y por un momento me extrañó que su cigarrillo no se hubiese consumido apenas. Me recordó el cigarrillo eterno del hombre del mono amarillo de la Zona de Carga y Descarga de Metáforas.

—Así es como yo lo entiendo —continué un tanto inseguro—. Si no hay resurrección, lo único que importa es el recuerdo, sobre todo el de los días finales: cómo murió aquel que vivió entre nosotros, si el día de su muerte nevó o el cielo estuvo azul, si fue digno el funeral, si es bello el lugar donde yace... En ese sentido, este animalito ha tenido suerte. Yace entre árboles y flores, junto a un manantial. Además, las paredes del cañón le protegen de los ruidos del mundo. Lo único que se oye aquí es el murmullo de las hojas.

El cigarrillo de L. no se consumía. Parecía eterno.

De algún modo, él percibió mi inquietud.

—¿No caes? —preguntó incorporándose.

No supe qué decir.

—Sabes que estoy muerto, ¿verdad?

—Sí —respondí. La respuesta me sorprendió a mí mismo.

L. empezó a cantar imitando al ordenador de *2001: una odisea del espacio*: «*There is a flower within my heart, Daisy! Daisy! Planted one day...*».

Me eché a llorar. No podía controlar el llanto.

—¡Dejemos esto, L.! —grité.

Al despertar en la habitación me sentí desorientado, como si el sueño hubiese alterado el tiempo y el espacio. Pensé primero que seguía en el hotel de Kayenta; luego, que estaba en mi casa natal de Asteasu, en la primera habitación propia de mi vida; luego, en la casa que alquilamos Ángela y yo en Brissac, Mas de la Croix. Me adueñé al fin de mi mente y, como quien se recupera de un mareo, todas las cosas de alrededor —la cama de al lado, la niña que dormía en ella, la ventana, la pared, el dibujo sujeto a la pared con una chincheta— fueron adquiriendo precisión. Estaba en College Drive. La niña era Izaskun, por cuya seguridad velaba desde el asesinato de Brianna Denison durmiendo en su habitación.

Me levanté y fui a la terraza. También allí las cosas estaban en su sitio: el jardín, la casa de Earle en lo alto, los ojos amarillos del mapache junto a la cabaña.

Ángela apareció en la terraza.

—¿Qué haces levantado?

—He tenido un sueño absurdo y he salido a tomar el aire.

No podía en aquel momento darle todos los detalles, y solo le mencioné la biografía que durante el sueño había atribuido a L.

—En el sueño era físico, profesor de óptica en la Universidad de Arizona. ¡Qué disparate! ¡L., profesor de

óptica! ¡El único alumno del colegio que fue por Letras!
¡El primer boxeador de la historia en doctorarse con una
tesis sobre la poesía inglesa del siglo XVII!

—Lo de L. ha sido una desgracia. Era una persona
especial —dijo Ángela, y los dos entramos en casa.

ÚLTIMA CENA EN RENO

La casa de Dennis se encontraba al otro lado de la
circunvalación McCarran, en Kane Court Street, y era
muy moderna, formada por tres módulos rectangulares.
Aparcamos el Ford Sedan enfrente del primero de ellos
—había allí dos garajes— y fuimos hasta la terraza de
madera que sobresalía en la base del segundo: una superficie de cuarenta metros cuadrados que un toldo azul oscuro resguardaba del sol. La mesa estaba ya preparada
para la cena, vestida con un mantel blanco y flores de papel de color amarillo. La música de violín que salía de los
altavoces dulcificaba el ambiente de la terraza.

—Franz Schubert. *Rosamunde* —dijo Dennis respondiendo a mi pregunta.

Earle le pasó el brazo por los hombros.

—¿No lo sabías? —me dijo—. Dennis es un hom-
bre con muchas aficiones. La música clásica es la segunda.
La primera, los insectos. Date una vuelta por su despacho.
Ahora tiene dos viudas negras y una mantis.

Dennis trajo cervezas. Las bromas de Earle le ha-
lagaban.

—Muy bonita casa, Dennis. Y la ubicación, extraordinaria —le dije.

Desde la terraza se abarcaba toda la planicie de
Reno y Sparks. Se hubieran podido levantar diez ciudades
en aquella extensión. A lo lejos, la primera línea de las
montañas del desierto formaba una muralla.

—De noche es más bonito —dijo Dennis.

Todavía eran las siete de la tarde, y las luces de los casinos y de las casas estaban apagadas. Una hora después, cuando las encendieran, los espacios vacíos de la llanura desaparecerían en la oscuridad y el paisaje visible, más reducido, cobraría vida gracias a los focos de los coches.

Dennis nos señaló el pasillo que daba al tercer módulo.

—Al fondo está la cocina. Podéis empezar a sacar la comida y la bebida a la terraza. Mientras, subiré a la sala a preparar la sesión de cine para las chicas.

Izaskun y Sara nos habían contado que la pantalla de la televisión de la planta de arriba era diez veces más grande que la de una televisión normal, y que delante de ella había una alfombra enorme con cojines de todos los colores. Además —esto era lo más llamativo para ellas—, la habitación estaba provista de un frigorífico repleto de refrescos y de un horno microondas «para hacer palomitas».

Los invitados nos cruzamos una y otra vez en el pasillo mientras íbamos sacando la comida y la bebida a la terraza. No éramos muchos aquel día. Entre los habituales, Mannix, Mary Lore, Earle, Ángela y yo; además, Alexander, el amigo barbudo de Dennis que residía en Chicago, y un desconocido que vino con él, un hombre de unos cincuenta años de aspecto muy pulcro, que vestía con ropas caras de *cowboy:* botas de cuero, pantalones Levi's, camisa azul clara, chaleco negro de seda, sombrero oscuro.

Las niñas, Izaskun y Sara y las tres hijas de Mary Lore y Mannix, subieron dos bandejas de sándwiches a la planta de arriba acompañadas por Ángela y Dennis. Los demás nos sentamos a la mesa de la terraza. La temperatura era buena. Por encima de los veinte grados.

Desde el principio fue evidente que Mannix no simpatizaba con el invitado desconocido. En general, no le gustaba la gente afectada, mucho menos los «*cowboys* de ciudad».

—Cenar con el sombrero puesto es feo —dijo, dirigiéndose a él, nada más sentarnos a la mesa.

—Creía que las normas de cortesía las dictaba el propietario de la casa —respondió el *cowboy*.

Ambos quisieron dar a sus palabras un tono de broma, pero, como diría un lector de Kerouac, todos percibimos las malas vibraciones.

—Tengamos paz —dijo Mary Lore.

—Y apetito —añadió Earle.

La mesa estaba bien surtida de bebidas y de comida: ensalada de arroz, de patata, tabulé, sopa fría de yogur, pollo en caprichosos envases rojos de cartón, hamburguesas y parrillas eléctricas para asarlas, quesos de California —incluido uno de nombre vasco, *Ona*—, vinos californianos y cervezas frías.

El *cowboy* se quitó el sombrero, pero no sabía qué hacer con él. Al final, a falta de un colgador, lo dejó sobre una silla.

—Póntelo, si quieres...

Mary Lore titubeó. No sabía el nombre del invitado.

—Patrick —dijo el *cowboy*.

—Ponte el sombrero si quieres, Patrick.

Mary Lore le tendió la mano para saludarlo. Mannix hizo lo mismo a continuación.

Con la cabeza descubierta, Patrick aparentaba menos años, unos cuarenta. Tenía una cicatriz en la parte superior de la frente, una marca roja que se adentraba en el cuero cabelludo.

Earle y yo también le estrechamos la mano.

Se me acercó el amigo de Dennis, Alexander. Su aspecto era opuesto al del *cowboy*. Vestía con descuido, con un jersey muy cedido, más apropiado para invierno que para verano, y tenía la barba encrespada, sin recortar. Sujetaba una lata de Pepsi en la mano.

—Soy Alexander. El otro día casi no tuvimos la oportunidad de hablar —dijo.

—Ya sé que eres Alexander y que has venido de Chicago para echar una mano a Dennis con los ordenadores. Me lo dijo Mannix el día del funeral del pastor.

Al estrecharle la mano, noté la suya muy fría por el contacto con la lata de Pepsi.

—¿Qué tal está tu amigo, el que fumaba Dunhill y llevaba una chaqueta verde de terciopelo? —preguntó.

—Te fijas mucho —le dije.

—No, no tanto. Pero tu amigo parecía una persona especial. No lo digo solo por su aspecto físico.

—Se marchó enseguida. Su hija tenía que volver a la escuela —le dije. Y luego, señalando al *cowboy*—: Tu amigo también parece especial.

Alexander respondió bajando los ojos.

—Patrick trabaja en el aeropuerto, en seguridad. Ya sabes cómo suelen ser los de seguridad. No puede decirse que sean los más simpáticos del mundo. Pero es buena gente.

Los diccionarios, al definir la palabra «vibración», aluden a movimientos breves y repetitivos, y al temblor que se origina en el aire o en los objetos. En la terraza de la casa de Dennis, en nuestro lado, sentí algo semejante, como si hubiera un campo magnético bajo el toldo azul oscuro. No era agradable.

Dennis y Ángela aparecieron en la terraza. Venían, sonrientes, de la planta de arriba, de otro campo magnético. Habían dejado a las niñas delante de la pantalla, con sus sándwiches, y podíamos empezar a cenar.

No quedó ningún hueco en la mesa, salvo el de Dennis, que fue rodeando la mesa mientras nos servía las ensaladas.

—Han hecho votación ahí arriba para escoger la película de hoy. Adivina la ganadora —le dijo Ángela a Mary Lore.

Mary Lore no sabía qué decir.

—¡*Ratatouille!*

—¿Otra vez?

—Ha obtenido cuatro votos de cinco. Solo se ha opuesto Izaskun. Eso sí, lo ha hecho radicalmente.

—Es una película para niños. Y ella no es tan niña.

—Cada vez menos —intervino Mannix—. Lo mismo me ha pasado a mí. Ayer era un niño, y de repente, mira en qué me he convertido. En un hombretón de ciento ocho kilos.

—Hablas del paso del tiempo porque todavía eres joven —respondió Earle—. Yo ni me atrevo a pensar en ello.

Todos celebramos la ocurrencia, salvo el *cowboy*. Siguió comiendo su ensalada de arroz como si estuviera solo en la terraza. En el otro extremo de la mesa, Alexander limpiaba con la servilleta una pizca de yogur que le había caído a la barba.

Estaba anocheciendo, y Dennis recogió el toldo azul. Vi a Izaskun en una ventana de arriba, comiéndose el sándwich tranquilamente, y le pregunté con un gesto si quería sentarse con nosotros. Negó con la cabeza.

Dennis colocó dos cajas metálicas con luces azules fluorescentes en la baranda de la terraza. Nos dijo que eran para atraer a los insectos y achicharrarlos.

—Dennis, no te portas bien con los insectos —le dijo Earle—. Ellos piensan que eres su amigo y vienen a la terraza llenos de confianza. ¡Y tú vas y los achicharras!

De nuevo, hubo dos excepciones en la mesa. Ni el *cowboy* ni Alexander sonrieron.

Earle me habló al oído.

—Dime, XY120. ¿De dónde ha sacado Dennis a esos dos tipos? Yo diría que del Área 51. Me pregunto si él también es alienígena. Mejor dicho: si todos sois alienígenas.

Sin Natalie delante, Earle volvía a ser el de siempre.

—Dennis, no lo creo —le dije.

Izaskun había acabado su sándwich pero seguía en la ventana, observándonos. Los movimientos de la mesa le resultaban más interesantes que la película *Ratatouille*.

—¿A qué te dedicas, Patrick? —preguntó Mannix.

Él y Mary Lore estaban de pie, colocando las hamburguesas en las parrillas.

—Trabajo en el aeropuerto, en seguridad. Un trabajo antipático, pero necesario —respondió el *cowboy*. Lo mismo que me había dicho Alexander, más o menos.

La conversación viró hacia el tema de la seguridad, pero sin ir más allá de las habituales frases hechas. El olor de las hamburguesas que se asaban en las parrillas flotaba en el aire.

Yo hacía esfuerzos por acordarme. Conocía al *cowboy*, lo había visto en alguna parte, pero no conseguía recordar cuándo o dónde.

Izaskun estaba en el pasillo que conducía a la cocina, pegada a la pared, como queriendo pasar desapercibida. Me hizo un gesto para que me acercara. Cuando le respondí que viniera ella, repitió el gesto dándole la vehemencia de una orden. Cedí. Al salir al pasillo, cerré la puerta corredera.

—¿No te acuerdas de ese tipo? —me susurró—. Estaba en el restaurante Taco's cuando la policía detuvo a aquel hombre gordo de la cabeza redonda. ¿No te acuerdas? Tú querías lavarte las manos e intentaste ir al servicio no sé cuántas veces, pero siempre estaba ocupado.

—¿Estás segura?

—Claro que estoy segura. Ese tipo estaba en Taco's. Vestido de *cowboy*, como ahora.

Me recordó más detalles de aquella noche, y tuve que darle la razón. Era una casualidad coincidir con aquel hombre en casa de Dennis, pero no había duda. El tipo de Taco's y el que estaba cenando con nosotros eran la misma persona.

—Ahora vete arriba, Izaskun —le dije.

—Voy a seguir vigilando —dijo ella.

—Será más interesante que volver a ver *Ratatouille* —le dije en broma.

—No lo dudes —me respondió sin broma alguna.

Cuando regresé a la terraza, Mannix y Mary Lore estaban repartiendo las hamburguesas; Ángela y Earle hablaban del libro de poemas de Bruce Laxalt y de su estado de salud irreversible; Alexander explicaba a Dennis, delante de un pequeño ordenador, una aplicación informática que acababa de salir al mercado. Nada más sentarme, sonó un móvil y el *cowboy* se levantó para atender la llamada desde un rincón de la terraza. Al verlo de pie, todas las dudas se disiparon. Era el hombre que vimos en Taco's.

Sonaron las últimas notas de la pieza del disco de Schubert que Dennis había puesto al comienzo de la cena, y el vacío que se creó en la terraza pareció dotar de una mayor presencia a la ciudad: cobraron fuerza en la oscuridad las luces blancas de las casas, y los fucsias, rojos y verdes de los casinos. Sobre la línea de montañas del desierto, la luna era una astilla amarilla.

La conversación del *cowboy* al teléfono fue breve. Guardó el aparato en el bolsillo del chaleco y se dirigió a Dennis.

—Se ha producido un incidente en el aeropuerto y tengo que marcharme. Será cosa de un momento. Estaré de vuelta antes de que acabéis el postre.

—Si quieres te guardo una hamburguesa —le dijo Mannix.

—Gracias. Me conformaré con el postre.

—Te acompaño hasta la puerta —se ofreció Dennis.

Alexander se puso en pie.

—Ya le acompaño yo, Dennis. Mientras, ¿por qué no pones música?

Vislumbré una figura en la oscuridad. Estaba apoyada en la ventana que daba a la terraza. Izaskun seguía vigilante.

De postre había tarta de manzana con helado de vainilla. Dennis y Ángela subieron las cinco primeras raciones a la planta de arriba. Luego, entre todos, preparamos otros ocho platos y los llevamos a la terraza.

—No sé dónde anda Izaskun. No estaba arriba —me dijo Ángela cuando nos volvimos a sentar.

—Y Patrick no ha aparecido todavía —añadió Mannix.

En el cielo de Reno se veían en aquel momento las luces de un avión que realizaba la maniobra de aproximación y descendía lentamente. En tierra, en el aeropuerto, no parecía haber ningún movimiento especial. Tampoco en las calles de la ciudad. La mayoría estaban oscuras, vacías. Incluida Virginia Street. Solo en la 80 y en la 395 se percibía algo de tráfico. Los camiones de morro largo con destino a Las Vegas, Chicago, Salt Lake City o Houston se cruzaban con los que iban a Sacramento o a San Francisco.

Se produjo un cambio en la 80. Un helicóptero voló por encima de los camiones y aterrizó en la azotea de un edificio. No necesitaba ver más para saber que se trataba del helicóptero-ambulancia del hospital Saint Mary's. Era mi noveno mes en Reno. Una semana más, y uno de los aviones que saldrían del aeropuerto sería el nuestro.

Estaba preocupado. Patrick no regresaba. Izaskun no estaba arriba. Tampoco la veía en la ventana. Mi cabeza ató cabos de forma perversa y las palmas de las manos se me humedecieron de sudor. Pero fue una conclusión equivocada. El *cowboy* no estaba con mi hija. Justo en aquel instante venía a la terraza por el pasillo de la cocina.

El *cowboy*, más comunicativo que antes de marcharse, nos explicó el problema originado en el aeropuerto. Un pasajero había decidido no viajar después de facturar su maleta, y el avión no podía salir hasta descargarla y dar con su propietario.

—Le hemos encontrado borracho en su habitación de Harrah's. No se acordaba de nada. Ni de su propósito de tomar el avión. Le hemos recordado que esto no es Las Vegas. Que Reno es un sitio más serio que Las Vegas.

Comía la tarta de manzana rápidamente, mezclando cada trozo con el helado de vainilla medio derretido.

Izaskun se materializó en la terraza. Estaba muy tiesa. Incluso Earle hizo un gesto de sorpresa al verla.

—Ese hombre ha mentido —dijo en voz alta.

El *cowboy* siguió con el postre como si no hubiese oído nada, llevándose a la boca los últimos restos del helado de vainilla. Al otro lado de la mesa, Alexander se levantó como empujado por un resorte. Mannix, Mary Lore, Ángela, Earle, Dennis, yo mismo, estábamos a la espera.

—Ha salido de casa, pero ha vuelto a entrar enseguida por el garaje —afirmó Izaskun—. Lo he visto todo desde la ventana del otro lado.

Alexander dio un paso hacia Izaskun.

—Niña, estás confundiendo las cosas —le dijo. Su voz era de pronto ronca—. Se le han olvidado las llaves del coche en la cocina, por eso ha vuelto.

Izaskun no se acobardó.

—Primero ha registrado una habitación, y luego uno de los baños. No ha salido de casa en todo este tiempo —informó.

De pronto, todos queríamos decir algo. Pero el *cowboy* nos tomó la delantera.

—Los niños siempre dicen la verdad, es cosa sabida.

Se levantó, se limpió los labios con la servilleta y sacó una placa del bolsillo del chaleco. Sus movimientos eran precisos. Era un hombre frío. Un buen policía, seguramente.

—Permítanme que se lo explique —dijo, cambiando de registro y hablando formalmente, con distancia—. Como saben, el mes pasado secuestraron y asesinaron a Brianna Denison y el caso sigue abierto. Por eso estoy aquí. Según informaciones que nos han llegado, Dennis Horace Wilson puede ser la persona que buscamos.

Al otro lado de la mesa, pero algo alejado, Alexander se atusaba la barba. No tuve ninguna duda de que era el Judas de nuestro grupo, el que había vendido a Dennis.

—He venido aquí para recoger muestras de pelo —dijo el policía. Se puso el sombrero—. Dentro de unos días sabremos si el ADN de Dennis y el del asesino de Brianna coinciden.

—¿Y por qué tanto teatro? —preguntó Earle—. ¿No se lo podían haber pedido directamente? Estoy convencido de que Dennis hubiese colaborado con mucho gusto. Y más que convencido de que no tiene nada que ver con el crimen. ¡Qué disparate! ¡Dennis no ha hecho mal a nadie nunca!

Mannix y Mary Lore le hicieron coro. Estaban tan enfadados como Earle.

—Alexander quiso tratar el caso con discreción y hacer la prueba sin preocupar a Dennis —dijo el policía—. Pero, evidentemente, no fue buena idea. Las vías oficiales siempre son preferibles.

Oí en mi cabeza la voz de Alexander, de Judas. ¿Por qué se mostraban tan seguros Earle, Mannix y Mary Lore? ¿Acaso era normal una persona que encerraba viudas negras en frascos de cristal? Y además, ¿no andaba siempre rodeado de niñas y haciéndoles fotos? A Izaskun y a Sara, sin ir más lejos. Por otra parte, que supiéramos, no tenía pareja, y eso también resultaba extraño en un hombre de más de treinta años.

Dennis se agarraba la cabeza con las manos y estaba llorando. Silencié la voz de Judas en mi cabeza.

—Será cuestión de unos días. Mientras tanto, no abandone la ciudad —le dijo el policía.

Al salir de la terraza miró a Izaskun. Ella se mostraba tranquila, con los brazos cruzados.

—*Good job!* —le dijo el policía al pasar por su lado.

—Yo siempre digo la verdad —respondió Izaskun.

El policía se alejó por el pasillo hasta perderse de vista, y Alexander tras él.

LLAMADA DESDE SAN FRANCISCO

—Dennis está mejor —dijo Earle—, y la compañía de Jeff ayuda mucho. Al parecer tiene que elegir una letra para las publicaciones del Ayuntamiento y le cuesta decidirse. Tenemos la casa llena de papeles en los que él ha escrito eso de que *The quick brown fox jumps over the lazy dog.* Lo he leído tantas veces y en tantas letras distintas que si veo un zorro saltando sobre un perro me parecerá la cosa más normal del mundo. Pero, ya te digo, a Dennis le hace bien. La obsesión de Jeff no le permite ocuparse de las suyas.

—Me alegro de que las cosas se vayan arreglando —dije.

La policía había tardado menos de una semana en dictaminar la falta de correspondencia entre el ADN de Dennis y el hallado en el cuerpo de Brianna Denison. La denuncia de Alexander, basada en las fotografías de niñas que había visto en el ordenador de Dennis, y que, en buena parte, eran de Izaskun, Sara y las tres hijas de Mary Lore y Mannix, fue anulada. Pero no todo volvió a su sitio. Earle había sorprendido a Dennis en su despacho *jugando* con una araña, dejándola subir y bajar por su brazo desnudo. Se la había quitado de un manotazo para llevarle luego a un psiquiatra.

Al otro lado del teléfono, Earle suspiró.

—Ya no está tan deprimido. La cuestión ahora es saber si vamos a volvernos locos con el asunto del zorro que salta sobre el perro perezoso.

—¿No salís a pasear por la ciudad?

—Sí, pero es peor. Jeff nos pide que identifiquemos la letra en la que están escritos los carteles y las señales.

—Os deseo suerte —dije.

—¿Cuándo os marcháis?

—Pasado mañana.

—Buen viaje. Si todo va bien, nos veremos por vuestras montañas en otoño.

—A ver si va Dennis.

—Yo creo que sí. Hasta pronto.

—Hasta pronto.

ADIÓS A RENO

La tarde del 19 de junio fuimos al parque Rancho San Rafael, porque Sara quería despedirse del búho. No pudo ser, porque no estaba en su árbol. Volvimos luego a casa a hacer las maletas y Sara subió hasta la cabaña a despedirse del mapache.

—¡Tampoco está! —dijo—. A lo mejor le da pena que nos marchemos, y por eso se ha escondido.

—¡No digas tonterías! —la reprendió Izaskun.

Mannix llegó a las cuatro de la mañana siguiente en el Chevrolet Avalanche de Earle, inmediatamente después de que pasara el repartidor del *Reno Gazette-Journal*. Recogió el periódico del porche y entró en casa con él en la mano.

—Para que te lo lleves de recuerdo —me dijo entregándomelo.

—Así lo haré —dije.

—Podíamos haber ido en mi coche, pero en el Avalanche caben las maletas y cabe un ejército —dijo Mannix agarrando dos de ellas—. Bueno, el Ejército de Estados Unidos no —añadió, riéndose de su propio chiste.

Condujo despacio por Virginia Street, como si quisiera darnos tiempo para contemplar la trama de luces blancas y acristaladas y los casinos de color rojo, verde y fucsia por última vez.

—Cuando volváis a Reno os prepararé *supremes* de antílope —dijo después, cuando entramos en la 80—. Es bastante sencillo. Primero se dejan los filetes en remojo durante toda la noche, añadiendo al agua vinagre, ajo y sal. Por la mañana, se secan los filetes y se espolvorean con harina y pimienta negra. Luego se ponen en una parrilla con tapa y se cocinan durante una media hora a fuego lento. Para acabar, se cubren con caldo de gallina y se tienen al fuego quince minutos más. Se pueden servir con arroz. Es un plato riquísimo.

El aeropuerto estaba allí mismo, a unos cuatro kilómetros de College Drive. Llegamos antes de que Mannix acabara de explicarnos algunas variantes de la receta.

—El mapache no estaba —le dijo Sara mientras nos ayudaba a llevar las maletas hasta la cinta transportadora.

—Seguro que no le gustan las despedidas. Es normal. A mí tampoco —dijo Mannix.

Le dimos un abrazo y nos encaminamos al puesto de control.

Abrí las páginas del *Reno Gazette-Journal* cuando nos sentamos en el avión. *«High tech device tracks Nevada riders on Pony Express route»,* decía uno de los titulares. «Aparato de alta tecnología guía a los jinetes de Nevada en la ruta del Pony Express.» El artículo contaba que los avances tecnológicos habían acabado con el Pony Express en 1861, pero que uno de los últimos, el GPS, había reactivado la ruta. El contenido de las alforjas de los nuevos jinetes era distinto. En lugar de cartas, llevaban aquel GPS que les guiaba sin pérdida en su recorrido a través de ocho estados.

El avión se puso en marcha.

—Ya nos vamos —dijo Ángela.

Subimos suavemente. Estaba amaneciendo. La aurora iluminaba el cielo.

FIN

Última pieza

IZASKUN ESTÁ EN EIBAR

Hay un poema que mezcla el amor con los callos. Cita, concretamente, «los callos preparados al modo de Oporto». Pero sería difícil hacer lo mismo con la muerte. ¿Mezclar la muerte con los callos? ¿Cómo?

Estábamos los tres hermanos comiendo callos después del funeral de nuestra madre, y nos daba vergüenza cada vez que nos limpiábamos los labios y veíamos la mancha rojiza y grasienta en la servilleta; nos sentíamos groseros, burdos, brutales. No podíamos escapar del restaurante y abandonar a los amigos, a los familiares, a todos los que nos habían acompañado durante la ceremonia; pero nos habría gustado estar en otra parte, rodeados de flores, como el féretro en la iglesia. Lo dijo mi hermano mayor al comienzo del funeral: las flores son una de las pocas cosas que resultan soportables a alguien que acaba de perder a su madre.

Se acercó el cocinero a darnos el pésame, pero al minuto ya estaba hablando de callos, explicando que prepararlos llevaba mucho trabajo, y que esa era la razón por la que no figuraban en la carta de la mayoría de los restaurantes. En su caso, él mismo se encargaba de trocearlos, dejándolos a continuación en agua y vinagre durante veinticuatro horas, y luego los cocía con puerros y zanahorias y un hueso de jamón. Para remate, los ponía en la sartén, les añadía tomate y chistorra y los freía a fuego lento durante media hora.

—Están muy ricos —dije. Me acordaba de la iglesia, del funeral. No podía pensar en otra cosa. Desde luego, no en los callos.

*

Éramos unas ochenta las personas repartidas en las dos hileras de bancos de madera. Frente a nosotros, un sacerdote con casulla morada y dos feligreses se turnaban ante el micrófono. Me costaba prestarles atención y seguir el hilo de lo que decían o leían, y me mantuve en aquel estado hasta que el sacerdote, mirando hacia el banco donde nos sentábamos los tres hermanos, pronunció el nombre de nuestra madre: Izaskun. Lo repitió varias veces, y dijo que había sido una buena mujer. Recurrió después a las metáforas de siempre: Izaskun viviría eternamente, en el cielo, junto al Padre, y no debíamos apenarnos, porque la muerte no era muerte, sino vida.

Terminó de hablar el sacerdote y las voces del coro atravesaron la penumbra de la iglesia. Por encima de todas, la de Andrés Garay, el mejor solista de nuestro pueblo. Mi hermano mayor me habló al oído:

—Esta parte en latín, como cuando nuestra madre era joven.

Él se había encargado de todos los pormenores del funeral. Ni a mi otro hermano ni a mí se nos había ocurrido pedirle al coro que estuviera presente, menos aún indicarle el repertorio.

Requiem æternam dona eis, Domine, et lux perpetua luceat eis, cantaba el coro. «Dales, Señor, el descanso eterno, dales la luz perpetua.» El órgano acompañaba cada palabra con suavidad.

Al igual que las flores, la música ayudaba, reconfortaba. Se mezclaba bien con la muerte. *Requiem æternam dona eis, Domine, et lux perpetua luceat eis.* El coro entonó de forma distinta, el órgano sonó más fuerte: el canto llegaba a su fin. Miré hacia las flores que rodeaban el féretro. Había lirios, margaritas, claveles, gladiolos y unas flores rosáceas a las que, según nuestro hermano mayor, llamaban «gipsófilas». Parecían guardar silencio, concentradas, como yo, como todos los asistentes al funeral, en la música. Solo un bebé era ajeno al ambiente. Lloriqueaba en el regazo de una anciana.

*

El sacerdote bajó del altar y roció el féretro con agua bendita. Poco después, la ceremonia había concluido.

—¿Qué van a hacer con las flores? —nos preguntó—. ¿Las dejan aquí o las llevan al cementerio?

Mi hermano mayor lo tenía todo pensado. Respondió sin titubeos:

—Estas las dejaremos aquí.

El sacerdote hizo un gesto, y las dos feligresas que le habían acompañado durante la misa pusieron las flores en los escalones del altar. Los lirios, en el centro; los claveles y las gipsófilas, a la izquierda; las margaritas y los gladiolos, a la derecha. Mi hermano mayor se quedó mirándolas, y pensé que iba a cambiar su disposición; pero le esperábamos para sacar el féretro de la iglesia, y acabó por dejarlas como estaban.

El cementerio de nuestro pueblo natal ocupa el alto de una colina. En tiempos pasados, cuando la misa todavía se celebraba en latín, los familiares portaban el féretro a hombros hasta la misma tumba, seguidos en silencio por los asistentes a la ceremonia. La comitiva atravesaba primero un lugar sombrío, una calleja que corría pegada a los muros de la iglesia y que siempre estaba cubierta de musgo; luego, entre caseríos, bajaba por una pendiente llena de baches y piedras, y daba la impresión —me la daba a mí cuando tenía ocho o nueve años— de que el féretro nos conducía al fondo de un barranco; pero en el siguiente tramo, el camino ascendía suavemente y dejaba ver los campos de maíz y las montañas de alrededor, cada vez más montañas, todas de color muy verde. Al final, al llegar a la puerta del cementerio, quedaban a la vista los picos más lejanos, incluso alguno de Francia, como Les Trois Couronnes, que desde allí parecía azul.

Recorrer el camino del cementerio a pie era ir de lo estrecho a lo amplio, de lo sombrío a lo luminoso, como si al trazarlo se hubiese tenido en cuenta el deseo expresado en el canto: «Dales, Señor, el descanso eterno, dales la luz perpetua». *Requiem æternam dona eis, Domine, et lux perpetua luceat eis.*

Eran otros tiempos. Una carretera unía ahora la iglesia con el cementerio.

Introdujimos el féretro de mi madre en el coche fúnebre y nos fuimos en busca de nuestros vehículos. Lo mismo hicieron los familiares y amigos que iban a acompañarnos en el entierro. No en cambio mi hermano mayor. Prefería subir a pie.

—Es mejor que vengas conmigo —le dije—. Te vas a retrasar.

Pensé que no quería llevar su coche por un camino que, aun siendo mejor que el viejo, era de grava, con mucho polvo. Tenía un Mercedes-Benz S 500 recién comprado. Una berlina de lujo.

—Prefiero subir a pie —insistió. Sacó del portamaletas un cesto de mimbre que, por lo que entreví, contenía un ramo de flores negras envueltas en celofán, y se alejó con él sin dar explicaciones.

Las flores se mezclaban bien con la muerte, lo mismo que los cantos en latín o el camino que atravesaba los maizales y permitía contemplar las montañas; los coches, en cambio, se parecían a los callos. Se mezclaban mal, molestaban. Fueron más de veinte los que arrancaron casi a la vez y empezaron a hacer maniobras para colocarse tras el coche fúnebre. El ruido de los motores me resultó muy desagradable, y me arrepentí de no haber seguido los pasos de mi hermano.

En la capilla del cementerio había una mesa de piedra. Posaron allí el féretro y el sacerdote volvió a referirse a mi madre, esta vez con más precisión. Citó los lugares en los que ella —«nuestra Izaskun»— había vivido, los pueblos de Albiztur, Eibar y Asteasu; recordó a mi padre, «un hombre bueno que nos dejó hace cuatro años»; nos citó a nosotros —«tres hijos que, gracias a los sacrificios de ella y de su marido, pudieron ir a la universidad»; recordó, también, al final, que había sido maestra de escuela y que muchos de los asistentes al funeral habían aprendido a leer y escribir con ella. Lo que siguió fue más vulgar, una repetición de las metáforas sobre la muerte y la vida eterna.

Había que llevar el féretro hasta la tumba, otra vez a hombros, igual que cuando lo sacamos de la iglesia. Busqué a mi hermano mayor entre las treinta o cuarenta personas reunidas en la capilla, pero no estaba. Un amigo se acercó para ayudarnos.

—Lo llevaréis mejor a pulso, a media altura —dijo el sacerdote. Seguimos su consejo y nos pusimos en marcha con torpeza, sin poder coger bien el paso. Me pareció que el féretro pesaba más que en la iglesia.

Una ligera pendiente conducía al panteón familiar. Allí yacían mi padre y mis tíos.

Mi hermano mayor no era sociable. Desde la niñez, o quizás desde la adolescencia, su actitud con respecto a la gente había sido siempre hosca. Sin embargo, su decisión de subir andando hasta el cementerio no se había debido a la voluntad de apartarse, sino a su deseo de llenar el cesto de mimbre. Cuando llegó al cementerio vimos que, efectivamente, lo traía lleno de hierbas y ramas. Sobre el montón, las flores negras envueltas en celofán.

Mi hermano llevaba un traje de terciopelo negro, una camisa blanca de lino y zapatos rojos de punta alargada. Un arete de oro le colgaba del lóbulo de la oreja izquierda. Con el cesto de mimbre apoyado en la cintura, componía una figura extravagante.

El sacerdote se le quedó mirando, y él le indicó que lo que traía en el cesto era para adornar la tumba. Pero había que esperar. Los enterradores, dos hombres jóvenes, se habían retrasado con su trabajo y se afanaban ahora, a destiempo, en levantar la losa del sepulcro. En el silencio del cementerio se oía el sonido metálico de las palancas y los tubos de acero. En el aire, entre las tumbas, volaban unos pájaros muy pequeños.

No era fácil mover la losa, y los enterradores ejecutaban una especie de danza saltando de un lado a otro, del suelo a la tumba y de la tumba al suelo, cambiando una y otra vez de sitio los tacos de madera y los tubos de acero. Pasados unos minutos, el sacerdote comenzó a leer una oración, pero las vacas que pastaban en el prado próximo al cementerio empezaron a mugir con tanta fuerza que hubo que esperar a que se callaran para poder continuar. Miré de reojo el cesto de mimbre: una rama de endrino repleta de frutos asomaba por encima del ramo de flores negras.

Desde la parte del cementerio donde estábamos se veía de frente una de las montañas más altas de Guipúzcoa, el Hernio —según un poema popular, *mendi arkaizti tontor aundiya,* es decir, «la montaña rocosa de cima grande»—. Parecía más alta de lo que en realidad era porque alcanzaba sus 1.070 metros en muy poco tramo, y tenía forma de muralla. ¿Cuánto tiempo necesitaría uno de los pajarillos que andaba entre las tumbas para llegar a su cumbre? Calculé que, volando sin descanso, una media hora. Hice el mismo cálculo con las vacas. ¿Cuánto tiempo hasta la cumbre? Considerando que su marcha es más lenta que la de las personas, unas cuatro horas.

Ahora éramos más sosteniendo el féretro, porque algunos amigos habían acudido en nuestra ayuda. Mientras, los enterradores seguían con su tarea, desplazando la losa dos o tres centímetros cada vez, cambiando continuamente de posición las palancas y los tubos de acero. ¿Cuánto pesaría la losa? ¿Dos mil kilos? No tenía más posibilidad de cálculo que la de compararla con las piedras que arrastraban los bueyes en las apuestas que se hacían en el pasado y que solían llevar una cifra que indicaba su peso. Recordaba haber visto una de tres mil quinientos kilos. La losa tenía más longitud, pero era bastante más delgada. Quizás no estaba del todo mal el cálculo. Dos mil kilos.

Los enterradores no cejaban: dos centímetros, tres centímetros, cinco centímetros... Se hacía muy largo.

«La montaña rocosa de cima grande», el Hernio, se iba suavizando a medida que perdía altura. De niños, veíamos en ella la figura de una mujer tumbada. ¿Cuántas veces habríamos ido allí, a alguna de sus campas, con nuestra madre? ¿Treinta veces? ¿Cuarenta? ¿Y ella? ¿Cuántas veces habría subido con sus padres desde su pueblo natal, Albiztur? Otras cuarenta o cincuenta veces por lo menos. Era su montaña favorita, y el lugar donde sucedía una de las historias que más le gustaba contar.

*

«Un día —contaba nuestra madre—, dos mujeres de Albiztur que querían ir a Santiago llegaron a las campas de Zelatun, al pie de la montaña, y vieron tres caminos. Les entró la duda: no sabían cuál de los tres llevaba a Santiago.

»—Vamos a esperar hasta que aparezca alguien —dijo una de ellas, y se sentaron en la hierba.

»Pasó un día, y no apareció nadie. Pasó otro, y tampoco. Al tercer día, se les acercó un cuervo. No era el informante que ellas esperaban, pero no tenían mejor opción, y decidieron preguntarle:

»—Cuervo, ¿por dónde se va a Santiago? ¿Por aquí, por ahí o por allá?

»Con voz agria, el cuervo respondió:

»—¡Kra! ¡Kra!

»—¿Qué dice? —preguntó una de las dos. Su amiga respondió:

»—Está claro. Dice que kra, es decir, que es por allá.

»Dieron las gracias al cuervo y se marcharon por el camino indicado. Cuanto más avanzaban, más seguras estaban de que, efectivamente, era el que las llevaría a Santiago. La mujer que no había entendido al cuervo le dijo a su amiga:

»—¡Menos mal que sabes castellano! De lo contrario, ¡estábamos apañadas!»

Mi madre contaba la historia dos o tres veces por año, y siempre se reía.

*

La tumba estaba ya abierta, dejando a la vista una cámara de tres o cuatro metros de profundidad. Tras apoyar el féretro en un saliente, mi hermano menor y yo subimos de un salto a uno de los muros laterales, y lo mismo hicieron, en el otro lado, un primo y un amigo de la familia. Los muros, de un metro de altura, tenían bastante grosor, unos cuarenta centímetros. No había riesgo de perder el equilibrio.

Los enterradores pasaron dos cuerdas forradas de tela por debajo del féretro y nos tendieron las puntas. Uno de ellos se introdujo luego dentro de la cámara ayudándose de una tercera cuerda, y, una vez abajo, empezó a darnos instrucciones. Teníamos que bajar el féretro muy despacio, en horizontal, procurando que no se desequilibrara.

—¡Despacio! ¡Despacio!

Sujetándolo con los dos brazos, lo dirigió hacia uno de los nichos. Tras encajarlo, salió de la cámara como un gato, escalando por la cuerda. Mi hermano menor, mi primo y yo saltamos de la tumba al suelo.

Volvió a oírse el sonido de las palancas y los tubos de acero. Cuando, tras otro largo lapso de tiempo, la losa estuvo de nuevo en su sitio, mi hermano mayor fue poniendo en un ángulo lo que había traído en el cesto de mimbre. Primero, el ramo de flores negras envueltas en celofán y la rama de endrino; luego, lo que yo antes no había visto, un ramillete de flores de maíz y una brazada de hierba verde recién segada.

—Regalo de Larre —dijo mi hermano señalando la hierba. Larre era un caserío que estaba en el camino del cementerio.

Al levantador de piedras Urtain le preguntaron una vez sobre su olor preferido, y él respondió que el de la hierba recién segada. Sentí aquel olor nada más acordarme de la respuesta. O quizás fue al revés. Que sentí el olor y me vino el recuerdo.

Mi hermano adornó la tumba con determinación. Puso como fondo la hierba, y sobre ella las flores de maíz; en la base de la cruz, la rama de endrino repleta de frutos; por último, sacándolas de una en una del ramo, distribuyó las flores negras en toda la superficie de la losa.

La composición recordaba las alfombras florales con que se vestían las calles de nuestro pueblo natal el día del Corpus. Solía ser empeño de nuestra madre que la de nuestra casa fuera una de las más logradas. Íbamos con ella al bosque para buscar los materiales, y luego la ayudábamos a disponerlos artísticamente.

Mi hermano menor me habló en voz baja:

—¡Ha traído orquídeas negras! ¡No era esa la voluntad de nuestra madre! ¡Nosotros no somos peronistas!

Muchos años atrás, con motivo del vigésimo aniversario de la muerte de Eva Perón, una revista ilustrada había publicado en portada la foto de su carroza fúnebre adornada, casi cubierta, de aquella clase de flores.

—¡Qué funeral tan maravilloso! —exclamó nuestra madre mostrándonos la revista—. Pero el día que yo muera —continuó—, no me pongáis orquídeas negras. Nací en Albiztur en una casa rodeada de maizales, y bastará con unas flores de maíz. Y si no es época, ponéis un poco de hierba, y ya está.

Mis dos hermanos interpretaban la anécdota de manera opuesta. El mayor veía en aquellas palabras un deseo oculto y la petición disimulada de que lo cumpliéramos; la lectura del hermano menor era literal. En otras circunstancias, el desacuerdo habría desembocado en una agria discusión ente ambos; pero, como ocurría con los callos, ciertas formas de hablar no se mezclaban bien con la muerte.

Mi hermano mayor seguía pegado a la tumba, dándonos la espalda a los demás. Recogió del suelo una endrina que se había desprendido de la rama y se la metió en la boca.

Se trataba, como el tapiz con que había adornado la tumba, de una cita, del recuerdo de una anécdota del pasado. Un día de verano, siendo los tres hermanos niños de poca edad, nuestra madre nos había llevado a un lugar pedregoso cercano a su casa natal. Estaba lleno de endrinos, y nos animó a que probáramos sus frutos.

—¡Comed estas cerecitas! ¡Ya veréis qué sabor tan dulce tienen!

Las endrinas eran muy agrias, y las expulsamos nada más metérnoslas en la boca, entre protestas y muecas. Ella se rio mucho.

Cuando enfermó —tenía ya ochenta años—, la mujer que se encargaba de cuidarla se presentó un día en casa con una rama de endrino repleta de frutos como la que trajo mi hermano al cementerio. Mi madre cogió un fruto y se lo ofreció a la mujer con su mejor sonrisa:

—Toma, Paquita. Ya verás qué cerecita tan dulce.

—Yo no soy Paquita, Izaskun. Soy Rosa Mari, la mujer que viene a ayudarte.

Mi madre puso cara de no entender la respuesta:

—¿Rosa Mari? ¿Cómo vas a ser Rosa Mari? En esta casa no hay nadie que se llame así. Si no eres Paquita, serás Miren.

La mujer decidió seguirle la corriente.

—Ni Paquita ni Miren. Soy Jesusa.

Jesusa era la otra hermana de mi madre.

—¿Jesusa? Pues te pareces más a Paquita o a Miren... —volvió a ofrecerle la endrina—: ¡Cómela! Estas cerecitas están más dulces que nunca.

La mujer llamó aquella noche a mi hermano mayor y le explicó lo ocurrido.

—Me ha confundido con una de sus hermanas. Además, cambiaba la voz al hablar. Parecía una niña.

Mi hermano mayor se quedó unos días con ella, pero el episodio no se repitió. Le fallaba la memoria, y resultaba fatigoso hablar con ella, porque había que repetirle las cosas una y otra vez. Pero nos llamaba por nuestro nombre.

*

En la casa de Albiztur, Aitze, eran cinco hermanos. Un chico, Bartolito, y cuatro chicas: Miren, Paquita, Jesusa y mi madre, la hermana mayor, a la que llamaban María, y no Izaskun.

Hay una foto tomada en Aitze en 1928 en la que aparecen los cinco hermanos con sus padres, nuestros abuelos. Parecen gitanos recién salidos de una caravana. Gente muy pobre. Están todos morenos, negros de sol; los niños, con unas camisolas rústicas, sin peinarse, dando una impresión de suciedad. Miran con ojos de susto, como si nunca antes hubiesen visto una cámara fotográfica.

La persona que hizo la fotografía quiso seguramente captar una imagen a la que atribuía un valor antropológico. Es probable que se tratara del propietario de la central eléctrica donde trabajaba mi abuelo, Ramón, o de un socio suyo. Eso explicaría que la fotografía estuviese guardada en Aitze.

La madre de mi madre, la abuela Leona, odiaba la fotografía. Se avergonzaba de aquella imagen de la familia, y decía que los habían cogido desprevenidos y que acabaría echándola al fuego. Pero cuando Ramón murió electrocutado en la central no le quedó otro remedio que conservarla. Era la única imagen que tenía de su marido.

*

Los tres hermanos estábamos solos en el cementerio. Habíamos dicho a nuestros amigos que se adelantaran y encargasen la cena en el restaurante de la plaza del pueblo.

—Pediremos algo de picar y luego callos para todos. Tienen fama de ser los mejores de Guipúzcoa —dijo uno de los amigos. Me habría gustado decirle que pidiera otra cosa, pero caminaba ya hacia la salida y no quise levantar la voz.

Uno de los pajaritos del cementerio vino a posarse en la cruz de la tumba de nuestra madre. Tenía la cabeza de color blanco y azul, con dos rayitas negras en el centro; su pecho era amarillo. De pronto, agitó las alas y se dejó caer hasta la hierba que cubría la losa. Un instante más, y ya volaba con un gusano en el pico.

Los pájaros, ¿eran como las flores? ¿Se mezclaban bien con la muerte? Viendo el de la cabeza azul y blanca, daba la impresión de que sí; pero nuestra experiencia con los de su especie no había sido buena. Cuando supimos que la mente de nuestra madre flaqueaba, compramos para ella un canario, porque nos había dicho el médico que una ocupación simple como la de ponerle alpiste o limpiarle los excrementos la ayudaría a mantener sus funciones intelectuales. Pero al día siguiente de hacerle nosotros el regalo, ella nos llamó por teléfono a los tres hermanos: el canario estaba patas arriba en la jaula.

Anochecía, pero aún había luz en el cielo. Los manzanos de las laderas de alrededor estaban en flor. La montaña, el Hernio, parecía ahora una muralla blanda, como hecha de musgo, y un banco de niebla la dividía en dos. Los tres hermanos mirábamos el paisaje apoyados en el panteón situado enfrente del de nuestra familia.

Mi hermano mayor y yo hablábamos de la pobreza de Aitze. El menor se había vuelto mudo después de su comentario sobre las orquídeas negras.

Gaurkoa badugu, biharkoa seguru, «tenemos lo de hoy, y lo de mañana parece seguro». Era la frase que acostumbraba a decir la abuela Leona si alguien se presentaba en casa con un pollo o con un poco de carne. En broma, naturalmente, aunque la preocupación por la subsistencia era real. Las posesiones de Aitze eran pocas. Los maizales de los que hablaba nuestra madre pertenecían en su mayoría a los vecinos. Los animales eran también contados: dos vacas, un toro semental y una veintena de gallinas. El abuelo cobraba un jornal por encargarse de la central eléctrica, pero era tan escaso que durante los veranos actuaba como *dantzari* en las fiestas de los pueblos cercanos.

Parte de la familia de Aitze marchó fuera. Miren se casó con el maquinista de un barco de pesca y se afincó en un pueblo de la costa; Jesusa se empleó como ayudante de cocina en un restaurante de San Sebastián. Bartolito y Paquita se quedaron en Albiztur, el primero en el mismo Aitze, trabajando por horas en una cantera del pueblo, y Paquita en un caserío cercano donde con el tiempo acabaría poniendo un restaurante. Pero antes de todo eso, poco después de que les sacaran aquella fotografía en la que parecían gitanos, nuestra madre tomó un camino inesperado.

Se presentó en Aitze don Eugenio Urroz Erro. Era el párroco de Albiztur, y para entonces, a finales de los años veinte, ya había publicado varios libros, entre ellos uno dedicado a la imagen de la Virgen de Izaskun.

—Me han nombrado arcipreste de Eibar. Al parecer, no han encontrado a nadie mejor —dijo a Ramón y Leona cuando se sentaron bajo la parra que cubría la entrada de la casa. Era un hombre modesto. Pocos sabían en el pueblo que había estudiado en Roma y era licenciado en Derecho.

—Quiero que Izaskun venga conmigo a Eibar —añadió. Nuestra madre llevaba aquel nombre después del de María por recomendación suya, y era el único que, por aquel entonces, la llamaba así.

Ramón no se ocupaba de los asuntos que afectaban a los hijos, y fue Leona la que respondió.

—Llévesela con usted —dijo.

Urroz Erro se sorprendió de lo rápido de la respuesta.

—Antes de tomar una decisión, déjenme explicarles mis planes.

—Sé que son buenos —dijo Leona.

Años más tarde confesaría que la noche anterior a la visita del párroco, en sueños, había visto a su hija con un vestido muy elegante, y que de ahí le había venido la seguridad a la hora de aceptar la propuesta.

—De todas maneras, prefiero que me escuche —dijo Urroz Erro. Tenía mentalidad de abogado, y no le gustaban los tratos poco detallados.

Explicó que su madre, una mujer ya mayor y que, a causa de su enfermedad, apenas podía moverse de la cama, requería mucha atención, y que la criada que iba a acompañarle a Eibar no podía ocuparse de ella las veinticuatro horas del día. Necesitaba una ayudante.

—He pensado en Izaskun porque la conozco y sé que es despierta. Pero hay algo más —se apresuró a decir—. Ella tiene que seguir educándose, y yo me ofrezco a pagarle los estudios a cambio de su trabajo. Hay en Eibar un colegio que llevan unas monjas francesas y que es muy bueno. La voy a matricular allí.

Leona volvió a responder con rapidez.

—Hasta el día de hoy, nadie de nuestra familia ha tenido estudios. Ella va a ser la primera. Se lo agradecemos mucho, don Eugenio —dijo. Ramón asintió en señal de aprobación.

Quince días más tarde, nuestra madre viajaba en coche a Eibar. Aún no había cumplido los once años.

*

Una vaca que pastaba en el prado cercano al cementerio volvió a mugir, y pronto la acompañaron todas las demás de la manada. Más lejos, en los caseríos de alrededor, los perros ladraban con fuerza. Pensé que ninguno de aquellos animales se mezclaba bien con la muerte. No tenían la voz de los pájaros. Tampoco la de Andrés Garay. Eran animales groseros, desagradables.

Salimos del cementerio. Mi hermano menor y yo nos dirigimos al aparcamiento; el mayor, a pie, hacia la iglesia, a recoger su Mercedes-Benz S 500.

—Y ahora, ¡a comer callos! ¡Lo que faltaba! —gritó. No para que le oyéramos nosotros, sino para sí.

Los maizales, el barrio, la iglesia, todo estaba ahora un poco más oscuro. En las ventanas de algunos caseríos había luz. A lo lejos, Les Trois Couronnes era una mancha negra. En la otra dirección, el Hernio, «la montaña rocosa de cima grande», parecía enorme, como si hubiese crecido mientras dábamos sepultura a nuestra madre. Pregunté a mi hermano si se acordaba de la historia de las dos mujeres que iban a Santiago y pidieron información a un cuervo. Se acordaba muy bien.

—Nuestra madre contaba siempre las mismas historias —dijo.

Era verdad, pero las de Albiztur únicamente durante nuestra infancia. Después, su referencia principal fue Eibar. Los años pasados en el mayor pueblo industrial de

Guipúzcoa resultaron para ella una experiencia única. La más importante de su vida, seguramente.

*

«Eibar era un lugar muy difícil para don Eugenio Urroz Erro y para toda la gente cristiana —contaba mi madre—. Los socialistas y los republicanos tenían mucha fuerza, y a misa iba muy poca gente. Más de la mitad de los funerales eran civiles. Por esa razón, por haber tantos ateos en el pueblo, los predicadores que enviaban a Eibar solían ser los mejores, y el más admirado de todos era un cura que se llamaba Madinabeitia. Él se encargaba del sermón de Viernes Santo, el de las Siete Palabras. Ese día, la iglesia se llenaba a rebosar de gente. Iban todos a escucharle: los católicos, los socialistas, los republicanos y los comunistas.

»Madinabeitia llegaba a Eibar a principios de la Semana Santa y se alojaba en nuestra casa. El primer año, estaba yo cuidando a la madre de don Eugenio cuando oí voces. Fui a la sala, y me di cuenta de que Madinabeitia estaba ensayando el Sermón de las Siete Palabras con exclamaciones que debían de oírse desde la calle. Me senté en una butaca a escucharle».

Treinta o cuarenta años más tarde, mi madre se ponía a declamar imitando la vehemencia de Madinabeitia: «¡Tengo sed!». «¡Todo ha terminado! *Ite misa est!...*».

«Yo quería volver junto a la enferma, porque había que cambiarla de postura a fin de que no se le hicieran úlceras en la piel, pero me resultaba imposible. La voz y la forma de hablar de Madinabeitia me emocionaban, me daban incluso ganas de llorar, sobre todo cuando empezaba a lamentarse y a implorar: "¡Padre! ¡Padre! ¿Por qué me has abandonado?". No sé cuánto tiempo estuve allí. Al final, cuando me levanté de la butaca para volver a mis tareas, vi a don Eugenio. Estaba sentado en otra butaca, escuchando. Ni siquiera había reparado en mi presencia. Él era una eminencia, pero no tenía facilidad de palabra y admiraba a Madinabeitia.»

*

«Por la casa de don Eugenio pasaba mucha gente —contaba mi madre—. No solo predicadores y religiosos. También un hipnotizador. Era un hombre delgado que fumaba muchos cigarrillos. Un día, don Eugenio dio una comida a la que acudieron concejales del Ayuntamiento y otras personalidades del pueblo, entre ellas aquel hombre delgado. Estaban todos fumando en la sala y empezaron de pronto a bromear con él, diciéndole que lo de la hipnosis era una patraña, y que se extrañaban de que un hombre serio se presentara ante la sociedad como un especialista en la materia. Yo lo oí todo, porque aquel día me pidieron que ayudara en el comedor, que estaba al lado de la sala.

»En un primer momento el hombre delgado no dijo nada, y salió al balcón. Pensé que había decidido separarse del grupo para poner fin a la broma. Pero su intención era otra. Señalando hacia la calle, dijo a un concejal que se le había acercado: "Cuando esa muchacha que lleva los pasteles pase por debajo del balcón, llámela y dígale cualquier cosa que se le ocurra. Lo que quiero es que levante la vista hacia aquí". Fui corriendo hasta la ventana de la cocina y me puse a mirar. Efectivamente, por allí venía la repartidora con su bandeja de pasteles en la mano. Eran de Soloaga, la pastelería más importante de Eibar.

»Llegó la chica a la altura de nuestro domicilio, y el concejal hizo lo que le indicó el hombre delgado. Acto seguido, la chica entró en el portal. Un poco después, llamaron a la puerta. Fui corriendo a abrir, pero para entonces ya estaban allí el hombre delgado, el concejal y otros invitados. La chica alargó la bandeja y dijo: "He pensado que quizás les gustaría comer unos pasteles". El hombre delgado le dio una moneda y le respondió: "Gracias, pero ahora no nos apetece. Perdone la molestia". Los concejales y los demás invitados pusieron cara de asombro. "¿Cómo lo ha conseguido?", le preguntaron. "Gracias a la hipnosis", respondió el hombre delgado. No dio más explicaciones, ni entonces ni durante la comida. A don Eugenio le gustó lo que había pasado, y dijo una frase en latín. Que los vencedores nunca dan explicaciones, o algo así».

*

«En general, las alumnas del colegio pertenecían a las familias ricas del pueblo —contaba mi madre—. Una chica de mi clase era una Orbea, de Bicicletas Orbea, y otra, una Beistegui, de Bicicletas BH. Un día que don Eugenio me dio permiso para salir por la tarde, fui al chalet de una de ellas, situado en las afueras, y vi a cinco o seis chicos jugando al fútbol en una zona del jardín donde había palmeras. Mi amiga, que se llamaba Agustina, me habló al oído: "Son jugadores del Athletic de Bilbao". Estaban vestidos de calle, pero jugaban muy bien, y era fácil creer lo que decía mi amiga. Uno de ellos, bastante flaco y de pelo rizado, se quitó los zapatos y los dejó al pie de una de las palmeras antes de volver al grupo y seguir jugando. "Es Chirri II", me dijo Agustina cogiéndome del brazo y llevándome hacia los jugadores. Era una chica muy atrevida, que ni siquiera las monjas de Aldatze conseguían domeñar, y enseguida adiviné su intención. Quería robarle los zapatos a Chirri II. Yo quise soltarme, pero Agustina me agarraba muy fuerte y no pude. Antes de que me diera cuenta, cogió los zapatos y los escondió a la altura de la cintura, en el costado. Como íbamos del brazo, no se notaba mucho. Ella se reía, pero yo estaba asustada.

»Volví a ver a los jugadores del Athletic dentro del chalet, y allí estaba Chirri II en calcetines hablando con el dueño de la casa. Parecía muy tranquilo, como si no se acordase de sus zapatos. La que sí se acordaba era yo. No podía dejar de pensar en ellos porque los tenía allí mismo, debajo del sofá donde me sentaba. Además, estaba sola. Agustina se había levantado para ir a hablar con un jugador que le parecía muy guapo, Muguerza. Pasó el tiempo, un cuarto de hora quizás, y yo allí sentada, sin saber qué hacer, cada vez más preocupada porque estaba anocheciendo y a don Eugenio no le gustaba que llegase tarde a casa. De pronto, sin perder su parsimonia, Chirri II se acercó y me dijo: *"Bilbora yoan bia' dot, ta ezin naz zapata barik ibilli. Entrenadoriek kastigue ipiniko deust"*. "Tengo que ir a Bilbao y no puedo andar sin zapatos. El entrenador me pondrá un castigo." Hablaba así, a la manera vizcaína. Yo estaba muerta de vergüenza. Saqué los zapatos de debajo del sofá y se los entregué. Él se rio, y no paró de hablar mientras se los calzaba. *"Ze ikisi bia'dozu, ba?"* "¿Qué vas a estudiar?", me preguntó. Le respondí que Químicas, porque era bastante buena en esa asignatura, siempre sacaba notable o sobresaliente. Él me dijo que era ingeniero, y me dio un montón de explicaciones sobre la Escuela de Ingenieros de Bilbao. Pero con los nervios, y su forma vizcaína de hablar, no le entendí mucho. Era un chico muy simpático».

*

Escuchábamos las historias de Eibar una y otra vez, y a mi hermano menor le producían una gran impresión, quizás por ser el más joven y el que más vueltas le daba a lo que oía en casa. Una vez, en la época del colegio, le pidieron que dibujara un pueblo, y él llenó la lámina de palacios, palmeras y otras maravillas. El profesor exclamó: «Pero ¿qué pueblo es este? ¡Parece el paraíso!». «No es el paraíso. Es Eibar», respondió mi hermano. Años después, al visitar Eibar por primera vez, se quedó perplejo al ver el pueblo real, tan denso y tan obrero, y comprendió que su imagen mental provenía de las historias de nuestra madre. Contaba con tanta alegría las cosas que le habían ocurrido allí durante la juventud, que parecían propias de una geografía ideal. Con todo, a mi hermano le gustó más el Eibar real que el Eibar ideal. Para entonces era ya un lector voraz de los libros de Marx y de Lenin.

Nuestra madre contaba las historias políticas con la misma alegría que la de Chirri II o la del hipnotizador. Se reía, por ejemplo, de la situación que se vivió en Eibar al proclamarse la República. Decía que la noche del 13 de abril los guardias se llevaban a la cárcel a los que gritaban «¡Viva la República!», pero que a la mañana siguiente quienes iban a la cárcel eran los que gritaban «¡Viva el Rey!». De las cosas de la guerra, ella se quedaba con lo más pintoresco: los disparos de fusil, que hacían pa-kun, pa-kun; la doble reacción del boticario Boneta, que, al volver del refugio después de un bombardeo y ver su casa reducida a escombros, dio saltos de alegría por haber salvado la vida, pero que horas más tarde, ante los mismos escombros, se echó a llorar desconsoladamente por todo lo que había perdido; sus estancias en Aldatze durante el periodo en que se intensificaron los bombardeos, con una superiora que, primero, al sonar la alarma, las reñía por no bajar deprisa al sótano, y luego, cuando se alejaban los aviones, volvía a reñirles por la batalla de almohadas y otros alborotos que montaban allí.

«La que lo organizaba todo era Agustina —contaba mi madre—. Era muy buena haciendo teatro. No sé cómo, había conseguido un hábito, y cuando bajábamos al sótano se lo ponía y se dedicaba a imitar a las madres. Nos hacía reír muchísimo. Pero si la hubiesen cogido le habrían puesto dos castigos: el primero, por burlarse de las monjas; el segundo, por encender velas, cosa que estaba totalmente prohibida durante los bombardeos».

Había un componente infantil en el carácter de nuestra madre, una alegría innata, pero desapareció, o se apagó, el día que detuvieron a mi hermano menor y lo lle-varon a la cárcel.

*

La Semana Santa de 1972, la noche del Jueves San-to al Viernes Santo, un grupo de guardias civiles violentó la puerta del piso donde vivíamos e irrumpió en él metralleta en mano. Cuando desperté y abrí los ojos, dos de ellos esta-ban en mi habitación. Enseguida apareció un tercero, de más edad que los anteriores y con galón de sargento.

—¡Levántese inmediatamente de la cama! —gritó.

Parecían soldados, no guardias. Por el uniforme que llevaban. Por la gorra, sobre todo.

Empecé a vestirme, pero el sargento volvió a gri-tarme:

—¡No se vista! ¡Salga de la habitación!

Tenía en la mesilla de noche unas fotocopias sobre la historia del Pueblo Vasco que me había pasado mi her-mano menor. Tuve el convencimiento de que los guardias habían venido a por él.

Mi madre y mi padre estaban en la cocina, ella con un camisón rosa y él con un pijama verde. Me fijé en mi padre. El pijama le quedaba pegado al cuerpo, y se le notaban las partes. El guardia que les vigilaba, muy jo-ven, me indicó con la metralleta que me pusiera junto a ellos.

Nuestro piso era grande. En realidad, se trataba de dos pisos comunicados por una puerta batiente. Desde la otra parte llegaban las voces de una discusión. De pronto se oyeron golpes y un grito. Mi padre, muy pálido, se diri-gió a la puerta de la cocina con los brazos levantados:

—¡Qué pasa aquí!

El guardia joven levantó la metralleta para frenar-le y, por puro reflejo, mi padre le dio un manotazo en el cañón. La metralleta cayó al suelo y unas diez o doce balas se desparramaron por las baldosas. En un primer momento, creí que eran monedas.

Aparecieron dos guardias arrastrando a mi hermano mayor y lo empujaron dentro de la cocina. Solo llevaba puestos los calzoncillos. Tenía sangre en la nariz.

—¡No me mires así, maricón! —le gritó uno de los guardias amenazándole con la culata de la metralleta.

Mi hermano mayor tenía una melena rubia y ondulada, y llevaba un collar de cuentas de estilo *hippie.* Sus calzoncillos también eran del mismo estilo, de flores. Al parecer —lo supe años después—, los guardias entraron en su habitación gritándole que venían a hacer un registro, y él se bajó los calzoncillos de florecitas enseñándoles el culo y diciendo:

—¡Pues registrad aquí atrás!

La impertinencia le había costado un puñetazo.

Sentada en una banqueta, nuestra madre parecía una escultura.

—¡Ya está bien! ¡Ya está bien! —dijo. Pero solo yo la oí. La cocina se había llenado de voces. El que más gritaba era el sargento.

—¡Qué hace esta arma en el suelo!

El guardia joven estaba tan pálido como mi padre. Se agachó, recogió el arma y trató de dar explicaciones.

—¡Recoja también las balas! —le interrumpió el sargento al tiempo que salía de la cocina. Pasó tan rápido por la puerta batiente que las hojas siguieron sonando durante unos segundos.

Volvió acompañado de cuatro de sus hombres, que traían a mi hermano menor. Formaban una fila: primero mi hermano con las esposas puestas; detrás, tres guardias con metralleta; luego, otro guardia con una caja de cartón llena de papeles; a continuación, él mismo. El guardia joven que vigilaba la cocina se unió a ellos y el grupo se dirigió a la calle.

Mi madre salió corriendo al pasillo y se abrió paso entre los guardias.

—Tranquila. Volveré pronto —le dijo mi hermano. Tenía la voz alterada, como con ronquera.

Nos asomamos a las ventanas del piso y miramos a la calle. Los guardias rodeaban a mi hermano como si quisieran protegerlo de algún peligro. Una ilusión. Cuando le llamamos y él intentó saludarnos, uno de los guardias le hizo bajar la cabeza y lo empujó violentamente al interior de un jeep.

Mi hermano mayor comenzó a maldecir y a soltar insultos.

—¡No digas disparates! —le interrumpió mi padre. Iba a decir algo más, pero le dio la tos y no pudo continuar.

Nos quedamos despiertos en la sala. Una hora más tarde, cuando dieron las cinco de la madrugada, mi hermano dijo que se marchaba a San Sebastián.

—Conozco al abogado que se encarga de estos casos. Voy a hablar con él.

Mi padre y yo volvimos a la cama, e intentamos que mi madre hiciera lo mismo. Pero no quiso, y se quedó acurrucada en el sofá.

A la mañana siguiente me despertó la radio. Estaba puesta a todo volumen. Me pareció que alguien estaba pronunciando un discurso, pero se trataba de un sermón, el de las Siete Palabras. Era Viernes Santo.

—¡Dios mío! ¡Dios mío! ¿Por qué me has abandonado?

El predicador de la radio basaba la eficacia de sus palabras en el énfasis.

—¿Por qué me has abandonado? ¿Por qué?

Mi madre seguía acurrucada en el sofá. Pensé que dormía.

—Comparado con Madinabeitia, no vale nada —dijo de pronto.

El predicador aseguraba que el grito de Jesús no había sido de desesperación, sino un intento de orar a Dios. Jesús trataba de recitar el salmo 22: «¡Dios mío! ¡Dios mío!

¿Por qué me has abandonado? ¿Por qué estás tan lejos? Te suplico, pero mi oración no te llega. ¡Oh, Dios mío! Grito durante el día, y Tú no me respondes. Grito durante la noche, y Tú no me respondes». Según el predicador, Jesús no se sentía abatido, sino lleno de esperanza.

—Comparado con Madinabeitia, no vale nada —repitió mi madre. Parecía a punto de dormirse, y me quedé callado. La sala estaba tranquila. No llegaba ningún ruido. Por la ventana entraba una luz mortecina. El día era gris.

Mi madre emitió un gemido.

—¿Adónde le habrán llevado?

Le dije que tendríamos la respuesta cuando el hermano mayor volviera de San Sebastián.

—Tu padre ha ido a por pan —dijo—. Pero ¿habrá pan hoy, siendo Viernes Santo? No me acuerdo si es hoy o mañana cuando suele faltar.

Llamaron a la puerta. Pensé que sería mi padre, que volvía de la panadería, pero me encontré de frente con Andrés Garay. No quiso entrar en el piso.

—A tu hermano no lo han llevado a Madrid —dijo en voz baja—. Está en San Sebastián, en el cuartel de Ondarreta. Hemos avisado a todos los que hemos podido.

Se estaba descubriendo. Yo lo relacionaba únicamente con el coro de la iglesia. No sabía que estuviese organizado.

Oímos que alguien abría el portal. Luego, una tos. Era mi padre. Andrés Garay subió apresuradamente hasta el siguiente descansillo. Yo bajé hasta donde estaba mi padre y le ofrecí el brazo, pero él rechazó mi ayuda.

Cuando entramos en el piso, mi madre estaba en la cocina, dándose topetazos contra la pared.

—¡Ya está bien! ¿Qué va a ser esto? ¿Es que nos vamos a volver locos? —gritó mi padre tirando sobre la mesa los panes que traía.

*

Siempre regresamos a la vida cotidiana, no hay otro lugar para nosotros. Sucede a veces algo extraordinario, una desgracia, y da la impresión de que todo se ha detenido y nunca más se pondrá en marcha. Pero la corriente, la vida cotidiana, no deja de moverse; se mueve incluso cuando parece pétrea, y la persona sufriente, dolorida, se ve obligada a lavarse por la mañana, a desayunar, a hacer las compras, a ir al trabajo, a escuchar los comentarios de la gente sobre un programa de televisión o sobre el último partido de fútbol, a discutir con el empleado del banco por un cobro indebido. Poco a poco, todos estos actos van borrando de su cabeza lo extraordinario, la desgracia; por una hora, al principio; por una semana o por un mes, más tarde. Al final no queda en su conciencia sino una sombra, un dolor mate.

Así ocurrió en nuestra casa. Regresamos a la vida cotidiana. También mi hermano menor. Le penaron con ocho años de cárcel, pero lo dejaron libre antes de que pasaran tres gracias a la amnistía que siguió a la muerte del general Franco. Dos años más, quizás tres, y estaba recuperado; trabajaba en una distribuidora de libros y parecía contento con su vida. En ese tiempo, el hermano mayor progresó: antes de cumplir treinta y cinco años ya era propietario de una empresa de taxis y vehículos de transporte especiales, y empleaba a cinco chóferes. En cuanto a mí, impartía clases de Lengua en un instituto.

El día que celebramos el septuagésimo aniversario de mi padre repasamos la trayectoria de la familia, y los años que mi hermano menor pasó en la cárcel nos ocuparon un par de minutos; la carrera de empresario de mi hermano mayor, mucho más. Acababa de adquirir una limusina blanca que alquilaba para bodas. Fue el tema principal de la comida.

Mi madre hizo una broma.

—Parece mentira que una persona que alquila coches para bodas no se case. A ver cuándo utilizas tú mismo la limusina.

No reparaba en la condición de homosexual de mi hermano mayor.

—Para qué quiero yo una mujer, si tengo la más bonita en casa —respondió él. Sabía cómo halagar a nuestra madre.

Dejamos atrás lo ocurrido, pero nuestra forma de vivir cambió. Para decirlo con una metáfora de las que se emplean en los libros religiosos, la hierba —la vida— empezó a brotar y a crecer en otras grietas del muro. Después del episodio de la cárcel, las diferencias entre mis hermanos aumentaron, y procuraban no coincidir. Cuando forzosamente lo hacían —como el día del septuagésimo cumpleaños de nuestro padre—, la tensión entre ellos era manifiesta, y a veces discutían violentamente sobre las cuestiones políticas del momento. Por mi parte, me cansaba estar siempre en una posición intermedia, conciliadora, y tampoco me esforzaba mucho en mantener activa la vida familiar. En la nueva situación, mi padre se aisló, y se pasaba las horas en la piscina o en el gimnasio municipal, o paseando por el monte. Nuestra madre también cambió.

—Has perdido un poco de *punch* —le solía decir mi hermano menor.

Era verdad, y una de las consecuencias de su decaimiento fue la pérdida de aquella alegría infantil que la llevaba a contar historias. Seguía contándolas, sobre todo las de su niñez, la del monte Hernio y otras, pero solo en las celebraciones, cuando bebía un poco de champán. En cuanto a Eibar, desapareció de su conversación.

Poco a poco, las quejas ocuparon el lugar de las historias: «hoy me duele la espalda», «vuestro padre me da mucho trabajo», «no tengo ganas de levantarme de la cama», «los años no perdonan». Unos años más tarde, empezó a perder la cabeza. Lo supimos el día que confundió a Rosa Mari, la mujer que la ayudaba, con una de sus hermanas.

La llevamos a un geriatra, que le puso un tratamiento y la devolvió a la realidad —«al peor de los sitios», según mi hermano menor—. Surgieron entonces, de nuevo, las quejas. «Los años no perdonan», repetía una y otra vez.

Unos meses después, una tarde de domingo, fui a visitarla y la encontré sentada en la sala, hablando con el cura del pueblo. Tenía el ceño fruncido.

—¡Tiene que comprenderlo, don Eugenio! ¿No se da cuenta de la cantidad de horas que paso con su madre en el cuarto? —dijo, hablando alto y adelgazando la voz. Creía estar en Eibar. Confundía al cura del pueblo con don Eugenio.

—Por lo visto, el otro día la reñí por andar jugando a la rayuela —me dijo el cura guiñándome un ojo.

—¡Por jugar a la rayuela, no! —chilló mi madre negando con la cabeza para subrayar su disconformidad—. ¡Por hacer rayas con la tiza en el suelo del cuarto! Pero ¡cómo voy a jugar a la rayuela sin hacer rayas!

—Es que el suelo es de madera y la tiza mancha mucho —se justificó el cura levantándose de la silla. Se alegraba de dejar la situación en mis manos.

—No puedo estar siempre estudiando —insistió mi madre—. Necesito entretenerme y salir a la calle. Agustina siempre me lo dice. Que tengo que ir al baile con ella. Y a ver un partido del Athletic de Bilbao.

—Espero que Agustina sea una buena compañía para ti —dijo el cura.

—¡Usted sabe muy bien que Agustina es mi mejor amiga! —respondió mi madre—. El otro día me regaló sus gafas de sol. Dice que lo único bonito que tiene son los ojos, y que no los quiere esconder.

—Lo entiendo —dijo el cura yendo hasta la puerta.

Mi madre siguió discutiendo con el supuesto don Eugenio incluso después de la marcha del cura. Quise darle la cena, pero la vi tan agotada que decidí acostarla. En la cama, rompió a llorar.

—¿Qué te pasa? —le dije.

Ella me explicó algo que no entendí. No sabía si me hablaba a mí o a alguien del pasado. Le pregunté qué era lo que estaba viendo.

—María Ángela —dijo.

—¿Dónde estás?

—En el cementerio de Eibar.

Pensé que se refería a alguna de sus compañeras de colegio. Me agarré a las metáforas, como los sacerdotes, y le empecé a hablar del cielo. María Ángela estaría bien allí, contemplando a Dios.

Mi madre se revolvió, inquieta.

—Yo hablo de la calle. De la calle María Ángela —dijo—. La han bombardeado los italianos. Se ve muy bien desde el cementerio.

Años después, en un catálogo de Indalecio Ojanguren, encontré una fotografía que mostraba el estado en que había quedado la calle María Ángela tras los bombardeos de la Guerra Civil. La calle misma, sin grandes desperfectos; las casas de alrededor, reducidas a escombros. La torre Kontadorea, en pie, pero quemada y sin tejado. La iglesia de San Andrés y el convento de las agustinas, dañados, con los muros resquebrajados.

—Pero no lloro por eso —dijo mi madre.

—¿Por qué lloras, entonces?

—¿No lo sabes? Han matado a don Eugenio.

Unos sesenta años más tarde, la noticia me afectó.

—¿Qué ha pasado?

—Esos asquerosos aviones han bombardeado el tren que lo llevaba a Bilbao. Por lo visto, a don Eugenio le ha dado un ataque al corazón y ha muerto en el acto. ¡Qué miedo habrá pasado! Era muy miedoso para los bombardeos. La primera vez que bombardearon Eibar me llevó corriendo al refugio. Llegamos antes que nadie.

Guardó silencio durante un rato.

—¿Qué voy a hacer ahora? Yo creo que no voy a poder estudiar Químicas —dijo—. Tendré que volver a Albiztur.

Sacó un pañuelo blanco del cajón de la mesilla de noche y se secó las lágrimas.

Cuando se durmió, llamé por teléfono a mis hermanos. No respondieron, y dejé a los dos el mismo mensaje: «Izaskun está en Eibar».

Murió dos semanas más tarde, sin salir mentalmente del pueblo donde había pasado su juventud y donde, más que en ningún otro sitio, había sido feliz. Hablaba mucho, pero sin claridad. Solo un día pudo entendérsele algo. Confundió a su cuidadora, Rosa Mari, con alguna de sus compañeras de curso.

Mi madre creyó que volvía en tren a Eibar después de haberse examinado en Vitoria. Se sentía feliz porque todo había ido bien, en particular el examen de Química, y se puso a contar «una cosa muy chistosa» que había ocurrido durante el examen oral de Filosofía. Un alumno de otro colegio, que no estaba bien preparado y no acertaba a responder correctamente, había acabado por enfadar al catedrático. Levantándose de la silla con los brazos en alto, el hombre se había puesto a gritar: «¡Paja! ¡Traigan paja para este burro!». Mi madre se rio al contarlo.

—Voy a recordarla así, riéndose —nos dijo Rosa Mari cuando vino a darnos el pésame después del funeral.

*

Estábamos en el restaurante comiendo callos, y algunos de los amigos que nos acompañaban discutían sobre la mejor forma de prepararlos. Uno dijo que los cocinaba como en el siglo XIX, añadiendo a la salsa un vaso de vino blanco; otro, que los mezclaba con morros y los rebozaba según una receta de Karlos Arguiñano, pero que no les ponía laurel.

Una de las mujeres de la mesa, extremadamente delgada, hablaba con gran entusiasmo. Mi hermano mayor me susurró al oído que lo hacía para que no sospecháramos que era anoréxica, no porque le gustasen los callos.

—Por lo que veo, en tu caso la teoría supera con creces a la práctica —le dijo mi hermano señalando el plato casi intacto.

—Están muy grasientos, por eso no los he comido —dijo la mujer—. La chistorra les da mucho sabor, pero primero hay que cocerla sola para quitarle la grasa.

—Mira a ese —me dijo mi hermano, pasando por alto la explicación de la mujer y señalando con la mirada a un anciano que estaba de pie junto a una mesa próxima.

En un primer momento no le reconocí. Luego me vino su imagen de treinta o cuarenta años antes. En aquella época había criticado públicamente a mi madre por enseñar en castellano en la escuela del pueblo; crítica que a nuestra madre le había causado un gran pesar. Ver a aquel hombre en el comedor, y pensar que probablemente había asistido al funeral, enfurecía a mi hermano.

La situación empezaba a cambiar. La muerte de nuestra madre nos había sacado de la corriente de la vida cotidiana, instalándonos en un lugar aparte, en un ensueño. Durante un tiempo, desde el momento de su muerte hasta el entierro, todos nuestros pensamientos habían sido para ella; pero estábamos despertando, volvíamos a la realidad. La reacción de mi hermano lo demostraba.

*

El Mercedes-Benz S 500 estaba aparcado delante del restaurante, y dos jóvenes que lo miraban empezaron a hacernos preguntas cuando salimos a la calle. Mi hermano mayor rehusó contestarles, y no insistieron.

—Podías haber aparcado en otra parte —le dijo el hermano menor—. ¿Para qué aparcas aquí, a la vista de todo el mundo? ¿Qué pretendes demostrar?

Mi hermano mayor no respondió, y el menor volvió a la carga.

—Todos se han quedado muy impresionados con tu coche nuevo. Y con las orquídeas negras, no digamos. Me gustaría mucho saber lo que cuesta cada una de esas flores.

—No sabes disfrutar de la vida —dijo el mayor—. Ese es tu problema.

—No discutáis ahora. Esperad a mañana —dije, y me alejé en busca de mi coche.

Dejamos atrás nuestro pueblo natal. Abandonamos el lugar aparte al que nos había empujado la muerte de nuestra madre. Volvíamos a ser los mismos.

Noticias
(Post scriptum)

RENO GAZETTE-JOURNAL, 26-11-2008

«Reno Police arrest James Biela for Denison's murder.»
«La policía de Reno ha detenido a James Biela por el asesinato de Brianna Denison. La novia de Biela, que se encarga del cuidado del hijo de ambos, de cuatro años de edad, encontró dos piezas de ropa interior en su vehículo pickup, según informa la policía. La novia se lo contó a una amiga, y esta amiga llamó al teléfono del Testigo Secreto el 1 de noviembre.

»Según el documento del juzgado, Biela se negó de forma muy correcta a hacerse la prueba del ADN, afirmando que nada tenía que ver con el asesinato de Brianna Denison, y que su novia podría confirmar su coartada.

»La novia de Biela, según el documento del juzgado, llamó a la policía diciendo que ignoraba dónde estuvo él durante las primeras horas del 16 de diciembre y del 20 de enero, y que daba su permiso para que le hicieran la prueba del ADN a su hijo.

»El ADN resultó idéntico al del caso Denison y al del ataque sexual del 16 de diciembre. Así lo ha asegurado el jefe de policía Michael Poehlman. El ADN coincide también con el de otros dos intentos de secuestro producidos en los alrededores de la Universidad de Reno.

»Según afirma la policía, James Biela trabajó de fontanero en los nuevos edificios de la Universidad desde la primavera hasta el otoño de 2007.»

SFGATE, 31-10-2008

«*Experts sure they have Steve Fossett's remains.*»

«La fotografía distribuida el pasado 3 de octubre por el Departamento del Sheriff de Madera mostraba los restos del avión de Steve Fossett hallados en la zona de Mammoth Lakes (CA). Se ha sabido hoy que un grupo que tomaba parte en las labores de búsqueda encontró cerca de allí dos huesos humanos grandes, unas zapatillas de tenis y el carnet de aviador del aventurero. Los investigadores que han efectuado los análisis de laboratorio pertinentes han declarado que los restos pertenecen sin duda alguna a Steve Fossett.»

MENSAJE DE UNA MADRE DE LA ESCUELA MOUNT ROSE, 2-5-2009

«*Hello my friends. I wanted to tell you...*»

«Hola, amigos. Quiero contaros lo que les pasó a Mary y a una amiga suya ayer por la tarde.

»4.10 p. m. Mary y su amiga iban caminando de Waldens a The Whire Caughlin House.

»En un momento dado, se les acercó un Ford Mustang blanco con una raya azul, colocándose a su altura.

»El conductor bajó el cristal de la ventanilla y les dijo que subieran al coche. Las niñas dijeron que no.

»Se dieron la vuelta y se encaminaron de nuevo hacia Waldens. El conductor les dijo entonces que necesitaba su ayuda para buscar una muñeca.

»Las niñas dijeron que no y siguieron andando. En ese momento, el conductor salió del coche.

»El hombre llevaba una tela que le tapaba la cara hasta la nariz, gafas de sol y una visera del equipo de béisbol de la Universidad de Reno. Les dijo: "Venid al coche a follar". En ese punto, las niñas echaron a correr hacia Waldens. El hombre dio la vuelta haciendo una U con el coche, y las siguió hasta el semáforo del cruce de McCarran y Mayberry.

»Las niñas se fueron corriendo hasta la casa de su familia en Waldens.

»El tipo se marchó entonces hacia Roy Gomm.

»Por la noche, fui con mi marido a la policía. Ese tipo hizo todo lo posible para que las niñas subieran al coche.

»Es aterrador. Somos afortunados por tener a nuestra hija con nosotros.

»Por favor, enviad este mensaje a todas las madres del barrio, y explicad a vuestros hijos lo que ha pasado.»

RENO GAZETTE-JOURNAL, 3-6-2010

«Brianna Denison's killer, James Biela, gets death.»
«El asesino de Brianna Denison, James Biela, de 28 años, ha sido condenado a muerte. Tras nueve horas de deliberación, el veredicto ha sido unánime: James Biela debe ser ejecutado por inyección letal.»

Índice

Este libro se terminó
de imprimir en
Madrid (España),
en el mes de
marzo de 2014

Alfaguara es un sello editorial del Grupo Santillana

www.alfaguara.com

Argentina
www.alfaguara.com/ar
Av. Leandro N. Alem, 720
C 1001 AAP Buenos Aires
Tel. (54 11) 41 19 50 00
Fax (54 11) 41 19 50 21

Bolivia
www.alfaguara.com/bo
Calacoto, calle 13 n° 8078
La Paz
Tel. (591 2) 279 22 78
Fax (591 2) 277 10 56

Chile
www.alfaguara.com/cl
Dr. Aníbal Ariztía, 1444
Providencia
Santiago de Chile
Tel. (56 2) 384 30 00
Fax (56 2) 384 30 60

Colombia
www.alfaguara.com/co
Carrera 11A, n° 98-50, oficina 501
Bogotá DC
Tel. (571) 705 77 77

Costa Rica
www.alfaguara.com/cas
La Uruca
Del Edificio de Aviación Civil 200 metros
  Oeste
San José de Costa Rica
Tel. (506) 22 20 42 42 y 25 20 05 05
Fax (506) 22 20 13 20

Ecuador
www.alfaguara.com/ec
Avda. Eloy Alfaro, N 33-347 y Avda. 6 de
  Diciembre
Quito
Tel. (593 2) 244 66 56
Fax (593 2) 244 87 91

El Salvador
www.alfaguara.com/can
Siemens, 51
Zona Industrial Santa Elena
Antiguo Cuscatlán - La Libertad
Tel. (503) 2 505 89 y 2 289 89 20
Fax (503) 2 278 60 66

España
www.alfaguara.com/es
Avenida de los Artesanos, 6
28760 Tres Cantos, Madrid
Tel. (34 91) 744 90 60
Fax (34 91) 744 92 24

Estados Unidos
www.alfaguara.com/us
2023 N.W. 84th Avenue
Miami, FL 33122
Tel. (1 305) 591 95 22 y 591 22 32
Fax (1 305) 591 91 45

Guatemala
www.alfaguara.com/can
26 avenida 2-20
Zona n° 14
Guatemala CA
Tel. (502) 24 29 43 00
Fax (502) 24 29 43 03

Honduras
www.alfaguara.com/can
Colonia Tepeyac Contigua a Banco Cuscatlán
Frente Iglesia Adventista del Séptimo Día,
  Casa 1626
Boulevard Juan Pablo Segundo
Tegucigalpa, M. D. C.
Tel. (504) 239 98 84

México
www.alfaguara.com/mx
Avda. Río Mixcoac, 274
Colonia Acacias, C.P. 03240
Benito Juárez, México D.F.
Tel. (52 5) 554 20 75 30
Fax (52 5) 556 01 10 67

Panamá
www.alfaguara.com/cas
Vía Transísmica, Urb. Industrial Orillac,
Calle segunda, local 9
Ciudad de Panamá
Tel. (507) 261 29 95

Paraguay
www.alfaguara.com/py
Avda. Venezuela, 276,
entre Mariscal López y España
Asunción
Tel./fax (595 21) 213 294 y 214 983

Perú
www.alfaguara.com/pe
Avda. Primavera 2160
Santiago de Surco
Lima 33
Tel. (51 1) 313 40 00
Fax (51 1) 313 40 01

Puerto Rico
www.alfaguara.com/mx
Avda. Roosevelt, 1506
Guaynabo 00968
Tel. (1 787) 781 98 00
Fax (1 787) 783 12 62

República Dominicana
www.alfaguara.com/do
Juan Sánchez Ramírez, 9
Gazcue
Santo Domingo R.D.
Tel. (1809) 682 13 82
Fax (1809) 689 10 22

Uruguay
www.alfaguara.com/uy
Juan Manuel Blanes 1132
11200 Montevideo
Tel. (598 2) 410 73 42
Fax (598 2) 410 86 83

Venezuela
www.alfaguara.com/ve
Avda. Rómulo Gallegos
Edificio Zulia, 1°
Boleita Norte
Caracas
Tel. (58 212) 235 30 33
Fax (58 212) 239 10 51